KB000444

Warm Bodies

웜 바디스

WARM BODIES
by Isaac Marion

Interior illustrations adapted by Isaac Marion
from Gray's Anatomy (public domain)

Warm Bodies
웜 바디스
아이작 마리온
박효정 옮김

황금가지

내가 만났던 보육원의 아이들에게

당신도 알고 있겠지만, 오 길가메시,

내가 관심을 두는 것은,

불사의 우물에서 퍼 올린 물을 마시는 것이네.

죽는다는 것의 의미는

무덤에서 일어나고

감옥에서 포로들이 나오고

죄지은 자들이 그들의 죄로부터 풀려나는 것.

나는 사랑의 키스가 우리의 살아 있는 심장을 죽인다고 생각하네.

그것이 영원한 삶을 얻는 단 하나의 길.

살아 있다면 견딜 수 없을,

시들어가는 꽃들을 따라가는

팔을 뻗어도 닿을 수 없는 우리의 망가진 희망에 대한

고통스러운 작별 인사처럼.

허버트 메이슨

길가메시: 애가

"……"

길가메쉬 서사시, 2번째 비문

147, 153, 154, 278, 279번째 줄

차례

Warm Bodies
첫 번째 걸음
소망하기

나는 죽었다. 하지만 그렇게 나쁘진 않다. 지금은 죽음과 더불어 살아가는 방법을 배워 나가는 중이다. 나 자신을 제대로 소개할 수 없어 유감이지만, 나에게는 더 이상 이름이 없다. 우리들 대부분에게 이름이 없다. 우리는 자동차 키를 잃어버리듯이 이름을 잃었고, 기념일들을 잊어버리듯이 그것을 잊었다. 내 것은 아마도 'R'로 시작하는 이름이었던 것 같은데, 지금으로서는 그것이 내가 기억하는 전부다. 내가 살아 있었을 때 항상 다른 사람들의 이름을 잘 기억하지 못했던 것과는 반대이니 정말 우스운 일이다. 내 친구 'M'은 좀비가 되는 것의 아이러니란, 모든 것이 우습지만 썩어서 떨어져 나간 입술 때문에 웃을 수 없는 것이라고 했다.

우리 중 누군들 특별하게 매력적이겠냐마는, 죽음은 다른 이들보다는 나에게 조금 더 친절했다. 나는 아직 부패의 시작 단계에 있다. 회색 피부, 불쾌한 냄새, 눈 밑의 어두운 그늘뿐이다. 휴식이 필요할 때는 살아 있는 사람 대부분을 그냥 지나칠 수도 있다. 좀비가 되기 전에 아마 나는 회사원이나 은행원 아니면 증권 중개인, 그것도 아니면 뭔가 배우고 있는 젊은 인턴이었을 것이다. 왜냐하면 나는 꽤나 좋은 옷을 입고 있기 때문이다. 검은 양복바지, 회색 셔츠, 빨간 넥타이. M은 때때로 나를 놀리려 드는데, 그때마다 그는 내 넥타이를 가리키며 그의 소화관 깊은 곳에서부터 울려 나오는, 우르릉거리면서 목이 메어 오는 웃음을 지으려고 애쓴다. 그의 의상은 성긴 청바지와 아무 무늬도 없는 흰 티셔츠다. 그 셔츠는 지금은 꽤나 섬뜩하게 보인다. 그가 좀 더 어두운 색의 티셔츠를 골랐다면 좋았을 텐데.

우리는 입고 있는 의상에 대한 농담과 추측을 즐기는데, 아무도 아닌 자가 되기 이전에 우리가 누구였는지를 알려 주는 단 하나의 암시가 바로 이 마지막 패션 선택이기 때문이다. 다른 이들의 것은 내 것만큼 명확하진 않다. 반바지와 탱크톱, 치마와 블라우스. 그래서 우리는 이런저런 추측을 하곤 한다.

너는 웨이트리스였어. 너는 학생이었겠지. 뭐 생각나는 것 없어?

물론 뭔가 떠오르는 일은 절대로 없다.

내가 아는 그 누구도 특정한 기억을 갖고 있지 않다. 애매하고 자취만 남은, 오래전에 없어진 세상의 지식이 있을 뿐이다. 지난 생의 희미한 잔상만이 환각지(수술이나 사고로 갑자기 손발이 절단되었을 경우, 없어진 손발이 마치 존재하는 것처럼 생생하게 느껴지는 일.—옮긴이)

처럼 길게 남아 있을 뿐이다. 우리는 건물, 차, 일반적인 풍광과 같은 도시 문명을 인지한다. 하지만 그곳에서의 개인적인 역할은 없다. 역사도 없다. 우리는 그저 *여기에* 있을 뿐이다. 우리는 무엇을 하는지, 어떻게 시간이 흐르는지도 모르지만, 아무도 질문조차 하지 않는다. 하지만 말했듯이, 그건 그렇게 나쁘진 않다. 우리는 아무 생각이 없는 것처럼 보일 수 있지만, 그렇지는 않다. 녹슨 톱니바퀴의 이가 아직도 맞물려 돌아가면서도 바깥에서는 그 움직임을 거의 감지할 수 없을 때까지 점점 속도가 줄어드는 것과 같다. 우리는 신음하면서 끙끙거리고, 어깨를 움츠리고 고개를 끄덕거린다. 그리고 가끔 몇 마디가 무심코 튀어나오기도 한다. 그런 점은 예전과 그다지 다르지 않다.

하지만 우리가 우리 이름을 잊었다는 것이 슬프다. 모든 것을 잃었지만, 이것이 나에게는 가장 큰 비극이다. 나는 내 이름이 그립고, 다른 사람들이 잊은 이름에 대해서도 애도한다. 나는 그들을 좋아하고 싶은데, 정작 그들이 누군지를 모르기 때문이다.

* * *

우리들 수백 명은 어느 큰 도시 외곽의 버려진 공항에 산다. 물론 우리에게는 안전하거나 따뜻한 곳이 필요하진 않지만, 우리도 머리 위를 덮어 줄 벽과 지붕이 있는 것을 선호한다. 그렇지 않으면 먼지 날리는 빈 들판을 헤매고 다녀야 하는데, 그것은 이상하게도 끔찍할 것 같다. 우리 주변에 아무것도 없다는 것은, 만지거나 볼 수 있는 것이 아무것도 없고, 경계조차 없이 덩그러니 우리들과 하늘의 벌어진 허공뿐이라는 것과 같다. 나는 그것이야말로 완전히 죽는 것과 같을 거라고 상상한다. 방대하고 완벽한 허무.

우리는 아마 여기에 오랜 시간 머물렀을 것이다. 나는 아직 내 피부 전체를 유지하고 있지만, 육포처럼 건조된 근육이 몇 조각 달라붙어 있는 해골보다 조금 나은 상태인 연장자들도 있다. 그들은 어떻게든 아직 수축하고 이완하는 근육을 이용해서 움직일 수 있다. 나는 우리들 중에서 누군가 늙어서 '죽는' 것을 본 적이 없다. 잘은 모르겠지만, 아마도 우리는 영원히 '살' 것이다. 미래는 나에게 과거처럼 희미하다. 나는 현재 상황에서 오른쪽이나 왼쪽 중 어느 쪽으로 갈 것인지 결정할 수 없을 것 같다. 게다가 그 현재라는 것도 정확하게 어느 쪽도 시급한 것 같지 않다. 당신은 죽음이 나를 느긋하게 만들었다고 말할지도 모르겠다.

* * *

내가 또 에스컬레이터를 타고 있는데, M이 나를 찾아온다. 나는 적어도 하루에 한 번 이상 에스컬레이터를 탄다. 몇 시간 동안 올라가고, 내려가고 하는 일이 내겐 하나의 종교적 의례와도 같다. 버려진 공항이지만 가끔 전기가 잠시 깜빡거린다. 아마도 깊은 지하에 있는 비상용 발전기가 오락가락하기 때문인 것 같다. 전구가 번쩍이고 화면이 깜빡이면서 기계들이 갑자기 덜컥거리며 움직인다. 나는 이런 순간을 소중히 여긴다. 살아 있는 것으로 돌아오는 느낌. 나는 계단에 서서 영혼이 천국으로 들어가는 것처럼 올라간다. 이제는 무미한 농담이 되어 버린 어린 시절의 달콤한 꿈 같은 천국.

서른 번쯤 반복한 후에, 꼭대기에서 나를 기다리는 M을 찾아 올라간다. 그는 45킬로그램의 근육과 지방을 195센티미터의 뼈대 위에 걸친 몸의 소유자다. 수염과 대머리, 멍들고 썩은 그의 소름끼치는 얼굴이 계단 정상에 오른 내 쪽으로 미끄러지듯 시선을 돌린다. 그는 천국의 입구에서 나에게 환영 인사를 보내는 천사가 아닐까? 그의 너덜한 입에서 검은 침이 줄줄 흘러내린다.

그는 막연한 방향을 가리키며 그르렁댄다. "도시."

나는 끄덕이고는 그를 따라나선다.

우리는 식량을 찾기 위해 밖으로 나서는 중이다. 발을 끌며 도심을 배회하면 주위에서 함께 사냥하기 위해 가담해 온다. 그 덕분에 이런 원정을 위한 지원자를 찾는 일은 배고픈 사람이 없더라도 어렵지 않다. 집중적인 생각이란 여기서는 매우 드물고, 우리는 모두 누군가의 생각이 드러나면 그것을 따른다. 그렇지 않을 때면 하루 종일 끙끙거리며 주변을 맴돈다. 우리는 오랜 시간 빙빙 돌면서 끙끙거린다. 수년이 이렇게 흘러간다. 뼈 위의 살이 시들어 말라가도, 시간이 흐르기를 기다리며 우리는 여기에 서 있다. 나는 가끔 내가 몇 살인지 궁금하다.

＊＊＊

살아 있는 자들의 도시는 편리하게도 가까이에 있다. 우리는 다음

날 정오쯤 도착해서 고기를 찾기 시작한다. 죽음 후에 찾아온 새로운 배고픔은 이상한 느낌이다. 우리는 배고픔을 위장을 통해 느끼지는 않는다. ……우리 중 몇몇은 그 위장 자체가 없기도 하고. 기운이 없거나, 축 처지는 기분, 꼭 우리 세포들이 오므라드는 것 같은 그런 느낌으로, 우리는 모든 곳을 통해 똑같이 배고픔을 느낀다. 지난겨울, 많은 살아 있는 자들이 죽었고, 우리의 사냥감도 부족해졌다. 나는 친구들 몇몇이 완전히 죽는 것을 목격했다. 그 변환은 드라마틱하지는 않았다. 그저 서서히 느려지다가 멈춘다. 나는 한참이 지난 후에야 그들이 진짜 시체가 되었다는 것을 깨달았다. 처음에는 마음이 동요했지만, 우리 중 하나가 죽었을 때 그것에 신경 쓰는 것은 예의가 아니다. 그래서 나는 낑낑거리면서 내 주의를 다른 곳으로 돌리려고 노력했다.

나는 이 세상이 거의 끝나 간다고 생각한다. 우리가 배회하는 도시가 우리만큼이나 형편없이 부패했기 때문이다. 건물은 무너져 간다. 녹슨 자동차들이 도로를 막고 있다. 유리창은 대부분 산산조각이 났고, 바람은 빈 고층 사이를 표류하며 죽어 가는 동물처럼 울부짖는 소리를 낸다. 나는 무슨 일이 일어났는지 모른다. 전염병? 전쟁? 사회 경제적 몰락? 아니면 우리들 때문일까? 죽은 사람이 살아나서? 왜 도시가 이렇게 되었는지는 그렇게 중요한 일이 아닐 것이다. 일단 세상의 끝에 다다랐다면, 어떤 경로로 거기에 도달했는지는 별 문제가 아니지 않나.

무너진 아파트 건물에 다가가는 동시에 살아 있는 것의 냄새를 맡기 시작한다. 그 냄새는 땀과 피부의 사향은 아니고, 번개가 이온

화된 싸한 맛과 라벤더에 더 가까운 생체 에너지의 활기 같은 느낌이다. 우리는 코로 냄새를 맡지 않는다. 냄새는 와사비처럼 우리 뇌 근처의 더 깊은 곳을 치고 들어온다. 우리는 건물로 모여들어서 안쪽으로 뛰어든다.

창문에 판자를 친 작은 원룸에 살아 있는 자들이 옹송그리고 모여 있는 것을 찾아낸다. 그들은 우리보다 더 형편없는 옷을 입고 있는데, 아주 더러운 누더기와 넝마로 몸을 감싸고 있다. 그들 모두 몹시도 면도가 절실해 보인다. M의 경우 짧은 금발 수염을 그의 살이 아직 존재하는 부분에 얹어 두려 하지만, 우리 무리의 나머지는 꽤나 말끔하게 면도를 하고 있다. 이것은 죽은 자의 특전 중 하나인데, 나머지 특전으로는 우리에겐 다른 걱정거리들도 더 이상 없다는 것이 있다. 수염, 머리카락, 발톱…… 우리는 더 이상 우리의 생체와 다툴 일이 없다. 우리의 야생의 육신은 길들일 수 있는 마지막까지 길들여졌다.

우리는 느리고 어설프게, 하지만 끈질긴 집념으로 생태계에 우리 자신을 새롭게 진출시킨 것이다. 엽총이 먼지 낀 공기를 화약과 핏덩이로 가득 채우며 발사된다. 검은 피가 벽에 흩뿌려진다. 팔 하나, 다리 하나, 상체의 상당 부분의 손실, 우리는 이 정도는 무시하고, 대수롭지 않게 여기는 편이다. 그저 미관상 약간 보기 안 좋아질 뿐이니까. 하지만 우리 중 몇은 머리에 총을 맞는데, 머리를 맞은 경우에는 쓰러질 수밖에 없다. 뇌를 잃으면 그냥 시체로 돌아가는 것으로 보아 쪼그라든 회색 스펀지에도 아직 뭔가 가치가 남아 있긴 한 것 같다. 내 왼쪽과 오른쪽에 있던 좀비들이 습하게 둔탁한 소리와 함께 바닥으로 쓰러진다. 하지만 아직 우리 무리에는 많은 수가 남아 있다. 우리는 압도적으로 많다. 산 자들을 덮친다. 그리고 먹는다.

먹는 것은 그다지 즐거운 작업이 아니다. 나는 남자의 팔을 뜯어 먹는데, 그게 싫다. 나는 고통을 좋아하지 않기 때문에 그의 비명 소리가 싫다. 나는 사람들을 사냥하는 것을 좋아하지 않지만, 이것이 지금의 세상이다. 이것이 우리가 하는 일이다. 물론 내가 그의 전신을 먹어치우지 않고 그의 뇌를 남긴다면, 그는 일어나서 공항으로 돌아가는 나를 따라올 것이고, 그게 내 기분을 좀 낫게 해 줄지도 모른다. 나는 모두에게 그를 소개하고, 어쩌면 모두들 한동안 주변에 둘러서서 끙끙거리는 신음 소리를 흘릴 수도 있겠다. 더 이상 '친구'라고 부르기엔 어렵겠지만, 가까운 사이는 될 수 있을 것이다. 만약 내가 자신을 억제할 수 있다면, 내가 충분한 양을 남길 수 있다면…….

하지만 그러지 않는다. 할 수 없다. 항상 내 머리를 브라운관처럼 반짝이게 만들어 주는 가장 좋은 부위로 곧바로 덤벼들기 때문이다. 뇌를 먹으면 약 30초 간 나는 기억을 가질 수 있다. 퍼레이드의 반짝임, 향수, 음악…… *삶*. 그런 것들이 희미해지면 나는 일어선다. 그리고 우리들은 모두 휘청거리며 도시를 나온다. 여전히 차갑고 잿빛이지만 기분은 조금 좋아진다. 정확하게 '좋다'거나 '행복'하다거나 하는 것도 아니고, 분명히 '살아 있음'도 아니지만…… 죽음에서 약간 거리를 둔 것 같은 느낌. 이것이 우리가 느낄 수 있는 최고의 기분이다.

나는 도시가 우리 뒤로 작아지는 동안 그룹의 뒤로 처져서 걷는다. 내 걸음은 다른 이들의 것보다 약간 무겁게 터벅거리고 있다. M은 내 뒤를 따라와서 내 어깨에 손을 얹는다. 그는 내가 우리의 일상에 대해 느끼는 혐오감을 알고 있다. 나는 구성원 대부분보다 약간 더 감상적이다. 가끔 그는 나에게 장난을 치는데, 나의 지저분한 검정 머리카락을 비비 꼬아 돼지 꼬리처럼 만들어 놓고는 "여자애…… 같아. 여자애."라고 말한다. 하지만 그는 언제 내가 심각하게 침울해지는지를 알고 있다. 그럴 때면 그는 내 어깨를 토닥이면서 나를 지그시 바라본다. 그의 얼굴은 미묘한 뉘앙스를 표현하기에 적합하지 못하지만, 그가 무슨 말을 하고 싶은지 알고 있다. 나는 고개를 끄덕이고, 우리는 계속 걷는다.

나는 우리가 왜 사람들을 죽여야 하는지 알지 못한다. 사람의 목을 물어뜯음으로써 무엇을 성취하는지도 모르겠다. 내게 결핍된 것을 대체할 것을 그가 갖고 있고, 나는 그것을 그에게서 가로챈다. 그는 사라지고, 나는 남는다. 간단하지만, 무의미하다. 하늘에 있는 정신 나간 입법자가 만든 것 같은 임의적인 법칙. 하지만 이 법칙대로 나는 계속해서 따라 걷는다. 문자 그대로 그들을 따라간다. 다 먹어치울 때까지 먹고, 또 먹는다.

왜 이런 일이 시작되었을까? 어떻게 우리는 이렇게 되었을까? 기이한 바이러스? 감마선? 고대의 저주? 아니면 뭔가 더 터무니없는 이유로? 아무도 그것에 대해 이야기하지 않는다. 우리는 여기에 존재하고, 이것이 존재하는 방식이다. 우리는 불평하지 않는다. 의문도 갖지 않는다. 그저 할 일을 할 뿐이다.

나와 내 바깥 세계 사이에는 큰 틈이 존재하는데, 그 간격이 매우 멀어서 내 느낌은 그 틈을 건널 수 없다. 이따금 나의 비명이 다른 편에 도달한다고 해도 가는 동안 점점 줄어들어 반대편에서는 신음으로만 들린다.

* * *

공항의 도착 출구 앞에서, 소규모 군중이 굶주린 눈동자 또는 빈 눈구멍으로 우리를 맞이한다. 우리는 들고 온 먹음직한 짐을 바닥에 내려놓는다. 두 명의 거의 온전한 남자, 살이 붙은 다리 몇 개, 조각난 몸통 하나, 모두 아직 따뜻하다. 이른바 남은 음식, 포장 음식이다. 동료들은 거기에 달려들어 그 자리에서 짐승 같은 향연을 벌인다. 시체들의 세포에 남아 있던 생명은 동료들을 완전한 죽음으로부터 지켜 주지만, 사냥하지 않는 죽은 자들은 전적으로 만족할 수가 없다. 죽고 난 후 찾아오는 새로운 허기짐은 한 마리의 외로운 괴물과 같아서, 항해 중의 사람이 그렇듯이, 과일과 채소의 부족으로 인한 영양 결핍과 무기력과 내내 지속되는 공복으로 쇠약해질 것이다. 배고픔은 마지못해서 우리에게 갈변육과 미지근한 피를 받아들이게 하지만, 정작 우리가 갈망하고 있는 것은 마지막 순간 그들의 눈과 우리의 눈 사이에 형성되는 연결로부터 오는 암울한 감각인 친밀감인데, 그건 마치 사랑이 가진 어둡고 부정적인 단면과도 같다.

나는 M에게 손을 흔들고 무리로부터 떨어져 나온다. 긴 시간 죽은 자들의 구석구석 스민 악취에 익숙해져 왔지만, 오늘 그들로부터 아지랑이처럼 피어오르는 악취는 특별히 견디기 어렵다. 사실 호흡은 선택 사항이지만 나에게는 신선한 공기가 필요하다.

연결 통로로 걸어가서 컨베이어를 탄다. 컨베이어 벨트 위에 서서 유리벽 바깥으로 흘러가는 경치를 바라본다. 보이는 것은 많지 않다. 활주로는 웃자란 잔디와 덤불 때문에 초록색으로 물들고 있다. 해변에 밀려와 죽은 고래들처럼, 제트기가 콘크리트 위에 미동도 없이 하얗게 조형물처럼 누워 있다. 마침내 정복된, 모비 딕(미국 작가 멜빌의 소설 『모비딕』에 나오는 거대한 흰 고래의 이름. —옮긴이)처럼.

전에, 내가 살아 있을 때는 절대로 할 수 없었던 일이다. 그냥 서서, 나를 지나치는 세상을 구경하고, 거의 아무것도 아닌 것에 대해 생각하는 일. 나는 내가 했던 노력을 기억한다. 목표와 마감 기일을 기억한다. 목적과 야심. 항상 어디에 있든, 언제나 *목적의식*이 있었던 것을 기억한다. 이제 나는 그저 여기 컨베이어 위에 올라타고, 벨트를 따라 가고 있을 뿐이다. 끝에 다다르면 다시 돌아오고, 또 끝에서 다시 반대 방향으로 돌아간다. 세상은 증류되어 불순물이 사라졌다. 죽어 있는 것은 쉽다.

몇 시간이 흐른 후, 나는 반대편 컨베이어 위에 여성이 있다는 것을 깨닫는다. 그녀는 우리들 대부분이 그러는 것처럼 비틀거리거나 신음 소리를 내지 않는다. 그녀의 머리는 이편에서 저편으로 축 늘어져 있다. 그녀가 비틀거리지 않고, 신음 소리를 내지 않는다는 점이 마음에 든다. 나는 그녀의 시선을 끌고 우리가 가까워지는 동안 그녀를 응시한다. 잠시 후 우리는 몇 미터 정도의 거리를 사이에 두고 나란히 마주본다. 그리고 서로를 지나쳐서, 홀의 반대편 끝으로 이동한다. 우리는 돌아서서 서로를 바라본다. 우리는 다시 컨베이어에서 반대 방향으로 이동하고, 다시 서로를 지나친다. 내가 얼굴을 찡그리고, 그녀도 뒤에서 얼굴을 찡그린다. 서로를 세 번째 지나칠 때 공항 전력이 꺼지고, 정확하게 나란히 선 채로 컨베이어가 멈춘다. 내가 안녕이라고 헐떡이는 소리로 말하자, 그녀는 어깨를 구부리는 것으로 응답한다.

나는 그녀가 마음에 든다. 다가가서 그녀의 머리카락을 만진다. 나처럼 그녀의 부패 단계도 초기다. 그녀의 피부는 창백하고, 눈은 퀭하지만, 노출된 뼈나 장기는 없다. 그녀의 홍채에는 모든 죽은 자들이 공유하는 기이한 백랍 빛이 도는 회색의 특별한 명암이 드리워져 있다. 그녀의 수의는 검정 치마와 목까지 단추가 꽉 채워진 채로 몸에 딱 맞는 하얀 셔츠다. 나는 그녀가 접수원이었을 거라고 유추해 본다.

그녀의 가슴에 은색의 명찰이 달려 있다.

그녀는 이름을 가지고 있다.

명찰을 유심히 본다. 더 가까이 다가가서, 그녀 가슴에 얼굴을 바싹 들이대 보기도 하지만, 별로 도움이 되지 않는다. 내 눈에는 글자가 빙빙 돌고 뒤바뀌는 것처럼 보인다. 문자들이 춤추는 것을 멈추게 할 수가 없다. 늘 그렇듯이, 글자들은 나를 교묘하게 피해 나가고, 아무 의미도 찾을 수 없는 선이나 얼룩의 연속처럼 보인다.

M이 말했던 다른 아이러니. 명찰에서부터 신문까지, 우리의 의문점에 대한 답은 모두 우리 주위에 이미 있다. 다만 우리가 읽는 법을 모른다는 것이 문제지.

이름표를 가리키며 그녀의 눈을 본다. "당신…… 이름?"

그녀는 멍하니 나를 바라본다.

나는 나를 가리키며 내 이름의 남은 부분을 발음한다. "르르." 그러고 나서 그녀를 다시 가리킨다.

그녀의 눈이 바닥을 내려다본다. 머리를 흔든다. 기억이 나지 않는 것 같다. 나나 M처럼 단 한 음절이라도 기억하는 일조차 안 되는 모양이다. 그녀는 아무도 아니다. 내가 너무 많은 것을 기대하는 것일까? 손을 뻗어 그녀의 손을 잡는다. 우리는 칸막이 너머로 팔을 뻗어 맞잡고 컨베이어에서 내려온다.

이 여성과 나는 사랑에 빠졌다. 이것이 사랑이 아니라면 무엇이란 말인가.

사랑이 전에는 어떤 것이었나를 기억한다. 거기에는 복잡한 감정과 생물학적 요소들이 작용했다. 우리는 통과냐 아니냐를 결정할 정교한 실험을 하고, 관계를 구축하고, 기분의 고저를 경험하며 눈물을 흘리고, 정신없이 빠르게 말려들었다. 그것은 하나의 시련이며, 극도의 고통의 경험이지만, 그것이 살아 있는 것이었다. 새로운 사랑은 더 간단하다. 더 쉽다. 하지만 작다.

여자 친구는 말을 많이 하지 않는다. 우리는 소리가 울리는 공항의 복도를 걸어가면서 창문 밖을 응시하거나 벽에 기대어 서 있는 몇몇을 가끔씩 지나친다. 뭔가 할 말을 찾으려고 생각해 보지만 아무것도 생각나지 않는다. 게다가 무엇인가 떠오른다고 해도 아마 말할 수 없을 것이다. 이것이 나의 가장 거대한 장애이자 나의 경로를 막아선 바위들 중 가장 큰 것이다. 마음속에서 나는 달변가다. 나는 단어들의 뒤얽힌 발판을 딛고 올라 가장 높은 대성당 천장에다 내 생각을 그려 낼 수 있다. 하지만 입을 열면, 모든 것이 무너진다. 지금까지의 나의 최고 기록은 뭔……가 막히기…… 전에 네 개의 음절을 굴리듯 말한 것이다. 그리고 이 기록만으로도 나는 아마 이 공항에 있는 좀비들 중 가장 말이 많은 좀비일 것이다.

나는 우리가 왜 말을 하지 않는지 모른다. 나는 우리의 세상에 걸린, 수감자 면회실의 플렉시 글라스처럼 서로를 각자로 분리하는 그 숨 막히는 침묵을 설명할 수 없다. 전치사는 절대적으로 괴롭고, 관사는 곤란하며, 형용사를 기대했다가는 터무니없는 과성취라는 소릴 듣겠지. 이러한 침묵이 과연 물리적 장애일까? 죽는 것의 많은 증상 중 하나일까? 아니면 우리에게는 더 이상 말할 것이 남아 있지 않은 것일까?

나는 서투른 구절과 얕은 의문을 시험하고, 어떤 재치 있는 경련이라도 그녀의 반응을 이끌어 내기 위해서, 새 애인에게 대화를 시도해 본다. 하지만 그녀는 나를 이상하다는 듯이 쳐다보기만 할 뿐이다.

우리는 몇 시간을 방향도 없이 떠돈다. 그러고 난 후 그녀는 내 손을 붙잡고 나를 어딘가로 이끌기 시작한다. 우리는 비틀거리면서 정지한 에스컬레이터를 내려가 타맥(지면을 포장하는 재료로, 비행장 도로에 많이 쓰인다.—옮긴이)으로 포장된 곳으로 간다. 나는 지친 한숨을 내쉰다.

그녀는 나를 교회로 데려간다.

죽은 자들은 활주로에 성소를 지어 두었다. 계단 달린 트럭들을 모두 밀어 와서 원을 만들고 원형 경기장처럼 만들어 놓았다. 우리는 여기에 모여서, 여기에 서서, 팔을 들어 올리고 신음 소리를 낸다. 장로 보니(Boney)들이 원의 중앙에서 건조해서 삐걱거리는 뼈만 남은 팔다리를 흔들며, 이를 드러내고 웃으면서 뜻을 알 수 없는 설교를 해 댄다. 나는 이 행위가 뭔지 이해할 수 없다. 우리 중 누군들 이해하리라고도 생각하지 않는다. 하지만 이때가 우리들이 유일하게 기꺼이 열린 하늘 아래 모이는 시간이다. 먼 곳의 산들이 신의 해골의 이빨처럼 박혀 있는 광활한 우주의 입이, 우리를 집어삼킬 듯이 크게 벌리고 있다. 우리가 정말로 속한 곳으로 내려 보내기 위해 우리를 삼키기 위한 것이다.

내 여자 친구는 나보다 독실해 보인다. 그녀가 눈을 감고 팔을 흔드는 모습을 보아하니 마음 깊숙한 곳에서 느끼는 모양이다. 나는 그녀 옆에 서서 손을 맞잡고 침묵하고 있다. 어떤 알 수 없는 신호에, 아마도 그녀의 열성에 끌려, 보니들이 설교를 멈추고 우리를 바라본다. 그들 중 하나가 우리 앞으로 와서 계단으로 올라와 우리 둘의 손목을 잡는다. 우리를 원 안으로 데리고 내려오더니 우리의 손을 움켜쥐고 들어 올린다. 부서진 수렵용 뿔피리를 통과하는 강한 바람 소리 같은 기이하고 섬뜩한, 놀랄 만큼 큰 포효를 한다. 놀란 새들이 나무에서 날아오른다.

이에 호응하는 신도들의 웅얼거림이 있고, 그것으로 끝이다. 우리는 결혼한 것이다.

우리는 계단 좌석으로 돌아온다. 설교가 재개된다. 나의 새로운 부인은 눈을 감고 팔을 흔든다.

결혼식 다음 날, 우리에게 아이가 생긴다. 작은 무리의 보니들이 홀에 있는 우리에게 와서 아이들을 선물한다. 둘 다 여섯 살 즈음으로 보이는 아들 하나와 딸 하나다. 소년은 곱실거리는 금발에 잿빛 피부와 잿빛 눈동자를 가진 백인 같은 외모다. 소녀는 더 진한 검은 머리카락과 잿빛이 도는 갈색 피부에 강철 빛의 눈 주위가 깊게 그늘져 있다. 그녀는 아랍계인 것 같다. 보니들이 그들을 앞으로 밀어 주자, 아이들은 우리에게 머뭇거리는 미소를 지으며, 우리의 다리에 매달린다. 아이들의 머리를 쓰다듬으며 이름을 물어보지만 아무 대답도 듣지 못한다. 나는 한숨을 쉬고 아내와 새로운 자녀들의 손을 잡고 걷는다.

나는 정확하게 이런 것을 기대하지는 않았다. 이것은 너무 큰 책임이다. 어린 죽은 자는 어른들과 같은 자연스러운 먹이 본능이 없다. 그들을 돌봐 주어야 하고 훈련시켜야 한다. 그리고 그들은 절대로 성장하지 않는다. 저주에 걸려 성장이 멈춘 그들은 작고 부패한 채로 머무르게 되고, 살아 움직이지만 텅 빈 작은 해골이 된다. 뇌는 두개골 안에서 경직되어 덜거덕거리며, 추정하기로는, 그 해골들이 해체되고 없어지는 그날까지 그들의 일상과 의례를 반복할 것이다.

저 아이들을 보라. 아내와 내가 손을 놓아 주자 그들이 밖으로 나가서 노는 모습을 보라. 아이들은 서로 장난을 치며 웃는다. 아이들이 가지고 노는 것은 장난감 같은 것이 아니다. 스테이플러와 머그잔, 그리고 계산기다. 아이들은 건조한 목구멍을 통해 목이 메는 소리를 내며 킥킥거리고 웃는다. 우리는 저 애들의 뇌를 표백하고, 저 애들의 호흡을 강탈해 왔지만, 저 아이들은 아직 절벽 끝에 매달려 있다. 그들은 할 수 있는 한 오래도록 우리의 저주에 저항한다.

나는 홀의 끝에서 어슴푸레한 햇빛 속으로 아이들이 사라져 가는 것을 본다. 깊은 내면, 어둡고 거미줄 친 방에서 무엇인가가 경련하는 것을 느낀다.

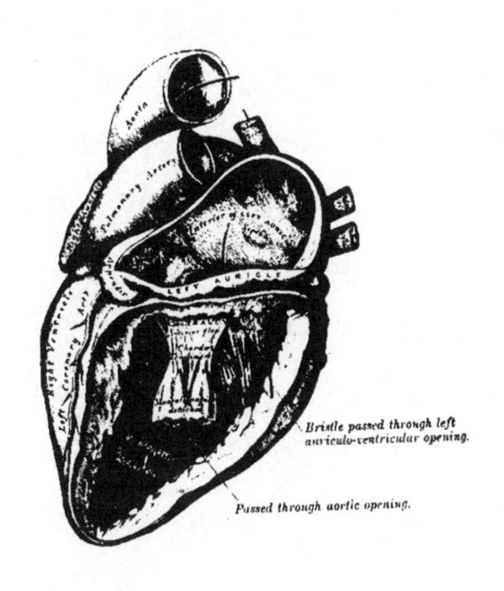

다시 식사할 시간이다.

우리의 마지막 사냥 여행으로부터 얼마나 지났는 지는 모르겠다. 아마 단 며칠이겠지만 나는 팔다리의 활력이 쇠퇴하고 시들해지는 것을 느낀다. 생명과 함께 맥이 뛰고 진동하는 밝은 선홍색의 조직을 통해 복잡한 거미줄과 폴록 프랙털을 흐르는, 선명하고 매혹적인 적색의 수그러들지 않는 피에 대한 환상을 본다.

식당에서 몇 명의 여자들을 데리고 있는 M을 찾아낸다. 그는 나와는 조금 다르다. 그는 여성들과 함께 있는 것을 즐긴다. 그의 평균보다 나은 발음은 잉어를 홀리는 것처럼 그녀들을 끌어당기지만, 그는 일정 거리를 둔다. 그는 그들을 웃어넘긴다. 보니들은 그를 한 명의 부인과 엮으려고 시도했지만, 그는 간단하게 외면하고 돌아섰다.

가끔 나는 M이 어떤 철학을 갖고 있는지 궁금하다. 아마도 하나의 세계관이라고 볼 수 있을 것 같다. 나는 그의 옆에 앉아서 그의 뇌를 들어 올려, 전두엽을 작게 한 입 깨물어 그의 생각의 맛을 보고 싶다. 하지만 M은 그렇게 공격당하기엔 엄청난 완력을 가진 거친 남자이기 때문에 불가능한 일이다.

"도시." 나는 내 배에 손을 얹고 말한다. "음식."

그와 이야기하던 소녀들이 나를 보고는 이리저리 발을 끌며 흩어져 버린다. 왜인지는 모르겠지만, 내가 사람들을 신경 쓰이게 한다는 것을 알고는 있다.

"막 먹었……잖아, 이틀…… 전에." M이 나에게 조금 얼굴을 찡그리며 말한다.

나는 다시 배를 붙잡고 말한다. "배고파. 죽음…… 느껴져."

그는 고개를 끄덕인다. "결……혼."

나는 그를 노려본다. 나는 머리를 흔들고 배를 더 세게 움켜쥔다.

"*필요해*. 다른 사람들…… 모으러 가자."

그는 한숨을 쉬고 걸어 나가면서 길목에 서 있는 나를 세게 들이받지만, 그 행동이 의도적인 것인지 아닌지는 모르겠다. 그도, 결국에는, 좀비 아닌가.

그는 식욕이 있는 몇 명을 그럭저럭 찾아내고 우리는 작은 무리를 만든다. 매우 작은. 위험하도록 작은. 하지만 상관없다. 이 굶주림을 상기조차 하기 싫다.

우리는 도시로 출발한다. 고속 도로를 이용한다. 모든 것이 그러하듯이, 도로도 자연 상태로 돌아가는 중이다. 텅 빈 차선을 걸어 담쟁이덩굴로 뒤덮인 고가 도로 아래를 지난다. 이 도로에 대한 남은 기억은 평화로운 현재 상태와는 극적으로 대조적이다. 달콤하고 조용한 공기를 깊게 들이마신다.

우리는 보통 때보다 도시 안으로 더 멀리 진입한다. 내가 감지할 수 있는 냄새는 녹과 먼지뿐이다. 피난처를 벗어나 생활하는 살아 있는 자들은 점점 드물어지고, 피난처 안의 사람들이 위험을 무릅쓰고 피난처에서 나오는 일은 매우 적다. 스타디움을 이용해 만든 그들의 요새는 자급자족이 가능한 모양이다. 선수 대기석에 당근과 콩이 한가득한 넓은 정원을 가꾸는 모습을 상상해 본다. 기자석엔 소가 있다. 야외 경기장의 논에선 쌀이 자란다. 흐릿한 지평선을 가로막고 있는 이 거대한 성채와 우리를 비웃고 있는 태양을 향해 열린 개폐식 지붕이 보인다.

하지만 결국, 우리는 먹잇감을 감지한다. 극심하고 강렬한 생기에 우리의 코가 흥분한다. 그들은 매우 가까이에 있고, 수가 많다. 우리 숫자의 절반에 가까운 것 같다. 우리는 망설이고, 멈추려고 비틀거린다. M이 나를 본다. 그는 우리의 작은 무리를 보고, 다시 나를 본다.

"안 돼." 그는 툴툴거린다.

나는 마치 만화 속에 나오는 오라고 손짓하는 덩굴손같이 보이는, 향기를 내뿜고 있는 기울어지고 무너진 고층 건물을 가리킨다.

"먹자." 나는 고집한다.

M은 머리를 내젓는다. "너무…… 많다."

"먹자."

그는 무리를 다시 돌아본다. 그는 코를 킁킁거리며 냄새를 들이마신다. 몇 명은 결정을 내리지 못한다. 몇 명은 조심스럽게 냄새를 맡기도 하지만, 나머지는 나처럼 이미 마음을 굳힌 듯하다. 그들은 으르렁거리고, 침을 흘리고 이를 딱딱거린다.

나는 초조하다. "필요해!" 나는 외치고, M을 노려본다. "가……자." 나는 돌아서서 고층 건물을 향해 속도를 내기 시작하며 달려든다. 집중적인 생각의 표출. 무리의 나머지는 반사적으로 따라온다. M은 나를 따라잡아 옆에서 걸으면서, 불안하게 찡그린 얼굴로 나를 쳐다본다.

나의 절박한 기운이 도를 넘은 격렬함에 박차를 가해서 무리는 회전문을 부수고, 어두운 복도로 몰려 내려간다. 지진이나 폭발이 건물의 토대 부분을 부숴 놓았고, 고층 쪽은 유령의 집 수준으로 아찔하게 기울어져 있다. 복도가 지그재그로 굽어 있어 방향을 잡기가 어려운 데다가 경사면은 걷는 것조차 힘들지만, 향기는 더 압도적으로 강렬해진다. 몇 개의 계단을 올라간 후, 달가닥거리는 소리와 안정된 음악 같은 단어의 흐름으로 서로 이야기를 주고받는 소리가 들리기 시작한다. 살아 있는 말투는 언제나 나에게 청각적 페로몬으로 다가오고, 그것들이 귀를 자극하면 나는 격정의 발작을 일으킨다. 아직 이런 비단결 같은 리듬에 나처럼 감탄하는 다른 좀비는 만나보지 못했다. M은 이것을 병적인 집착이라고 생각한다.

그들이 있는 층에 다다르자마자 우리들 중 몇 명이 크게 으르렁거리기 시작하고, 살아 있는 자들이 그 소리를 듣는다. 그들 중 한 명이 경보음을 울리고, 총의 공이치기가 움직이는 소리가 들리지만 우리는 망설이지 않는다. 우리는 마지막 문을 통과해 들이닥쳐 그들에게 달려든다. M은 거기에 몇 명이나 있는지를 보자 으르렁거리지만, 나와 함께 가장 가까이 있는 남자에게 돌진해서 내가 그의 목덜미를 물어 찢는 동안 그의 팔을 잡아 준다. 혈액의 타오르는 붉은 풍미가 내 입으로 거세게 흘러든다. 그의 세포로부터 생명의 광채가 오렌지 껍질에서 나오는 감귤 향의 옅은 과즙 안개처럼 발산되고, 나는 그것을 빨아들인다.

방의 어둠이 총격에 밀려나고, 우리의 기준으로 치면 좀 불안전한 (우리 세 명이 그들 한 명을 상대하는) 수적 우세에도 불구하고 뭔가 상황이 우리 쪽으로 유리하게 기울어진다. 우리의 정신없는 속도는 죽은 자답지 않고, 먹잇감들은 예기치 못한 속도에 대비하지 못한다. 이것들이 모두 나로부터 나왔을까? 갈망이 없는 생물은 빨리 움직이지 않지만, 무리는 나를 따라 움직이고, 나는 지금 분노한 회오리바람 같다. 나에게 무슨 일이 일어나는 중이지? 나는 단지 운수 사나운 하루를 보내고 있는 중일까?

우리에게 유리하게 작용하고 있는 또 한 가지 요소가 있다. 이 살아 있는 자들은 노련한 전문가가 아니다. 어리다. 대부분이 십 대, 소년과 소녀. 그들 중 끔찍한 여드름이 난 녀석 하나는 가물거리는 불빛 아래서 실수로 총에 맞은 것 같다. 리더는 드문드문 수염이 자란 약간 더 나이 먹은 아이로, 방의 한가운데 있는 칸막이 책상 위에 서 있다가 공황 상태로 무리에게 명령을 질러 댄다. 그들 무리가 우리의 공복감의 무게에 눌려 바닥에 쓰러지고, 핏방울이 벽지에 점묘화를 그리는 동안, 이 소년은 책상 위에 자그맣게 몸을 도사리고 앉아 칸막이를 보호막 삼아 기댄다. 금발의 어린 소녀 하나가 그녀의 새

뼈같이 연약한 어깨에 단단히 힘을 주며 총을 발사할 준비를 하고 있다가 어둠 속으로 무턱대고 발사한다.

나는 큰 보폭으로 방을 가로질러 리더 소년의 부츠를 잡는다. 그의 발을 끌고 책상 밑으로 끌어내고 그가 넘어지자 그의 머리를 책상의 모서리에 찧는다. 망설임도 없이 그를 덮치며 그의 목을 물어뜯는다. 그의 두개골의 틈으로 내 손가락을 찔러 넣고, 달걀 껍데기를 깨듯이 그의 머리를 비집어 연다. 그의 두개골은 뜨겁게 고동치고, 안은 분홍색이다. 나는 깊게, 넓게, 엄청난 식욕으로 베어 물고—

✶ ✶ ✶

나는 페리 켈빈, 이곳에서 먼 시골에서 자라난 아홉 살 소년이다. 위협은 먼 해안에까지 모두 퍼져 있지만, 이곳에서는 거기에 대한 걱정을 하지 않는다. 강과 산등성이 사이에 비상용 철사 울타리가 있는 것 외에는, 삶은 거의 정상이다. 나는 학교에 다니고 있다. 조지 워싱턴에 대해 배우는 중이다. 민소매 티셔츠와 반바지를 입고 자전거를 타고 먼지 낀 도로를 달리는 중이다. 여름의 태양이 내 목 뒷덜미를 익히는 것이 느껴진다. 내 목. 내 목이 아파, 이건—

✶ ✶ ✶

피자 한 조각을 엄마, 아빠와 함께 먹는 중이다. 내 생일이고, 부모님은 수중의 돈이 더 이상 아무 가치가 없음에도, 할 수 있는 한

도에서 한턱내시는 중이다. 나는 이제 갓 열한 살이 되었고, 부모님은 마침내 나를 데리고 최근에 개봉한 셀 수 없이 많은 좀비 영화 중 하나를 보러 가신다. 난 피자를 맛볼 수 있다는 것에 매우 흥분한다. 크게 한 입을 베어 무는데 두툼한 치즈가 목에 걸린다. 숨이 막혀 캑캑거리며 뱉어 내자 부모님이 웃으신다. 내 셔츠를 물들인 토마토 소스가 마치—

* * *

나는 열다섯 살이다. 새 집의 벽에 기대 창밖을 멍하니 바라보고 있다. 구름 낀 잿빛 햇볕이 스타디움의 열린 지붕을 통해 내리쬐고 있다. 나는 재난 구조 안전에 대한 수업을 듣기 위해 다시 학교에 다니고 있고, 내 옆자리에 앉은 예쁜 여자애를 바라보지 않기 위해 노력 중이다. 그 애는 짧고 일렁이는 금색 머리카락에 혼자 흥에 겨워 춤추는 파란 눈을 하고 있다. 손바닥은 땀으로 흥건하다. 입안은 세탁물 보풀로 가득한 것 같다. 강의가 끝나고, 그 애를 홀에서 잡아 세우고 말한다.

"안녕."

"안녕." 그 애가 답한다.

"나는 여기에 새로 왔어."

"알아."

"내 이름은 페리야."

그 애가 웃는다. "나는 줄리."

그 애가 웃는다. 그 애의 눈이 빛난다. "나는 줄리."

그 애가 웃는다. 그 애의 치아 교정기가 흘끗 보인다. 그 애의 눈은 고전 소설이나 시에 나오는 묘사 그대로다. "나는 줄리." 그 애가 말한다.

그 애가—

* * *

"페리." 그녀의 목에 키스하자 줄리가 내 귀에 속삭인다. 그녀는 손가락으로 내 손가락을 휘감고 꾹 쥔다. 그녀에게 깊게 키스하면서 내 남은 손으로 그녀의 머리를 어루만져서 머리카락을 헝클어뜨린다. 그녀의 눈을 들여다본다.

"원해?"나는 속삭이듯 말한다.

그녀가 웃는다. 그녀는 눈을 감고 말한다. "응."

그녀를 세게 끌어안는다. 그녀의 일부분이 되고 싶다. 그녀의 내면뿐만 아니라 그녀의 모든 것이 되고 싶다. 우리의 흉곽을 열어젖히고 심장을 꺼내 하나로 만들고 싶다. 우리의 세포들이 살아 있는 실로 만든 매듭처럼 서로 엮였으면 좋겠어.

* * *

그리고 이제 나는 더 나이가 들고, 현명해지고, 오토바이를 타고 버림 받은 도심의 도로를 질주하고 있다. 내 뒤에 탄 줄리의 팔은 내

가슴을 꽉 끌어안고, 그녀의 다리는 내 다리를 감고 있다. 그녀가 미소 짓자 치아 교정기가 햇빛에 반짝이며 이제는 거의 가지런해진 그녀의 이가 보인다. 그 미소를 이제 더 이상 내가 함께할 수 없다는 걸 안다. 그녀가 해 본 적도 없고, 할 생각조차 없는 길을 나는 받아들일 수밖에 없겠지. 하지만 마지막으로 나는 그녀를 지켜 줄 수 있다. 최소한 그녀의 안전은 지켜 줄 수 있어. 그녀는 참을 수 없이 아름답다, 나는 가끔 그녀와 함께할 미래를 머릿속으로 그려 보곤 하는데, 하지만 내 머리는, 머리가 아파, 오 맙소사, 내 머리는 지금—

＊＊＊

그만.

너 누구야? 기억이 흩어지도록 둬. 눈이 빽빽하잖아…… 깜빡여 봐. 거친 호흡을 들이쉬어 봐.

너는 다시 너야. 너는 아무도 아닌 존재야.

돌아온 것을 환영한다.

＊＊＊

손가락 밑으로 카펫이 느껴진다. 총소리가 들린다. 일어나서 어지럽고 혼란스러운 주변을 둘러본다. 전에는 이렇게 내 머릿속에서 전체적인 인생이 영사기가 돌아가듯 보이는, 깊은 환영을 본 적이 없다. 눈물의 쓰라림이 내 눈을 태운다. 하지만 내 눈물샘은 이미 말라 있다. 분노의 감각은 상처에 후추 스프레이를 뿌린 것처럼 더욱 기세를 부린다. 내가 죽은 뒤로 처음으로 고통을 느낀 순간이다.

나는 가까이에서 비명을 듣고 몸을 돌린다. 그녀다. 그녀가 여기에 있다. 좀 더 나이가 든 모습을 한, 열아홉 살쯤으로 보이는 줄리가 여기에 있다. 젖살이 빠지고 날렵하고 균형 잡힌 몸매에 작은 근육들이 오히려 여성스러운 골격을 돋보이게 한다. M이 슬금슬금 그녀에게 다가가자 그녀는 구석에서 무기도 없이, 흐느끼고 비명을 지르며 웅크리고 있다. 그는 언제나 여성을 찾는다. 그녀들의 기억들은 그에게 포르노와 같다. 나는 아직도 혼란스러움을 느끼고 있고, 내가 누군지, 어디에 있는지를 확신할 수 없지만…….

나는 M을 옆으로 밀쳐 내고 으르렁거린다. "안 *돼*. 내 거야."

그는 나에게 덤빌 것처럼 이를 악문다. 하지만 총격이 그의 어깨를 관통하고, 다른 두 좀비들이 중무장한 아이들에게서 도망치는 것을 돕기 위해 발을 질질 끌어 방을 가로질러 간다.

나는 그 소녀에게 다가간다. 그녀는 내 앞에 움츠려 있다. 그녀의 부드러운 살은 내가 익숙하게 취해 왔던 모든 것을 제공하고, 나의 본능이 다시 효력을 발휘하기 시작한다. 뜯고 찢고 싶은 충동이 내 팔과 턱을 휘감는다. 하지만 그녀가 다시 비명을 지르자 내 안에서 무엇인가가 기운 빠진 나방이 거미줄에서 버둥대듯이 움직인다. 이 망설임의 짧은 순간에, 어린 남자의 기억의 과즙의 온기가 아직 남아 있는 동안, 나는 결정을 내린다.

낮게 신음 소리를 흘리며 그녀 앞으로 더 가까이 다가서서, 나의 무딘 표정에 친절을 나타내 보이려고 노력한다. 나는 존재하지 않는

자가 아니다. 나는 아홉 살 소년이며, 열다섯 살 소년이며, 나는—

그녀가 내 머리에 칼을 찌른다.

칼날이 내 이마 한가운데에 똑바로 꽂힌 채 부르르 떨린다. 하지만 3센티미터보다도 얕게 찔려서 전두엽을 약간 스쳤을 뿐이다. 나는 칼을 뽑아내서 던져 버린다. 손을 내밀고 입술 사이로 부드러운 소리를 내 보지만, 역부족이다. 어떻게 하면 그녀의 연인의 피를 턱에서 흘리면서 그녀에게 위협이 되지 않는다는 것을 표현할 수 있단 말인가?

나는 이제 그녀와 매우 가까운 곳에 서 있다. 그녀는 다른 무기를 찾기 위해 바지 주머니를 더듬거리고 있다. 내 뒤에서는 죽은 자들이 도살 작업을 마쳐간다. 곧 그들은 이 어두운 구석으로 주의를 돌릴 것이다. 나는 깊은 숨을 들이쉰다.

"*주……울리.*" 나는 말한다.

그 이름이 내 혀에 꿀처럼 굴러간다. 그 이름을 말하는 것만으로도 기분이 좋아진다.

그녀의 눈이 커진다. 그녀는 굳어 버린다.

"줄리." 나는 다시 말한다. 손을 들어 올려 내 뒤에 있는 좀비들을 가리킨다. 나는 머리를 흔든다.

그녀는 나를 응시하지만, 내 의도를 이해했다는 표시를 하지는 않는다. 하지만 내가 그녀에게 다가서서 그녀를 건드려도 움직이지 않는다. 그리고 나를 찌르지도 않는다.

나는 자유로운 한 손을 머리를 다쳐 쓰러진 좀비에게 뻗어서 검고, 생명력 없는 피를 한 움큼 그러모은다. 천천히, 조심스러운 동작으로, 그녀의 얼굴과 목, 그녀의 옷 위에 문질러 바른다. 그녀는 미동조차 하지 않는다. 아마도 매우 긴장한 상태인 모양이다.

나는 그녀의 손을 잡고 그녀가 자신의 발로 걷도록 잡아끈다. 그 순간 M과 다른 좀비들이 게걸스러운 식사를 마치고 점검을 위해 방 전체를 돌아본다. 그들의 눈이 나에게 향하고, 줄리에게 향한다. 나는 그녀의 손을 잡고, 그다지 힘들이지 않고 그녀를 끌고 그들 앞으로 걸어간다. 그녀는 내 뒤에서 휘청거리면서 정면을 응시한다.

M은 주의 깊게 냄새를 맡는다. 하지만 그의 후각이 감지하는 것은 내가 맡는 냄새와 정확히 같을 것이다. 무취. 죽은 피의 불쾌한 냄새밖에는 맡지 못할 것이다. 방 전체에 흩뿌려져 있는, 우리 옷에 깊이 스며 있는, 살아 있는 어린 소녀에게 꼼꼼하게 묻은 채 그녀의 생명의 빛을 그 어둠 아래 감춰 주는, 극심한 사향.

말없이 우리는 고층 건물을 등 뒤로 하고 공항을 향해 떠난다. 나는 이상하고 주마등과도 같은 생각들로 가득 차서 멍하니 걷는다. 줄리는 기운 없이 내 손을 잡고, 부릅뜬 눈으로 내 옆얼굴을 뚫어져라 쳐다보면서, 입술을 떤다.

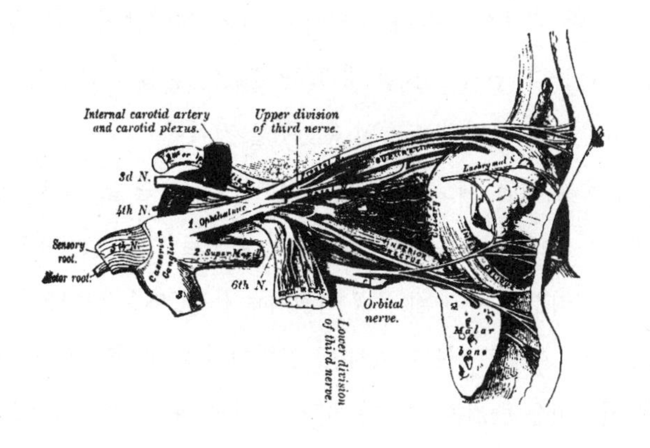

먹고 남은 고기의 풍성한 수확물을 사냥꾼이 아닌 이들(보니, 어린이, 전업 주부)에게 분배한 후, 나는 줄리를 내 집으로 데리고 온다. 동료 좀비들이 내가 지나갈 때마다 호기심 어린 눈빛을 보낸다. 굉장한 인내심과 자제력이 요구되는 행위이기 때문에, 살아 있는 자를 의도적으로 변환시키는 일은 누구도 수행한 적이 없다. 거의 모든 변환은 우연하게 일어난다. 좀비가 식사 중에 죽는다거나 그렇지 않으면 그의 식사가 끝나기 전에 다른 일로 주의가 산만해지거나 하는 경우처럼. 좀비로 변하는 나머지 경우는 전통적인 죽음, 즉, 질병이나 불행한 사고 또는 우리의 이익 범위 바깥에서 벌어지는 전형적인 산 자에게 기생하는 폭력과 같은 개인적 사정으로부터 생겨난다. 따라서 내가 일부러 이 소녀를 먹지 않고 집으로 데려왔다는 사실은 일생에 한 번 있을까 말까 한 기적이며, 기이한 사건인 것이다. M과 다른 좀비들은 홀에서 혼돈과 경이 속에 내가 지나갈 수 있도록 넓은 공간을 내준다. 만약 그들이 내가 한 행위의 진실을 전부 알았다면, 그들의 반응은 분명히…… 덜 온건했을 것이다.

줄리의 손을 잡은 채로, 그들의 면밀히 살피는 눈들로부터 서둘러서 그녀를 데리고 멀어진다. 나는 12번 출구로 그녀를 이끌고, 탑승 터널로 내려가서 나의 집, 747 여객기로 온다. 매우 넓지도 않고, 평면도를 그리기에도 터무니없지만, 공항에서 가장 고립된 장소이고 나는 사생활을 즐기는 편이다. 이곳은 가끔 나의 멍한 기억을 간질인다. 내 옷을 보건대, 분명히 나는 여행을 많이 하는 직종의 사람이었을 거다. 가끔 여기에서 '잠'이 들면, 희미하게 비행기가 상승하는 느낌, 내 얼굴로 불어오는 기내에서 순환하는 공기, 포장된 샌드위치의 눅눅한 메스꺼움이 느껴진다. 파리의 생선 요리에서 나던 신선한 레몬 향기. 모로코의 타진(모로코의 전통 음식으로 타진이라 불리는 전용 용기에 요리한다.—옮긴이) 찜. 이곳들은 지금 모두 사라져 버렸을까? 고요한 거리, 먼지투성이의 해골 인간들로 가득한 카페들이 남았을까?

줄리와 나는 중앙 복도에 서서 서로를 바라본다. 나는 창가 쪽 자리를 가리키며 눈썹을 치켜세운다. 줄리는 눈은 나에게 고정한 채로 뒷걸음질로 좌석 사이로 들어가 앉는다. 그녀는 불타며 추락하는 비행기에 타고 있는 것처럼 팔걸이를 꽉 쥔다.

나는 복도 쪽 좌석에 앉아서 나도 모르게 숨을 헐떡이면서 내 수집품 더미를 똑바로 본다. 도시에 갈 때마다, 나는 내 눈을 사로잡는

물건 하나씩을 가지고 돌아온다. 퍼즐. 작은 유리잔. 바비 인형. 딜도. 꽃. 잡지. 책. 나는 그것들을 집으로 가져와서 좌석과 복도 주변에 늘어놓고, 몇 시간씩 그것들을 쳐다본다. 기념품 무더기들은 이제 비행기 천장에 닿을 지경이다. M은 나에게 왜 그런 걸 주워 모으는지 자꾸 물어본다. 나는 아무 대답도 하지 않는다.

"안…… 먹어." 나는 그녀의 눈을 들여 보면서 줄리에게 신음하듯 말한다. "나…… 먹지 않아."

그녀가 나를 응시한다. 그녀의 꾹 다문 입술이 창백하다.

나는 그녀를 가리킨다. 그리고 내 입을 벌려 나의 비틀어지고, 선혈이 낭자한 이를 가리킨다. 머리를 가로젓는데, 그녀가 창문 쪽으로 더 몸을 밀착시킨다. 그녀의 목에서 두려움에 찬 훌쩍거림이 새어 나온다. 몸짓은 효과가 없다.

"안전해." 나는 한숨을 쉬며, 그녀에게 말한다. "너를…… 지킬게…… 안전하게."

일어나서 레코드플레이어 쪽으로 갔다. 머리 위의 짐칸에 모아 둔 LP 소장품을 뒤적여서 앨범 하나를 끄집어낸다. 헤드폰을 내 의자 뒤에서 꺼내서 줄리의 귀에 씌워 준다. 그녀는 여전히 동그랗게 뜬 눈으로 굳어 있다.

레코드가 돌아간다. 프랭크 시나트라의 앨범이다. 나는 헤드폰에서 새어 나오는 음악 소리를 먼 곳에서 가을 공기를 표류하는 찬미가처럼 희미하게 들을 수 있다.

어젯밤에…… 우리가 젊었을 때…….

눈을 감고 몸을 앞으로 기울인다. 여객기 선실을 흐르는 선율이 내 귀에서 섞이고, 내 머리가 음악을 따라 희미하게 흔들거린다.

인생은 새로웠고…… 진실되고, 옳았지…….

"안전해." 나는 웅얼거렸다. "너를…… 지킬게…… 안전하게."

……*예전에* ……*어젯밤에*…….

마침내 눈을 뜨자, 줄리의 얼굴이 달라져 있다. 공포는 수그러들고, 그녀는 나를 믿기지 않는다는 듯이 바라본다.

"대체 너 뭐야?" 그녀가 낮게 중얼거린다.

나는 얼굴을 돌리고 일어서서 비행기를 빠져 나온다. 그녀의 어리둥절한 시선이 터널로 들어가는 나를 따라온다.

* * *

공항 주차장에, 내가 몇 달 전부터 가지고 놀던 클래식 메르세데스 컨버터블이 있다. 몇 주간 지켜본 끝에, 그것의 주유 탱크에 내가 서비스 룸에서 찾아낸 가솔린을 채우는 방법을 알아냈다. 그러고 나서 어떻게 시동을 거는지 기억해 냈고, 차 주인의 말라 버린 시체를 도로로 밀어낸 후에 시운전을 해 보았다. 하지만 어떻게 운전하는지는 전혀 알 수가 없었다. 내가 할 수 있었던 최선은 주차된 장소에서 후진하다가 가까이 있던 허머 차량을 들이박은 것이었다. 가끔은 그냥 거기에 앉아 엔진의 부릉거림을 느끼면서, 손을 핸들 위로 늘어뜨리고, 열심히 진짜 기억이 머릿속에 떠오르길 고대한다. 잠재의식으로부터 떠오르는 안개처럼 흐릿한 인상이나 희미한 의식 외에는 아무것도 생각나지 않는다. 구체적이고, 밝고, 선명한 무엇. 명백하게 내 것인 그 무엇. 그것을 암흑 속에서 비틀어 끄집어내기 위해서, 나 자신을 압박한다.

✳✳✳

그날 저녁에 여자 화장실에 있는 그의 집에서 M을 만난다. 그는 길게 연장한 코드에 꼽혀 있는 TV 앞에 앉아서 어떤 죽은 남자의 여행 가방에서 발견한 심야 방송 포르노 영화를 넋을 잃고 보고 있다. 나는 그가 왜 이러는지 모르겠다. 음란물은 지금의 우리에겐 아무 의미도 없다. 피가 솟구치지 않으면, 열정도 솟아나지 않는다. 예전에 그의 '여자 친구들'이 M과 함께 있을 때 온 적이 있었다. 그냥 알몸으로 서로를 응시하거나, 이따금 서로 몸을 비비기도 하면서 서 있는 모습이 지치고 길을 잃은 것처럼 보였다. 아마도 죽음이 주는 과도기적 진통의 한 종류일 것이다. 어느 날 전쟁을 시작하거나 영감을 받아 교향곡을 쓸 수 있도록 강력한 동기를 부여해 주었던 그 무언가, 인간의 역사가 동굴을 나와서 우주로 뻗어가도록 만들었던 그 무언가의 먼 메아리 같은 것. M은 그의 방식을 계속 고수하겠지만, 그런 나날들은 이미 지나갔다. 섹스, 한때 중력과도 같이 반박의 여지가 없었던 법칙이, 이제는 틀렸음이 입증되었다. 등식은 지워지고, 칠판은 부서졌다.

가끔은 오히려 안심이 된다. 나는 그 욕구를, 내 삶과 내 주위 모든 삶들을 규정하던 그 채울 수 없는 공복감을 기억한다. 가끔 나는 그것으로부터 자유롭다는 것이 기쁘다. 지금은 그것 때문에 문제가 생기지도 않는다. 하지만 모든 인간이 가진 열정 중에서 가장 기본적인 이런 욕구의 손실은 우리가 잃어버린 모든 것을 함축하고 있다. 그것은 일상을 더 평온하고 간단하게 만든다. 게다가 그것은 우리가 죽었다는 가장 확실한 징후이기도 하다.

나는 출입구에서 M을 쳐다본다. 그는 작은 금속 접이식 의자에 앉아서 교장을 마주한 남학생처럼 두 손을 무릎 사이에 끼우고 있다.

"가져……왔어?" 그가 TV에서 눈을 떼지 않은 채로 묻는다.

나는 가져온 것을 들어 올려 보인다. 오늘의 사냥 원정에서 얻어온, 더 이상 온기는 없지만 아직 분홍색에 생명력이 남아 있는 사람의 뇌 한 개.

우리는 욕실 벽의 타일을 보고 아무렇게나 다리를 뻗고 앉아서, 뇌를 주거니 받거니 하면서, 조금씩, 느긋하게 한 입씩 깨물어 먹으면서 인생의 짧은 섬광을 즐긴다.

"좋다…… 젠장." M이 가르랑거린다.

이 뇌는 도시의 어떤 젊은 군인의 인생을 담고 있다. 그의 경험은 내게는 특별하게 흥미롭진 않다. 끝없는 훈련과 식사와 좀비 살육의 반복이지만, M은 좋아하는 것 같다. 그의 입맛은 나보다는 조금 덜 까다롭다. 나는 침묵의 말을 하는 그의 입을 바라본다. 그의 얼굴에 스쳐지나가는 감정들을 본다. 분노, 공포, 기쁨, 욕정. 마치 꿈꾸는 개가 발길질을 하면서 낑낑거리는 것처럼 보이긴 하지만 더욱 애절한 느낌이다. 그가 깨어나면, 이 모든 것들은 사라질 것이다. 그는 다시 텅 비어 버릴 것이다. 그는 죽을 것이다.

한두 시간이 지나자, 분홍빛 조직의 작은 한 조각만 남는다. M은 그것을 입에 던져 넣고 본인의 시야를 확보하듯이 동공을 확장한다. 그 뇌는 다 먹었지만 만족스럽지 않다. 슬쩍 내 주머니에 손을 넣어서 내가 남겨 두었던 주먹만 한 덩어리를 꺼낸다. 이건 다른 것들과는 다르다. 특별하다. 나는 한 입 베어 물고 씹는다.

＊＊＊

나는 열여섯 살의 페리 켈빈, 지금 여자 친구가 그녀의 일지를 적고 있는 것을 보고 있다. 검은 가죽 표지는 낡을 대로 낡아서 해졌고, 안쪽은 낙서와 그림, 짧은 메모와 인용문 등이 미로처럼 얽혀 있다. 나는 『길 위에서』의 초판본을 들고 소파에 앉아 있는데, 어느 시대라도 삶에 대한 열망이 있지만, 지금 시대는 그렇지 못하다. 그녀는 내 무릎을 베고 맹렬하게 글을 쓰고 있다. 그녀가 무엇을 쓰는지 살짝 보려고 그녀의 어깨 너머로 머리를 들이민다. 그녀는 일지를 밀쳐놓고 나에게 수줍은 미소를 보낸다. 다시 일지를 들고 글을 쓰면서 그녀가 말한다. "안 돼."

"뭐에 대해 쓰고 있는 거야?

"말 안 해 주지이이." 단조로운 어조로 그녀가 말한다.

"일기 아니면 시?"

"둘 다야, 바보."

"나도 그 안에 나와?"

그녀가 싱긋 웃는다.

그녀의 어깨에 팔을 두른다. 그녀가 내 품으로 조금 더 깊이 파고

들어온다. 그녀의 머리카락에 얼굴을 묻고 그녀의 머리 뒤에 키스를 한다. 그녀의 강렬한 샴푸 향이—

✳ ✳ ✳

M이 나를 보고 있다. "너⋯⋯ 더 있어?" 그가 그르렁거리며 달라는 듯이 손을 내민다. 하지만 나는 주지 않는다. 나는 한 입 다시 깨물고 눈을 감는다.

✳ ✳ ✳

"페리." 줄리가 부른다.

"응."

우리는 스타디움 지붕의 비밀 장소에 있다. 붉은 담요를 흰 강철판 위에 깔고 등을 대고 누워서 눈을 가늘게 뜨고 눈이 부신 파란 하늘을 올려다보고 있다.

"비행기가 그리워."

나는 고개를 끄덕인다. "나도 그래."

"비행기를 타고 싶다는 게 아냐. 어쨌든 아빠가 하라는 대로 안 한 적은 없어. 난 그냥 *비행기*가 보고 싶을 뿐이야. 멀리서 들려오는 소리 죽인 굉음, 하얀 비행기구름⋯⋯ 비행기가 하늘을 미끄러져 간 길이 파란 하늘에 그려진 그림 같지 않아? 우리 엄마는 그게 꼭 에치 어 스케치(다이얼을 돌려서 그림을 그렸다 지웠다 하는 어린이 장난감.—옮긴이) 같다고 말씀하셨어. 정말 예뻤는데."

그 생각에 미소가 지어진다. 그녀가 맞다. 비행기는 아름답다. 불꽃놀이처럼, 꽃들처럼, 음악회처럼, 연처럼. 우리가 더 이상 누릴 수 없는 모든 여흥들처럼.

"나는 네가 그런 걸 기억하는 방식이 좋아."

그녀가 나를 바라본다. "우리는 그렇게 해야 해. 모든 것을 기억해야만 하는 거야. 만약 우리가 기억하지 않으면, 우리가 자라 온 시간들은 영원히 사라져 버릴 테니까."

눈을 감고 작렬하는 태양빛이 눈꺼풀에 붉게 비치도록 내버려 둔다. 뇌 속까지 볕이 들도록 한다. 나는 고개를 돌려 줄리에게 키스한다. 우리는 지면에서 400피트 높이의 스타디움 지붕 위의 담요 위에서 사랑을 나눈다. 태양이 다정한 보호자처럼 조용한 미소로 우리를 지켜 주는 동안.

* * *

"야!"

눈을 탁 뜬다. M이 나를 노려보고 있다. 그가 내 손의 뇌 조각을 잡아채려고 하길래, 조각을 홱 잡아당긴다.

"안 돼." 나는 으르렁거린다.

나는 M이 내 친구라고 생각하지만, 그가 이 뇌를 맛보려고 하면 그를 죽일 수도 있을 것 같다. 그 더러운 손가락으로 이 기억들을 찔러 보고 주물럭거린다는 생각을 하자 그의 가슴을 열어젖히고 심장을 꺼내 들고, 존재가 사라질 때까지 뇌를 짓밟고 싶어진다. 이건 내 거다.

M은 나를 본다. 그는 내 눈 안에서 경고의 불꽃을 보고, 공습경보가 울리는 것을 듣는다. 그는 손을 거둬들인다. 그는 짜증과 혼란이 뒤섞인 얼굴로 나를 잠시 노려본다. "욕심……쟁이." 그는 웅얼거리면서 화장실로 들어가 문을 잠근다.

나는 결의에 찬 발걸음으로 여자 화장실을 빠져나온다. 슬그머니 747기의 문으로 들어서서 희미한 타원형 조명 아래 선다. 줄리는 의자를 뒤로 젖히고 기대서 조용하게 코를 골고 있다. 내가 비행기 동체를 두드리자 그녀가 바로 깨어나더니 꼿꼿이 앉는다. 내가 그녀에게 다가가자 그녀는 나를 경계의 눈초리로 바라본다. 내 눈은 다시 타오른다. 그녀의 메신저 백(한쪽 어깨에 매는 모양의 가볍고 활동적인 형태의 가방.—옮긴이)을 집어서 바닥에 엎어 놓고 뒤적인다. 그녀의 지갑을 찾아내고, 그 안에서 사진을 발견한다. 소년의 사진. 나는 사진을 그녀의 눈앞에 들이민다.

"미……안해." 나는 쉰 목소리로 속삭인다.

그녀는 나를 무표정한 얼굴로 본다.

나는 내 입을 가리킨다. 내 배를 움켜쥔다. 그녀의 입을 가리킨다. 그녀의 배를 건드린다. 그리고 나는 창문 밖을, 무자비한 별들이 떠 있는 구름 한 점 없는 검은 하늘을 가리킨다. 이것은 살인자가 할 수 있는 가장 약한 변명이지만, 나에게는 이것이 할 수 있는 전부다. 나는 이를 악물고, 눈을 질끈 감고, 그 건조한 쓰라림을 덜어 보려고 애쓴다.

줄리의 아랫입술이 긴장한다. 그녀의 눈이 붉어지고 젖어든다. "너희들 중 누가 그런 거야?" 그녀는 정신을 잃을 것 같은 목소리로 말한다. "그 덩치 큰 놈이야? 나를 덮치려던 그 망할 뚱보냐고?"

그녀의 질문이 이해가 안 가서 잠시 그녀를 쳐다본다. 잠시 후 뜻을 깨닫고서, 눈을 크게 뜬다.

그녀는 그게 나라는 걸 모른다.

그 방은 어두웠고 나는 뒤에서 나타났다. 그녀는 현장을 보지 못했다. 그녀는 모른다. 그녀는 내가 최근에 그녀의 연인을 죽이고, 그의 생명을 먹고, 그의 영혼을 음미하고, 내 헐렁한 바지 앞주머니에 그의 뇌의 주요 부위를 넣고 다닌다는 것을 눈치 채지 못하고, 마음을 꿰뚫을 것 같은 눈으로, 내가 설명할 가치가 있는 존재라도 되는 것처럼 나에게 말을 건다. 나는 죄책감의 석탄이 타오르는 것을 느끼고, 이 피가 얼어붙을 것 같은 자비를 이해할 수가 없어서 반사적으로 그녀로부터 물러선다.

"왜 나야? 당신은 왜 *나*를 구했어?" 그녀는 눈을 깜빡여서 분노의 눈물을 참으면서 따진다. 그녀는 나에게 등을 돌리며 의자 위에 웅크리고 앉아서 팔로 자신의 어깨를 감싼다. "우리들 중에……." 그녀는 얼굴을 묻으며 중얼거린다. "왜 나냐고."

그녀의 첫 질문들이다. 그것은 그녀의 생사가 달린 긴급한 것도 아니고, 내가 어떻게 그녀의 이름을 알고 있는지 또는 그녀를 탈출시키기 위해 내가 세운 소름끼치는 계획에 대한 질문도 아니다. 그녀는 그런 질문에 대한 궁금증을 성급히 채우지는 않았다. 그녀의 첫 질문은 다른 이들에 대한 것이다. 그녀의 친구에 대한, 그녀의 연인에 대한, 왜 그녀가 그들을 대신할 수 없었는지에 대한 것을 알고 싶어 하는 것이다.

나는 가장 최저의 놈이다. 나는 이 우주의 바닥에 있다.

나는 좌석에 사진을 떨어뜨리고 바닥을 쳐다본다. "미안……해." 나는 다시 말하고, 비행기를 떠난다.

탑승 복도로 나가자, 몇 명의 죽은 자들이 출구 근처에 모여 있다. 그들은 무표정하게 나를 본다. 한동안 그들과 함께 그 자리에 석상처럼 조용히 서 있다가, 그들을 스치고 지나가 어두운 홀을 정처 없이 맴돈다.

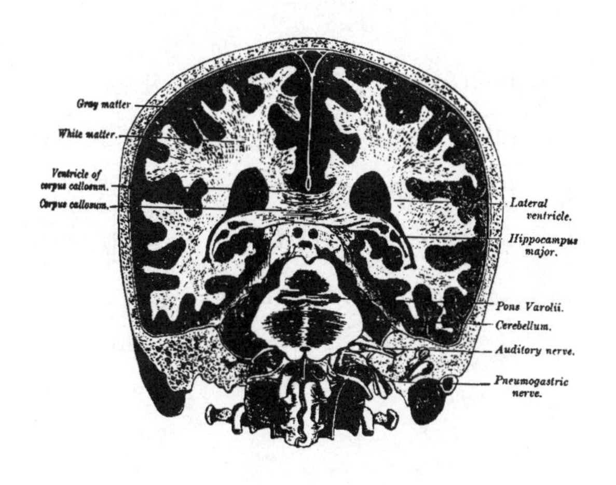

금이 간 포장도로가 우리가 탄 트럭의 타이어 아래에서 덜커덕거린다. 갈라진 도로는 낡은 포드의 삐걱거리는 서스펜션(자동차에서, 차체의 무게를 받쳐 주는 장치. 노면으로부터의 진동이 차에 전달되는 것을 막아 준다.—옮긴이)을 괴롭히고, 분노를 억누르는 듯 잠잠하게 웅웅거리는 소리를 내게 한다. 나는 아빠를 쳐다본다. 아빠는 내가 기억하는 것보다 늙어 보인다. 더 약해 보인다. 아빠는 운전대를 세게 쥐고 있다. 아빠의 손가락 마디가 하얗게 질려 있다.

"아빠?"

"왜? 페리."

"우리 어디 가는 거예요?"

"안전한 곳."

나는 아빠를 주의 깊게 살펴본다. "아직 안전한 곳이 남아 있을까요?"

아빠는 망설인다, 지나치게 오래. "좀 더 안전한 곳."

우리 뒤로, 내가 수영하고, 딸기를 따고, 피자를 먹고, 영화를 보러 가던 계곡이 멀어진다. 내가 태어나서 자라고 내 안의 모든 것을 발견한 바로 그 계곡에서, 연기 기둥이 솟아오른다. 내가 콜라 슬러시를 샀던 주유소가 불타고 있다. 내가 다니던 초등학교의 유리창들은 모두 산산이 부서졌다. 더 이상 아이들은 공공 수영장에서 수영을 할 수 없다.

"아빠?"

"왜?"

"엄마는 돌아오실까요?"

아빠는 마침내 나를 돌아보지만, 아무 말도 하지 않는다.

"그들 중의 한 명이 되어서?"

아빠는 다시 도로를 본다. "아니란다."

"하지만 그럴 것 같은데요. 이제 모두들 돌아왔을 것 같아요."

"페리, 내가 해결했어. 그래서 엄마는 오지 않을 거다." 단어들은 힘겹게 아빠의 목을 빠져 나오는 듯하다.

아빠 얼굴에서 보이는 곤란함은 매혹적인 동시에 역겹다. 내 목소리가 갈라져서 나온다. "왜요, 아빠?"

"엄마가 죽었기 때문이야. 아무도 돌아올 수 없어. 진짜 돌아오는 게 아니야. 이해할 수 있겠니?"

눈앞에 보이는 작은 관목림과 황량한 언덕이 흐릿하게 보이기 시작한다. 나는 앞유리에 시선을 집중하고 으깨진 벌레와 미세한 금을 자세히 본다. 이것들도 흐릿하다.

"그냥 엄마를 기억해라, 할 수 있는 한 많이, 가능한 한 오래. 그게 그녀를 돌아오게 하는 거야. *우리가* 그녀를 살리는 거지. 터무니없는 저주로는 그렇게 할 수가 없어."

나는 아빠의 가늘게 뜬 눈에서 진실을 읽어 보려 애쓰며 아빠의 얼굴을 관찰한다. 나는 아빠가 이런 식으로 말하는 것을 처음 들었다.

"육신은 그냥 고기야, 엄마의 가장 중요한 부분은…… 우리가 지킬 수 있어."

✳ ✳ ✳

"줄리."

"응?"

"이리 와 봐. 이것 좀 봐."

우리가 발굴하고 있는 병원의 깨진 판유리 사이로 바람이 지나면서 멋진 소리를 낸다. 줄리는 창가로 걸어와서 아래를 내려 본다.

"저게 뭐하는 거지?"

"모르겠는데."

눈이 쌓인 거리에, 좀비 하나가 우그러진 원을 그리며 돌고 있다. 차를 들이받고 비틀거리면서, 벽 쪽으로 느리게 뒷걸음질 치다가, 돌아서서, 다른 방향으로 이리저리 돌아다닌다. 아무 소리도 내지 않고 아무 것도 안 보이는 것처럼 보인다. 줄리와 나는 몇 분 동안 그것을 지켜본다.

"저런 거 싫어." 줄리가 말한다.

"그래."

"너무…… 슬퍼."

"응."

"어디가 잘못된 걸까?"

"모르지."

좀비는 거리 한가운데 멈춰서, 약간 흔들거린다. 얼굴은 완벽하게 무표정하다. 얼굴 피부는 그저 두개골을 덮고 있을 뿐이다.

"어떤 기분일까?" 줄리가 중얼거린다.

"뭘?"

"좀비가 된다면."

나는 좀비를 쳐다본다. 그것은 약간 세게 흔들거리기 시작하더니, 쓰러져 버린다. 그 자리에 누워서 얼어붙은 보도를 응시하고 있다.

"대체 저거……?" 줄리는 말을 시작하다가 멈춘다. "방금 저거 죽은 거야?"

우리는 침묵 속에 기다린다. 그 시체는 움직이지 않는다. 마음속에서 무언가 꿈틀거리는 느낌이 난다. 뭔지 모를 조그만 것들이 척추를 따라 기어 내려가는 것만 같다.

"가자." 줄리가 말하고는 돌아선다. 나는 그녀를 따라 건물로 돌아간다. 우리는 집에 가는 길 내내 할 말을 찾지 못한다.

＊＊＊

그만해.

그냥 무익한 호흡이나 계속해. 네 입술이 물고 있는 이 삶의 조각을 그만 떨어뜨려. 네가 있는 곳은 어디야? 얼마나 오래 여기에 있었던 거야? 이제 그만해. 그만 둬야 해.

그 얼얼한 눈을 꾹 감고, 다른 한 입을 베어 물어 봐.

아침에, 내 아내가 활주로가 보이는 전면 유리창에 꼬꾸라져 있는 나를 찾아낸다. 뜬 채로 계속 있었더니 눈 안은 먼지로 가득하다. 머리는 한 쪽으로 기울어져 있다. 진짜 시체처럼 보이도록 앉아 있었던 모양이다.

몸 어딘가가 이상하다. 심한 굶주림과 숙취 사이의 어디쯤 되는 느낌의 아픈 공허감이 배에 느껴진다. 아내는 내 팔을 잡고 일으켜 세워 잡아끈다. 그녀가 걷기 시작하자, 나는 그녀의 뒤에서 바퀴 달린 가방처럼 끌려간다. 나는 격렬한 열기의 박동이 지나가는 것을 느끼고 그녀에게 말을 건다. "이름." 그녀의 귀에 대고 말한다. "이름?"

그녀는 차가운 얼굴로 나를 쏘아보더니 계속 걸음을 재촉한다.

"직업? 학교?" 내 어조는 질문에서 비난조로 변해 간다. "영화?

음악?" 구멍 난 송유관에서 기름이 새는 것처럼 내게서 부글부글 넘쳐난다. "*책?*" 나는 그녀에게 소리친다. "*음식? 집? 이름?*"

아내는 돌아서서 나에게 침을 뱉는다. 짐승처럼 으르렁거리면서, 말 그대로 내 셔츠에 침을 뱉는다. 하지만 그녀의 눈은 나의 감정 표출을 급속도로 냉각시킨다. 그녀는…… 두려워하고 있다. 그녀의 입술이 떨린다. 내가 뭘 하고 있는 걸까?

나는 바닥을 본다. 그렇게 몇 분간을 침묵 속에 서 있다가 그녀가 다시 걷기 시작해서 나도 따라 걷는다. 그리고 내 머리 위에 머물러 있는 이 수상한 먹구름을 흩어 버리려고 애를 쓴다.

* * *

그녀는 나를 비참하게 타 버린 선물 상점으로 이끌고 나서 단호한 신음 소리를 낸다. 절대 아무도 읽어 주지 않을 베스트셀러로 가득한 뒤집어진 책장 뒤에서 우리 아이들이 나타난다. 그다지 신선해 보이지 않는, 잘린 부위가 거의 갈색으로 변한 사람의 팔꿈치를 각자 갉작거리고 있다.

"이것들…… 어디서 났니?" 나는 아이들에게 묻는다. 아이들이 어깨를 으쓱한다. 나는 아내를 돌아본다. "더 좋은 것…… 필요해."

그녀는 얼굴을 찌푸리며 나를 가리킨다. 그녀는 짜증을 담아 으르렁거리고, 적절한 꾸짖음에 나는 고개를 수그린다. 그것이 맞는 말인 것이, 나는 착실한 부모가 아니다. 자신의 나이에 대한 자각이 없다면 중년의 위기가 찾아오지 않겠는가? 나는 삼십 대 초반이거나 십 대 후반일 것이다. 나는 줄리보다도 어릴지도 모른다.

나의 아내는 아이들에게 끙끙거리면서 홀로 내려가자는 몸짓을 한다. 아이들은 머리를 늘어뜨리고 징징거리며 쌕쌕거리는 소리를 내지만 우리를 따라온다. 우리는 아이들의 첫 등교를 지켜본다.

＊＊＊

보니의 계단 트럭으로 이루어진 제단을 지은 좀비들과 푸드 코트에 무거운 짐들을 높은 벽으로 쌓아서 '교실'을 만든 근면한 좀비들은 동일인일지도 모르겠다. 우리 가족이 도착하는데, 이 무대에서 으르렁거리는 소리와 비명 소리가 들려온다. 입구 쪽 통로의 앞에 어린이들이 줄지어 서서 그들의 차례를 기다리고 있다. 나와 아내는 우리 아이들을 그 줄의 맨 뒤에 세우고 지금 진행되고 있는 수업을 구경한다.

다섯 명의 좀비 어린이들이 마른 체구의 살아 있는 중년 남자를 둘러싸고 있다. 그 남자는 가방 더미를 등지고, 미친 듯이 좌우를 둘러보면서, 빈주먹을 움켜쥔다. 두 어린 녀석이 그에게 달려들어서 그의 팔을 잡고 늘어지지만, 그는 흔들어서 떼어 낸다. 세 번째 좀비가 그의 어깨를 조금 물고 늘어지자 남자는 치명상을 입기라도 한 것처럼 비명을 질러 댄다. 물론 그가 받을 영향 측면에서는 치명적이다. 좀비에게 물리는 것부터 시작해서 배고픔, 복고풍의 노화와 질병에 이르기까지, 이 신세계에는 참으로 많은 죽음 방식의 선택권이 있는 것이다. 삶을 끝낼 수 있는 수많은 방법들이 있다. 하지만 뇌가 없어지는 경우의 예외를 제하면, *우리* 죽은 자들이 이끌려 가는 모든 길들은 그다지 매력적이지 않은 우리의 불멸로 이어져 있다.

변신이 임박하자 그는 무표정해 보인다. 어린 것들 중 하나가 그의 넓적다리에 이를 박아 매달리지만 그는 움찔거리지도 않고 몸을 구부려서 두 주먹으로 아이의 머리가 움푹 들어가고 목이 부러지는 소리가 들릴 정도까지 때리기 시작한다. 아이는 심각한 각도로 기울어진 목으로, 노려보면서 그 남자로부터 비틀거리면서 떨어진다.

"틀렸어!" 그들의 선생이 으르렁거린다. "목을…… 물어라!"

그 어린이들은 뒤로 물러서서 조심성 있게 그 남자를 본다.

"목덜미!" 선생이 반복해서 말한다. 그와 그의 조교는 육중한 몸을 느릿느릿 움직여 원형 경기장으로 들어가서 남자와 맞붙어서, 그를 바닥에 쓰러뜨린다. 선생은 그를 죽이고, 턱 아래로 피를 흘리면서 일어선다. "목덜미." 그는 시체를 가리키면서 다시 말한다.

다섯 어린이들은 창피한 얼굴이고, 그 다음에 줄 서 있던 다섯 명이 안쪽으로 나선다. 우리 아이들은 걱정스러운 눈빛으로 나를 올려다본다. 나는 그들의 머리를 쓰다듬는다.

죽은 남자가 먹히기 위해 끌려 나가고 다음 사람이 교실로 끌려 들어온다. 이번 사람은 늙고 백발이 성성한 남자지만 몸집이 크고, 분명히 직업이 경호원이었을 것 같다. 그를 안전하게 끌고 오는 데 동료 남자 세 명이나 달라붙어야 한다. 그들은 그를 구석으로 밀어 넣고 재빨리 출구통로를 지키러 돌아간다.

안쪽에 있던 다섯 어린이들은 불안해 하지만 선생이 그들에게 호통을 치자 움직이기 시작한다. 그들은 다섯이서 동시에 달려들더니 충분히 접근했을 때, 둘이서 각자 한 팔씩을 잡고 다섯째 아이가 목덜미로 달려든다. 하지만 이 노인은 놀랍도록 강하다. 그는 몸을 비틀어서 그들 중에 둘을 짐 더미의 벽으로 세게 내동댕이친다. 그 충격이 벽을 흔들고 견고한 금속 서류가방이 꼭대기에서 떨어져 내린다. 남자는 그 가방 손잡이를 쥐고, 높이 쳐들었다가 어린이 하나의 머리를 힘껏 내리친다. 그 아이의 두개골이 함몰되고 뇌가 으깨져 나온다. 아이는 비명을 지르거나 경련을 일으키거나 떨지 않는다. 그는 이미 몇 개월 전에 죽어 있었던 것처럼 납작하고 편평하게 바닥에 퍼진 팔다리 무더기 위로 털썩 무너져 내린다. 죽음은 그에게 소급된 최후를 적용한다.

학교 전체가 조용해진다. 남은 네 명의 어린이들은 경기장 바깥으로 뒷걸음질로 나온다. 아무도 어른들이 그 남자를 처리하기 위해 경기장 안으로 몰려 들어가는 것에 주목하지 않는다. 우리는 슬픈 체념과 함께 어린이의 일그러진 시체를 응시한다. 모여든 어른들 중에 누가 부모인지도 모를 정도로 다 같이 슬픔을 나눈다. 그들이 누구든 간에 그들은 금방 그들의 상실감을 잊을 것이다. 바로 내일이라도 보니들이 그를 대체할 다른 소년이나 소녀를 그들에게 보여 줄 것이다. 죽은 소년을 위해 불편한 침묵의 시간을 잠시 가진 후 학교는 재개된다. 다들 무슨 생각을 하는지 궁금해서인지, 방향이 바뀌고 반전된 생의 굴레와 이 모든 일의 의미가 궁금해서인지 몇몇 부모들은 서로를 흘깃거리고 있다. 아니면 나만 그런 생각을 하는지도 모르겠고.

우리 아이들은 줄의 다음에 서 있다. 그들은 현재 진행되는 수업을 골똘하게, 때로는 까치발을 서 가면서, 하지만 무서워하지는 않으면서 지켜본다. 그들은 다른 아이들보다 어리고, 다른 사람들과 싸우기에는 너무 연약하지만, 그들은 그 사실을 모르기 때문에 무서워하지도 않는 것이다. 온 세상이 죽음과 공포 위에 세워졌을 때, 존재들이 끊임없는 공황 상태에 놓여 있을 때에는 어느 사소한 것 하나로 흥분해서 소동을 부리기는 어려울 것이다. 구체적인 두려움과는 무관해지는 것이다. 우리는 더 안 좋은 상황을 장막을 쳐서 가려놓고 대체해 왔던 것이다.

＊＊＊

747기의 탑승 터널에 들어가기 전에 바깥에서 한 시간 가량을 서성이다가, 기내로 들어가는 문을 조용히 연다. 줄리는 비즈니스 클래스에 몸을 말고 누워 있다. 내가 몇 주 전에 기념품으로 주워 온 누벼진 청바지를 감고 자고 있다. 아침 햇살이 그녀의 노랑 머리카락을 후광처럼 빛나게 해서 그녀는 성자처럼 보인다.

"줄리." 나는 속삭인다.

그녀가 눈을 살며시 뜬다. 이번에는 놀라면서 몸이 굳거나 나를 피해 멀찌감치 구석으로 가지도 않는다. 그녀는 피곤하고, 졸린 눈으로 나를 쳐다볼 뿐이다. "뭐야." 그녀가 웅얼거린다.

"별……일 없……?"

"대체 날 뭐라고 생각하는 건지." 그녀는 나에게 등을 돌리고 어깨에 담요를 두른다.

줄리를 잠시 바라보지만, 그녀의 자세는 매우 강경하다. 나는 머리를 숙이고 돌아서 나온다. 하지만 내가 입구를 나서려고 하는데 그녀가 나를 부른다. "기다려."

돌아본다. 그녀가 담요를 무릎에 개켜 놓고, 일어서는 중이다. 그녀가 말한다. "배고파."

나는 그녀를 멍하니 쳐다본다. 배고프다고? 팔이나 다리를 원하는 건가? 뜨거운 피, 고기와 생명력? 그녀는 살아 있으니…… 자기 자신을 먹으면 되지 않을까? 나는 비로소 배고픔이 원래 의미하는 바를 기억해 낸다. 비프스테이크와 팬케이크, 곡물과 과일 그리고 채소. 예스럽고 작은 먹이 피라미드. 때때로 나 역시 단지 에너지를 삼킬 뿐인 식사 대신에 가끔 풍미 있는 미각과 식감이 그립기도 하지만, 그 기분을 곱씹으려고 하진 않는다. 예전의 음식들은 더 이상 우리의 공복감을 채워 줄 수 없다. 갓 잡은 토끼나 사슴의 선홍색 고기조차도 우리의 요리 기준을 밑도는 것이다. 간단히 말해서, 컴퓨터를 디젤 연료로 작동시키려는 시도처럼 호환이 불가능한 에너지원인 것이다. 최신 도덕상의 이유로 인간의 대체재를 찾는 쉬운 길이 우리에게는 없는 것이다. 이 새로운 배고픔은 희생자를 요구한다. 그것은 빈약하고 싼 값으로 우리의 즐거움을 위해 인간의 고통을 요구한다.

"너도 알지, 음식?" 줄리가 상기시킨다. 그녀는 뭔가를 먹는 동작을 흉내 낸다. "샌드위치? 피자? 뭐라도 사람 *죽이지* 않고도 먹을 수 있는 것?"

나는 끄덕인다. "구해…… 볼게."

나는 다시 나서려고 하지만 그녀가 다시 불러 세운다.

"그냥 날 *가게* 해 줘, 뭐하는 거야? 왜 나를 여기에 가둬 두려고 하는데?" 그녀가 말한다.

나는 잠시 생각한다. 나는 그녀가 있는 창가로 가서 활주로 아래를 가리킨다. 그녀는 창밖을 보고, 예배 행위가 진행 중인 것을 본다. 죽은 자의 설교, 몸을 흔들고 으르렁거리는 행위. 해골들이 앞뒤로 덜커덕거리면서, 무성음이지만 카리스마 있게, 그들의 비틀어진 이를 갈고 있다. 수십 명이 거기에 운집해 있다.

"너를…… 안전하게 지켜."

그녀는 내가 읽을 수 없는 표정으로 의자에 앉아서 나를 바라본다. 그녀는 눈을 가늘게 뜨고, 입술은 꽉 다물었지만, 화가 난 것인지는 정확하지가 않다. "어떻게 내 이름을 알았어?" 그녀가 대답을 요구한다.

그럼 그렇지. 언젠가는 왔어야 할 상황이 왔다.

"그 건물에서. 그때도 내 이름 불렀잖아, 기억하고 있어. 도대체 *어떻게* 이름을 알게 된 거야?"

나는 대답할 엄두도 내지 못한다. 나의 유치원 수준의 단어 능력과 특별한 언어 장애로는 내가 알고 있는 것과 내가 어떻게 알게 되었는지를 설명할 길이 없다. 그래서 나는 가장 쉬운 길인 회피를 택한다. 비행기에서 내려서 내가 가진 한계를 더욱 절실히 느끼면서 탑승 터널을 터덜터덜 걸어 올라간다.

내가 12번 출구에 서서 어디로 가야 하나를 고심하고 있을 때, 누군가 내 어깨를 건드린다. 줄리가 내 뒤에 서 있다. 그녀는 딱 맞는 검은 청바지의 주머니에 손을 쑤셔 넣고, 머뭇거린다. "잠깐만 나가서 돌아다니게 해 줘, 저 비행기 안에 있으면 미쳐 버릴 것 같아."

나는 대답을 하지 않고 복도만 둘러본다.

"제발. 그냥 이 근처만 돌아다닐게. 아무도 나를 먹지 않을 거야. 너랑 같이 먹을 것을 구하러 가게 해 줘. 너는 내가 뭘 좋아하는지도 모르잖아."

그건…… 전적으로 맞는 말은 아니다. 나는 그녀가 팟타이(태국식 볶음 쌀국수.—옮긴이)를 좋아한다는 것을 안다. 생선 초밥에 군침을 삼킨다는 것을 안다. 스타디움의 철저한 건강 관리 방침에도 불구하고 기름진 치즈 버거에 약하다는 것을 안다. 하지만 이런 지식은 내 것이 아니다. 이 지식은 훔쳐 온 거다.

나는 느리게 고개를 끄덕이고 그녀를 가리킨다. "죽은 자." 나는 선포하고는 이를 딱딱 부딪치며 과장된 좀비의 걸음걸이를 보여 준다.

"알았어." 나는 느리게 원을 그리면서, 흔들리는 걸음걸이로, 이따금 신음 소리를 흘리면서 느릿느릿 돈다. "이해했어."

나는 그녀의 손목을 잡고 통로 안쪽으로 이끈다. 나는 작은 좀비 떼가 어스름한 아침 그늘 아래서 배회하고 있는 각각의 방향을 가리킨다. 그녀의 눈을 똑바로 들여다보며 말한다. "달리지…… 마."

그녀는 가슴에 손을 얹고 맹세한다. "약속할게."

줄리와 꽤 가까이 서자, 그녀의 냄새를 다시 맡을 수 있다. 그녀가 피부에 발라져 있던 검은 피를 많이 닦아내서 그 틈새로 풍기는 생기의 자취를 추적할 수 있다. 그 흔적이 새어나와서 샴페인 같은 청량감을 주며, 나의 후각 기관 뒤의 깊숙한 곳에 불을 지른다. 그녀에게 시선을 붙들린 채로, 나는 팔꿈치에 난 최근의 상처를 손바닥으로 문지른다. 거의 말라 버렸지만, 그럭저럭 얇게 바를 만한 피를 모을 수 있다. 나는 이 잉크를 그녀의 뺨과 목 아래에 주의 깊게 펴 바른다. 그녀는 어깨를 움찔거리지만, 밀어내지는 않는다. 하나부터 열까지 영리한 소녀다.

"괜찮아?" 내가 눈썹을 치켜세우며 묻는다.

그녀는 눈을 감고, 깊이 숨을 들이쉬고, 나의 체액 냄새에 움찔거리면서도 고개를 끄덕인다. "괜찮아."

나는 걷기 시작하고, 줄리는 내 뒤에서 비틀거리면서 서너 걸음마다 한 번씩 신음 소리를 내면서 뒤따라온다. 그녀는 너무 무리하며 고등학생이 연기하는 셰익스피어처럼 과장된 연기를 펼치지만, 통과할 것이다. 양쪽으로 어물거리는 죽은 자들의 무리를 지나치는데도, 아무도 우리를 거들떠보지도 않는다. 놀랍게도, 명백한 위기 상황이지만 우리가 걷기 시작하면서 줄리의 공포심이 누그러드는 것처럼 보인다. 그녀가 특히 부자연스러운 신음 소리를 내는 사이로 웃음을 참는 모습을 순간순간 포착한다. 그녀가 나를 보지 않는다는 확신이 들 때만, 나도 따라 웃는다.

이것은…… 새롭다.

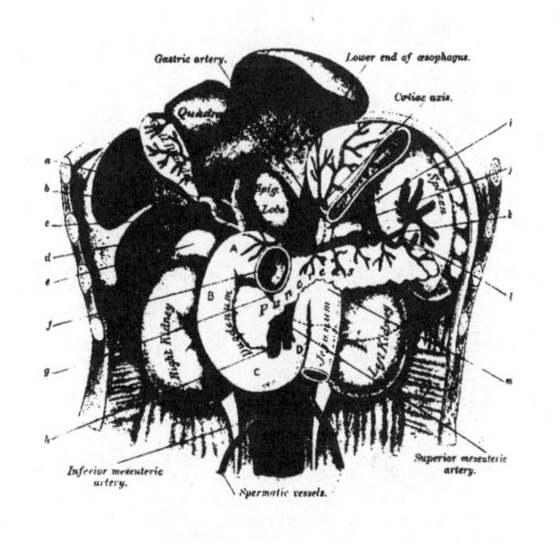

나는 줄리를 푸드 코트로 데려가고, 그녀는 내가 타이 음식점 쪽으로 곧바로 향하는 것을 이상하다는 얼굴로 바라본다. 식당에 가까워지자 그녀는 당황하면서 코를 감싸 쥔다. "맙소사." 그녀가 신음한다. 앞에 있는 온장고에는 부패한 내용물이 말라붙어 있고 거기서 나온 거품과, 죽은 구더기와 곰팡이가 가득하다. 나는 이제 그런 냄새에 꽤나 둔감하지만, 줄리의 표현을 빌자면 정말 역겨운 냄새다. 우리는 판매대 뒤의 방을 더 뒤져 보지만, 공항의 전력이 간헐적으로 들어온다는 것은 냉장고 역시 파트타임으로 작동한다는 의미인지라, 냉장고 안의 모든 것들이 부패해 있다. 나는 햄버거 가게로 향한다. 줄리는 다시 당혹한 표정으로 나를 따라온다. 냉동고에 들어가서 아직까지 차가운 몇 개의 버거 패티를 찾아내지만, 이제 막 녹기 시작해서 해동에 많은 시간이 걸릴 것 같다. 죽은 파리들이 얼음 바닥에 듬성듬성 붙어 있다.

줄리가 한숨을 쉰다. "이런."

나는 먼 곳을 보면서 생각한다. 공항에 초밥집이 있긴 한데…… 나는 생선 초밥에 대해서는 잘 기억이 나질 않는 데다가, 신선한 생선 살은 몇 시간만 지나도 상하는데, 긴 세월이 생선들에게 어떤 영향을 끼쳤을지는 보고 싶지도 않다.

줄리는 내가 서서 심사숙고하는 것을 보고 말한다. "맙소사, 진정한 저녁 식사 데이트란 게 어떤 건지 꽤 잘 알고 있잖아, 너." 그녀는 곰팡이가 피어난 상자 몇 개를 열어 보고는, 콧등을 찡그린다. "전에는 이렇게 해 본 적이 없는 거지, 안 그래? 살아 있는 인간을 데려와 봤어?"

변명하듯이 고개를 젓지만, 그녀가 '인간'이라는 단어를 사용한 것이 당혹스럽다. 이렇게 큰 격차를 생각해 본 적이 없었다. 그녀는 살아 있고, 나는 죽었다, 하지만 나는 우리 둘 다 인간이라고 믿고 싶다. 나를 이상주의자라 불러도 좋다.

나는 그녀를 붙잡으려는 듯 손가락을 들어올린다. "한 곳…… 더 있어."

우리는 푸드 코트 옆에 아무 표시도 없는 공간으로 걸어간다. 뒤로 몇 개의 문을 지나자 공항의 중앙 저장고가 나타난다. 냉동고 문을 슬며시 열어 본다. 차가운 냉기가 피어나온다. 안도감을 감추는 게 점점 어색해지기 시작한다. 우리는 안쪽으로 들어가서 기내식이 높이 쌓여 있는 선반 사이에 선다.

"여기엔 뭐가 있을까나……." 줄리는 말하고 나서, 햄버그스테이크와 가공된 감자를 살펴보면서 낮은 선반을 뒤적거린다. 영광스러운 보존료를 함유한 덕분에, 그 음식들은 먹을 수 있을 것 같다.

줄리는 손이 닿지 않는 그 윗선반의 이름표를 훑어보고는 어렸을 때 치열 교정기가 만들어 준 가지런하고 하얀 이를 드러내며 갑자기 눈에서 빛을 뿜는다. "봐, 팟타이야! 내가 얼마나 좋아하……." 그녀는 나를 불안하게 보면서 말을 흐린다. 그녀는 그 선반을 가리킨다. "난 이걸로 할래."

그녀의 머리 위로 손을 뻗어서 냉동 팟타이를 한 아름 집어 든다. 나는 줄리가 이런 열량도 생명력도 없는 쓰레기를 먹는 것을 다른 좀비가 보는 것을 원하지 않아서, 그녀를 무너진 엽서 파는 매점 뒤에 숨겨진 탁자로 데리고 간다. 가능한 한 좀비들의 학교로부터 먼 곳으로 그녀를 인도하려고 하지만, 아직도 홀에서는 끔찍한 비명 소리가 들려온다. 그녀는 날카로운 고통의 울부짖음이 들려오는 동안 순전히 동요하지 않으려고 애쓰며, 그 대학살을 인지하지 못하는 것처럼 보이려고 알고 있는 모든 짧은 휘파람 곡들을 불어 댄다. 나를 위해서일까, 그녀 자신을 위해서일까?

카페 탁자에 앉아서 음식 쟁반을 그녀 앞에 놓는다.

"자…… 드세요."

그녀는 딱딱하게 얼어붙은 면발을 플라스틱 포크로 찔러 본다. 그녀는 나를 본다. "너 정말 기억이 안 나는구나, 그렇지? 얼마나 오랫동안 진짜 음식을 안 먹은 거야?"

나는 어깨를 들썩인다.

"언제부터 이렇게 좀비가 된 거야…… 죽거나 아니면 어찌 되었든지 간에?"

나는 관자놀이를 손가락으로 탁탁 두드리다가 고개를 흔든다.

그녀는 나를 계속 쳐다본다. "그럼, 아주 오래 되지는 않았나 봐. 넌 시체치고는 꽤 멀쩡해 보이거든."

나는 다시 한 번 그녀의 언어 사용에 움찔하지만 그녀가 분명히 '시체'라는 단어에 내재된 세심한 문화적 의미를 고려하고 있지 않다는 것을 깨닫는다. M은 이 단어를 농담으로 가끔 사용하고, 나 역시 때때로 음울한 기분일 때면 스스로를 그렇게 비유하기도 했지만 다른 사람으로부터 듣는 것은 그녀가 이해할 수 없을 적개심에 불을 지른다. 나는 심호흡을 하고 참아 넘긴다.

"어쨌든 이 상태로는 먹을 수가 없어." 그녀가 플라스틱 포크가 부러진 사슴뿔처럼 될 때까지 음식에 쑤셔 넣으면서 말한다. "전자레인지를 찾아봐야겠어. 잠깐만."

그녀는 일어나서 빈 식당 안을 돌아다닌다. 그녀는 좀비 걸음을 잊어버리고, 경쾌하게 움직인다. 위험한 짓인데도 말리지 않는 나를 발견한다.

"자, 왔습니다." 그녀가 향신료 냄새를 풍기는 접시를 가지고 돌아와서 말한다. "음. 팟타이는 영영 못 먹을 줄 알았어. 스타디움에는 더 이상 진짜 음식이 없거든. 기초 영양소랑 탄수화물 함유체뿐이야. 탄수화물 알약, 탄수화물 가루, 탄수화물 주스. 젠장." 그녀는 다시 앉아서 얼었다 녹은 두부를 한입 먹는다. "오 와우. 정말 *맛있다.*"

나는 거기에 앉아서 그녀가 먹는 것을 지켜본다. 뭉친 국수 가닥들을 삼키는데 목이 좀 메는 것 같다. 식당 냉장고에 있던 미지근한 맥주병을 가져와서 탁자 위에 놓는다.

줄리는 먹던 것을 멈추고 병을 쳐다본다. 그녀는 나를 보고 미소를 짓는다. "와, 좀비님, 내 마음을 읽었네." 그녀는 마개를 돌려서 따고는 죽 마신다. "맥주 마셔 본 지도 오래됐어. 향정신성 기호 식품은 스타디움에선 허용이 안 되거든. 항상 경계 상태여야 하고, 조금도 방심하면 안 되고, 어쩌고저쩌고 등등." 그녀는 또 한입을 마시고 빈정대는 얼굴로 나를 평가하듯 쳐다본다. "아마 넌 그런 괴물이 아닌 것 같아, 좀비님. 내 말은, 좋은 맥주의 진가를 알아보는 사람이라면 누구나 내 기준에선 이미 반쯤은 괜찮은 사람이라 이거지."

나는 그녀를 쳐다보다 가슴에 손을 얹는다. "내…… 이름은……." 나는 쌕쌕거리지만, 어떻게 이어나가야 할지를 생각할 수가 없다.

그녀는 맥주를 내려놓고 앞으로 약간 몸을 내민다.

"너, 이름이 있어?"

나는 끄덕인다.

그녀의 입술이 반쯤 웃을 듯이 벌어진다. "이름이 뭔데?"

나는 눈을 감고 전에 수없이 해 왔던 것처럼 공백 속에서 이름을 끌어내기 위해 열심히 생각한다. "러르르." 나는 제대로 발음하려고 애쓰며 말해 본다.

"러르? 이름이 러르야?"

나는 고개를 젓는다. "러르르르르……."

"러르르? R로 시작하는 이름이야?"

나는 고개를 끄덕인다.

"로버트?"

고개를 젓는다.

"릭? 로드니?"

고개를 젓는다.

"어…… 람보?"

나는 한숨을 쉬며 탁자만 쳐다본다.

"좋아, 그럼 그냥 'R'이라고 부르면 어때? 그걸로 시작하는 이름이잖아, 맞지?"

내 눈이 그녀의 눈과 똑바로 마주친다. "R." 잔잔한 미소가 내 얼굴에 퍼진다.

"안녕, R, 나는 줄리야. 그런데 넌 이미 내 이름을 알고 있었잖아. 아무래도 내가 빌어먹을 유명인사인가 봐." 그녀는 내 앞으로 맥주를 내민다. "너도 한잔해."

내용물이 무엇일까 하는 생각에 이상한 울렁거림을 느끼며 두 번째로 그 병을 본다. 어두운 호박색의 공허함. 생명을 잃은 소변 같다. 하지만 두 번 다시는 없을 것 같은 이 따뜻한 순간을 나의 멍청한 좀비적 정신 장해로 망치고 싶지 않다. 나는 맥주를 받아들고 죽 들이킨다. 맥주가 내 내장의 작은 구멍들을 따라 졸졸 흘러가다가 내 셔츠를 적시는 것이 느껴진다. 놀랍게도, 뇌를 따라 퍼지는 가벼운 취기도 느껴진다. 나에게는 알코올이 침투할 혈류가 없기 때문에 물론 불가능한 일이지만 나는 어쨌든 느낀다. 심리적인 것일까? 나의 옛 인생에서 술을 마신 기억이 아련하게 남아 있었던 걸까? 그렇다면, 보아하니 나는 별로 술이 세지 않았던 것 같다.

줄리는 나의 멍한 얼굴을 보고 웃는다.

"마저 비워, 나 사실은 와인을 더 좋아하거든. 어쨌거나."

나는 또 마신다. 병 테두리에 묻은 그녀의 라즈베리 립글로스 맛이 느껴진다. 음악회를 가기 위해 차려입은 그녀를 상상하고 있는 나를 발견한다. 목까지 내려오는 머리카락이 부드럽게 곡선을 이루며 정돈되어 있고, 작은 몸에 붉은 파티 드레스를 두르고 환하게 빛나고, 나는 그녀에게 키스를 하고, 립스틱이 내 입술에 묻어나고, 밝은 빨강이 내 회색 입술에 퍼져 간다…….

나는 맥주병을 충분히 안전할 정도의 거리로 밀어 놓는다.

줄리는 싱긋 웃고는 다시 먹기 시작한다. 그녀는 탁자 맞은편의 나의 존재를 무시하고, 몇 분간 포크질을 한다. 그녀가 나를 쳐다보면 짧게나마 대화를 위한 암울한 시도를 해 볼까 하던 참에, 모든 명랑함의 자취가 사라진 얼굴로 그녀가 말한다.

"그래서, 'R'. 나를 왜 여기에 잡아 두는 거야?"

그 질문은 나를 정면으로 후려친다. 나는 천장을 본다. 나는 공항 전체에 퍼져 있는 내 동료 좀비들을 가리키는 몸짓을 취한다.

"너를…… 안전하게…… 지키려고."

"헛소리 하지 마."

정적이 흐른다. 그녀는 나를 노려본다. 나는 눈을 피한다.

"좋아, 도시에서 네가 나를 구했던 때를 돌이켜 보면, 불행 중 다행이라고 생각해. 그러니까, 그래. 내 생명을 구해 줘서 고마워. 아니면 내 생명을 비축해 둔 것이든가. 어느 쪽이든 간에. 하지만 네가 나를 이곳으로 데리고 왔으니, 나는 네가 나를 여기서 나가게 해 줄 수 있다고 확신해. 그러니까 다시 묻겠는데, 왜 나를 여기에 잡아 두는 거야?"

그녀의 눈이 뜨거운 쇠처럼 내 옆얼굴로 파고든다. 나는 피할 수 없음을 깨닫는다. 나는 가슴에, 심장 위에 손을 얹는다. 나의 '심장', 이 가련한 기관은 무엇 때문에 아직까지 존재하는 것일까? 그것은 피를 순환시키지도 않고, 아무 목적도 없이, 미동도 없이 내 가슴 속에 누워 있다. 게다가 아직 나의 감정은 그것의 차가운 내벽에서 유래하는 것 같다. 나의 고요한 슬픔, 나의 모호한 갈망, 나의 드물게 깜빡이는 기쁨. 희석되고 희미하게, 하지만 진짜로, 그들은 내 가슴의 가운데에 고여서 새어 나오고 있다.

나는 손으로 가슴을 꾹 누른다. 그 상태로 나는 줄리 앞으로 조심스럽게 다가서서, 그녀의 가슴을 누른다. 어떻게든, 나는 간신히 그녀의 눈을 맞춘다.

그녀는 내 손을 내려보고, 나에게 건조한 시선을 던진다.

"지금. 날. 놀리는 거니."

나는 손을 움츠리고 눈을 탁자 위로 떨어뜨린다. 고맙게도 나는 얼굴을 붉힐 수가 없다. 나는 웅얼거린다. "기다려야…… 해, 그들은…… 네가…… 새로운…… 개종자라고…… 생각해. 그들은…… 너를…… 의식하고 있어."

"얼마나 오래?"

"한…… 며칠. 그들은…… 잊을 거야."

"맙소사." 그녀는 한숨을 쉬고 손으로 눈을 가리고, 머리를 흔든다.

"너는…… 괜찮을…… 거야, 약속할게."

줄리는 내 말을 무시한다. 주머니에서 아이팟을 꺼내더니 귀에 이어폰을 꽂는다. 그녀는 다시 음식을 먹으면서, 음악을 듣는다. 나를 밀어내려는 미약한 몸부림이다.

이 데이트는 잘 돌아가지 않을 모양이다. 다시 한 번 내면의 불합리한 생각이 나를 압도하고, 피부 바깥으로 슬금슬금 기어 나오고 싶어 한다. 나의 추악하고 어설픈 살갗을 탈피해 벌거벗은 익명의 해골이 되고 싶다. 내가 막 일어서서 나가려는데, 줄리가 한쪽 귀의 이어폰을 빼고 눈을 찡그리고, 예리한 눈빛으로 나를 쳐다본다.

"넌…… 다른 거지, 그렇지?"

나는 대답하지 않는다.

"나는 지금까지 좀비가 말하는 걸 들어 본 적이 없거든, '뇌!'랑 항상 우둔하게 그르렁거리는 소리 말고는 말이야. 게다가 좀비가 식량 이외의 의도로 인간에게 관심 갖는 것도 처음 봐. 나한테 음료수 사 주는 좀비는 *절대*로 본 적도 없어. 혹시…… 다른 좀비들도 너랑 같아?"

다시 한 번 얼굴이 붉어졌으면 하는 충동이 든다. "몰……라."

그녀는 그녀의 국수를 쟁반으로 밀어 놓는다. "며칠만." 그녀가 반복한다.

나는 끄덕인다.

"도망치기에 안전해질 때까지 나는 여기에서 무엇을 하면 좋을까? 나더러 너네 비행기집에 피 칠갑을 한 채로 가만히 앉아 있기만 하라는 건 아니었으면 좋겠어."

나는 잠시 생각한다. 내 머리 위로 감상적이고 로맨틱하고 완전히 허황된 옛날 영화의 단편에서 보았음직한 무지개의 이미지가 떠오른다. 정신을 다잡아야 한다.

"내가…… 재미있게…… 해 줄게." 나는 드디어 말하고는, 불편한 웃음을 짓는다. "손님…… 대접."

그녀는 눈을 굴리고는 다시 음식을 먹는다. 빼놓은 한쪽 이어폰은 여전히 탁자 위에 있다. 그녀는 그릇으로부터 눈도 돌리지 않고 문득 나에게 이어폰을 권한다. 귀에 이어폰을 꽂자, 그래와 아니, 높다와 낮다, 안녕과 잘 가와 안녕과 같은 아쉬움을 담은 반대말들을 노래하는 폴 매카트니의 목소리가 내 머리로 흘러 들어온다.(폴 매카트니의 「헬로, 굿바이*Hello, Goodbye*」의 가사에 대한 이야기. 애인의 말에 반대말만 하던 남자가 애인이 헤어짐을 말하자 이해할 수 없다고 하는 내용이다.—옮긴이)

"존 레논이 이 노래 싫어했던 거 알아?" 줄리는 이 노래가 나오자, 내 쪽으로, 하지만 정확히는 나를 향하지 않은 채 말한다. "레논은 이걸 의미 없는 횡설수설이라고 생각했대. 자기는 「나는 바다코끼리*I Am the Walrus*」를 쓴 주제에 말이야."

"구 구…… 구줍." (「나는 바다코끼리」의 가사 중 후렴구.—옮긴이)

그녀는 동작을 멈추더니, 놀랐지만 기분 좋은 얼굴로 머리를 갸웃거리며 나를 본다. "응, 바로 그거, 그렇지?" 병에 난 내 입술 자국을 잊어버린 그녀는 맥주 한 모금을 마시고 나는 엄청난 혼란으로 눈이 동그래진다. 하지만 아무 일도 일어나지 않는다. 아무래도 좀비 감염은 이런 가벼운 접촉으로는 전염되지 않는 모양이다. 아마도 물리는 것 같은 격렬한 접촉이 필요한 것 같다.

"어쨌든 이건 지금의 나한테는 좀 심하게 쾌활한 곡이긴 하지."

그녀는 노래를 건너뛴다. 에바 가드너가 부른 「빌*Bill*」(영화 「쇼 보트*Show Boat*」의 사운드 트랙의 수록곡. ―옮긴이)의 한 소절. 그 다음에 그녀는 몇 곡을 더 건너뛰고는 내 귀에는 익지 않은 록 음악에 안착하더니 음량을 조절한다. 나는 희미하게 음악을 알아들었지만 무시한다. 나는 눈을 감고 고개를 까닥거리고 있는 줄리를 쳐다본다. 가장 무시무시한 집단 한가운데의 가장 어둡고 낯선 장소인 이곳에서조차 음악은 그녀의 마음과 그녀의 생명의 박동을 강하게 움직이고 있는 것이다. 나의 검은 피 아래에서 하얗게 빛나는 안개가 피어오르는 것을 다시 느낀다. 게다가 줄리의 안전을 위해서조차 나는 그것을 억제할 엄두가 나질 않는다.

나의 무엇이 잘못된 걸까? 창백한 잿빛 살점, 차갑고 뻣뻣한 내 손을 응시하면서 나는 내 손이 분홍색으로, 따뜻하고 탄력 있는, 안내하고 창조하고 돌볼 수 있는 손이 되기를 꿈꿔 본다. 나의 사멸한 세포들이 그들의 무기력함을 떨쳐내고, 나의 어두운 핵 속 깊은 곳에서 크리스마스처럼 팽창하고 빛나기를 바란다. 맥주의 취기 속에서 내가 이 모든 걸 만들어 낸 걸까? 플라시보 효과? 낙관적인 환상? 어떤 것이든 간에, 나는 내 존재적 혼란의 죽음과 함께 심장 박동이 계곡과 언덕을 오가는 그래프를 그리는 것을 느낀다.

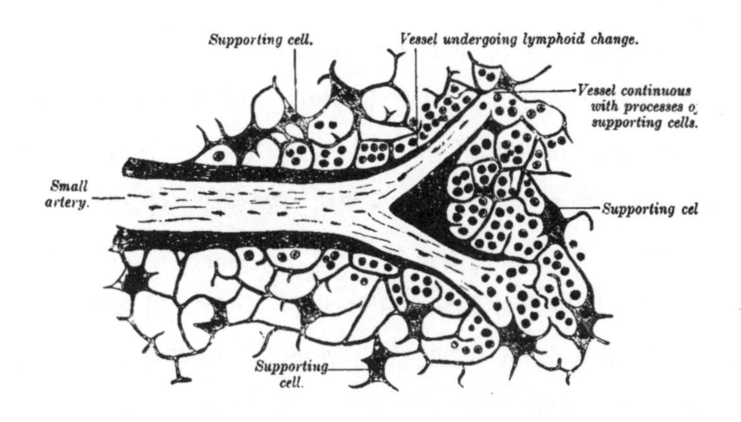

"코너를 돌 때 더 주의해야겠어. 오른쪽으로 돌릴 때마다 길을 거의 벗어나 버리잖아."

벗겨진 가죽 핸들을 돌리면서 액셀러레이터 위에 발을 얹는다. 메르세데스는 앞으로 기울었고, 우리는 그 반동으로 머리를 뒤로 부딪힌다.

"맙소사. 너 완전 폭주족이구나. 좀 편안하게 운전할 수 없어?"

급정지를 하다가 클러치 밟는 것을 잊어버려서 엔진이 꺼져 버린다. 줄리는 눈을 굴리면서 억지로 참는 목소리를 낸다. "좋아, 봐." 그녀는 다시 시동을 걸고, 자리를 좁혀 앉아서 내 다리 위로 자신의 다리를 뻗어서 내 발 위에 자기 발을 얹는다. 그녀의 압박하에 나는 부드럽게 클러치를 밟고 차는 앞으로 미끄러져 나간다. "자, 이렇게." 그녀가 말하고는 자기 자리로 돌아간다. 나는 만족감으로 숨을 쌕쌕거린다.

우리는 오후의 부드러운 햇살 아래서 활주로를 누비고 다니는 중이다. 머리카락이 산들바람에 나풀거린다. 지금 이 순간 여기, 반짝이는 새빨간 64년식 로드스터(지붕이 없고 좌석이 두 개인 자동차.—옮긴이)를 이렇게 아름다운 숙녀와 함께 타고 있자니 나 스스로를 다른 삶, 좀 더 고전 영화 같은 삶에 끼워 넣지 않을 수가 없다. 마음이 들떠서 그나마 유지해 올 수 있었던 작은 집중력마저 잃어버린다. 나는 방향을 틀어서 계단 트럭을 살짝 박아서 보니들의 둥글게 정돈된 교회의 모양을 찌그러뜨리고 만다. 옆에서 덜컹 하는 느낌이 들더니 내 아이들의 목이 달칵거리는 소리가 뒤쪽에서 들린다. 아이들은 항의조로 으르렁거리지만 나는 그저 조용히 하라고 시킨다. 나는 이미 당황스런 상태다. 나는 내 자녀들이 내 아픈 곳을 건드리는 것이 싫다.

줄리는 우리 차의 우그러진 앞부분을 보고는 머리를 내젓는다.

"젠장, R. 정말 아름다운 차였다고."

내 아들은 앞으로 달려들어서 줄리의 어깨를 물려는 어설픈 시도를 하고, 나는 녀석의 등에 손을 뻗어 찰싹 때려 준다. 아이는 팔을 꼬고 입을 삐죽 내밀면서 좌석에 털썩 주저앉는다.

"무는 것 금지!" 줄리가 여전히 차체의 손상을 살피면서 질책한다.

왜 내가 오늘의 운전 연습에 아이들을 데려오기로 결정했는지 모르겠다. 줄리는 며칠 전부터 나에게 운전을 가르치려고 시도해 왔고, 나는 *아버지* 역할을 하겠다는 모호한 충동을 오늘 느꼈을 뿐이다. 지식을 전수해 주기 위해서. 나는 이 일이 전적으로 안전하지는 않다는 것을 깨닫는다. 내 자녀들은 나처럼 살아 있는 화법을 인식하고, 자극을 받기에는 너무 어리고, 줄리에게 소름끼치는 분장을 몇 번이나 다시 해 주었지만 가까운 거리에서는 아직도 그녀의 원래 체취가 풍기고 있다. 매 순간 아이들은 그 냄새를 맡고, 천천히 발달하는 그들의 본능에 사로잡힌다. 나는 그들에게 애정 어린 훈육을 하려 노력 중이다.

우리의 집인 터미널 앞으로 돌아오자마자 나는 화물 적재 창구에서 신도들이 나오는 것을 발견한다. 거꾸로 된 장례 행렬처럼 죽은 자들의 근엄한 행렬이 느리고 터벅거리는 걸음으로 교회 앞까지 이어진다. 보니들 한 무리가 피부를 걸친 나머지 무리보다 조금 앞장서서 그 순례를 이끌고 있다. 우리들 중에도 항상 그들이 어디로 가는 중인지, 무엇을 하는 중인지를 정확하게 알고 있는 것 같은 몇 명이 있다. 그들은 떨지 않으며, 멈추거나 경로를 바꾸거나 하지 않고, 그들의 몸은 더 이상 자라거나 부패하지 않는다. 그들은 변함없이 안정된 상태다. 그들 중 하나가 나를 똑바로 쳐다보자, 어디선가 봤던 암흑시대 동판화에 라틴어로 새겨진 포동포동한 어린 처녀를 비웃는 썩어 가는 시체가 생각난다.

Quod tu es, ego fui, quod ego sum, tu eris.

네가 무엇을 하든, 나도 그랬다.

내가 무엇인가 하면, 너의 나중이다.

나는 해골들의 텅 빈 시선으로부터 달아난다. 천천히 그들의 행렬 사이로 지나가자, 살집이 있는 몇몇이 우리를 무관심하게 쳐다보는데, 그중에 나의 아내가 있다. 그녀는 한 남성과 나란히 걷고 있는데, 둘이서 손깍지를 끼고 있다. 아이들이 군중 속에서 그녀를 찾아내고, 뒷자리에서 일어서서 손을 흔들고 큰 소리로 그르렁거린다. 줄리는 그들의 눈길을 좇아서 아이들에게 손을 흔들어 주고 있는 내 아내를 본다. 줄리가 나를 쳐다본다. "저건…… 네 아내 같지 않아?"

나는 대꾸를 하지 않는다. 나는 일종의 비난 같은 것을 기대하며 아내를 본다. 하지만 그녀의 눈에서 일말의 인식조차 읽을 수 없다. 그녀는 차를 보고, 나를 본다. 그녀는 앞을 똑바로 바라보더니 다른 남자와 손을 잡고 그대로 걸어간다.

"네 아내 맞잖아?" 줄리가 다시 한결 단호하게 물어 온다. 나는 끄덕인다. "네 아내 옆에 있는 *남자*는 누구야?" 나는 어깨를 으쓱한다. "지금 저 여자가 너든가 아님 저기 저 뭐든가를 속이고 바람을 피우는 거야?" 나는 어깨를 으쓱한다. "신경 안 *쓰여*?"

나는 어깨를 으쓱한다.

"그만 좀 으쓱거려, 이 멍청아! 너 말할 줄 아는 거 다 알거든, 그냥 말로 해."

나는 잠시 생각해 본다. 아내가 멀어져 가는 것을 보면서 손을 가슴에 얹어 본다. "죽었어." 아내 쪽으로 손을 들어 가리킨다. "죽었어." 나도 모르게 하늘을 올려보다가 초점을 잃어 멍해진다. "상처받을…… 수 있으면…… 좋겠지만…… 안 느껴져."

줄리는 뭔가를 더 기다리듯이 나를 쳐다보고, 나는 자꾸 끊어지는 웅얼거리는 독백으로 내 마음을 전부 표현하는 것이 가능할지 궁금해진다. 내 어휘들이 실제로 들리는 것인지 아니면 사람들이 쳐다볼 동안 그저 내 머릿속에서 메아리치는 것인지, 잠깐만? 나는 구두법을 바꿔 보고 싶다. 나는 느낌표를 열망하지만 빈칸 속으로 빠져들고 만다.

줄리는 나를 한참 더 쳐다보다가 앞 유리 쪽으로 고개를 돌리고 다가오는 풍경을 보고 있다. 우리의 오른쪽으로, 한때는 세계를 보기 위해, 그들의 지평을 넓히기 위해, 사랑과 명예와 부를 찾기 위해 떠나는 열정적인 여행자들과 함께했을 빈 탑승 터널의 어두운 입구가 있고, 왼쪽에는 드림라이너 기종의 비행기가 시커먼 잔해로 남아 있다.

"내 남자 친구도 한 번 바람피운 적이 있어." 줄리는 여전히 앞 유리를 보며 말한다. "보호 시설이 세워지는 동안에 그 애 아버지 집에서 잠시 맡았던 여자애였어. 어느 날 둘이서 의식을 잃을 정도로 취해서, 그냥 그렇게 돼 버렸대. 무엇보다도 우연하게 일어난 일인 데다가, 남자 친구가 정말 진지하게 마음을 움직이는 고백을 했어. 자기는 나를 많이 사랑하고 나에게 확신을 주기 위해서는 무엇이든지 하겠다는 둥 이래저래 신에게 맹세까지 하더라. 하지만 그런 건 별로 해결책이 되진 않았어. 계속 계속 그 생각만 나고 머릿속엔 그 생각만 들고 그것 때문에 계속 *속이 타들어 가는* 거야. 나는 몇 주간 매일 밤 울면서 잠들었어. 내 MP3에 담아 둔 모든 슬픈 곡을 계속해서 들었지." 그녀는 머리를 천천히 내젓는다. 그녀의 눈이 아득해진다. "그런 것들은 그냥…… 그런 일들은 가끔 매우 힘들어. 페리에게 그런 일이 일어났을 때, 어쩌면 나도 좀 더…… 너처럼 사랑할 수도 있었을 텐데."

나는 줄리를 살펴본다. 그녀는 머리카락을 손으로 쓸어내리면서 살짝 꼬고 있다. 그녀의 손목과 팔뚝에 난 희미한 흉터를 발견한다. 가느다란 선들이 우연치고는 너무나 나란하게 가로 누워 있다. 그녀는 눈을 깜박거리고 내가 그녀를 꿈에서 깨우기라도 한 것처럼 갑자기 나를 쳐다본다. "왜 내가 너한테 이런 얘기를 하고 있는 건지 모르겠네." 그녀는 짜증난 듯 말한다. "어쨌든 오늘 강습은 끝났어. 피곤해."

더 이상의 언급 없이 나는 집으로 운전한다. 브레이크를 늦게 밟는 바람에 범퍼로 미아타(마츠다가 생산하는 2인승 스포츠카. —옮긴이)의 그릴을 5센티미터쯤 밀어 넣으며 주차한다. 줄리가 한숨을 쉰다.

* * *

그날 밤 우리는 복도 가운데에 책상다리를 하고 앉아 있다. 줄리는 전자레인지에 돌린 팟타이를 앞에 두고 식히고 있다. 나는 그녀가 아무 말도 없이 포크질을 하는 것을 보고 있다. 줄리가 아무 말 없이 뭔가를 하고 있을 때조차, 그녀를 지켜보는 일은 재미가 있다. 그녀는 고개를 갸우뚱거리고, 이곳저곳을 둘러보고, 웃으면서 자세를 바꾼다. 배경 영사 영화처럼 그녀의 속마음이 얼굴을 통해 상영된다.

"너무 조용한걸." 그녀가 말하고는 일어서서 내 레코드 더미를 뒤적거린다. "전부 레코드판이야? 아이팟으로는 들을 수 없는 거야?"

"더 좋은…… 소리."

그녀가 웃는다. "오, 순수주의자이시다? 허."

나는 허공에 손가락으로 동그라미를 그린다. "더 실감나. 더…… 살아 있어."

그녀가 고개를 끄덕인다. "그래, 그렇긴 하지. 문제가 더 많지만." 그녀는 레코드 더미를 휙휙 넘겨 보더니 얼굴을 약간 찡그린다. "1999년 이후의 새로운 앨범은 하나도 없어. 그때가 네가 죽었을 때거나 뭐 그런 거야?"

잠시 이 문제를 생각해 보았지만, 떠오르는 게 없어 어깨를 으쓱한다. 줄리의 말이 맞을 수도 있겠지만 정말로 나는 내가 죽었을 때의 기억이 하나도 나지 않는다. 현재 내 몸의 부패 단계를 통해서라면 그나마 내가 언제쯤 죽었을 지 추측해 볼 수도 있겠지만, 우리들 모두가 같은 속도로 부패가 진행되지는 않는다. 우리 중 몇몇은 장례식 당시의 상태로 몇 년을 지내기도 하고, 몇 명은 몇 달 만에 뼈만 남기도 하는 등, 우리 피부의 붕괴는 마른 바다 거품 같다. 무엇 때문에 이렇게 불공평한 진행을 보이는지는 모르겠지만 아마도 우리의 몸이 마음을 따라가고 있기 때문인 것 같다. 쉽게 체념하고 받아들이는 무리가 있고, 거세게 저항하는 다른 무리들이 있는 것이다.

나의 나이를 짐작할 수 없게 하는 또 하나의 장해물은 우리가 언제부터 여기에 있었는지 모른다는 것이다. 1999년이 10년 전일 수도 있고 바로 어제일 수도 있다. 무너진 건물들, 썩어 가는 기반 시설과 같은 거리의 붕괴 정도를 관찰하는 것으로 시간대를 추정해 볼 수 있겠지만, 세상의 모든 부분이 제각기의 속도로 썩어 가고 있기 때문에 그것 역시 불가능하다. 아즈텍의 폐허로 보일 만한 도시들도 있고, 지난주에 막 비워져서는, 텔레비전은 아직도 계속 지지직거리는 상태이고, 카페 오믈렛은 이제 곰팡이가 피기 시작한 그런 도시도 있다.

세계에 일어나고 있는 일들은 점진적이다. 나는 정확하게 그것이 무엇인지는 잊어버렸지만 희미하게 어떤 사건이 있었던 것 같은 태아적 기억은 남아 있다. 그을림은 더 이상 타 버릴 것이 남아 있지 않을 때까지 진짜로 불이 붙은 것도 아닌 것을 두려워하게 한다. 각각의 순차적인 단계는 우리를 놀라게 한다. 어느 날 우리는 깨어났고, 모든 것이 사라진 뒤였다.

"정신이 들었구나." 줄리가 말한다. "너 잠들었었어. 네가 지금처럼 넋이 나갈 때면 도대체 무슨 생각을 하는지 궁금해." 나는 어깨를 으쓱했고, 그 행동이 그녀를 분노로 흥분하게 한다. "또 으쓱거리잖아. 그만 좀 으쓱거려, 이 으쓱아! 내 질문에 대답하라고. 뭐가 네 음악적 발전을 방해했는데?"

나는 다시 으쓱하려다가 어렵사리 멈춘다. 어떻게 내가 말로 그녀에게 이런 것을 설명하는 것이 가능할까? 돈키호테의 느린 죽음처럼, 탐색을 저버리고, 욕구에 항복하고, 적응하고 정착하게 되는 것이 죽은 자의 피할 수 없는 운명인 것이다.

"우리는…… 새로운 것…… 생각 안 해." 나의 짧고 얕은 어휘를 걷어차면서 쥐어짜내기 시작한다. "나는…… 가끔…… 생각하기는…… 하는데…… 깊이…… 탐구는…… 안 해."

"정말로 그거 참 기가 막힌 비극이네." 그녀는 내 레코드를 계속 뒤적거리는데, 말을 계속할수록 톤이 높아지기 시작한다. "넌 새로운 것에 대해서는 생각하지 않는다고? '탐구'하지 않아? 그게 무슨 뜻이야? 뭘 탐구한다는 거지? 음악? 음악은 *삶 자체*야! 널 자극하는 물리적 감성이라고! 음악이란 빨아들인 영혼을 네 귀 속으로 넣어 주기 위한 음파로 변환시켜 주는 영적 에너지란 말이야. 내가 무슨 이야기하는지 알겠어? 지루하다고? 음악을 듣기 위한 시간이 없다고?"

나는 여기에 대해 할 수 있는 말이 없다. 나는 열린 하늘의 섬뜩한 입구에 대고 줄리가 절대로 변하지 않기를 기도한다. 그녀가 더 나이가 들고 현명해져서 우리처럼 어느 날 아무 기억도 없이 깨어나는 자신을 발견하지 않기를.

"어쨌든 넌 아직까지는 여기에서 상태가 좋은 편에 속한다는 이야기지?" 그녀는 한풀 분노를 누그러뜨리며 말한다. "넌 그래도 멋진 편이야, 정말로. 자, 이걸 다시 들어 보자. 프랭크 시나트라라면 나쁠 리가 없어." 그녀는 레코드를 올려 놓고 다시 팟타이 그릇 앞으로 돌아온다. 「그녀는 자유 부인*The Lady is a Tramp*」의 곡조가 비행기 객실을 가득 채우고 줄리는 나에게 비틀린 미소를 보낸다. "내 주제가야." 그녀가 입안에 면발을 가득 물고 우물거리며 말한다.

병적인 호기심의 발로에서, 나는 그녀의 그릇에서 면발 한 가닥을 집어서 씹어 본다. 전혀 아무 맛도 나지 않는다. 마치 공기를 씹는 것 같은 상상의 음식 같다. 나는 고개를 돌려서 손바닥에 뱉어 낸다. 줄리는 알아채지 못한다. 그녀의 마음은 다시 어딘가 먼 곳으로 가 있는 것 같은데, 나는 그녀의 얼굴 뒤로 비치는 생각 영상의 색깔과 모양을 본다. 몇 분 후에 그녀는 한 입을 삼키고 나를 올려다본다.

"R." 그녀는 무심하게 호기심조로 묻는다. "넌 누구를 죽였어?"

순간적으로 굳는다. 음악이 내 의식 너머로 희미해진다.

"그 고층 빌딩에서. 네가 나를 구해 주기 전에 네 얼굴에 피가 묻은 걸 봤어. 누구 피였어?"

나는 그녀를 쳐다보기만 한다. 왜 이런 걸 물어 봐야만 하는 걸까? 그녀의 기억을 내 것처럼 어둡게 지워 버릴 수는 없을까. 왜 그녀는 나와 함께 어둠 속에서 살아갈 수 없는지, 역사에서 잘려져 나온 심연에서 헤엄칠 수는 없는지.

"그게 누구였는지 알아야겠어." 줄리의 표정엔 아무 감정도 서려 있지 않다. 눈도 깜박이지 않고 내 눈을 응시한다.

"그냥 어떤…… 애였어, 아무도 아닌." 나는 웅얼거린다.

"좀비들이 뇌를 먹는 이유가 사람들의 인생을 다시 체험하기 위해서라는 가설이 있어. 사실이야?"

나는 망설일 생각조차 못하고 어깨를 으쓱한다. 벽에 손가락으로 그림을 그리다가 잡힌 걸음마 아기 같은 기분이다. 아니면 수십 명의 사람을 죽여서 잡혀 온 기분.

"누구였어?" 그녀가 압박한다. "기억 안 나?"

나는 거짓말을 해 보려고 한다. 그 방에 있던 몇 명의 얼굴을 기억하고 있다. 나는 주사위를 굴려서 무작위로 그중에서 한 명을 선택하기로 한다. 그녀가 잘 알지 못하는 누군가를 잘 고르면 그냥 넘어가고 다시는 이야기를 안 꺼낼지도 모른다. 하지만 할 수가 없다. 불편한 진실을 실토하는 것도, 그녀에게 거짓말을 하는 것도 할 수가 없다. 덫에 걸린 것 같다.

줄리는 오랫동안 나를 뚫을 듯이 쳐다보다가 주춤한다. "버그였어?" 거의 혼잣말처럼 작게 그녀가 이름을 댄다. "여드름이 엄청 많이 난 애? 버그였을 것 같아. 그 녀석 얼간이거든. 노라를 검둥이라고 부르고 항상 나를 완전 음흉하게 쳐다봤어. 물론 페리가 눈치 채지 못할 때만 그랬지. 만약에 버그였다면, 네가 그 녀석을 없애 버려서 기쁠 것도 같아."

이러한 상황 변화에 감을 잡기 위해 그녀와 눈을 맞춰 보려고 하지만, 이제는 그녀가 눈길을 피하고 있다.

"어쨌거나 누가 페리를 죽였는지 모르겠지만, 나는 그걸로 그들을 비난할 생각이 없다는 것을 네가 알아줬으면 좋겠어."

나는 다시 긴장한다. "비난…… 안 해?"

"그래. 내 말은, 그냥 받아들이겠다고. 너희들한테는 선택의 여지가 없었잖아, 맞지? 그리고 솔직하게 말하자면…… 아무한테도 말한 적 없는 건데……." 그녀는 음식을 쳐다본다. "마지막까지 가지 않았다는 일종의 안도감 같은 거야."

나는 얼굴을 찡그린다. "뭐가?"

"두려워하던 일이 일어나지 않고 멈출 수 있었던 것."

"페리가…… 죽는 것?"

나는 그의 이름을 말한 것을 순간적으로 후회한다. 혀를 굴리자, 그 음절들이 그의 피 같은 맛이 났다.

줄리는 아직도 쟁반을 보면서 고개를 끄덕인다. 다시 말을 꺼내는 그녀의 목소리는 한결 부드러워지고 희미해져서 기억 속의 목소리는 잊어 주길 바라는 것 같다. "그 애에게…… 일이 좀 있었어. 사실은 많은 일들이. 이제 와서 보면, 더 이상 견뎌 낼 수 없어서 그 애가 그냥 다른 사람으로 변해 버리는 어떤 순간이 왔던 게 아닐까 생각돼. 페리는 빼어나고, 열정적인 아이면서, 다소 괴짜 같았고 재미있는 데다 꿈이 가득했어. 그런데…… 그냥 갑자기 모든 계획을 관두고는, 경비대에 들어가더라고…… 페리가 변하는 속도가 너무 빨라서 무서울 지경이었지. 페리는 날 위해서는 무엇이든지 하겠다면서, 성장하고 현실에 직면하고, 책임을 맡게 되거나 그런 거 있잖아, 이제 자기가 그래야 할 때라고 하더라. 하지만 내가 그 애를 사랑하게 했던 모든 점이, 그를 그답게 해 주었던 모든 것이 썩어 가기 시작했어. 무엇보다도 그 애는 포기해 버렸어. 그 애의 삶이 끝난 거야. 진짜 죽음은 그 다음에 따라오는 논리적 수순일 뿐이야." 그녀는 쟁반을 옆으로 밀어 놓는다. "우리는 항상 죽음에 대해서 이야기했어. 그 애는 자주 그런 얘기를 했거든. 격렬하게 애무하던 중간에 갑자기 멈추고는 이렇게 물어보는 거야. '줄리, 요즘 세상에 평범한 인생을 기대할 수 있을까?' 아니면, '줄리, 내가 죽으면, 내 목을 잘라 줄 거야?' 로맨스의 극치야, 안 그래?"

그녀는 비행기 창밖으로 먼 산을 바라본다. "대화로 그 애를 진정시키려고도 해 봤어. 그 애를 붙잡아 두려고 정말로 최선을 다했지만, 지난 몇 년 간 누가 보기에도 꽤 분명했어. 그 앤 그냥…… 죽은 거야. 세상을 구원하기 위해 돌아온 그리스도와 아서 왕의 이야기가 그 아이를 되돌려 줄지는 모르겠네. 그조차 부족했을 거라고 확신은 하지만." 그녀는 나를 본다. "그 애가 살아서 돌아올까? 너희들 중 하나로?"

그의 뇌의 촉촉한 선홍색 풍미를 기억하며 시선을 깐다. 나는 머리를 흔든다.

그녀는 한동안 조용하다. "하지만 물론 페리가 죽어서 슬프지 않다는 뜻은 아니야. 나는 정말…… 난……." 그녀의 목소리가 약간 떨린다. 그녀는 잠시 멈추고 목을 가다듬는다. "나는 정말로 슬퍼. 하지만 그 앤 그걸 원했어. 그 애가 그러길 바랐다는 걸 알아." 그녀의 한쪽 눈에서 눈물이 떨어지는데, 그 눈물방울에 자신도 놀란 것 같다. 그녀는 마치 모기를 쫓듯이 눈물을 쓸어 낸다.

나는 쟁반을 들고 일어서서 쓰레기통에 버린다. 내가 다시 앉았을 때에 그녀의 눈가는 말라 있지만 아직도 눈이 빨갛게 보인다. 줄리는 코를 훌쩍이고는 나에게 희미한 미소를 보인다. "페리에 대해서 너무 나쁜 말만 한 것 같은데, 나도 그렇게 밝고 긍정적인 인간은 아니야. 알아? 나도 역시 만신창이야. 나는 그저…… 아직까지 살아 있을 뿐이지. 망가져 가는 과정에 있는 거야." 그녀는 경쾌하게, 크게 웃음을 터뜨린다. "정말 이상해. 나는 이런 얘기를 아무한테도 한 적이 없는데 너한테는…… 그러니까 내 말은, 네가 정말 *조용하게*, 그냥 거기에 앉아서 들어 주고만 있어서 그런 것 같아. 신하고 하는 대화 같거든." 그녀의 미소가 사그라지더니 한순간에 사라져 버린다. 다시 얘기를 시작하지만 그녀의 목소리는 조심스러우며 단조롭고, 그녀의 눈은 창문의 못을 들여다보다가 경고 문구를 자세히 보는 등 기내 여기저기를 헤맨다. "난 더 어렸을 땐 마약도 했어. 열두 살 때 시작해서 모든 종류를 섭렵했지. 지금도 기회만 되면 술도 마시고 대마초도 피워. 열세 살 때엔 돈을 받고 어떤 남자랑 관계 맺은 적도 한 번 있어. 돈 때문만은 아니었어. 돈이 별 가치가 없기도 했지만 말이야. 그 행위가 정말 끔찍했기 때문에, 나는 그 정도는 응당 받아야 한다고 생각했어." 그녀는 음산한 음악회의 입장을 허가하는 도장 같은 가느다란 흉터들이 있는 손목을 본다. "사람들이 자신에게 하는 행위들 중에 가장 형편없는 것이 뭔지 알아? 자기 목소리를 듣지 않는 거야. 자살할 필요도 없이 자신의 기억을 죽이는 거야."

긴 침묵이 흐른다. 그녀의 눈이 바닥을 헤매다가 그녀가 진정하기를 기다리면서 그녀의 얼굴을 보고 있는 내 눈으로 향한다. 그녀는 심호흡을 하고 나를 보고는 살짝 어깨를 으쓱한다. "으쓱." 그녀가 작은 목소리로 말하고 억지로 웃는다.

줄리는 느릿하게 일어나서 전축 쪽으로 간다. 여러 앨범에서 뽑은 곡들로 구성된 시나트라의 잘 알려져 있지 않는 모음집을 꺼낸다. 내가 좋아하는 LP판 중 하나다. 나도 내가 이걸 왜 이렇게 좋아하는지 잘 모르겠다. 언젠가 3일 동안 내내 움직이지 않고 전축 앞에 앉아서 판이 돌아가는 것만 보고 있었던 적도 있다. 나는 내 손바닥의 홈보다 이 레코드의 홈이 더 낫다는 것을 알고 있다. 사람들은 음악이 멋진 소통 수단이라고 말하곤 한다. 지금의 신인류와 사후 시대에 대해서도 아직 그 사실이 적용되고 있는지는 모르겠다. 레코드를 얹어 놓고 연주가 시작하면, 바늘을 옮겨서 노래들을 뛰어넘어서 내가 듣고 싶은 단어들을 찾을 때까지 나선으로 춤추게 한다. 찢어진 근막 조직 같은 큰 흠집 때문에 음정이 안 맞고, 박자가 안 맞는 악절이 간간히 끼어들지만 음색은 흠잡을 데가 없다. 프랭크의 느끼한 바리톤으로 말하는 것이 내가 쉰 목소리로 케네디의 화법을 구사하는 것보다는 좋을 것이다. 나는 전축 앞에 서서 내 속마음의 말들을 자르고 붙여서 공중에 콜라주를 만든다.

나는 당신이 무엇이라 불리든 상관없어, 지지직, 사람들이 당신을 이르기를, 지지직, 사악한 마법이라고, 지지직, 당신이 아닌 나를 위해 머리 모양을 바꾸지 마세요, 지지지직, 당신은 환상적이기 때문에, 지지직, 당신은 당신이 해 온 대로만 하면 돼요, 지지지직, 당신은 환상적…… 환상적…… 그 뿐이에요…….

레코드가 정상적인 순서로 재생하도록 돌린 후 줄리 앞으로 돌아와 앉는다. 그녀는 멍하니 빨갛게 된 눈으로 나를 쳐다본다. 나는 그녀의 가슴에 손을 얹고 안쪽에서 부드럽게 쿵쿵거리는 것을 느껴 본다. 암호로 말하는 작은 목소리.

줄리는 코를 훌쩍거린다. 코를 문질러 닦고는 두 번째로 나에게 묻는다. "너 대체 *뭐야?*"

나는 살짝 웃는다. 그러고는 일어나서 비행기 밖으로, 그녀의 질문은 허공에 남겨 둔 채로 대답하지 않고 나온다. 맥박이 사라진 내 손바닥에 그녀의 맥박의 메아리를 느낄 수 있다.

* * *

그날 밤, 나는 12번 출구의 바닥에 누워서 잠든다. 새로운 수면은 물론, 살아 있는 자들의 것과 다르다. 우리의 몸은 '피곤'하지 않고, 우리는 '휴식'을 취하지 않는다. 하지만 아주 가끔 끊임없이 의식을 유지하는 상태로 며칠이나 몇 주가 지나면 우리의 정신이 단순히 중압감을 견딜 수 없게 되고 무너지듯 쓰러지는 것이다. 우리는 의식을 닫고 아무 생각도 하지 않고 몇 시간, 며칠, 몇 주를 보냄으로써 스스로 죽을 수 있다. 하지만 우리의 이드를 재충전할 만큼 시간을 보내고 나면 온전하게 조금 더 오래 자신을 유지할 수 있다. 평화롭거나 사랑스러운 요소는 전혀 없다. 흉측하고 강제적이고, 우리 영혼의 헐떡거리는 껍질의 호흡을 돕기 위한 철로 만든 폐와 같다. 하지만 오늘 밤은…… 뭔가 다른 느낌이다.

나는 꿈을 꾼다.

현상되기 전의, 침침하고, 암적색으로 바래가는 수백 년 전 필름 같은, 수면의 공동에서 깜박거리는 내 오래전 삶으로부터 가져온 장면들이다. 그늘진 방 안으로 형체도 없는 것이 녹아내리는 출입구를 통해 걸어 들어온다. 술 취한 거인들처럼 불분명한 발음의 낮은 목소리들이 내 머릿속을 꿈틀거리며 기어 다닌다. 나는 종목도 애매한 경기를 하고, 앞뒤가 안 맞는 영화를 보고, 이름도 없는 흐릿한 형체와 이야기하고 웃는다. 반성 없는 삶의 희뿌연 스냅 사진들 중에서, 실용주의의 피에 물든 제단 위에서 오래 전에 희생당한 격정적인 추구, 소일거리의 이해를 잡아 낸다. 기타? 춤? 비포장도로용 오토바이? 그것이 무엇이든 간에, 내 기억을 메우고 있는 두꺼운 연기를 뚫고 나오기에는 역부족이다. 모든 것이 어둡고, 텅 빈 채로 이름도 없이 남아 있다.

나는 내가 어디에서 왔는지를 궁리하기 시작한다. 지금의 나는 더듬거리고, 휘청거리는 탄원자이다…… 내 오래전 삶의 토대 위에 지금의 내가 존재하는 걸까, 아니면 백지 상태의 묘비로부터 생겨난 것일까? 나의 어느 만큼이 물려받은 것이고, 얼마만큼이 나 스스로 구축한 것일까? 한가하게 사색하던 의문점들은 이상하게 다급하게 느껴지기 시작한다. 내가 전에 무엇인가에 굳건하게 뿌리박은 적이 있었나? 아니면 내가 정도를 벗어나는 것을 선택할 수 있을까?

나는 깨어나서 천장 멀리를 응시한다. 기억들은, 원래부터 비워져 있던 것처럼, 완벽하게 증발해 버린다. 아직 밤이고, 내 아내가 새로운 연인과 근처의 직원실 문 뒤에서 성관계하는 소리를 들을 수 있다. 나는 그들을 무시하려고 노력한다. 이미 오늘 한 번 그들 사이로 지나간 적이 있다. 나는 소리를 듣다가 문이 활짝 열려 있었기에 안으로 들어가 보았다. 거기서 그들은 벌거벗은 채, 어색하게 그들의 몸을 서로 밀어붙이고, 그르렁거리면서 서로의 창백한 피부를 더듬고 있었다. 그는 축 늘어져 있었고, 그녀는 건조했다. 그들은 서로 어떤 알 수 없는 힘이 그들의 팔다리를 엉켜 놓기라도 한 것처럼 어리둥절한 표정이었다. 마치 그들은 홱 돌거나 흔들리는, 고기로 만든 꼭두각시처럼 보였고 그들의 눈은 서로에게 묻고 있는 것 같았다.

"당신은 도대체 누구야?"

그들은 내가 거기에 서 있는 것을 알아챘음에도, 멈추거나 반응조차 하지 않았다. 그들은 나를 잠깐 쳐다보고는 하던 일을 계속했다. 나는 고개를 끄덕이고 12번 출구로 되돌아왔다. 이것이 내 마음을 지탱하던 슬개골을 부순 마지막 무게였다. 나는 바닥에 쓰러져 잠이 들었다.

열에 들뜬 몇 시간이 지난 후에 깨어난다. 하지만 내가 왜 벌써 일어났는지 모르겠다. 여전히 내 연약한 뇌를 짓누르며 쌓여 있는 생각의 무게가 느껴지지만 더 잘 수는 없겠다는 생각이 든다. 윙윙거리고 웅웅거리는 소리가 내 마음을 간질여서 정신이 들게 한다. 주머니에 손을 넣어 마지막 남은 대뇌 조각을 꺼낸다.

뇌에 남아 있던 생명력이 바래 가는 과정에서, 쓸모없이 어수선하게 쟁여져 있던 것들이 먼저 사라진다. 영화 대사들, 라디오 광고, 유명인에 대한 소문과 정치 구호들, 이런 것들이 모두 휘발해서 사라지고, 가장 강렬하고 고통스러운 기억들만이 남게 된다. 뇌가 죽어 가면서 안쪽의 생명력은 투명해지고 정제된다. 마치 와인이 숙성되는 것과 같다.

내 손안의 조각은 회갈색으로 변하고 다소 오그라들어 있다. 몇 분간은 이 작은 덩어리로부터 페리의 다른 삶의 기억들을 얻어 내는 행운을 누리겠지만 맹렬하고 다급한 순간이 될 것이다. 눈을 감고, 입안에 넣고 씹으면서 생각한다. *아직은 나를 떠나지 말아 줘, 페리. 조금이라도 오래 머물러 줘. 아주 조금만이라도 더. 제발.*

* * *

어둡고 참담한 터널이 나를 뱉어 내서는 번쩍이는 빛과 소음 속으로 내던진다. 건조하고 차가운 새로운 종류의 공기가 내 피부로부터 마지막 남은 고향의 자국을 닦아 내려는 듯이 나의 주위를 둘러싼다. 누군가 나를 가위질하는 것 같은 날카로운 아픔을 느끼고, 갑자기 나는 조그맣게 줄어든다. 나는 작고 연약하며, 완전히 혼자인

나 자신 이외의 누구도 아니다. 누군가 나를 엄청난 높이로 들어 올려서 멀리 떨어진 만으로 날려 보내고, 그녀에게 받아들여진다. 그녀는 내가 상상해 본 적도 없을 정도로 크고 부드럽게 나를 감싸고, 나는 긴장감으로 눈을 뜬다. 나는 그녀를 본다. 그녀는 장대하고, 우주와도 같다. 그녀는 세계다. 그 세계가 나에게 미소를 짓고, 그녀가 광대하고 깊게 울리는 신의 목소리로 어떤 의미를 전달하지만, 내 흑백의 정신세계에서는 횡설수설 알 수 없는 말들로 울려 퍼진다.

그녀가 말하길—

* * *

나는 의료 기기들이 모여 있고 상자들이 쌓여 있는 어둡고, 왜곡된 공간에 있다. 이 발굴팀엔 나와 소규모의 시민 자원자들이 있는데, 한 명만 제외하고는 모두 로소 대령이 한 명씩 엄선한 사람들이다. 그중 한 명은 자원해서 왔다. 그 한 명은 내 눈을 보면서 걱정한다. 그 한 명은 나를 구하길 바라고 있다.

"무슨 소리 못 들었어?" 줄리가 주변을 흘긋거리면서 말한다.

"아니." 나는 즉시 대답하고 짐을 옮기는 일을 계속한다.

"난 들었어." 노라가 그녀의 곱슬머리를 눈에서 치워 내며 말한다. "페어(페리의 애칭. 페어(pear)는 서양 배를 뜻하며, 페리(perry)에는 배즙으로 빚은 술이라는 뜻이 있다.—옮긴이), 아무래도 우리……."

"우리는 괜찮아. 계속 주위를 살펴보고 있으니까, 안전하다고. 일이나 해."

그들은 끊임없이 나를 지켜보는 병원 잡역부처럼 긴장해서는 언제든지 끼어들 태세다. 아무것도 변한 것이 없다. 나는 그들을 위험에 빠뜨리지 않을 것이다. 하지만 나는 아직도 길을 찾고 있다. 내가 혼자 있을 때, 아무도 보지 않을 때, 나는 행동에 옮길 것이다. 나는 그 일이 일어나도록 만들 것이다. 그들은 노력하고 또 노력하지만 그들이 주는 애정의 아름다움은 나를 더욱 더 깊은 곳으로 빠져들게 한다. 왜 그들은 이미 너무 늦었다는 것을 이해하지 못하는 걸까?

무슨 소리가 난다. 이번에는 나도 들을 정도다. 계단을 올라오는 비틀거리는 발걸음 소리와 그르렁거리는 코러스. 줄리의 청각이 더 예민한 것일까 아니면 내가 귀를 막고 있었던 것일까? 나는 총을 집어 들고 돌아선다.

안 돼. 나는 영상의 중간에 불쑥 내뱉는다. *이건 아니야. 이건 내가 보고 싶은 게 아니야.*

놀랍게도 모든 것이 정지한다. 페리가, 목소리가 들려오는 하늘을, 나를 올려다본다. "이것들은 *내* 기억들이야, 모르겠어? 너는 여기서 그냥 손님이야. 네가 더 보고 싶지 않다면, 그냥 뱉어 내면 돼."

충격적이다. 기억이 즉흥적으로 반응하다니. 내가 소화시키는 중인 그 정신과 함께 대화를 나눌 수 있단 말인가? 나는 어디까지가 실제의 페리고, 어디까지가 진짜 나인지를 알 수가 없지만, 정신없이 빨려 들어간다.

우리는 네 삶을 볼 수 있어! 나는 그에게 고함을 질렀다. *이건 아니라고! 너는 왜 먼지투성이의 의미도 없는 네 죽음을 재현하는 것을 네 마지막 기억으로 남기려고 하는 거야?*

"죽음이 의미가 없다고 생각해?" 그가 총에 약실을 돌려 넣으면서 응수한다. 줄리와 다른 사람들은 그들의 위치에서 초조하게 조바심을 내며 배경 소도구처럼 기다리고 있다. "만약 할 수만 있다면 *네* 기억을 보고 싶지 않아? 너 자신의 되감기 기능으로 새로운 것을 보고 싶지 않은 거야?"

새로운 것?

"당연하지, 이 멍청한 시체야." 그는 시선을 내려 방을 천천히 둘러보다가 잠시 버그에게 시선을 멈춘다. "수천 가지의 인생과 죽음이 은유적 언급이 아닌 모든 형이상학적 영역에 존재하지. 너도 남은 생을 계속 좀비로 보내고 싶진 않을 거야. 그렇지?"

글쎄, 아니야…….

"그렇다면 진정하고 내가 해야 할 일을 하게 해 줘."

나는 목구멍으로 덩어리를 삼키고 나서 말한다. *알았어…….*

* * *

—총을 들고 돌아서자, 우리 층에 다다른 천둥 같은 발자국 소리들이 들린다. 문이 부서지듯 열리고 그들이 안으로 울부짖으면서 몰려들어온다. 우리는 그들에게 총을 쏜다, 총을 쏘고 또 쏜다, 하지만 그들은 너무나 많고, 게다가 *빠르다*. 나는 줄리를 감싸고, 할 수 있는 한 그녀를 보호한다.

안 돼. 신이시여. 이것은 내가 원한 것이 아니다.

키 크고 마른 녀석이 갑자기 내 뒤에서 나타나서 내 다리를 잡는다. 나는 넘어져서 책상에 부딪힌다. 시야가 붉게 물든다. 모든 것이 잘못되었지만 붉은 시야가 암흑으로 변해 가자, 영원히 잠들기 전에 찾아온 마지막 이기적인 쾌감의 절정에 나는 환호한다.

마침내. 드디어!

그러고는—

* * *

"페리." 누군가 옆구리를 찔렀다. "페리!"

"뭐야?"

"지금 자러 가지 않을래?"

나는 눈을 뜬다. 감고 있던 눈꺼풀을 통과한 햇빛 때문에 눈이 부셔서, 망해 버린 동네 비디오 가게에 붙어 있던 옛날 영화 포스터처럼 세상이 흐릿한 회색조로 보인다. 고개를 돌려 그녀를 본다. 그녀는 심술궂게 웃으면서 내 옆구리를 다시 찌른다.

"걱정하지 마. 가서 바로 자."

그녀의 얼굴 너머로 스타디움 아치형 지붕의 하얀 기둥들이 어렴풋하게 보이고, 그 뒤로는 짙푸른 하늘이 보인다. 나는 그녀와 하늘에 번갈아 눈의 초점을 맞춰서 그녀의 얼굴과 금빛 복숭아 색 구름이 희미하게 하나로 겹쳐 보이게 하고는 다시 초점을 맞춘다.

"왜?" 그녀가 말한다.

"뭔가 희망적인 말을 해 줘."

"어떤 종류의 희망?"

나는 일어나 앉아서 무릎 위에 팔을 얹는다. 나는 도시를 둘러싼 무너진 건물들, 비어 있는 거리들과 하얀 비행기구름조차 없는 맑고 파랗고 죽은 듯이 고요한 외로운 하늘을 둘러본다.

"이게 세상의 종말이 아니라고 말해 줘."

그녀는 한동안 그 자리에 누워서 하늘을 올려다본다. 그러더니 일어나 앉아서 헝클어진 금발 사이에서 이어폰 하나를 끄집어낸다. 그녀는 그것을 부드럽게 내 귀에 꽂아 준다.

지저귀는 것 같은 기타의 튕김, 과장된 오케스트라, 오호 아하 하는 코러스, 그리고 무한하게 사그라질 줄 모르는 사랑을 노래하는 존 레논의 지치고 멍한 목소리. 이 연주를 한 사람들은 모두 묘지에 누워 있는 뼈가 되었지만 어쨌거나 지금 여기에서 나를 자극하고 계속해서 나를 불러 초대하는 것이다. 노래가 희미해지며 끝나 가자 내 안에서 무엇인가가 깨지는 것 같고 눈물이 흘러나온다. 눈부신 사실과 피할 길 없는 거짓말이 줄리와 나처럼 서로 옆자리에 앉아 있다. 양쪽을 다 가질 수 있을까? 이 절망적인 세상에서 그 이상의 것을 꿈꾸는 줄리를 계속 사랑하면서 살아남을 수 있을까? 최소한 이 순간만큼은 우리 귀 사이를 잇는 하얀 줄을 통해서 줄리의 뇌와 이어져 있는 것 같다고, 할 수 있다고 느낀다.

그 어떤 것도 나의 세계를 바꿀 수 없어. 레논이 주문을 외운다, 언제까지나. *그 어떤 것도 나의 세계를 바꿀 수 없어.*(비틀즈의 노래 「우주를 지나*Ucross the Universe*」의 가사 일부. —옮긴이)

줄리는 높은 음으로 노래하고, 나는 낮은 음으로 중얼거린다. 인류 최후의 전초 기지의 뜨거운 흰 지붕 위에서 우리의 급격하게 스러져 가는, 가망 없는, 돌이킬 수 없는 세계를 둘러본다. 그리고 우리는 노래한다.

그 어떤 것도 나의 세계를 바꿀 수 없어. 그 어떤 것도 나의 세계를 바꿀 수 없어.

* * *

나는 다시 공항 천장을 응시하고 있다. 나는 페리의 마지막 뇌 조각을 입 속에 넣고 씹지만, 아무 일도 일어나지 않는다. 연골 같은 부위를 뱉어 낸다. 그의 이야기는 끝났다. 그의 인생도 끝났다.

눈이 다시 뜨거워지면서 내 눈물샘에서는 만들어질 수 없는 눈물을 갈망한다. 나는 누군가 아주 소중한 사람을 잃은 것 같은 느낌이다. 형제, 쌍둥이와 같은. 그의 영혼은 이제 어디에 있는 걸까? 내가 페리 켈빈의 다음 생일까?

나는 갑자기 잠에 깊이 빠져든다. 나는 어둠 속에 있다. 검은 기름 늪 같은 공간에서 표류하면서 반딧불이처럼 여기저기 흩어져 있는 내 마음의 분자들을 팔을 휘둘러 잡아내려고 애쓰고 있다. 잠이 들 때마다 나는 내가 다시 깨어나지 못할지도 모른다는 것을 알고 있다. 어느 누가 그런 것을 바라겠는가? 자신의 작고 가망 없는 마음을 바닥도 없는 우물에 떨어뜨리고, 우물 아래 있는 이름 없는 괴물이 아직은 뼈까지 갉아먹진 않았길 바라는 행운을 빌면서 가느다란 낚싯줄로 끌어 올리려는 희망을 가질 때와 같다. 뭐라도 건져 올리길 바라는 희망. 아마도 이것이 내가 한 달에 단 몇 시간만이라도 잠드는 이유일 것이다. 나는 다시 죽고 싶지 않다. 최근 들어서 더욱 명확해지고 있는 이 열망은 꽤 날카롭게 내가 그것이 내 것이라고 힘겹게 믿고 있는 것에 집중되어 있다. 나는 죽고 싶지 않다. 나는 사라지기를 원하지 않는다. 나는 머무르고 싶다.

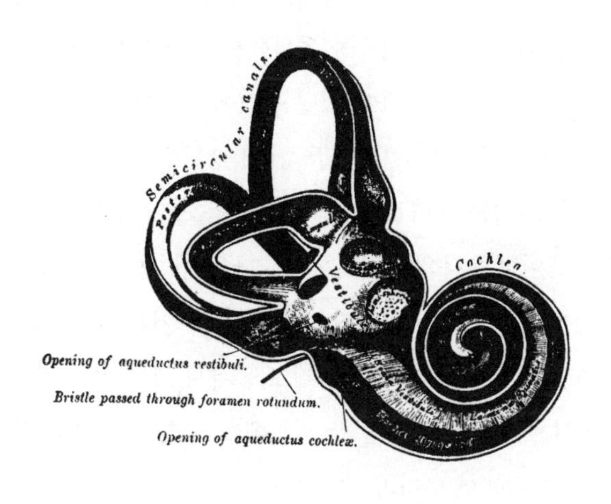

나는 비명 소리에 잠에서 깬다.

눈이 와락 떠지고, 입속에 있던 벌레 몇 마리를 뱉어 낸다. 휘청거리면서 몸을 편다. 그 소리는 꽤 거리가 있지만 학교에서 들려오는 소리는 아니다. 그 비명에는 학교의 아직 숨 쉬는 실습용 시체들이 지르는 비명에서 느껴지는 애처로운 공황 상태가 결핍되어 있다. 나는 이 비명에서 저항의 불꽃과 부인할 수 없이 가망 없는 상황에 직면한 끈질긴 희망을 감지한다. 다리를 끌고 그 어떤 좀비보다도 빠르게 달린다.

비명 소리를 쫓아가자, 출발 탑승구에서 줄리를 마주친다. 그녀는 구석에 몰려서 여섯 명의 침 흘리는 좀비들에게 둘러싸여 있다. 좀비들은 그녀가 전동 전정기를 흔들자 잠시 뒤로 물러서지만, 꾸준하게 그녀 쪽으로 가까이 전진하고 있다. 나는 뒤에서 그들에게 달려들어서 그들의 탄탄한 원 사이를 돌파해서 그들을 볼링핀처럼 흩어놓는다. 줄리에게 제일 가까이 있던 녀석에게는 내 손의 뼈들이 조개껍데기 부스러기처럼 부서지도록 세게 주먹을 날린다. 그는 안면이 부서지는 소리를 내며 쓰러진다. 그 다음으로 내게 가까운 녀석은 벽에다 들이박은 다음에 머리를 잡고 뇌수가 튈 때까지 콘크리트에 내리치자 완전히 뻗어 버린다. 그들 중 하나가 나를 뒤에서 붙잡고 내 갈빗살을 물어뜯는다. 나는 뒤로 돌아서 그의 썩어 가는 팔을 잡아 뜯어서 베이브 루스처럼 그 녀석에게 던진다. 그 녀석의 머리는 꺾여서 목 위에서 돌다가 뒤로 기울어지더니, 뜯겨서 떨어진다. 내가 줄리 앞에서 서서 경직된 팔다리를 휘두르자 죽은 자들이 접근을 멈춘다.

"줄리!" 나는 그녀를 가리키며 으르렁거린다. "줄리!"

그들이 나를 쳐다보더니 앞뒤로 흔들거린다.

"줄리!" 나는 어찌할 바를 모르며 다시 부른다. 그녀에게 걸어가서 그녀의 심장 위에 손을 얹는다. 그리고 다른 한 손은 내 심장에 얹는다. "줄리."

줄리가 휘두르는 울타리 다듬는 기계의 낮게 으르렁거리는 소리 외에는 방 전체가 조용해진다. 안정 가솔린의 썩은 살구 냄새가 공기를 꽉 메우고, 그녀의 다리 근처에 몇몇 목 잘린 시체들이 뒹굴고 있다. *잘했어, 줄리.* 나는 엷은 미소와 함께 생각한다. *너는 숙녀이자 철학자야.*

"젠장…… 무슨 짓이야!"

내 뒤에서 저음으로 으르렁거리는 소리가 들린다.

키 크고 덩치가 좋은 녀석이 바닥에서 일어나고 있다. 내가 맨 처음에 얼굴에 주먹을 날려서 공격한 그 녀석이다. M이다. 순간 너무 흥분해서 그를 알아보지도 못한 것이다. 이제는 그의 광대뼈가 머리 속으로 주저앉아서 더 알아보기 힘들게 되어 버렸다. 그는 나를 쳐다보면서 얼굴을 문지른다. "뭐하는, 너…… 거야……." 간단한 단어조차 잊은 채, 그의 목소리가 잦아들어 간다.

"줄리."

반박할 수 없는 주장이라도 되는 것처럼 나는 다시 말한다. 어떤 면에서는, 그렇다. 완벽하게 구현된 *이름*, 그 한 단어. 그것은 원시인 무리 앞에 말하는 휴대 전화를 들어 올려서 극찬하는 효과를 가지고 있다. 남아 있는 모든 죽은 자들이 적막 속에서 줄리를 응시한다, M을 제외하고는. 그는 도저히 이해할 수 없다는 듯이 분노한다.

"살아 있는 자다!" 그가 터질 듯이 말한다. "먹어!"

나는 고개를 젓는다. "안 돼."

"먹어!"

"싫어."

"먹으라고, 이 망할……."

"이봐!"

M과 나는 동시에 돌아본다. 줄리가 내 뒤에서 걸어오고 있다. 그녀는 M을 똑바로 보면서 전정기의 회전 속도를 올린다. "꺼져." 그녀는 한 팔을 내 팔꿈치에 끼우고, 나는 그녀의 손길에서 내 몸으로 따스함이 퍼져 가는 것을 느낀다.

M은 그녀를 보고, 나를 보고, 그녀에게 등을 돌리고, 나에게서 등을 돌린다. 언제나 찡그린 M의 얼굴이 딱딱해진다. 이미 충분히 서먹서먹해 보이는 상황이었지만, 진공 상태의 호른을 부는 것 같은 괴이한 포효가 울리며 그 침묵에 구멍이 뚫리자 더욱 분위기가 안 좋아진다.

우리는 모두 에스컬레이터 쪽으로 돌아선다. 노랗게 된 힘줄만 남은 해골들이 아래층으로부터 한 명씩 한 명씩 올라오고 있다. 보니의 소규모 위원회가 계단으로부터 나타나서 나와 줄리 쪽으로 접근해 온다. 그들은 우리 앞에 멈춰서 한 줄로 늘어선다. 그녀의 허세도 그들의 안구도 없는 검게 뚫린 시선 앞에선 수그러들어서 줄리는 약간 뒤로 물러선다. 그녀가 내 팔을 꽉 잡는다.

그들 중 한 명이 앞으로 걸어 나와서 얼굴이 맞닿을 정도로 가깝게 내 앞에 선다. 그의 동굴 같은 입에서는 한 줄기 호흡도 퍼져 나오지 않지만 나는 그 뼈로부터 뿜어져 나오는 창백하고 낮은 진동을 느낄 수 있다. 이런 진동은 나를 비롯해서 M이나 다른 어떤 살이 붙은 죽은 자들에게서도 찾아볼 수 없는 것으로, 나는 도대체 이 말라비틀어진 생명체들이 정확하게 어떤 존재인지가 궁금해지기 시작한다. 나는 더 이상 부두교의 주술이나 실험실의 바이러스 유출설은 믿지 않는다. 이것은 뭔가 더 깊고, 어두운 종류의 것이다. 이것은 우주로부터, 어떤 행성으로부터, 아니면 그들 뒤의 알려지지 않은 암흑세계에서 왔을지도 모른다. 신이 지하에 자리를 내주고 살도록 해준 그림자들.

그 악귀와 나는 발끝 대 발끝, 눈 대 눈구멍으로 대치하고 있다.

나는 눈을 깜빡이지 않고, 깜빡일 수도 없다. 얼마나 시간이 지났을까. 그는 자신의 존재가 주는 공포를 약간 누그러뜨리는 행동을 한다. 그는 폴라로이드 사진 한 뭉치를 그 뾰족한 손가락들로 들어 올려서 나에게 한 장, 한 장 건네주기 시작한다. 나는 자부심에 찬 노인이 그의 어린 손자들에게 사진을 보여 주는 장면을 떠올리지만, 해골의 미소는 자애로운 할아버지의 그것과 거리가 멀고, 사진들도 마음을 따스하게 해 주는 장면과는 동떨어져 있다. 대열을 정비하고 우리가 모인 곳에 로켓을 쏘는 군인들, 정밀 조준으로 우리를 날려 버리는 소총과 같은 여러 종류의 전투를 찍은 사진들. 일반 시민들이 날이 넓은 칼과 기계톱으로 블랙베리 덩굴을 쳐내듯이 우리를 난도질하고 썰어서 우리의 검은 체액이 카메라 렌즈에 튄 사진. 갓 도로 죽인 시체들을 무더기로 쌓아 두고 가솔린을 뿌리고 불을 붙이는 사진.

연기. 피. 지옥에서 휴가를 보내며 찍은 가족사진들.

하지만 이 슬라이드 쇼가 보여 주는 불편함은 나도 전부터 보아 오던 것이다. 나는 보니들이 거의 어린이들을 대상으로, 수십 번이나 이런 일을 하는 것을 목격해 왔다. 그들은 척추 뼈에 카메라를 달랑거리며 매달고, 공항을 떠돌아다니고, 간간히 우리가 먹이 사냥을 나갈 때 따라오기도 하면서 뒤에서 유혈 사태의 기록을 남겼다. 난 항상 그들이 그걸로 나중에 무엇을 하려는지 궁금했다. 그들의 주요 피사체는 다양성 따위 없이, 늘 정확히 한 주제였다. 시체들, 전투, 새롭게 개종된 좀비들. 그리고 그들 자신. 그들의 회의실은 이런 사진들로 바닥에서 천장까지 도배되어 있고, 가끔은 어린 좀비들을 끌고 들어와서 그를 거기에 몇 시간에서 심하면 며칠 동안 세워두고 조용하게 그들의 업적을 인정하도록 한다.

이제 이 해골은 그들이 전하고자 하는 인상에 자신이 있다는 듯이 여유 있고 정중하게 거의 똑같아 보이는 나머지 사진들을 나에게 건네준다. 오늘의 설교가 주는 교훈은 명확하다. *필연성.* 불변하는 우리와 살아 있는 자들 사이의 상호 관계의 이중적 결과.

그들은 죽는다, 우리는 죽는다.

뼈다귀의 목구멍에서 나오는 소음은 자부심과 책망과 꼿꼿하고 엄격한 정의로 도취된 까마귀 울음소리 같다. 그가 이 모든 것을 말하고 나면 이제 나머지 보니들이 그들의 모토와 진언을 말할 차례다. 그들은 말한다, *자, 여기까지다, 그리고 이것이 있는 그대로이다, 왜냐하면 내가 그렇게 말했기 때문이다.*

나는 그것들의 눈구멍을 직시하면서 사진들을 바닥에 떨어뜨린다. 그러고는 먼지라도 털어 내듯이 양손을 문지른다.

해골은 반응이 없다. 그저 예의 그 무섭고 쑥 들어간 눈으로 나를 노려볼 뿐이다. 너무나 완벽하게 아무 움직임이 없어서 시간이 멈춘 것처럼 느껴진다. 뼈에서 나온 어두운 진동은 모든 것을 압도하고, 낮은 사인 진동이 비틀린 배진동과 함께 나를 오싹하게 만든다. 갑자기 나를 펄쩍 뛰어오르게 만들더니, 그 생명체는 주변을 돌다가 다시 그 동지들에게 합류한다. 그 녀석은 마지막으로 뿔피리 소리를 울부짖고는, 다른 좀비들과 함께 에스컬레이터를 타고 내려간다. 남아 있던 죽은 자들도 줄리에 대한 배고픈 시선을 감추고 해산한다. M이 가장 나중에 떠난다. 그는 나를 매섭게 노려보며 절룩거리며 멀어진다. 줄리와 나만 남는다.

나는 그녀에게 얼굴을 돌린다. 이제 이 상황에 익숙해지면서, 나는 마침내 여기에서 무슨 일이 있었는지를 고심해 볼 수 있게 되었다. 바닥의 피는 말라 가고, 나의 가슴 속 깊은 곳에서, 심장이 힘겹게 헐떡인다. 내가 생각하기에 '출발' 표시가 있을 것 같은 앞쪽을 가리키며 줄리에게 궁금한 표정 뒤로 상처를 감추지 못한 얼굴을 보여 준다.

줄리는 바닥만 쳐다보며 웅얼거린다.

"벌써 며칠이 지났어. 넌 며칠만 있으면 된다고 그랬잖아."

"집에 데려다 주고…… 싶었어. 작별 하려고."

"어째서? 무슨 말이 하고픈 거야? 나는 떠나야 해. 내 말은 나는 여기에서 살 수 없다는 뜻이야. 너도 알게 됐을 텐데, 안 그래?"

그렇다. 물론 알고 있다.

그녀가 옳고, 나는 어리석다.

그리고 아직…….

하지만 만약에…….

나는 불가능한 일을 하길 바라고 있다. 믿기 어렵고 아무도 들어본 적 없는 어떤 일. 나는 우주 왕복선의 이끼를 닦아 내고 줄리와 함께 달로 날아가서 식민지를 세우거나 뒤집힌 유람선에서 우리를 반대할 사람이 없는 어느 먼 무인도로 표류해 가거나, 아니면 마법으로 나를 살아 있는 사람의 뇌로 옮겨서 줄리가 내 안으로 들어올 수 있도록 하길 바란다. 그곳은 따뜻하고, 고요하고 사랑스럽고, 우리가 부조리하게 나란히 놓이지 않는 곳이기 때문에 우리는 완벽하다.

그녀는 마침내 나랑 눈을 마주친다. 그녀는 혼란스럽고 슬픈 길 잃은 아이같이 보인다. "하지만 다시 한 번 구해 줘서…… 어…… 고마워."

엄청난 노력 끝에, 나는 몽상에서 빠져나와서 그녀에게 미소를 짓는다. "언제……라도."

그녀는 나를 껴안는다. 처음에는 머뭇거리고, 약간 겁먹었는 데다가, 그리고 그래, 약간 밀어내기도 했다. 하지만 이내 그녀는 녹아든다. 그녀는 내 차가운 목에 머리를 기대고 나를 안아 주고 있다. 무슨 일이 벌어지는 것인지 믿지도 못하는 상태로, 나는 팔을 그녀에게 두르고 그대로 있다.

나는 내 심장이 두근거리는 것을 느낄 수 있다고 거의 맹세할 수 있다. 하지만 그 박동은 내 가슴에 안겨 있는 그녀의 심장일 것이다.

* * *

우리는 747기로 돌아온다. 아무 것도 해결된 것이 없지만 그녀는 탈출을 연기하는 데 동의한다. 우리가 골치 아픈 상황을 유발했으니, 잠시 신중하게 자세를 낮추려는 것 같다. 이번이 그들이 받은 첫 도전이기 때문에 보니들이 얼마나 오래 변칙적인 줄리의 존재를 반대할 것인지를 정확히 모르겠다. 나의 경우는 전례가 없다.

우리는 주차장 위에 걸쳐진 연결 복도로 들어선다. 줄리의 머리카락이 깨진 창문을 통해 들어온 바람에 춤을 춘다. 장식용 실내 관목

화단이 야생 데이지로 무성하다. 줄리는 그것들을 보고 웃고, 한 다발을 꺾는다. 나는 그녀의 손에서 한 송이를 빼서 그녀의 머리카락에 어설프게 꽂아 준다. 줄기에 아직 잎들이 붙어 있어서 그녀의 머리 옆으로 어색하게 삐져나온다. 하지만 그녀는 그대로 둔다.

"사람들과 함께 사는 것이 어땠는지 기억나? 네가 죽기 전에?"

그녀는 걸어가면서 묻는다.

나는 허공에 애매하게 손을 흔든다.

"음, 세상은 변했어. 내가 열 살일 때 우리 동네가 좀비로 들끓게 되어서 우리는 여기로 왔어. 그래서 그때는 어땠는지 기억해. 지금은 많은 것이 달라졌어. 모든 것이 작아지고, 비좁아지고, 시끄러워지고, 추워졌어." 그녀는 육교 끝에 서서 유리가 없는 창문 밖으로 창백한 일몰을 바라본다. "우리는 모두 세상이 끝날 때까지 살아남는 것 외엔 아무 생각도 못하고 스타디움 안에 모여 살았어. 아무도 쓰지 않고, 아무도 읽지 않고, 아무도 진지하게 대화조차 하지 않아." 그녀는 데이지 꽃을 손 안에서 돌리면서, 향기를 맡는다. "우리한테는 더 이상 꽃도 없어. 농작물뿐이지."

나는 노을의 어두운 쪽으로 난 반대편 창문을 내다본다.

"*우리* 때문이구나."

"아니야, 너희들 때문만은 아니야. 내 말은, 그래, 너희들 때문이기도 하지만, *단지* 그것뿐만은 아니었다는 거야. 정말 예전에는 어땠는지 기억이 안 나는 거야? 전 세계의 정치적, 사회적 붕괴 현상은? 세계적인 대홍수는? 전쟁과 폭동과 끊임없이 터지는 폭탄들도? 이 세상은 너희들이 나타나기 전에 이미 제정신이 아니었어. 너희들은 그저 마지막 심판이었을 뿐이야."

"하지만 우리가…… 우리가 너희들을…… 죽이고 있어. 지금."

그녀는 끄덕인다. "물론 지금은 좀비들이 가장 명확한 위협이야. 거의 모든 죽었던 사람들이 돌아와서 두 명 이상의 사람들을 죽이는 게 사실이니까…… 그래. 정말 암울한 수학 등식이다. 하지만 근본적인 문제는 그것보다 더 크거나 아니면 어쩌면 작거나, 더욱 미묘할지도 몰라. 게다가 좀비 100만을 죽여도 해결되지 않아. 왜냐하면 항상 더 많아지고 있으니까."

죽은 자 두 명이 모퉁이에서 나타나서 줄리에게 덤벼든다. 나는 그들의 머리를 서로 박게 해서 깨뜨리고는 바닥에 쓰러뜨린다. 내가 예전 삶에서 무술을 연구했던 것이 아닐까 하는 생각이 든다. 내 마른 골격에 비해 엄청나게 강한 힘을 내는 것 같다.

탑승 터널을 걸어 내려와서 비행기에 들어가면서 줄리가 계속해서 얘기한다. "우리 아빠는 이런 문제에 대해서는 아무 것도 신경 쓰지 않으셔. 아빠는 정부가 여전히 남아 있을 때 군대의 장교였어. 그래서 아빠의 생각은 이래. 위협을 찾아내자, 위협을 죽이자, 전체적인 상황을 볼 수 있는 사람으로부터의 명령을 기다리자. 하지만 그 전체 상황은 없어졌고, 그걸 이끌던 사람들은 모두 죽었는데, 우리가 지금 무얼 할 수 있겠어? 아는 사람도 아무도 없고, 그래서 우리는 아무것도 못해. 구호 물품 조달, 좀비 제거, 그리고 도시 바깥으로 더 벽을 넓혀서 확장하는 것뿐이야. 기본적으로 아빠는 인류를 구하려면 정말로 거대한 콘크리트 상자를 건설해서, 모든 것을 그 안에 두고, 우리가 늙어 죽을 때까지 입구에서 총을 들고 지켜야 한다고 생각하셔." 그녀는 의자에 털썩 주저앉아서 깊은 한숨을 쉬고, 또 쉰다. 그녀의 목소리는 매우 지친 것처럼 들린다. "내가 분명하게 말하는 바는, 살아남는 것이 꽤나 엄청 중요하다는 거지. 그렇지만 그 너머에 무엇인가 있어. 맞지?"

내 마음이 지난 며칠간의 기억 속으로 부유하며, 자녀들을 생각하는 자신을 깨닫는다. 복도에서 스테이플러를 장난감 삼아 함께 놀면서 웃던 모습. 웃고 있는 모습. 다른 좀비 어린이들이 웃는 걸 본 적이 있었던가? 기억이 나지 않는다. 하지만 그 아이들에 대해서 생각하면, 내 다리에 매달려 있던 아이들의 눈을 들여다보던 때를 떠올리면, 기묘한 감정이 솟아나는 것을 느낀다. 이 표정은 무엇일까? 어디에서 유래하는 걸까? 그 아이들의 얼굴에 비치던 사랑스러운 영상은 얼마나 아름다운 음악을 연주하는가? 대화에 쓰이는 언어는 무엇인가? 알아들을 수 있는가?

잠시 동안 비행기 안은 고요하다. 줄리는 등을 기대고 목을 길게 빼고 창문 바깥의 아수라장을 내다보고 있다. "넌 비행기에서 살잖아, R. 정말 끝내준다니까. 나는 하늘에 떠 있는 비행기가 무척 보고 싶거든. 내가 얼마나 비행기를 그리워하는지 얘기했던가?"

나는 전축 쪽으로 간다. 시나트라의 레코드가 아직 돌아가면서 안쪽의 노래가 들어 있지 않은 홈을 훑고 있어서 나는 바늘을 「나와 함께 날아가요*Come Fly With Me*」로 옮겨놓는다.

줄리가 웃는다. "감미롭네."

나는 바닥에 누워서 가슴에 손을 얹고, 천장을 응시하면서 입모양으로 되는 대로 노래 가사를 따라한다.

줄리가 고개를 돌려 나를 보면서 말한다. "내가 너한테도 얘기했는지 모르겠는데, 이상하게 꽤 멋지단 말이야, 여기에 머무는 건? 네 번이나 거의 먹힐 뻔했던 건 논외로 치더라도, 나는 지난 몇 년간을 숨만 쉬고 생각하고 창밖만 바라보면서 지내왔거든. 게다가 넌 상당히 제대로 된 레코드 컬렉션도 가지고 있고."

그녀는 손을 뻗어서 데이지 한 송이를 내 접힌 손 위에 꽂고는 키득거린다. 내가 전형적인 장례식장의 시체처럼 보인다는 것을 깨닫는 순간이다. 나는 번개라도 맞은 것처럼 벌떡 일어나고, 줄리는 웃음을 터뜨린다. 나도 약간 웃지 않을 수가 없다.

"가장 말도 안 되는 부분이 뭔지 알아, R? 가끔 네가 좀비라는 걸 믿을 수가 없어. 이따금 네가 그냥 무대 분장을 한 것처럼 생각될 정도야. 네가 웃을 때마다…… 더더욱 믿기 어려워져."

나는 손을 머리 뒤로 깍지 끼고 다시 눕는다. 당황해서는, 줄리가 잠들 때까지 억지 미소를 유지한다. 그러고는 느리게 다시 아주 천천히, 삶의 바깥쪽에서 별이 깜박거리는 동안 천장을 보고 미소 짓는다.

***

다음 날 이른 오후에, 그녀의 부드럽게 코 고는 소리가 잦아든다. 나는 아직 바닥에 누운 채로 그녀가 일어나는 소리가 들리기를 기다린다. 무게 중심을 옮기고, 힘껏 숨을 들이쉬고, 조그맣게 훌쩍거린다.

"R." 그녀가 나른하게 말한다.

"응."

"그들이 맞아, 너도 알다시피."

"누구?"

"저 뼈다귀들 말이야. 나도 그들이 너에게 보여 준 사진을 봤어. 명확하게 무슨 일이 일어날 것인가에 대해서 그들이 옳을 거야."

나는 아무 말도 하지 않는다.

"우리들 중 한 명이 도망쳤어. 너네 무리가 우리를 공격했을 때, 내 친구 노라가 책상 아래 숨었거든. 그 애는 나를 붙잡는…… 널 봤어. 네가 나를 어느 집단으로 데려갔는지를 수색하기 위해 경비대를 동원하는데 어느 정도는 시간이 걸리겠지만, 그들은 곧 알아낼 거고, 우리 아빠가 여기로 올 거야. 아빤 널 죽일 거야."

"이미…… 죽었는데." 나는 대답한다.

"아니. 넌 아니야." 그녀는 말하고는 의자에 앉는다. "분명히 넌 아니야."

나는 잠깐 그녀가 한 말이 무슨 뜻인지 생각한다. "너…… 돌아가고…… 싶지."

"아니야." 줄리는 말하고 나서 좀 놀란 것 같다. "내 말은, 으응, 물론, 하지만……." 그녀는 어쩔 줄 모르는 신음 소리를 낸다. "어느 쪽이든 간에 그게 중요한 게 아니고, 나는 *가야만* 해. 그들이 여기로 들이닥칠 거고 널 없애 버릴 거라고. 너희들 *전부*."

나는 다시 침묵으로 빠져든다.

"나는 그것에 대한 책임을 느끼고 싶지 않아, 알아듣겠어?" 그녀는 자신이 말한 것에 대해 곰곰이 생각하는 것 같아 보인다. 그녀의 목소리는 단호하고 투쟁적이다. "나는 항상 좀비는 그저 걸어 다니는 시체, 처리해야 할 대상일 뿐이라고 생각했어. 그런데…… 널 좀 봐. 넌 그 이상이잖아? 여기 있는 다른 것들도 너와 같다면 어떡하지?"

내 얼굴이 경직된다.

줄리는 한숨을 쉰다. "R…… 넌 순교적 낭만을 깨달을 정도로 감상적이라고는 하지만 여기 나머지 사람들에 대해서는 어떻게 생각해? 네 자녀들? 그들에 대해서는 어떻게 생각해?"

그녀는 내 마음을 거의 가 본 적이 없는 거리로 이끌어 간다. 그러나 내가 여기에 있었던 수개월 혹은 수년의 시간 동안 나는 내 주위를 돌아다니는 다른 생명체들을 사람이라고 생각해 본 적은 절대로 없었다. 인간, 맞다, 하지만 사람은 아니다. 우리는 먹고 자고 안개 속을 헤매 다니고, 결승점도, 메달도, 응원도 없는 마라톤을 걸어가고 있다. 오늘 내가 우리 중 넷을 죽였을 때조차 공항에 사는 어떤 주민도 동요하지 않았을 것이다. 우리가 자신을 돌아보는 관점은 우리가 살아 있는 자를 보는 관점과 같다. 그저 고기. 이름도 없고, 얼굴도 없는, 일회용이다. 하지만 줄리가 옳다. 나는 사유가 가능하다. 아마도 나는 시들고 무력할지언정 어떤 종류의 영혼을 가졌다. 그러므로 아마 다른 사람들도 역시 그럴지도 모른다. 아마도 구원받을 가치가 있을지도 모른다.

"알겠어. 너는…… 가야만 해."

그녀가 조용히 고개를 끄덕인다.

"하지만 난…… 너랑 같이…… 갈 거야."

그녀가 웃는다. "스타디움으로? 말도 안 되는 소리 하지 마."

나는 고개를 젓는다.

"으흠, 우리 잠깐 이 문제를 생각해 볼까? 너는? 좀비잖아. 잘 보존된 편에 일종의 매력도 있다고 치더라도, 넌 *좀비야*. 스타디움에서 열 살 이상의 모든 사람이 일주일에 7일 동안 훈련하는 게 뭔지 생각은 해 봤니?"

나는 아무 말도 하지 않는다.

"정확하게, 좀비 죽이기야. 이보다 더 명료하게 말할 수는 없을 거야, 넌 나와 함께 갈 수 없어. 왜냐하면 그들이 널 *죽일 거거든*."

나는 이를 악문다. "그래서?"

그녀는 머리를 뒤로 젖힌다. 그녀의 빈정거림은 사라지고, 그녀의 목소리에 자신이 없어진다. "'그래서?'라니 무슨 뜻이야? 너 죽고 싶어? *진짜*로 죽는다고?"

나는 반사적으로 어깨를 으쓱거린다. 난 대답을 미루고 싶을 때마다 예전부터 이렇게 으쓱거리곤 했다. 하지만 바닥에 누워 그녀의 걱정스러운 눈길을 받고 있으니, 어제 내가 갑자기 벌떡 일어났던 때의 느낌이 기억난다. *안 돼!*이면서 *돼!*인 감정, *으쓱거림 반대*의 감정.

"아니, 죽기 싫어." 나는 천장에 대고 말한다.

나는 말하자마자, 내가 연속으로 말할 수 있는 음절 수의 기록을 깼다는 것을 깨닫는다.

줄리는 고개를 끄덕인다. "네, 그러시겠죠."

나는 깊은 숨을 몰아쉬고 일어선다. "생각할…… 필요가 있어."

나는 눈이 마주치는 것을 피하면서 그녀에게 말한다. "곧…… 돌아올게. 문…… 잠가."

나는 비행기에서 나가면서 그녀의 눈길이 나를 좇는 것을 느낀다.

＊＊＊

사람들이 나를 쳐다보고 있다. 공항에서 나는 항상 약간은 아웃사이더였지만, 지금 나의 신비로움은 포트와인처럼 한층 짙어졌다. 내가 방에 들어서자, 모두가 움직임을 멈추고 나를 쳐다본다. 하지만 그들의 표정이 완전히 차갑기만 한 것은 아니다. 비난 속에 묻혀 있기는 해도 어떤 매혹의 분위기가 있다.

로비 창에 비친 자신의 모습을 들여다보면서 손가락을 입안에 넣고 살펴보고 있는 M을 찾아낸다. 내가 보기엔 얼굴을 원래대로 펴 보려고 하는 시도인 것 같다.

"안녕." 내가 적당히 안전한 거리에 서서 말한다.

그는 잠시 나를 노려보더니 다시 창문으로 얼굴을 돌린다. 그는 자신의 위턱을 강하게 밀어서 광대뼈가 원래 있던 위치로 엄청난 딸깍 소리와 함께 튀어나오도록 한다. 그는 내 쪽으로 돌아서면서 미소를 짓는다. "어때…… 보여?"

나는 애매하게 손을 젓는다. 그의 얼굴의 절반은 상대적으로 정상이지만 나머지 반은 아직 오목하게 들어가 있다.

그는 한숨을 쉬고 다시 창문을 본다.

"숙녀들에게…… 안 좋은…… 소식이군."

나는 미소를 짓는다. 우리가 많이 다른 만큼, 나는 M의 어떤 부분만큼은 인정해야 한다. 그는 내가 만난 좀비들 중에서 달랑거리는 유머 조각이나마 유지하고 있는 유일한 좀비니까. 또한 멈추지 않고 네 음절을 말하는 점은 주목할 만하다. 그는 내가 앞서 세운 기록에 맞설 수 있는 유일한 녀석이다.

"미안해, 때린…… 건."

그는 대답을 하지 않는다.

"대화 좀 할 수…… 있을까?"

그는 망설이더니 다시 어깨를 으쓱한다. 그는 나를 따라서 가까운 곳에 있는 의자에 앉는다. 더 이상 영업하지 않는 어두운 스타벅스다. 우리 앞에는 오래 전에 두 친구가, 두 사업 동료가, 그냥 터미널에서 만난 두 사람이 인연을 맺고 머릿속의 흥미로운 이야기를 나누다가 남겨 두었을 곰팡이 핀 에스프레소 두 잔이 놓여 있다.

"정말로…… 미안해. 격해……졌어. 최근 들어." 나는 말한다.

M은 이맛살을 좁힌다. "무슨…… 일…… 있는 거야?"

"모르……겠어."

"산 소녀를…… 다시…… 데려갔어?"

"응."

"너…… 미쳤어?"

"아마도."

"어떤…… 느낌이야?"

"뭐가?"

"살아 있는 자랑…… 섹스."

나는 그에게 경고의 표정을 짓는다.

"그녀는…… 매력 있어. 나라면……."

"입 닥쳐."

그가 낄낄거린다. "너를…… 가지고 노는 거야."

"그렇지…… 않아. 그런 거…… 아니야."

"그럼…… 뭔데?"

나는 어떻게 대답해야 할지 몰라서 망설인다. "그 이상."

그의 얼굴이 무섭게 진지해진다. "뭐야. 사랑이라고?"

나는 이것에 대해 생각해 보지만 어깨를 으쓱이는 것 외에는 답변을 찾지 못한다. 그래서 나는 웃지 않으려고 노력하면서 어깨를 으쓱인다.

M은 그의 머리를 뒤로 젖히고 그가 할 수 있는 최고의 웃는 흉내를 낸다. 그가 내 어깨를 툭 친다. "오…… 세상에! 난봉……꾼!"

"떠날 거야…… 그녀와 함께."

"어디로?"

"그녀의 집으로…… 데려갈 거야."

"스타디움?"

나는 끄덕인다. "그녀를 지킬 거야…… 안전하게."

M은 이것을 고려해 보다가 멍든 얼굴에 걱정을 가득 담아 나를 본다.

"나도…… 알아." 나는 한숨을 쉰다.

M은 팔짱을 끼면서 나에게 다시 묻는다. "너한테…… 대체…… 무슨 일이 생긴 거야?"

그리고 또 다시, 나는 으쓱거림 외에는 할 대답이 없다.

“너…… 괜찮아?”

“변하고 있어.”

그는 불확실하게 고개를 끄덕이고, 나는 그가 면밀하게 나를 살피는 바람에 당황한다. 나는 M과 깊은 대화를 나누었던 적이 없다. 다른 어떤 좀비들과도 그랬던 경험이 없다. 나는 커피 잔을 손가락으로 돌리면서 솜털이 보송보송한 초록색 내용물을 골똘히 들여다본다.

“언제…… 깨닫게 된 건지……, 말해 줘. *우리에게*…… 말해 줘.” M이 마침내 내가 그에게 들어본 바 그 어떤 때보다도 진지한 어조로 말한다.

나는 그의 진지함이 사라지고 다시 농담조로 돌아오기를 기다리지만 그는 그러지 않는다. 그는 실제로 진심이다.

“얘기할게.” 나는 말한다. 나는 그의 어깨를 탁 치고 일어선다. 걸어 나오면서 내가 본 그의 표정은 모든 죽은 자들의 얼굴에서 내가 본 것과 같은 이상한 낯선 얼굴이다. 혼란과 공포와 희미한 기대가 뒤섞여 있는 표정.

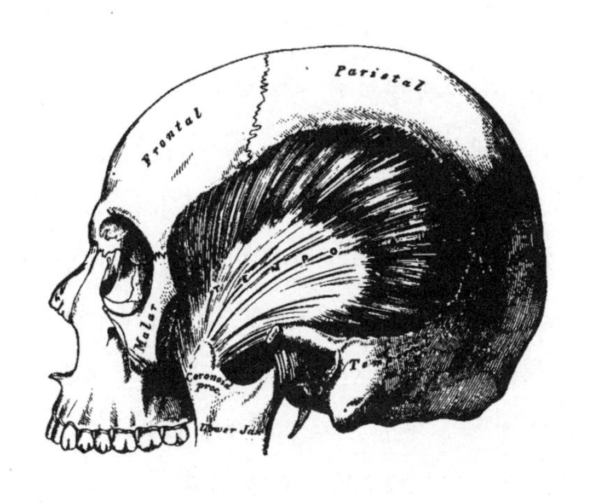

줄리와 내가 공항 밖으로 나가기 위해 나선 길은 결혼 행진이나 뷔페에 선 줄과 닮은 장면을 연출한다. 죽은 자들이 우리가 지나가는 것을 보려고 홀에 줄지어 서 있다. 모든 좀비들이 여기에 있다. 그들은 조바심을 치고, 동요하면서, 줄리를 집어삼키고 싶어 하지만, 아무도 움직이거나 소리를 내지 않는다. 줄리의 열띤 반대를 무릅쓰고 나는 M에게 밖에 나갈 때까지 우리의 호위를 부탁한다. 그는 몇 발자국 뒤에서 따라오면서 거대한 덩치로 경계를 늦추지 않고 경호요원처럼 군중을 훑어보고 있다.

숨 쉬지 않는 사람들로 가득한 방의 부자연스러운 고요함은 초현실적이다. 줄리는 침착하게 걷고 냉정하게 보이려고 노력하지만 흔들리는 눈동자는 그녀의 뜻대로 되지 않는다.

"넌 이 상황이 괜찮아 보여?" 그녀가 속삭인다.

"그래."

"아무래도…… 수백 명은 될 것 같은데?"

"안전하게 지켜 줄게."

"그렇지. 그래. 난 완벽하게 안전하다 이거지, 제가 어떻게 잊을 수 있겠어요." 그녀의 목소리가 매우 작아진다. "R, 농담 아니고…… 내 말 뜻은 널 걷어차고 싶다는 거라고. 누군가가 당장 저녁 식사를 하기로 결심하면, 내가 신선한 횟감이 될 거라는 걸 너도 알잖아."

나는 놀랄 정도의 자신감으로 그녀에게 말한다. "그들은…… 안 그럴 거야. 우리는…… 새로운 존재야. 전에는…… 본 적조차 없는. 저들을 봐."

그녀는 둘러선 얼굴들을 들여다본다. 나는 내가 본 것을 그녀도 볼 수 있기를 희망한다. 우리에 대한, 우리가 대표하는 이변에 대한 그들의 반응이 기이하게 배열되어 있는 얼굴들. 나는 그들이 우리를 지나가게 해 줄 것이란 것을 알지만 줄리는 확신하지 못하는 것 같다. 팽팽한 긴장감으로 그녀의 호흡이 가빠지고 있다. 그녀는 자신의 메신저 백을 더듬어서 흡입기를 꺼내 숨을 들이쉬고 꽉 쥐고 있다. 눈빛은 여전히 흔들리고 있다.

"너는…… 괜찮을 거야." M이 낮게 으르렁거리며 말한다.

그녀는 숨을 내쉬고 그를 휙 노려본다. "빌어먹을, 누가 너 같은 놈한테 부탁했어? 이 망할 선지 순대 같은 놈. 나는 어제 너를 반쯤 까아 버릴 수도 있었다고."

M은 껄껄 웃고는 나에게 눈썹을 찡긋거린다. "'*R*', 정말…… 살아

있는…… 사람을…… 잡았구나."

우리는 출발 탑승구까지 가는 길에 아무 방해도 받지 않는다. 우리가 바깥으로 나오자마자 나는 뱃속에서 불안한 신호를 느낀다. 처음에는 그것이 단지 항상 존재하는 열린 창공에 대한 공포라고 생각하지만, 회색과 자주색으로 물든 그늘이 우리에게 다가오고, 높은 고도의 뇌운에서 번개가 치고 있다. 하지만 그것은 하늘이 아니다. 그것은 소리다. 마치 정신병자가 바리톤으로 자장가를 흥얼거리는 것처럼 낮고, 떨리는 목소리. 나에게만 큰 소리처럼 들리는 것인지 아니면 실제로 소리가 커지고 있는 것인지 알 수 없지만, 보니들이 자신의 등장을 알리는 전주곡이 들린다.

"제길, 아 제기랄." 줄리가 혼잣말을 한다.

그들은 활주로의 양쪽 모퉁이를 행진해서 우리 앞에서 한 줄로 선다. 내가 지금까지 본 중에 한 장소에 가장 많은 수가 모여 있다. 나는 최소한 우리 공항에 이렇게 많은 수가 있을 거라고도 생각지 못했다.

"낭패다, 엄청나게…… 화난 것…… 같구먼." M이 말한다.

그의 말이 맞다. 그들의 태도에는 뭔가 다른 것이 있다. 그들의 몸짓은 더 뻣뻣해 보인다, 그게 가능하다면 말이지만. 어제의 그들은 우리의 사건에 배심원으로 왔던 거라면, 오늘의 그들은 판사들로서, 판결을 고지하러 온 것이다. 아니면 아마도 사형 집행인으로서, 형을 집행하러 왔을지도 모른다.

"저리 가!" 나는 그들에게 외친다. "그녀를…… 돌아가게 해 줘! 그래서 그들이…… 여기로…… 쳐들어오지…… 않도록!"

해골들은 움직이거나 대답하지 않는다. 그들의 뼈에서 나는 소리가 정말 이상한 곡조로 화음을 이룬다.

"원하는 게…… 뭐야?" 내가 따진다.

가장 앞줄에 선 모두가 일제히 팔을 들어 줄리를 가리킨다. 그것으로 나는 이 일이 얼마나 잘못되어 가고 있는지, 그들이 우리의 나머지 무리들과는 얼마나 기본적으로 다른 생명체들인지를 충격적으로 깨닫는다. 죽은 자들은 안개 자욱한 권태의 바다에서 표류하는 자들이다. 그들은 일치단결하는 행동을 하지 않는다.

"그녀를…… 가게 해 줘!" 나는 합리적인 담화를 위한 나의 시도에 자신감을 잃으면서 더 크게 소리친다. "만약…… 그녀를 죽이면…… 그들이…… 올 거라고. 우리를…… 죽일 거야!"

일말의 망설임도, 내가 말한 것들을 숙고하는 시간도 없다. 그들의 대응은 이미 정해져 있으며 즉각적이다. 일제히, 악마의 수도승들이 지옥의 저녁 기도문을 연호하듯이 그들은 흉곽으로부터 소음을 발산한다. 강경한 유죄 판결을 자랑스럽게 외치는데, 그것이 언어로 이루어져 있지 않음에도 나는 정확하게 그들이 말하고자 하는 바를 이해한다.

말할 필요 없다.

들을 필요 없다.

모든 것이 이미 정해져 있다.

그녀는 떠날 수 없다.

우리는 그녀를 죽일 것이다.

그것이 세상의 이치.

항상 그래왔다.

항상 그럴 것이다.

나는 줄리를 본다. 그녀는 떨고 있다. 나는 그녀의 손을 잡고 M을 본다. M이 고개를 끄덕인다.

줄리의 손에서 느껴지는 따스한 맥이 나의 얼음장 같은 손가락으로 흘러들고, 나는 달린다. 우리는 보니 소대의 가장자리로 둘러 피하면서 왼쪽으로 도주한다. 그들이 달가닥거리면서 내 경로를 막기 위해 전진하자, M이 내 앞으로 달려들면서 가장 가까이 있던 열을 그의 덩치로 들이받고, 그들을 구부러진 팔다리 더미로 만들며 갈비뼈를 맞물리게 한다. 그들의 보이지 않는 뿔피리 소리가 격렬하게 터져 나오면서 대기를 찌른다.

"너 *뭐하*는 거야?" 내 뒤로 끌려오던 줄리가 숨을 헐떡인다. 나는 실제로 그녀보다 *빠르게* 달리고 있다.

"너를 안전……."

"'너를 안전하게 지킨다.'라고 말하려는 *생각*조차 하지 마!" 그녀가 꽥 소리친다. "지금 이 상황이 내가 겪은 일 중에 안전으로부터 가장 멀거든."

그녀는 살점 없는 손이 그녀의 어깨를 꽉 쥐고 먹으려고 하자 비명을 지른다. 그 녀석의 송곳니가 열 지어 있는 턱이 그녀의 목을 물어뜯으려고 벌어진다. 나는 그 녀석에게 할 수 있는 한 세게 몸을 부딪치지만, 효과도 없었고, 뼈를 흩어 버리지도 못 한다. 거의 중력에 저항하는 것처럼 보일 만큼 떠 있다가, 다시 꼿꼿하게 도약하기 전에 갈비뼈는 가까스로 땅에 닿는 듯하다가 잘 죽지도 않는 흉물스러운 곤충처럼 내 얼굴 앞으로 갑작스럽게 기울어진다.

"M! 도와줘!" 나는 목을 붙들린 채 꺽꺽거리며 외친다.

M은 그의 팔다리, 등에 달라붙은 해골들을 떼어 내느라 바쁘지만 우월한 덩치 덕분에 버티고 서 있는 모양이다. 내 눈을 찌르려는 뼈다귀의 손가락을 간신히 저지하고 있을 때, M이 내 앞으로 달려들어서는 그 녀석을 떼어 내서 그의 뒤에서 뛰어들던 다른 세 녀석에게 내던진다.

"가!" 그가 외치면서 나를 앞으로 떠밀고는 우리의 추격자들 쪽으로 돌아선다. 나는 줄리의 손을 잡고 우리의 목표 지점으로 내달린다. 마침내, 그녀가 그 녀석을 본다. 메르세데스. "오! 좋아!" 그녀가 가쁜 숨을 몰아쉰다.

우리는 차 안으로 뛰어들고 나는 시동을 건다. 줄리는 사랑하는 반려 동물에게 하듯이 계기판을 어루만진다. "오, 메르시……. 지금 너를 보니 너무 행복하다." 나는 기어를 넣고, 클러치를 풀고, 총알처럼 앞으로 달려 나간다. 왠지, 지금은 매우 쉽게 느껴진다.

M은 이제 그들과 맞서 싸우기를 포기하고 목숨을 건지기 위해서 해골 떼를 그의 뒤로 거느리고 달리고 있다. 수백 명의 좀비들이 출발 대기 구역 바깥에 서서 침묵 속에 이 모든 장면을 구경하고 있다. 그들은 무슨 생각을 하고 있을까? 생각이란 걸 *하기*는 할까? 그들 앞에서 전개되는 이 사건에 그들이 반응을 보일 기회가 있을까? 그들의 삶에 허락된 프로그램 안에 이 갑작스러운 무질서의 폭발이 들

어 있을까?

M은 거리를 건너서, 우리의 탈출 경로 앞을 가로지르고, 나는 액셀을 힘껏 밟는다. M이 우리 앞을 통과한 뒤, 보니들이 우리 앞으로 지나가는 순간, 약 1.8톤의 독일 공학 기술의 결정체는 보니들의 부러지기 쉽고 경직된 뼈를 부숴 버린다. 그들은 흩어진다. 그들 몸의 파편들이 사방으로 날아오른다. 넓적다리 뼈 두 개, 손 세 개, 두개골 반쪽이 차 안으로 떨어져 내리더니, 좌석 위에서 가늘게 떨고 경련하면서 메마르게 헐떡이는 소리와 벌레같이 윙윙거리는 소리를 낸다. 줄리는 그것들을 차 밖으로 던져 버리고는 자신의 셔츠에 미친 듯이 손을 문질러 닦으면서 역겨움으로 몸부림치며 훌쩍거린다.

"오 맙소사 오 맙소사."

하지만 우리는 안전하다. 줄리는 안전하다. 우리는 출발 출입구를 굉음을 내며 지나쳐서 고속 도로로 나와서 먹구름이 드리워진 넓은 바깥세상으로 나온다. 나는 줄리를 쳐다보고, 줄리도 나를 쳐다본다. 우리는 떨어지기 시작하는 빗방울을 맞으면서 함께 웃는다.

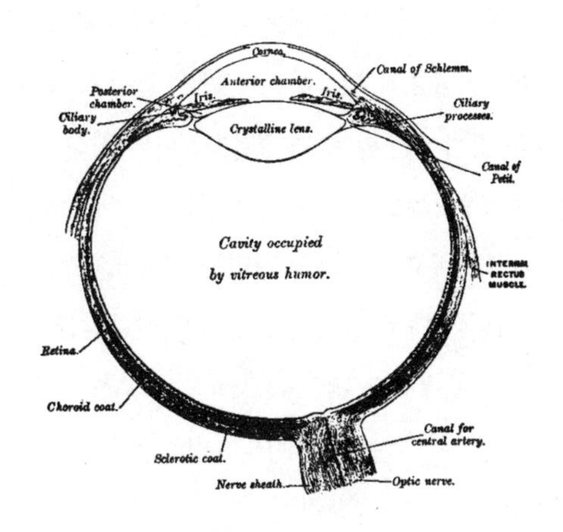

10분 후에, 폭풍이 몰아치기 시작하고, 우리는 흠뻑 젖어든다. 오늘 같은 날에 컨버터블은 최악의 선택이다. 우리 둘 다 후드를 닫는 방법을 알아내지 못했기 때문에 머리를 때리는 두터운 빗방울을 침묵 속에서 고스란히 맞으면서 운전한다. 그럼에도, 둘 다 불평조차 하지 않는다. 우리는 긍정적인 기분을 유지하려고 애쓴다.

"너, 우리가 어디로 가고 있는진 알아?" 줄리가 약 20분 정도 후에 묻는다. 그녀의 머리카락은 얼굴에 찰싹 달라붙어 있다.

"응." 어두운 회색을 띠는 도로의 수평선을 내다보며 대답한다.

"확실해? 나는 잘 모르겠거든."

"아주…… 확실해."

내가 *왜* 공항과 도시 사이의 이 도로를 이렇게 잘 알고 있는지에 대해 설명하고 싶지 않다. 우리의 사냥 경로. 그렇다, 이미 줄리는 내가 무엇인지, 내가 무슨 짓을 했는지 알고 있는데, 굳이 다시 상기시켜 주기까지 할 필요가 있을까? 그 간의 일들은 잊어버리고 지금의 드라이브를 즐기기만 할 수는 없을까? 나의 상상 속 햇살 가득한 들판에서는, 우리는 폭우 속에서 운전하는 십 대 소녀와 걸어 다니는 시체가 아니다. 우리는 지지직거리는 레코드에서 흘러나오는 배경 음악에 도취되어 나무가 늘어선 한적한 시골길을 여유롭게 드라이브하는 프랭크와 에바가 된다.(프랭크 시나트라와 에바 가드너에 대한 이야기. 후일 두 사람의 이야기를 모티브로 가수 수잔 베가는 「프랭크와 에바*Frank and Ava*」라는 노래를 만들기도 했다. — 옮긴이)

"아무래도 어딘가에 차를 세우고 길을 물어 봐야겠다."

나는 그녀를 보고, 거의 어두워져서 땅거미가 지고 있는 붕괴된 주변 지역을 둘러본다.

"농담이었어." 그녀가 완전히 젖어 버린 머리카락 뭉치를 흘깃 보면서 말한다. 그녀는 다시 의자 등받이에 기대고 팔로 머리를 괸다. "휴식이 필요하면 말해 줘. 넌 할머니처럼 운전하니까."

* * *

우리 발목까지 차도록 빗물이 고였을 때, 나는 줄리가 약간 떨고 있다는 것을 깨닫는다. 따뜻한 봄날 저녁이지만, 그녀는 흠뻑 젖었고, 낡은 컨버터블의 앞좌석에는 고속 도로의 바람이 사이클론처럼 불어 닥친다. 나는 다음 출구로 나와서, 교외의 집들이 격자형으로 모여 있는 고요한 묘지 같은 지구로 들어서면서 속도를 늦춘다. 줄리는 나를 의문스러운 눈으로 쳐다본다. 그녀의 이가 딱딱 부딪히는 소리가 들릴 정도다.

나는 오늘 밤 머무를 만한 좋은 장소를 찾기 위해서 느리게 운전하며 집들을 둘러본다. 마침내 잡초가 우거진 막다른 길에 들어서서 녹슨 플리머스 보이저 옆에 주차를 한다. 나는 줄리의 손을 잡고 가장 가까운 집으로 이끈다. 문이 잠겨 있었지만 말라서 썩은 나무문은 발로 차자 길을 내준다. 오래전에 죽은 가족들이 살던 안락한 작은 둥지의 상대적 온기 속으로 우리는 발을 들여 놓는다. 낡은 콜맨 손전등이 집 곳곳에 놓여 있고, 줄리가 그것들을 밝히자 깜박거리는 캠프장의 불빛처럼 묘하게 안정감이 느껴진다. 그녀는 느긋하게 부엌과 거실을 둘러보고, 장난감, 접시, 오래된 잡지 무더기를 구경한다. 그녀는 코알라 곰 같은 것을 집어 들고, 그것의 눈을 들여다본다. “아, 즐거운 우리 집.” 그녀가 중얼거린다.

그녀는 메신저 백을 놔둔 쪽으로 돌아오더니 가방에서 폴라로이드 카메라를 꺼내서 내 쪽을 보고 사진을 찍는다. 이 어두운 장소에서 플래시는 깜짝 놀랄 만큼 밝다. 그녀는 내 놀란 얼굴을 보고 씩 웃더니 카메라를 받쳐 든다. “이 카메라 낯익지 않아? 어제 아침에 해골 놈들 회의실에서 훔쳐 왔어.” 그녀는 현상된 사진을 내게 건네준다. “기억을 기록하는 것은 중요해, 알아? 특별히 지금 같은 시대에는, 세상이 제 갈 길을 벗어난 시대에는 말이야.” 그녀는 카메라 파인더에 눈을 갖다 대고, 느긋하게 방 안을 둘러본다. “네가 지금 보고 있는 모든 것들이 어쩌면 마지막으로 보는 것일지도 몰라.”

나는 사진을 흔든다. 유령 같은 이미지가 형태를 드러내기 시작한다. 이것은 나, R, 자신의 존속을 고민하고 있는 시체이자, 너른 백랍빛의 눈동자들이 뒤에서 주시하고 있는 존재다. 줄리는 카메라를 건네준다.

"넌 항상 사진을 찍어 두는 게 좋을 거야. 카메라 없이는 네 마음도 남길 수 없어. 네가 우연하게 집어든 것들보다 항상 더 선명한 기억을 잡아 둘 수 있을 거야." 그녀는 자세를 잡고 씩 웃는다. "치즈!"

나는 그녀의 사진을 찍는다. 사진이 나오려고 할 때, 그녀가 낚아채려 했지만 나는 놓치지 않고 내 등 뒤로 감춘다. 나는 내 사진을 그녀에게 내민다. 그녀는 눈을 굴리더니 사진을 받아서 자세히 들여다보고는 머리를 갸우뚱거린다. "너 안색이 좀 나아진 것 같아. 빗물이 널 좀 깨끗하게 씻겨 준 거 같은데."

그녀는 사진을 내려들고, 눈을 가늘게 뜨고 나를 잠시 들여다본다. "너희들 눈은 왜 이래?"

나는 그녀를 조심스럽게 쳐다본다. "어떻게…… 보이는데?"

"정말 이상한 회색이야. 시체의 눈처럼 보이지 않는 색이야. 뿌옇지도 않고 뭔가 달라. 왜 그런 걸까?"

나는 잠시 생각해 본다. "잘 모르겠는데. 변환 과정에서…… 변하는 것 같아."

그녀가 나를 너무 뚫어져라 쳐다봐서 당혹스러워지기 시작한다.

"정말 으스스해. 봐…… 거의 초자연적인 색이야. 다른 사람의 눈동자 색이 바뀌는 걸 본 적 있어? 네가 사람을 죽이거나 할 때라든지 아니면 다른 경우에?"

나는 한숨을 쉬지 않으려고 애쓴다. "내 생각에는…… 네가 생각하는 건…… 흡혈귀 같아."

"오, 맞아 맞아." 그녀는 킬킬거리면서 유감스럽다는 듯이 고개를 흔든다. "최소한 그놈들은 아직은 실재하진 않지. 요즘엔 괴물들이 너무 많아서 파악하기도 어렵다니까."

내가 화를 내기도 전에, 그녀가 나를 올려다보며 웃는다. "어쨌든…… 나는 그런 것들을 좋아해. 네 눈은 실제로는 예쁜 편에 속해. 으스스하지만…… 예쁘지."

그것은 분명히 나의 좀비 인생 전체를 통틀어서 들은 가장 좋은 칭찬이었다. 나의 멍한 시선을 무시하고, 줄리는 집 곳곳을 돌아다니면서, 콧노래를 부른다.

✳ ✳ ✳

밖에서는 간간한 천둥소리와 함께 폭우가 격렬하게 몰아치고 있다. 이 집의 모든 유리창이 온전하게 남아 있어서 다행이다 싶다. 대부분의 다른 집의 유리창은 약탈자나 식량을 찾아 침입한 자들에 의해서 이미 오래 전에 부서져 있다. 나는 몇 구의 뇌 없는 시체들이 이웃집의 푸른 잔디밭에 누워 있는 것을 흘깃 보았지만, 우리 집의 주인은 바깥 어딘가에 살아남았을 거라고 상상하고 싶다. 스타디움 주민들 중 하나가 되었다고 가정하고, 산 위에 있는 벽 없는 천국에서, 천사 합창단이 진주가 박힌 티타늄 성문 뒤에서 성가를 부르는…….

줄리가 온 집 안을 어슬렁거리며 돌아다니는 동안에 나는 거실에 앉아 비 오는 소리를 듣고 있다. 한참 후에 그녀가 마른 옷가지들을 한 아름 가지고 돌아와서 안락의자 위로 던져 놓는다. 그녀는 열 사이즈는 커 보이는 청바지 한 벌을 집어 올린다. "어때?" 그녀가 청바지를 허리에 둘러 대보고 말한다. "이거 입으면 뚱뚱해 보이겠지?" 그녀는 그것을 내려놓고 옷 무더기를 뒤적거려서, 드레스처럼 보이는 큰 옷을 끄집어낸다. "만약에 우리가 내일 숲에서 길을 잃게 되면 이걸 텐트로 사용해도 되겠는걸. 맙소사, 이 댁 사람들은 어떤 운 좋은 좀비들에게는 고급 만찬이었겠네."

나는 우스운 표정을 지으면서 고개를 젓는다.

"뭐야, 너희들, 뚱뚱한 사람들은 안 먹어?"

"지방…… 생명력 아니야. 음식물 쓰레기. 살코기가…… 필요해."

그녀는 웃는다. "와, 너 오디오 애호가*에다가* 음식의 달인이구나! 맙소사." 그녀는 옷들을 옆으로 던져 놓고 깊은 한숨을 쉰다. "음, 아무튼. 나는 탈진 상태야. 저쪽에 있는 침대는 그렇게 많이 썩진 않은 것 같더라. 난 이만 자러 갈게."

나는 비좁은 안락의자에 등을 기대고 앉는다. 긴 밤을 사색 속에서 홀로 보낼 계획이다. 하지만 줄리는 떠나지 않는다. 침실 문가에 그냥 서서 나를 꽤 오래 쳐다보고 있다. 전에도 줄리가 이러는 것을 본 적이 있었기에, 무슨 일이 생기든 대처할 준비를 한다.

"R……, 너…… 사람을 꼭 먹어야 되는 거야?"

이런 어리석은 질문에 꽤 지친 탓에 속으로 한숨을 쉰다. 하지만, 언제 괴물이 프라이버시를 보장 받은 적이 있기나 했던가?

"응."
"아니면 넌 죽는 거야?"
"응."
"하지만 넌 나를 먹지 않았잖아."
나는 망설인다.
"넌 나를 구해 줬어. 세 번이나."
나는 느리게 고개를 끄덕인다.
"그리고 넌 그 뒤로는 아무도 안 먹었어, 맞지?"
나는 집중하면서 얼굴을 찡그리고 다시 생각해 본다. 그녀가 맞다. 남아 있던 뇌 조각 몇 입을 여기저기에서 먹은 것을 헤아리지 않는다면, 나는 그녀를 만난 그날부터 금식을 해 온 것이다.
그녀의 얼굴에 묘하게 희미한 반쪽 미소 같은 경련이 인다. "넌 일종의…… 변화 단계야, 그렇지 않아?"
평상시처럼, 나는 말을 하지 않는다.
"그럼, 잘 자." 그녀가 말하고는 침실 문을 닫는다.
나는 소파 위에 누워서 물 얼룩이 진 코티지치즈 질감의 천장을 응시한다.
"너한테 무슨 일이 일어나고 있는 거야? 너 괜찮아?"
M이 나에게 공항 스타벅스에서 곰팡이 낀 커피 잔 너머로 물었다.
"응, 나는 괜찮아. 그냥 변화 중일 뿐이야."
"너는 어떻게 변할 수 있었어? 우리 모두가 같은 백지 상태였다고 하면, 무엇이 너를 거기에서 벗어나게 만들었다는 거야?"
"아마 우리는 백지가 아니었을 거야. 아마도 우리의 예전 삶의 부

스러기가 아직 우리를 구성하고 있는 것 같아."

"하지만 우리는 이전의 삶을 기억하지 못해. 우리는 우리의 일기조차 읽을 수 없다고."

"그런 것은 중요하지 않아. 우리가 있는 곳에 우리가 존재하지. 하지만 우리는 여기에 있어. 중요한 것은 우리가 다음에 어디로 가는가의 문제야."

"정말로 우리가 그것을 선택할 수 있다는 건가?"

"잘 모르겠어."

"우리는 죽은 자야. 우리가 정말로 뭔가를 선택할 수 있을까?"

"아마도. 만약에 우리가 그럭저럭 나빠지길 원한다면."

지붕을 때리는 빗방울. 낡은 목재의 흠집. 셔츠의 구멍을 통해 느껴지는 오래된 소파 쿠션의 깔끄러운 부분. 이렇게 오랫동안 음식 없이 버틴 적이 있었는지를 생각하며 내가 죽음에서 깨어난 후의 기억들을 바쁘게 돌아보고 있는 중에 줄리가 다시 문가에 서 있는 것을 발견한다. 그녀는 팔짱을 끼고 문틀에 엉덩이를 기대고 서서, 신경질적인 리듬으로 발을 구르고 있다.

"왜?"

내가 묻자 그녀가 말한다.

"저기…… 생각을 좀 해 봤는데, 침대가 킹사이즈야. 그래서 내 생각에는, 네가 그러고 싶기만 하다면…… 네가 거기에 나랑 같이 누워도 괜찮을 것 같아." 나는 눈썹을 치켜세운다. 그녀의 얼굴이 붉어진다. "저기, 내가 한 말은…… 내 말뜻은 말이야……. 네가 침대 옆자리를 써도 신경 안 쓴다는 것뿐이야. 이 집 방들은 귀신이 나올 것 같단 말이야, 응? 스프랫 부인의 유령이 내 꿈속까지 쳐들어와서 날 찌부러트리는 건 싫다고.(마더 구스「잭 스프랫은 기름을 먹을 수 없다」의 스프랫 부부를 이름. ―옮긴이) 그리고 내가 일주일 넘게 샤워도 못 했다는 사실도 생각해 봤는데, 넌 진짜로 나보다 더 냄새를 못 맡으니까 우리는 서로의 단점을 상쇄할 수 있을 거야." 그녀는 한쪽 어깨를 으쓱거리면서, *마음대로 하라는 듯이*, 침실로 사라진다.

나는 몇 분을 기다린다. 그러고 나서 반신반의 하면서 일어서서 그녀를 따라 들어간다. 그녀는 이미 침대 속에 들어가서 담요를 둘둘 두르고 태아 같은 자세로 웅크리고 있다. 나는 천천히 반대편 모퉁이로 가서 조심스럽게 침대로 올라간다. 담요들은 모두 그녀 쪽에 있지만 나는 사실 따듯하게 유지할 체온도 없기 때문에 담요가 필요 없다. 나는 언제나 상온 상태이다.

두툼한 고급 오리털 이불 더미를 두르고도 그녀는 여전히 떨고 있다. "이 옷들은……." 그녀가 투덜거리면서 침대에 일어나 앉는다. "젠장." 그녀는 나를 흘겨본다. "옷 좀 벗어서 말릴게. 그냥 편하게…… 있어. 알았지?" 줄리는 나에게 등을 돌린 채로 젖은 청바지를 벗고 머리 위로 셔츠를 벗는다. 그녀의 등은 추위로 파르스름하다. 내 피부의 색조와 거의 유사해 보인다. 침대 위에 벗어둔 물방울무늬 브래지어와 격자무늬 팬티를 화장대 위에 펼쳐서 널어두고는 재빨리 이불 속으로 기어들어 와서 몸을 웅크린다. "잘 자." 그녀가 말한다.

나는 팔을 베고 누워서 천장을 올려다본다. 우리는 둘 다 침대의 양 끝에 누워 있고, 우리 사이에는 1미터도 넘는 공간이 있다. 나의 사람 잡아먹는 본성이 그녀를 겁먹게 한 것은 아니라는 느낌이 든다. 산 자이든 죽은 자이든, 정력이 넘치든 발기 불능이든 간에, 나는 아직 한 남성으로서의 외양은 갖추고 있고, 아마도 내가 아름다운 여성과 이렇게 가까이에 누워 있는 다른 보통 남자와 같은 행동을 할지도 모른다고 그녀가 생각했을지도 모른다. 내가 그녀에게 여러 가지 짓을 시도할 거라고 생각하고 있을지도 모르겠다. 그녀 쪽으로 슬금슬금 기어가서 그녀를 먹어 버리거나 하는 일을. 하지만 그렇다면 나는 왜 이 침대에 누워 있는 걸까? 시험해 보는 걸까? 나를, 아니면 그녀 자신을? 도대체 어떤 수상한 희망이 그녀에게 이런 일을 하지 않을 수 없게 한 걸까?

그녀가 잠이 들면서 숨소리가 느려진다. 몇 시간이 흐르자 꿈속에서는 두려움 따위 밀어 던졌는지, 그녀가 굴러 와서 우리 사이의 간격을 확 줄인다. 그녀는 이제 나를 마주보고 있다. 그녀의 창백한 숨결이 나의 귀를 간질인다. 만약 그녀가 지금 당장 깨어난다면, 비명을 지를까? 정말로 안전하다는 것을 내가 그녀에게 납득시킬 수 있을까? 그녀의 행동이 나의 죽이고 먹으려는 본능을 자극하기보다는 성적인 충동에 더욱 불을 붙이는 행위라는 것을 부인하지 않을 것이다. 하지만 이러한 새로운 충동이 생겨나고, 일부는 놀랍도록 격렬함에도 불구하고, 내가 진짜로 *하고* 싶은 일의 전부는 그저 그녀의 옆에 누워 있는 것이다. 지금 이 순간, 내가 가장 원하는 것은 그녀의 머리를 내 가슴에 얹고, 따스하게 만족스러운 호흡을 하면서 잠드는 것이다.

이상한 일이다. 좀비 철학자를 위한 한 가지 의문점. 나의 과거는 안개 속에 있지만 나의 현재는 소리와 색으로 충만해서 선명하다는 것은 무엇을 의미하는 걸까? 죽은 자가 된 이래로 나는 새로운 기억들을 희미하고 작아지고 궁극적으로는 기억도 나지 않게 될 예전 기억의 카세트덱에 덮어씌워 녹음해 오고 있다. 하지만 나는 최근 며칠간의 시시각각을 선명하고 자세하게 상기할 수 있는 데다가 그중 한 가지라도 잊을지도 모른다는 생각은 소름끼칠 정도다. 줄리와 만난 그 순간부터 지금에 이르기까지의 모든 길을 잇는 강한 연결선을 좇을 수 있고, 그녀가 옆에 누워 있는 이 음산한 침실과 지난 시간 동안 내가 잃어버리고 고속 도로의 쓰레기처럼 버려 온 수만 가지 기억들과는 달리, 나의 여생 동안 이 순간만은 기억할 것을 분명히 알고 있다.

* * *

가끔씩 동트기 전에, 더 자고 싶어서가 아니라 내 눈 뒤에서 꿈이 영사기처럼 깜빡거리는 것을 보기 위해 누워 있곤 한다. 그것이 꿈이 아니고, 환상이라는 점을 제외하면, 나의 생명력 없는 뇌가 구현해 내기에는 너무나 상쾌하고 밝다. 항상 이런 간접적인 기억들은 혈액과 뉴런의 맛을 느끼는 행위가 선행되지만, 오늘 밤은 아니다. 오늘 밤은 내가 눈을 감자마자 놀랍게도 한밤중의 쇼가 저절로 일어난다.

오프닝은 저녁 식사 장면으로 시작한다. 긴 금속 탁자 위에 작은 식탁보가 깔려 있다. 밥 한 공기. 콩 한 그릇. 아마인(亞麻仁)으로 만든 네모난 빵.

"주여, 이렇게 음식을 주셔서 감사합니다." 탁자의 상석에 앉은 남자가 말하는 중인데, 손은 앞으로 모으고 있지만 눈은 크게 뜨고 있다. "이것으로 우리 몸을 축복하소서. 아멘."

줄리는 자신의 옆자리로 소년을 이끈다. 그는 탁자 아래로 그녀의 허벅지를 꽉 쥔다. 그 소년은 페리 켈빈이다. 나는 다시 페리의 마음에 들어와 있다. 그의 뇌는 사라졌고, 그의 인생은 증발되어 들이마셔졌다…… 그러나 그는 여기에 있다. 이것은 화학적 회상일까? 그의 뇌의 자취가 아직까지 내 몸 어딘가에 녹아들어 있는 것일까? 아니면 실제로 그일까? 아직도 어딘가에, 어떻게든, 어떤 이유로든 붙들려 있는 걸까?

"그래서, 페리. 줄리가 자넨 지금 농업 분야에서 일하는 중이라고 하던데." 줄리의 아버지가 그에게, 나에게 말한다.

나는 밥을 삼킨다. "네, 그렇습니다. 그리지오 장군님, 저는 농……."

"여기는 군대 식당이 아니다, 페리, 지금은 저녁 식사 자리야. 그리지오 *씨*라고 하는 것이 좋겠네."

"알겠습니다. 네."

식탁에는 의자 네 개가 있다. 줄리의 아버지가 상석에 앉아 있고, 그녀와 내가 서로의 옆자리, 줄리의 아버지의 오른쪽으로 앉아 있다. 식탁의 다른 끝자리는 비어 있다. 줄리가 그녀의 어머니에 대해서 해 준 이야기는 다음과 같다. "엄마는 내가 열두 살 때 떠나셨어." 내가 조심스럽게 물어봤음에도, 더 이상은 이야기해 주지 않았고,

심지어 우리가 나의 트윈베드에 알몸으로 누워 더 이상 그럴 수 없을 정도로 취약해지고 기진맥진하고 행복할 때조차 더 많은 얘기를 들을 수는 없었다.

"저는 지금 농장주입니다. 하지만 저는 승진 가도를 달리고 있습니다. 저는 수확 감독관을 목표로 하고 있습니다." 나는 그녀의 아버지에게 말씀드린다.

"그렇군." 그가 생각에 잠겨 끄덕이면서 말한다. "그리 *나쁜* 직업은 아니네만…… 자네가 왜 자네 아버님이 근무하는 건설 분야로 가지 않은 것인지 궁금하군. 나는 그가 중요한 회랑 건설에서 일할 더 많은 젊은이를 쓸 수 있을 거라고 확신하네."

"아버지께서는 저에게 부탁은 하셨지만, 아…… 저는 잘 모르겠습니다. 저는 단지 지금으로선 건축 분야가 제가 있을 곳이 아니라고 생각했습니다. 저는 식물 다루는 일을 좋아하거든요."

"식물." 그가 반복한다.

"저는 요즘 같은 시대에 *자라는* 것들에 대한 의미를 깊게 느끼고 있습니다. 토지가 매우 감소해서 많은 것을 얻어 내기는 어렵지만 이 회색 더미의 도시에서 녹색 식물을 보게 되시면 꽤 만족스러우실 겁니다."

그리지오 씨는 씹는 것을 멈추고, 멍한 표정을 짓는다. 줄리가 불편하게 쳐다본다. "우리의 거실 뒤편에 있는 작은 관목 기억나세요? 말라 비틀어진 작은 나무처럼 보이는 그거요." 그녀가 말한다.

"그래……, 그게 어쨌는데?" 그녀의 아버지가 말한다.

"아빠는 그런 것을 좋아하셨잖아요. 정원을 가꾸지 않는 사람처럼 굴지 말라고요."

"그건 네 어머니의 나무야."

"하지만 아버지도 그 나무를 좋아하셨잖아요."

그녀가 나를 돌아본다.

"그래서 아빠는 인테리어 디자이너들을 할 말 없게 만들곤 했지. 믿거나 말거나, 우리 예전 집을 모두 현대적 유리와 금속 재질을 써서 무슨 이케아 전시실처럼 꾸몄는데, 우리 엄마는 그런 걸 못 견뎌하셨어. 엄마는 흙처럼 자연스러운 것을 좋아하셨거든. 마섬유나 지속력 좋은 단단한 목재 같은……."

그리지오 씨의 얼굴이 긴장한 것처럼 보이지만, 줄리는 알아채지 못하거나, 아니면 신경 쓰지 않는 듯하다.

"……그렇게 싸운 뒤로, 엄마는 싱싱하고 밝은 녹색 관목을 사서 큰 고리버들 화분에 심어 두셨고, 걔는 아빠의 완벽한 은백색 거실 한가운데에 꽂혀 있게 되었어."

"거긴 *나만의* 거실이 아니란다, 줄리. 내 기억으로는 우리가 가구를 고를 때 투표를 했는데, 너는 언제나 내 편이었지 않니." 그가 말참견을 한다.

"전 여덟 살이었다고요, 아빠. 저는 아무래도 우주선에 사는 척을 하고 싶었던 것 같아요. 어쨌든 엄마가 이 나무를 사고 나서 두 분은 그 일로 일주일간 부부 싸움을 하셨어. 아빠는 그것이 '어울리지 않는다.'고 하셨고, 엄마는 그 나무를 그 자리에 두지 않으면 자기가 나가겠다고 하셨지." 그녀는 잠시 망설인다. 그녀의 아버지의 얼굴이 더 굳어진다. 그녀가 말을 잇는다. "그래 음, 한동안 대치 상태였어. 하지만 엄마는 엄마대로, 다른 것에 신경을 쓰시다가 화분에 물 주기를 그만둬 버렸어. 결국 나무가 죽어 가기 시작했을 때, 누가 그 불쌍한 것을 거둬 줬게?"

"나는 죽은 나무가 우리 거실 한가운데에 있는 걸 바라지 않았단다. 누군가가 돌보아야만 했어."

"아빠가 매일같이 물을 줬잖아요. 비료도 주고 가지치기도 하고."

"그래, 줄리, 그게 식물을 유지하는 법이지."

"아빠, 왜 자신이 저 바보 같은 식물을 사랑한다는 것을 인정하지 못하세요? 저는 알 수가 없어요, 뭐가 그렇게 잘못된 거예요?"

그녀는 놀라움과 불만이 섞인 얼굴로 그를 바라보며 말한다.

"왜냐하면 그게 쓸모없는 짓이기 때문이다! 너는 물을 주고 비료도 줄 수 있지만 식물을 '사랑'할 수는 없다." 그가 버럭 소리를 지르자, 갑자기 방의 분위기가 바뀐다.

줄리는 말을 하려고 입을 열었다가 다문다.

"저건 의미도 없는 장식이야. 저건 저 자리에서 시간과 자원을 낭비하고 있다가, 언젠가 죽겠다고 결심하면 그때는 아무리 물을 열심히 줘도 죽게 되어 있어. 저렇게 가치 없고 하찮은 것에 정을 붙이는 것은 쓸데없는 짓이다."

긴 침묵이 이어진다. 줄리는 아버지의 시선을 피하고 밥을 먹는다.

"어쨌든 내가 말하고 싶은 점은 말이야, 페리…… 아빠도 정원을 가꾸곤 하셨어. 그러니 너도 원예 이야기를 나눠도 돼."

"나도 원예 말고도 관심 있는 것이 많이 있어." 나는 주제를 바꾸려고 하면서, 대꾸한다.

"오?" 그리지오 씨가 말한다.

"그래, 아…… 모터사이클 어떠세요? 저는 얼마 전에 BMW R1200R을 구조 현장에서 찾아내서 방탄 기능을 추가하고 있어요. 언제든지 전투에 나설 수 있도록 말이에요."

"기계를 다뤄 본 경험이 있구나, 그래. 잘된 일일세. 지금 우리 무기고의 기계 분야에 사람이 부족하거든."

줄리가 눈을 굴리면서 콩을 떠먹는다.

"저는 사격술 훈련에도 많은 시간을 투자하고 있습니다. 학교로부터 추가 임무를 요청받기도 했고, M40을 이용해서 지금까지 임무를 잘 수행해 왔습니다."

"야, 페리, 아빠한테 너의 다른 계획들에 대해서도 말씀드리는 게 어때? 네가 항상 원해 왔던 그……."

나는 줄리의 발을 밟는다. 그녀가 나를 노려본다.

"항상 원하던 게 뭔데?" 그녀의 아버지가 묻는다.

"저는 아니…… 저는 정말로 아닙니다……." 나는 물을 한 모금 마셨다. "저는 솔직히 아직은 확실히 정한 것이 없습니다. 저는 제 인생에서 무엇을 할지를 확정하지 못했습니다. 그렇지만 고등학교를 다니면서 차차 정해질 거라고 생각합니다."

무슨 말을 하려고 했는데? R이 그 장면을 다시 방해하면서, 소리 내서 질문한다. 페리는 그를, 나를, 올려다본다.

"이봐. 시체 양반. 지금은 안 돼. 이날은 내가 줄리의 아버지와 처음 만난 날이고 우린 썩 잘 맞진 않았어. 나는 집중이 필요하다고."

"잘될 거야. 아빠가 요즘 이러시네, 내가 주의하라고 했잖아." 줄리가 페리에게 말한다.

"좀 더 집중하라고. 너도 언젠가는 그를 만날 날이 올 테니까. 게다가 너는 그의 인정을 받기 위해서 나보다 훨씬 힘든 시간을 보내게 될 거야." 페리가 나에게 말한다.

줄리는 페리의 머리카락을 매만진다. "자기야, 현실에 대해서 그렇게 말하지 마. 네가 그러면 나는 버려지는 느낌이 들어."

그는 한숨을 쉰다. "그래, 알았어. 어쨌든 이 시간들은 그나마 좀 괜찮았어. 자라면서 나는 진짜 중성자 별로 변해 버렸으니까 뭐."

너를 죽여서 미안해, 페리. 내가 바라던 것이 아니야, 그건 단지…….

"잊어버려, 시체 양반, 나는 이해해. 어쨌든 간에 내가 바라던 대로 이뤄졌어."

"이 나날들에 대해 회상할 때마다 난 항상 네가 그리울 거야. 아빠가 너를 몰아붙이기 전에는 꽤 침착했는데." 줄리가 애석해 하며 말한다.

"그녀를 보살펴 줘. 그럴 거지? 그녀는 힘든 나날을 보내 왔어. 그녀를 지켜줘." 페리가 나에게 속삭인다.

그럴게.

그리지오 씨가 목을 가다듬는다. "내가 자네라면, 지금부터 계획을 세우기 시작하겠네, 페리. 자네의 기술이면, 경비대 훈련을 고려해 보는 것이 좋겠어. 새싹은 항상 흙에서 잘 돋아나지만 우리에게 모든 과일이나 채소가 절대적으로 필요한 건 아니야. 너는 일 년 내내 탄수화물 외에는 아무 것도 아닌 것을 위해 살 수도 있겠지만, 그것보다는 우선 우리가 모두 살아남도록 지키는 것이 가장 중요한 일이야."

줄리는 페리의 팔을 잡아당긴다. "그만하고 가자, 굳이 여기에 다시 앉아야겠어?"

페리가 대답한다. "아니, 기억할 가치도 없는 곳이야. 어딘가 좋은 곳으로 가자."

＊＊＊

우리는 바닷가에 있다. 1000년간 파도가 정교하게 깎아서 만든 진짜 해변은, 지금은 모두 물 밑에 있다. 우리는 최근에 침수된 도시의 항구에 새롭게 생긴 해변에 있다. 작은 모래밭이 부서진 보도블록들 사이로 생겨나 있다. 따개비들이 들러붙어 있는 거리의 가로등이 파도에 따라 모습을 드러내는데, 그중 몇 개는 아직도 어두운 밤에 파도 위에서 노란 동그라미 형태를 이루며 깜빡거리고 있다.

줄리가 물에 막대기를 던지면서 말한다.

"좋아 제군들, 퀴즈 시간이야. 당신의 인생에서 하고 싶은 일은?"

"오 안녕. 그리지오 양." 한때는 전신주였던 통나무에 걸터앉은 줄리 옆에 앉아서, 나는 비아냥거린다.

그녀는 나를 무시한다. "노라, 네가 첫 번째야. 질문의 요지는, 네가 결국 해야 될 일이 아니라 하고 싶은 일이 무엇인가야."

노라는 통나무 앞의 모래밭에 앉아서, 중지와 첫 마디가 잘려나가 뭉뚝해진 약지 사이에 대마초를 끼우고 조약돌 몇 개로 손장난을 하고 있다. 그녀의 눈은 흑갈색이고, 피부는 크림 커피색이다.

"아마도 간호사? 사람들을 치료하고, 생명을 구하고…… 아마도 의료 분야에서 일할 것 같아. 난 그렇게 될 수 있을 거야."

"노라 간호사. 어린이 텔레비전 프로그램에 나올 법한 느낌인데." 줄리가 미소 지으며 말한다.

"왜 간호사야? 왜 의사는 되려고 하지 않아?"

내 질문에 노라가 비웃는다.

"오, 그래, 7년간 대학 생활을 하라고? 지금 문명이 그렇게나 오래 갈지 의심스럽다."

"그래, 그건 그렇지. 그런 식으로 말하지 마. 간호사가 되는 일에 잘못된 건 아무것도 없어. 간호사는 섹시하잖아!" 줄리가 말한다.

노라는 미소를 짓고 그녀의 굵고 검은 곱슬머리를 하릴없이 잡아당긴다. 그녀는 나를 본다. "그런데 왜 하필 의사야, 페어? 그게 네 목표야?"

나는 고개를 단호하게 젓는다.

"나는 이미 일평생 볼 피와 내장을 충분히 봐 왔어. 고마워."

"그럼 뭔데?"

"나는 글을 쓰고 싶어. 그러니까…… 사실 나는 작가가 되고 싶은 것 같아." 나는 고백하듯이 말한다.

줄리는 미소 짓는다. 노라는 고개를 갸우뚱한다.

"정말로? 아직도 사람들이 그런 일을 하나?"

"뭐? 글 쓰는 거?"

"내 말은 그러니까…… 출판 산업이 아직도 있어?"

나는 어깨를 으쓱거린다. "글쎄…… 없겠다. 그렇겠네. 좋은 지적이야, 노라."

"미안해, 나는 그저……."

"아니야, 나도 알아. 네 말이 맞아, 이건 공상보다도 못한 어리석은 생각이야. 로소 대령님이 세계 도시들의 약 30퍼센트 가량만 기능하고 있다고 말씀하셨어. 그러니 좀비들이 읽는 법을 배우지 않는 한은…… 문학예술의 전성기는 오지 않을 거야. 나는 결국 경비대에 들어가 있겠지."

"입 닥쳐, 페리. 사람들은 아직 책을 읽어."

줄리가 내 어깨를 주먹으로 치면서 말한다.

"정말로?" 노라가 묻는다.

"적어도 *나는* 읽어. 그 뒤에 산업이 있는지 누가 신경이나 쓰겠어? 만약에 모두가 건물 짓고, 총을 쏘고 하는 데 바빠서 자신의 영혼을 키우는 것을 소홀히 한다면, 그 사람들이 잘못된 거야. 그냥 공책에 적기만 해서 나한테 준다 해도, *나는* 그걸 읽을 거야."

"단 한 사람을 위한 책이라. 거기에 어떤 가치가 있을까?" 노라가 나를 보며 말한다.

줄리가 나를 향해 대답한다. "적어도 그 사람의 생각들이 머리 밖으로 나오게 되는 거잖아, 응? 최소한 *누군가* 그것을 보게 될 거야. 아름다운 일일 것 같아. 그 사람 뇌의 작은 조각을 소유한 기분일거야." 그녀는 나를 골똘히 쳐다본다. "뇌 한 조각만 줘, 페리. 맛보고 싶어."

노라가 웃는다. "내 참. 여기에 둘만 남겨 놓고 가 줄까?"

나는 줄리에게 팔을 두르고, 최근 들어 완벽하게 익힌 세파에 지친 미소를 짓는다. "요 귀여운 아가씨야." 나는 말하고 그녀를 꽉 껴안는다. 그녀는 눈살을 찌푸린다.

"너는 어때? 줄리. 네 장래 희망은 뭐야?"

노라가 묻자, 줄리가 답한다.

"나는 선생님이 되고 싶어. 그리고 화가, 그리고 가수, 그리고 시인. 그리고 비행사."

노라가 웃는다. 나는 몰래 눈을 돌린다. 노라가 대마초를 줄리에게 건네주고, 줄리가 작게 한 모금 피우고 나에게 권한다. 나는 머리를 흔든다. 우리는 모두 반짝거리는 수면을 멍하니 바라본다. 하얀 갈매기 떼가 애절한 울음소리로 대기를 채우는 동안, 같은 통나무에 앉아서 같은 일몰을 보면서도 세 아이들은 매우 다른 생각들을 하고 있다.

너는 이런 것들을 하게 될 거야. R이 줄리를 내려다보면서 중얼거리고, 그와 내가 다시 위치를 바꾼다. 줄리는 나를 올려다보고, 그 시체는 휴식 없는 영혼처럼 바다 위에 떠 있는 구름 속에 있다. 그녀는 나에게 환한 미소를 보내지만, 나는 그것이 진짜 그녀가 아니라는 것을 알고 있다. 내 자신의 두개골의 한계를 벗어나지 않는 한, 나는 여기서 아무 말도 할 수 없다는 것을 알고 있음에도 어쨌든 나는 말을 하고 있다. *너는 키도 크고 강해지고 눈부시게 아름다워지고 영리해질 거야, 너는 영원히 살게 될 거야. 너는 세상을 바꿀 수 있을 거야.*

"고마워, R." 그녀가 말한다. "넌 참 다정해. 넌 때가 오면 나를 보내 줄 수 있을 거라고 생각해? 나에게 작별을 고할 수 있을 것 같아?"

받아들이기 힘들다. *내가 정말로 그래야 할까?*

줄리가 순진하게 웃으면서, 어깨를 으쓱한다. 그리고 속삭인다. "으쓱거려."

* * *

태풍은 아침이 되자 지나갔다. 나는 줄리 옆에서 똑바로 누워 있다. 햇빛의 날카로운 한 줄기 빛이 공기 중의 먼지를 통과해서 그녀의 웅크린 몸 위로 하얗고 따스한 빛 웅덩이를 만든다. 그녀는 아직까지도 담요를 단단하게 둘둘 말고 있다. 나는 일어나서 집 앞 현관으로 나간다. 봄볕이 이웃집을 하얗게 바래게 하고, 뒷마당의 녹슨 놀이기구들이 산들바람에 삐걱거리는 소리만 들린다. 머릿속에는 꿈이 던진 차가운 질문이 메아리친다. 나는 그 일과 마주하기 싫지만 곧 닥쳐올 일이라는 것을 깨닫는다. 나는 9시까지 그녀를 아버지에게 돌려보낼 것이고, 그렇게 될 거야. 문이 쿵하고 닫히고, 나는 집 앞에서 살그머니 자취를 감추겠지. *내가 그녀를 보내 줄 수 있을까?* 나는 그렇게 어려운 질문에 대답해 본 적이 없다. 한 달 전만 해도 내가 그리워하고, 즐거워하고, 간절히 바라던 것이 지구상엔 아무것도 없었다. 나는 내가 모든 것을 잃을 수도, 아무것도 느끼지 못할 수도 있다는 것을 알고 있고, 이러한 지식에 안도감을 느낀다. 하지만 나는 안도감에 싫증을 느끼고 있다.

* * *

내가 안으로 돌아갔을 때, 줄리는 침대 가장자리에 앉아 있다. 그녀는 정신이 혼미해 보이고, 아직 반쯤 잠에서 덜 깬 상태다. 그녀의 머리카락은 허리케인이 지나간 후 자연재해를 입은 야자수처럼 보인다.

"잘 잤어?" 내가 말하자, 그녀가 툴툴거린다. 살짝 훌쩍거리면서, 등을 굽혔다가 쭉 펴고, 브래지어 끈을 조절하는 그녀를 물끄러미 쳐다보지 않으려고 노력한다. 나는 그녀의 모든 근육과 척추를 볼 수 있고, 그녀가 이미 거의 반쯤 벗었기 때문에 나는 피부 없는 그녀를 상상해 본다. 나는 끔찍한 경험을 통해서 그녀의 내면 층에 아름다움이 자리 잡고 있다는 것 역시 알게 되었다. 절대 보이기 위해서가 아닌 훌륭한 예술 작품, 즉 보석을 박아 만든 시계의 무브먼트처럼 그녀의 내면에 경이로운 균형과 솜씨가 봉인되어 있다.

"아침으로 뭐 먹을까? 굶어 죽겠어." 그녀가 투덜거린다.

나는 고민한다. "분명히…… 스타디움에…… 한 시간 이내로…… 갈 수 있어. 메르시에게…… 기름이…… 필요하게…… 될 것 같아."

그녀는 눈을 비빈다. 그녀는 그때까지 두르고 있던 두꺼운 이불을 뒤로 젖혀 낸다. 다시 한 번 나는 줄리를 쳐다보지 않으려고 애써 본다. 그녀의 몸은 죽은 자들의 살과는 달리 씰룩거리고 탄력이 있다.

그녀가 갑자기 눈을 번쩍 뜬다.

"젠장. 저기 있잖아, 아빠한테 전화해야겠어."

그녀는 유선 전화기를 들고, 나는 다이얼 소리에 깜짝 놀란다. 스타디움의 사람들이 전화선을 유지하기 위해서 가장 우선적으로 복구한 모양이다. 디지털이나 위성 기반 장비들은 분명히 오래 전에 끊겼겠지만 물리적인 아날로그 연결과 케이블은 지하에서 더 오래 견딜 수 있었을 것이다.

줄리는 전화를 건다. 초조하게 기다리던 그녀의 얼굴에 안도감이 퍼진다. "아빠! 저 줄리에요."

수화기 반대편에서 감탄사가 크게 터져 나온다. 줄리는 수화기를 귀에서 멀리 뗀 다음에 나에게 이런 말을 하는 표정을 지어 보인다. *또 시작이군*. "응 아빠, 저는 괜찮아요. 괜찮다고요. 살아 있고 다친 데도 없어요. 노라가 무슨 일이 있었는지 말씀드리지 않았어요?" 수화기 저편에서 더 큰 소리가 난다. "응, 저도 아빠가 찾고 있었던 거 알지만, 아빠 예상은 빗나갔어요. 오란 공항에는 작은 무리만 있었어요. 그들이 저를 끌고 가서 다른 죽은 사람들하고 같이 식량 창고 같은 방에 두었어요. 그런데 며칠 지나서…… 저를 *잊어버린* 것 같았어요. 그래서 거길 탈출해서 철사로 버려진 차에 시동을 걸고 운전했어요. 지금 돌아가는 길이에요. 아빠한테 전화하려고 잠깐 섰어요." 일시 정지. 그녀는 나를 곁눈질한다. "아니에요, 음, 아무도 보내지 마세요, 알았죠? 남쪽 아래의 교외에 있어요, 거의 다……." 기다림. "모르겠어요. 고속 도로 부근 어디쯤이에요, 하지만 아빠……." 줄리의 몸이 굳고, 표정이 변한다. "뭐라고요?" 그녀는 심호흡을 한다. "아빠는 왜 지금 엄마 얘길 하세요? 아니요, 왜 엄마 얘길 하냐고요. 지금 상황하고 *아무 관계* 없잖아요. 저는 알아서 *돌아가는* 중이에요. 저는 그저…… 아빠! 기다려요, 제 말 듣고 계세요? *아무도 보내지 마세요*, 저 집에 가는 중이라니까요, 아셨어요? 저는 차도 있고, 돌아가는 중이라고요, 단지…… 아빠!" 수화기에선 정적만 흐른다. "아빠?" 정적. 그녀는 입술을 깨물고 바닥을 쳐다본다. 그녀는 전화기를 내려놓는다.

나는 묻기조차 두려운 의문을 가득 담아 눈썹을 치켜세운다.

그녀는 이마를 문지르면서 호흡을 진정시키려고 노력한다. "네가 가서 기름을 찾아보면 안 될까, R? 나는 생각할 시간이 좀…… 필요해." 그녀는 말하면서 나를 쳐다보지 않는다. 나는 망설이면서 손을 뻗어 그녀의 어깨에 얹는다. 그녀는 움찔했지만 누그러지더니, 갑자기 돌아서서는 나를 세게 껴안고는 내 셔츠에 얼굴을 묻는다.

"잠시만 생각할 시간이 필요해." 그녀가 몸을 떼고 자신을 추스르면서 말한다.

그래서 나는 그녀를 거기에 두고 나온다. 나는 차고에서 빈 석유통을 발견한 뒤 기름을 빼 낼 연료 탱크가 가득한 차를 찾아서 마을 곳곳을 돌아다니기 시작한다. 최근에 망가진 쉐보레 타호 옆에 무릎을 꿇고 앉아서 사이펀 튜브로 쿨렁쿨렁 기름을 옮겨 담고 있을 때, 조금 떨어진 곳에서 시동 거는 소리가 들린다. 나는 그것을 무시하고, 입안에서 느껴지는 거칠게 톡 쏘는 가솔린의 풍미에 집중한다. 석유통을 가득 채우자 막다른 길로 돌아가서, 눈을 감고 내 눈꺼풀 안쪽에 햇빛이 가득 차도록 한다. 그리고 눈을 뜬다. 뒤늦은 생일 선물인 양 빨간 플라스틱 통을 들고는, 한동안 그 자리에 그냥 서 있다. 메르세데스가 사라졌다.

* * *

집 안으로 들어서자, 응접실 탁자 위에 놓여 있는 쪽지가 보인다. 무엇인가가 쓰여 있기는 했는데, 내가 단어로 조합할 수 없는 문자들이다. 하지만 그것 옆에는 폴라로이드 사진 두 장이 있다. 두 장 모두 팔을 길게 뻗어 자신에게 초점을 맞춰 찍은 줄리의 사진이다. 그중 한 장에서 그녀는 기운 빠지고 내키지 않는 몸짓으로 손을 흔들고 있다. 다른 사진에서는 가슴에 손을 얹고 있다. 그녀의 표정은 금욕주의자 같지만, 눈가가 젖어 있다.

잘 가, R. 그 사진은 내게 속삭인다. *지금이 그때야. 이렇게 말해야 할 시간이야. 말해 줄 수 있어?*

나는 사진을 들어 올려 물끄러미 바라본다. 손가락으로 문지르자, 덜 마른 유화액이 무지개 색으로 번진다. 나는 사진을 들고 갈까 고려해 보다가, 그만둔다. 나는 줄리를 추억으로 만들 준비가 되지 않았다.

말해, R. 그냥 말하면 돼.

나는 탁자 위로 사진들을 돌려 놓고, 그 집을 떠난다. 나는 그 말을 하지 않는다.

* * *

나는 공항으로 돌아가려고 걷기 시작한다. 무엇이 나를 기다릴지 확신할 수가 없다. 완전한 죽음? 꽤나 가능성 있다. 내가 일으킨 소란 이후로 보니들은 나를 감염성 오염물처럼 간단하게 처리하려 할 것이다. 하지만 나는 다시 혼자이다. 나의 세상은 좁고, 나에게는 선택권이 거의 없다. 공항 외에는 어디로 가야 할지조차 알 수 없다.

차로는 40분 거리가 도보로는 하루 종일 걸리는 여정이 된다. 걷기 시작하자 바람이 반대 방향에서 불어와서 어제의 먹구름이 지평선 너머로 돌아오고 있다. 먹구름이 내 머리 위에서 나선형을 이루고 거대한 카메라 조리개처럼 파란 하늘에서 동그랗게 응축된다. 나는 빠르고 뻣뻣하게, 거의 행군하듯이 걸어간다.

내 머리 위의 파란 하늘은 점점 어두워져 잿빛에서 쪽빛으로 변하더니 마침내 비구름이 비로 변해 떨어지기 시작한다. 비가 온다. 억수처럼 쏟아지는 오늘의 태풍은 어젯밤 소나기가 신선 식품 매장의 수증기처럼 가벼웠다고 느껴질 정도다. 심히 혼란스럽게도 나는 *추위를 느끼고* 있는 것을 깨닫는다. 빗방울들이 내 옷과 모든 구멍을 두들겨 대고, 나는 실제로 덜덜 떨고 있다. 게다가 최근 들어 자고 싶은 만큼 잤던 터무니없는 수면 욕구에 반해서, 나는 다시 자고 싶어진다. 거의 사흘 밤 연속이다.

다음 출구에서 고속 도로를 벗어나서 고속 도로 진입로와 도로 사이에 조경된 삼각형 모양의 화단에 들어선다. 나는 수풀을 헤치고 들어가서 작은 숲으로 숨어든다. 열 그루에서 스무 그루로 이루어진 이 작은 삼나무 숲은 완전히 지친 통근 유령에게 딱 좋은 배열로 심어져 있다.

한 나무 아래에 자리를 잡고, 앙상한 가지 아래에서 쉴 수 있을 만큼 공처럼 둥글게 몸을 말고는 눈을 감는다. 카메라 플래시처럼 지평선에서 번개가 번쩍거리고 천둥이 뼛속까지 우르르 울리고, 나는 어둠 속으로 빨려 든다.

＊＊＊

나는 줄리와 함께 747기에 있다. 이게 꿈이라는 것을 알고 있다. 페리 켈빈과 연결된 인생 극장의 재방송과는 다른, *진짜* 꿈이다. 이것은 순전히 나에게서 온 것이다. 내 두뇌가 공항에서의 일을 처음으로 돌이켜보려 시도했던 때의 모호한 진창보다는 명확성이 많이 진화했지만, 아직은 페리의 능란한 영화에 비하면 아마추어 비디오 같이 느껴질 정도로 모든 것에 서투르고 불안한 수준이다.

구름 위에 떠 있는 비행기의 하얗게 눈부신 날개 위에, 줄리와 나는 서로 마주보고 책상 다리를 하고 앉아 있다. 바람이 우리의 머리카락을 흩날리게 하지만, 메르세데스 컨버터블에 타고 있을 때처럼 느긋하다.

"너 지금 꿈꾸는 거야?" 줄리가 말한다.

나는 초조하게 웃는다. "그런 것 같아."

줄리는 웃지 않는다. 그녀의 눈은 차갑다. "넌 어떤 소녀와 만나기 전까지는 꿈 같은 거 꾸지 않았겠지. 넌 일기를 써 보려고 노력하는 초등학생 같아."

우리는 이제 지상에, 교외의 밝은 초록빛 잔디밭에 앉아 있다. 뒷배경에서는 끔찍하게 뚱뚱한 연인이 사람의 팔다리를 숯불 위에 굽고 있다. 나는 줄리에게 집중하려고 노력한다.

"나는 변하고 있어." 나는 그녀에게 말한다.

"상관없어. 난 이제 집에 갈 거야. 넌 존재할 수 없는 현실 세계로 돌아간다고. 여름 캠프는 끝났어."

날개 달린 메르세데스가 먼 하늘을 웅하고 지나가면서, 낮은 음속 폭음을 남기고 사라진다.

줄리가 나를 노려보면서 말한다. "난 이미 갔다고. 재밌었지만, 이제 끝이야. 이런 게 세상 이치야."

나는 그녀의 시선을 피하면서 머리를 휘젓는다. "난 아직 준비가 안 됐어."

"네가 바라던 건 어땠는데?"

"모르겠어. 나는 그저 뭔가를 바랐을 뿐이야. 기적을."

"기적은 존재하지 않아. 원인과 결과, 꿈과 현실, 산 자와 죽은 자만 있을 뿐이야. 네가 가진 희망은 말도 안 되는 거야. 너의 낭만도, 당황도."

나는 그녀를 불편하게 쳐다본다.

"이제 넌 성장할 때야. 줄리는 자신의 자리로 돌아갔고, 너 역시 너의 자리로 돌아갈 거야. 그게 세상의 이치야. 항상 그래 왔고, 항상 그럴 거야."

그녀가 웃는데, 삐죽삐죽한 노란 송곳니가 보인다. 그녀는 나에게 키스하고, 내 입술을 물어뜯고, 내 이를 뽑아 내고, 내 뇌 앞에서 이를 갈면서 죽은 아이처럼 쇳소리를 내지른다. 붉은 피가 뜨겁게 입 안에 차올라서 숨이 막혀 온다.

* * *

갑자기 눈을 뜨고 일어나 앉아서 물이 뚝뚝 떨어지는 가지를 밀어내고 얼굴을 내민다. 아직 밤이다. 비는 아직도 지면을 때리고 있다. 나는 나무 그늘 밖으로 나와서 고가 도로로 올라간다. 가드레일에 기대서 텅 빈 고속 도로와 어두운 지평선을 둘러본다. 한 가지 생각이 극심한 편두통처럼 머리를 짓누른다. *너는 틀렸어. 너 같은 빌어먹을 괴물은 틀렸어. 모든 것에 대해서 틀렸어.*

시야 한 구석으로, 고가 도로 저편에 실루엣이 흘깃 보인다. 그 어두운 형체는 내 앞으로 꾸준히, 느릿하게 걸어온다. 나는 근육들을 긴장시키면서, 싸울 태세를 취한다. 무리에 속하지 않은 죽은 자는 혼자서 너무 오래 헤맨 끝에, 종종 자신의 동족과 살아 있는 사람을 구별하는 능력을 잃어버리기도 하는데, 그중 몇은 너무 멀리 가 버려서, 이 생활에 너무 깊이 빠져들어서 아무것도 가리지 않게 된다. 그들은 소통할 수 있는 다른 방법을 헤아릴 수 없기 때문에 아무나, 아무것이나, 아무 곳에서나 먹을 것이다. 나는 그들 중 한 생물체가 줄리가 주변을 둘러보려고 차를 세운 사이에 그녀를 놀래고, 더러운 손으로 그녀 얼굴을 감싸 쥐고 그녀의 연약한 목을 물어뜯는 장면을 상상하고는, 그 이미지들이 내 머릿속에서 끓어올라서 견딜 수 없을 지경이 된다. 그 이미지를 내 눈앞에서 알아볼 수 없을 정도로 갈기갈기 찢어 버리려고 애쓴다. 그 원초적 분노가 나를 시시각각 조여 오면서, 나는 누군가 그녀를 헤치려 한다는 생각에 두려워진다. 사람을 죽이고 먹는 폭력성은 이 강렬한 살인 충동에 비하면 친근한 장난 같이 느껴진다.

우뚝 솟은 그림자가 가까이에서 휘청거린다. 번개의 섬광이 그의 얼굴을 밝히고, 나는 팔을 힘없이 아래로 떨어뜨린다.

"M?"

나는 처음에 거의 그를 알아보지 못했다. 그의 얼굴은 찢어지고 긁혀 있는 데다가 그의 몸 여기저기에 작은 이빨 자국들이 셀 수도 없이 가득하다.

"여어." 그가 그르렁거린다. 빗물이 그의 얼굴을 흘러내려 그의 상처에 고이고 있다. "비를…… 피하러…… 가자." 그는 내가 자고 일어난 비가 새는 나무를 지나서 고속 도로 아래의 경사면을 따라 내려간다. 나는 그를 따라서 고가 도로 아래의 마른 공간에 들어선다. 우리는 오래된 맥주 캔과 주사기가 널브러져 있는 흙바닥에 웅크리고 앉는다.

"무슨…… 일로…… 여…… 여기에…… 나와…… 있어?" 단어들과 싸워가며 그에게 묻는다. 하루 종일 한마디도 하지 않았기 때문인지 이미 혀에 녹이 슬어 있다.

"추측……해 봐." M이 그의 상처를 가리키며 말한다. "보니들. 나를 쫓아냈어."

"미안해."

M이 그르렁거린다. "엿…… 먹으라 그래." 그는 빛바랜 맥주 캔을 차 버린다. "그런데 놀랄…… 일이 있다?" 미소 같은 것이 그의 너덜너덜한 얼굴에 번진다. "몇 명이…… 나랑 같이 나왔어."

그는 고속 도로 아래쪽을 가리키고, 9명 정도의 형체가 우리 쪽으로 천천히 다가오는 것이 보인다.

나는 혼란스러운 눈으로 M을 본다. “같이…… 왔어? 왜?”

그는 어깨를 으쓱한다. “집으로…… 돌아……가기엔…… 상황이 별로야. 일상이…… 완전히…… 깨졌어.” 그가 나를 손가락으로 찌른다. “너.”

“나?”

“너랑…… 그 애. 분위기에…… 뭔가가. 움직임이.”

아홉 좀비들이 고가 도로 아래에 모여서서 우리를 우두커니 쳐다본다.

“안녕.”

내가 말하자 그들은 약간 몸을 흔들고 신음 소리를 낸다. 그들 중 하나는 고개를 끄덕인다.

“여자애는…… 어디 있어?” M이 나에게 물었다.

“그 애 이름은 줄리야.” 따뜻한 카모마일 차를 마신 것처럼 내 혀가 부드럽게 굴러간다.

“주……울리.” M이 애를 쓰며 따라한다. “알겠어. 그 애는…… 어디 갔어?”

“떠났어. 집에 갔어.”

M이 내 얼굴을 유심히 들여다본다. 그는 내 어깨에 손을 얹는다.

“너…… 괜찮아?”

나는 눈을 감고 천천히 숨을 쉰다. “아니.” 나는 고속 도로와 도시 주변과 내 머릿속에 피어나는 무엇인가를 내다본다. 처음에는 느낌이었다가 생각이었다가, 다음엔 선택이 된다. “개를 쫓아간다.”

여섯 음절. 나는 다시 내 기록을 깬다.

"스타디움……으로?"

나는 고개를 끄덕인다.

"왜?"

"그녀를…… 지키러."

"무엇으로……부터?"

"모……든 것."

M은 그저 나를 한참 쳐다보기만 한다. 죽은 자들은 날카로운 얼굴을 몇 분밖에 지속할 수 없다. 나조차도 내가 하려는 일을 확신할 수 없을 때, 그가 내가 말하려는 생각을 이해하는 것이 가능할지 궁금하다. 단지 직감뿐이다. 계획의 부드러운 분홍빛 수정란일 뿐.

그는 하늘을 올려다보고 이어서 고속 도로를 본다. "지난밤에…… 꿈을…… 꿨어. *진짜 꿈. 기억.*"

나는 그를 응시한다.

"어렸을 때…… 기억났어. 여름. 보리…… 수프 가루. 여자애." 그의 눈이 다시 나를 보더니 묻는다. "뭐…… 같았어?"

"뭐가?"

"너도…… 느꼈잖아. 그게 무엇인지…… 알아?"

"무슨 이야기를…… 하는 거야?"

"내 꿈." M은 망원경을 들여다보는 어린아이처럼 경이로움이 가득한 얼굴로 말한다. "이런 것들이…… 사랑?"

따끔한 흥분이 척추를 타고 오른다. 무슨 일이 벌어지고 있는 걸까? 우리 행성이 돌진해 가고 있는 우주까지 도달하는 거리는 어느 정도 남았을까? M이 꿈을 꾸고, 기억을 되찾고, 놀라운 질문을 한다. 나는 매일 말할 수 있는 음절 수의 기록을 갱신한다. 공항에서 수 킬로미터 떨어진 고가 도로 아래에 우리와 함께 있는 이름도 모르는 아홉 좀비들은 해골들의 명령에 야유를 보내고, 여기에 서서 *무엇인가*를 기다리고 있다.

우리 앞에 새로운 캔버스가 펼쳐져 있다. 우리는 여기에 무엇을 그려야 할까? 빈 회색 공간에 칠할 첫 번째 색깔은 어떤 것일까?

"나는…… 같이 가겠어. 너를 도와주러…… 함께. 너와 함께…… 그녀를 지키러." M이 말한다. 그는 기다리고 있는 죽은 자들에게로 돌아선다. M은 어조를 높이지 않고 편안하게 그르릉거리면서 묻는다. "모두들 도와줄 거지? 이 여자애를…… 구하는 걸…… 도울 거지? 함께 구하자……." 그가 눈을 감고 집중한다. "주……*울리*를?"

죽은 자들은 그 이름을 듣자 활기를 찾고, 손가락을 움찔거리면서 눈길을 보낸다. M은 기쁜 것 같다. "잃어버린 것…… 찾게 돕자." 그는 너덜해진 성대에서는 들어 본 적이 없는 좀 더 강력한 목소리로 요청한다. "구조를…… 돕자?"

좀비들은 M을 본다. 그들은 나를 보고, 서로를 본다. 그들 중 하나가 어깨를 으쓱한다. 다른 하나는 고개를 끄덕인다. "돕자." 그들 중 하나가 그르렁거리고, 그들 모두가 동의의 표시로 숨을 쌕쌕거린다.

내 얼굴에 미소가 번지는 것을 깨닫는다. 내가 무엇을 하고 있는지, 어떻게 하고 있는지, 아니면 그 일을 했을 때 어떤 일이 벌어질지를 모름에도, 세워진 공성 사다리의 가장 아랫단에서 마침내 줄리를 다시 만나러 갈 것을 깨닫는다. 나는 내가 작별을 고하지 않을 것을 안다. 게다가 이 휘청거리는 망명자들이 도와주길 원한다면, 그들이 소녀를 뒤쫓는 소년보다 더 큰 무엇을 발견한다면, 그래서 그들이 도움이 된다면, '아니다' 하고 이 사후 경직 상태의 세계가 소리치는 동안에 우리는 '그렇다' 하고 말할 때 어떤 일이 일어나는지 알 수 있을 것이다.

고속 도로 남행 차선 위에서 북쪽을 향해 느릿느릿 걸어가는데, 우리를 두려워하기라도 하는 것처럼 번개가 산 앞쪽으로 내리친다.

우리는 도로 위에 있다. 어딘가로 가야만 한다.

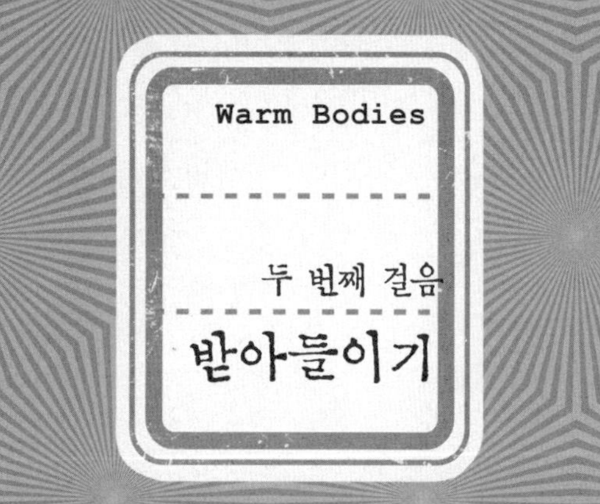
Warm Bodies
두 번째 걸음
받아들이기

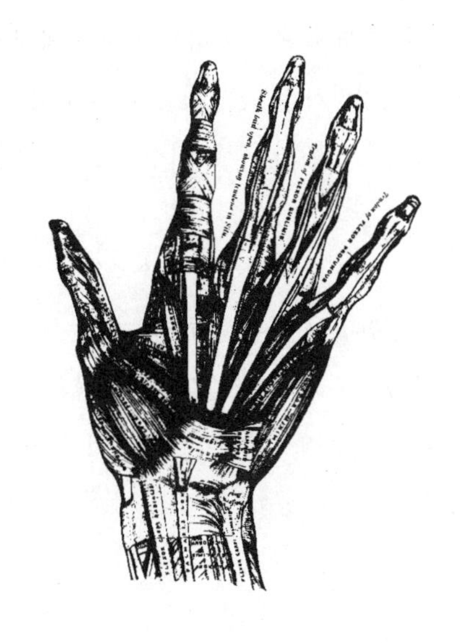

나는 어리다. 나는 건강으로 환하게 빛나고, 강함과 활력과 기력으로 심장이 뛰는 십 대 소년이다. 하지만 나는 나이를 먹어 간다. 매 초마다 나는 노화한다. 나의 세포는 얇고, 빳빳하게 펴지고, 차가워지고, 어두워진다. 나는 열다섯 살이지만 내 주변의 죽음들마다 나에게 열 살씩을 더해 준다. 각각의 잔혹 행위, 각각의 비극, 각각의 슬픔의 짧은 순간들. 나는 곧 오래전의 사람이 되겠지.

여기 나, 페리 켈빈이 스타디움에 있다. 나는 벽에서 새소리를 듣는다. 소가 비둘기처럼 울고, 찌르레기가 노래하듯이 지저귄다. 나는 위를 보고 심호흡을 한다. 최근에는, 여기조차 공기가 맑다. 나는 이것이 굴뚝이 생기기 전의 시대에 풍기던, 새로 만들어진 세상의 향인지 궁금했다. 나를 좌절시키고 매혹시키는 점은, 역사가와 과학자와 시인들이 아무리 애를 써도 우리가 절대로 확신할 수 없는, 아무도 알 수 없는 무엇인가가 있다는 것이다. 처음 듣는 노래처럼, 처음 사진을 볼 때 느끼는 느낌처럼. 첫 키스처럼, 그것이 얼마나 좋든지 간에.

"페리!"

나는 미소를 짓고 나의 작은 찬미자에게 손을 흔든다. 그와 그의 보육원 동기들은 한 줄로 손에 손을 잡고 길을 건넌다. "안녕…… 친구." 나는 그에게 외친다. 그의 이름이 기억나지 않는다.

"우리는 정원으로 가고 있어!"

"멋지네!"

줄리 그리지오가 어미 백조처럼 그 줄을 이끌면서 나를 향해 웃는다. 도시 곳곳, 마주칠 확률이 높을 것 같은 학교 주변에서부터 마주칠 공산이 희박한 스타디움의 가장 바깥 모퉁이에 이르기까지 나는 그녀와 거의 매일 마주친다. 그녀가 나를 따라다니는 것일까 아니면 내가 그녀를 따라다니는 것일까? 어느 쪽이든, 나는 그녀를 볼 때마다 스트레스 호르몬의 분출을 느낀다. 손바닥은 땀으로 젖고, 얼굴에는 여드름이 돋는다. 우리가 마지막으로 만났을 때, 그녀는 나를 지붕 위로 데리고 갔다. 우리는 몇 시간이나 음악을 듣고, 해가 질 때까지 키스를 했다.

"우리랑 같이 갈래, 페리? 현장 학습 간다!" 그녀가 말한다.

"어, 재밌겠네…… 8시간 동안 걷기만 하는 현장 학습이라니."

"야, 여기서는 그렇게 선택의 폭이 넓지 않잖아."

"나도 알아."

그녀는 내게 오라고 손을 흔들고, 나는 마지못해 가는 것처럼 연기를 하면서, 즉시 따른다.

"밖에 한 번도 안 나가 본 거야?"

나는 어설프게 발을 맞춰 걸어가는 아이들을 보면서 물어본다.

"그라우 선생님은 우리가 밖에 *있다*고 얘기하실 것 같은데."

"난 정말 *밖*을 말한 거야. 숲, 강, 등등."

"열두 살이 될 때까지는 안 돼."

"지독하네."

"으응……."

우리는 뒤를 따르는 아이들의 소곤거리는 소리를 제외하고는 조용한 가운데 걷는다. 이 아이들의 만난 적도 없는 부모님처럼 방어적인 스타디움의 높다란 벽이 나타난다. 갑작스런 우울함의 구름 아래로 그늘진 줄리를 보는 것이 나를 흥분시킨다.

"여기 이걸 어떻게 견디는 거야." 나는 간신히 질문처럼 말한다.

줄리는 나에게 얼굴을 찡그린다. "*우리*는 밖에 나가게 되어 있어. 한 달에 두 번."

"나도 알아, 하지만……."

그녀는 기다린다. "뭔데, 페리?"

"너는 아직도 이런 게 할 만하다고 생각해?" 나는 애매하게 벽을 가리킨다. "이 모든 게?"

그녀의 표정이 날카로워진다.

"내 말은, 여기에 죽치고 있는 것보다 좋은 방법이 없을까 하는 의미야."

"페리, 그런 식으로 얘기하지 마. 그 빌어먹을 소리 하지 말라고."

그녀는 예상치 못한 분노를 터뜨리다가, 우리 뒤가 갑작스레 조용해지고 아이들이 움찔한 것을 깨닫는다.

"미안, 나쁜 말 했네." 그녀는 아이들에게 소곤소곤 속삭인다.

"빌어먹을!" 나의 작은 친구가 외치고, 줄 전체가 웃음을 터뜨린다.

줄리는 눈을 굴린다. "잘됐네."

"쯧 쯧."

"너는 입 닥쳐. 너한테 하는 말이야. 그건 악랄한 말이라고."

나는 머뭇거리며 그녀를 쳐다본다.

"우리는 한 달에 두 번 바깥에 나갈 거야. 우리가 조난보다 더한 상황에 있어도, 우리는 살아남을 거니까." 그녀는 성서 구절을 낭독하듯이 말한다. 오래된 속담. 그녀도 자신의 확신이 결여된 것을 느꼈는지 나를 흘깃 보고, 눈을 깜빡거린다. 그녀의 목소리가 조용해진다. "우리랑 같이 야외로 가고 싶으면, 그런 악담은 그만 해."

"미안해."

"너는 여기에 충분히 오래 있지 않았어. 너는 안전한 곳에서 자라서 지금의 위험을 이해하지 못하고 있어."

어두운 느낌이 나의 뱃속으로 흘러들지만, 나는 혀를 놀리지 않으려고 애쓴다. 나는 그녀가 말한 고통은 알 수 없지만 그것의 깊이는 알 수 있다. 그것은 그녀를 강하게도 만들고 지독하게 약하게 만들기도 한다. 그것은 그녀의 가시이면서 덤불에서 뻗어 나온 그녀의 손이기도 하다.

"미안해." 나는 다시 말하고 그녀의 손을 더듬어서 바지 주머니에서 빼낸다. 따스하다. 나의 차가운 손가락이 그녀의 손을 감싸는데, 내 마음은 달갑지 않게도 촉수의 이미지를 떠올린다. 나는 그것을 지워 버린다. "나쁜 말 안 할게."

아이들은 커다란 눈으로, 티 하나 없는 뺨을 하고, 나를 골똘히 쳐다본다. 나는 그들이 누군지, 그들이 어떤 의미인지, 그들에게 어떤 일이 생길지가 궁금해진다.

✳ ✳ ✳

"아빠."

"응?"

"나 여자 친구 생긴 것 같아요."

아버지는 클립보드를 내리고, 안전모를 고쳐 쓴다. 깊게 주름진 얼굴에 미소가 번진다. "정말로?"

"그런 것 같아요."

"누군데?"

"줄리 그리지오?"

아버지는 고개를 끄덕인다. "나는 그 아이를 만난 적이 있다. 그 아이는…… 이봐! 더그!" 아버지는 방어벽 모퉁이에 기대서 철근을 옮기는 일꾼에게 고함을 친다. "그건 40게이지 철근이잖아, 더그, 간선 구간에는 50게이지 철근을 쓰고 있다고." 아버지는 다시 나를 돌아본다. "그 애 귀엽더라. 하지만 페어, 조심하렴. 갠 꼭 불꽃놀이 폭죽 같이 보여."

"저는 불꽃놀이를 좋아해요."

아버지는 미소를 짓는다. 아버지의 눈이 여기저기를 돌아본다. "나도 좋아한단다, 아들아."

무전기가 지지직거리고, 아버지는 그것을 꺼내 들고, 지시를 내리기 시작한다. 나는 공사 중에 있는 흉측한 콘크리트 구조물을 본다. 우리는 최근 몇 블록을 연장한 4.6미터 높이의 벽 가장 끝부분에 서 있다. 다른 벽은 이 벽과 평행선을 그리면서, 도시의 심장부를 가르는 담으로 둘러싸인 회랑으로 들어가는 중심가를 이루고 있다. 일꾼들이 아래쪽에 모여서 콘크리트를 거푸집에 붓고, 골조를 세우고 있다.

"아빠?"

"그래."

"부질없는 일이라고 생각하지 않으세요?"

"뭐가?"

"사랑에 빠지는 거요."

아버지는 잠시 멈추고, 무전기를 내려놓는다. "무슨 뜻이니, 페어."

"지금……처럼. 그러니까, 모든 것이 다 불확실한 시대에 말이에요. 요즘 같은 세상에 그런 짓은 시간만 낭비하는 바보짓 아닐까요? 모든 것이 매 초마다 허물어져 가는 때에?"

아버지는 나를 한참 바라본다. "내가 네 엄마를 만났을 때에, 나도 그런 의문을 가졌단다. 그 당시에도 전쟁과 경기 불황이 심각했지." 무전기가 다시 지지직거리기 시작한다. 하지만 아버지는 그것을 무시한다. "나는 열아홉 살에 네 엄마를 만났어. 내가 한 살 아니면 한 달이라도 더 살아서 알게 되었다면 생각을 바꿨을 거라 생각하니?" 아버지는 공사 현장을 둘러보면서 머리를 느리게 흔든다. "인생에는 '이른바' 해야 한다는 기준점이라는 것이 없단다, 페리. 네가 도래하길 기다리는 그런 이상적인 세상은 없어. 세상은 언제나 *지금*처럼 돌아가고, 네가 어떻게 대응하는가는 모두 너에게 달려 있단다."

나는 부서진 사무실 건물들의 검은 창문 구멍을 들여다본다. 나는 해골 인간들이 책상 앞에 자기 자리를 차지하고 앉아서 그들이 절대 해낼 수 없는 할당량을 채우기 위해 열심히 일하는 모습을 상상해본다.

"아빠, 만약 아빠가 엄마와 딱 일주일만 함께할 수 있었다면 어땠을까요?"

아버지가 약간 놀란 듯이 말한다. "페리……. 세상은 내일 끝나지 않는단다, 얘야. 알겠니? 우리는 고쳐나가는 중이야. 보렴." 아버지는 아래에서 일하는 작업반을 가리킨다. "우리는 도로를 건설하고 있어. 다른 스타디움과 은신처를 연결해서 거주지를 서로 오가면서 우리 연구 인력과 자원도 교환하고, 어쩌면 치료법 연구를 시작할지도 모르지." 아버지는 내 어깨를 탁 친다. "너랑 나, 모두…… 우리가 함께 해낼 거란다. 아직 포기하지 마라. 알겠니?"

나는 작은 한숨과 함께 누그러지면서 동의한다. "알았어요."

"약속하니?"

"약속해요."

아버지가 웃으신다. "내가 지켜보마."

* * *

다음에 무슨 일이 일어났는지 알아, 시체 양반? 페리는 내 의식의 깊은 어둠 속에서 속삭인다. *짐작할 수 있겠어?*

"나한테 왜 이런 걸 전부 보여 주는 거지?" 나는 어둠에게 묻는다.

이것이 내가 남긴 것이고, 네가 느끼길 바라기 때문이야. 나는 사라질 준비가 되어 있지 않아.

"나도 그래."

나는 그의 목소리에서 냉소를 느낀다.

좋아.

* * *

"왔구나."

줄리가 사다리를 타고 새로운 우리 집의 지붕에 올라와서 나를 본다. 나는 그녀를 곁눈질하고 다시 얼굴을 손에 묻는다.

그녀는 조심스러운 발걸음으로 조잡한 철판 위를 걸어와서 지붕 끝의 내 옆에 앉는다. 우리는 다리를 허공에 늘어뜨리고 차가운 가을 공기를 느리게 휘젓고 있다.

"페리?"

나는 대꾸를 하지 않는다. 그녀가 내 옆얼굴을 유심히 들여다본다. 그녀는 손을 뻗어서 텁수룩한 머리카락을 두 손가락으로 빗겨 내린다. 그녀의 파란 눈이 중력처럼 나를 끌어당기지만 나는 저항한다. 나는 흙탕길을 내려다본다.

"내가 여기에 있다는 걸 믿을 수가 없어." 나는 중얼거린다. "이런 바보 같은 집에. 저런 버려진 것들이랑 같이."

그녀는 곧바로 반응하지는 않는다. 그녀는 이럴 땐 침착한 성품이다. "버려진 게 아니고, 사랑받던 아이들이야."

"한동안은 그랬겠지."

"그 애들 부모님들이 버린 게 아니야. 맡긴 거야."

"무슨 차이가 있어?"

그녀가 나를 뚫어져라 노려봐서 눈을 마주칠 수밖에 없다. "네 엄마도 너를 사랑하셨어, 페리. 의심조차 하면 안 돼. 그리고 네 아빠도 그러셨어."

나는 그 무게를 버틸 수가 없다. 나는 굴복하고 눈물을 흘리고 만다. 나는 눈물이 나오자마자 줄리로부터 머리를 돌린다.

"네가 원한다면 신이 너를 버렸다고 믿어, 숙명이든 운명이든 아니면 뭐 다른 거라도. 하지만 결국에는 너도 부모님이 너를 사랑했다는 걸 알게 될 거야."

"그런 건 문제가 아니야." 나는 그녀의 눈을 피하면서 쉰 목소리로 말한다. "누가 그런 거 신경 쓴댔어. 그분들은 돌아가셨어. 그게 현실이야. 그런 건 지금 아무 것도 아니라고."

우리는 잠시 아무 말도 하지 않는다. 차가운 미풍이 우리 팔을 때린다. 밝은 빛을 띠는 나뭇잎들이 바깥쪽 숲에서 떨어져 나와서 스타디움의 거대한 입 속으로 팔랑거리며 떨어지다가 지붕 위로 안착한다.

"너도 알겠지만, 페리." 줄리의 목소리는 자신의 상처로 떨리고 있다. "결국에는 모두 죽어. 우리 모두 그것을 알고 있잖아. 사람들, 도시들, 문명 전체. 아무것도 영원할 수 없어. 만약 존재가 죽음과 생존, 이곳 아니면 이곳이 아닌 곳의 양자택일이라면, 무슨 의미가 있을까?" 그녀는 낙엽들을 보다가 불꽃처럼 빨간 단풍잎 한 개를 집어 든다. "우리 엄마는 우리가 기억을 하는 이유가 있다고 항상 말씀하셨어. 그리고 기억의 반대편에 희망이 있다고. 그래서 그런 것들이 사라지는 것도 중요해. 그래서 우리는 우리의 과거를 허물고 미래를 만들 수 있는 거야." 그녀는 얼굴 앞에서 낙엽을 빙그르르 돌린다. "엄마는 신처럼 과거, 현재, 미래의 시간을 한꺼번에 볼 수 있다면 인생은 말도 안 된다고 말씀하셨어."

나는 줄리를 하염없이 바라본다. 그녀가 내 눈물을 보고는 한 번에 닦아 내려고 한다. "그래서 미래가 뭔데?" 내 눈가를 훔쳐 내는 그녀의 손길을 피하지 않고, 묻는다.

그녀는 웃음을 터뜨리며 대답한다. "음…… 까다로운 부분인 것 같은데. 과거는 사실과 역사로 만들어지고…… 미래는 그냥 희망인 것 같아."

"아니면 두려움."

"아니야." 그녀는 머리를 단호하게 흔들고 내 머리카락에 낙엽을 꽂는다. "희망이야."

＊＊＊

휘청거리며 걷는 죽은 자들의 앞에 스타디움이 우뚝 서 있다. 주변의 건물들과 소모된 도시 구획들, 결핍과 낭비의 세계와 이제 완전히 끝나 버린, 그릇된 꿈으로 점철된 시대의 천박한 기념비 위로 스타디움이 흐릿하게 보인다.

우리 죽은 자들의 간부단은 하루를 조금 넘겨 걸어와서, 잭 케루악 소설 속의 비트 제너레이션처럼 휑한 거리를 배회한다.(1950년대 미국에는 현대의 산업 사회를 부정하고 기존의 질서와 도덕을 거부하며 문학의 아카데미즘을 반대하는 방랑자적 문화 예술가 세대가 등장했는데, 이들을 비트 제너레이션이라고 불렀다. 잭 케루악은 그 대표적인 문학가 중의 한 사람이다.—옮긴이) 나머지는 배고파 하기에, 식량 조달을 위해서 판자로 막힌 낡은 연립 주택에 들르기 전에 M과 거의 무언의 논쟁을 벌인다. 나는 밖에서 기다린다. 내가 마지막 식사를 한 지 며칠이 더 지났지만, 나는 이상하게도 만족감을 느낀다. 공복감과 포만감이 정확하게 균형을 이룬, 중립적인 감각이 정맥을 타고 흐르는 것처럼 느껴진다. 그 집에 있던 사람의 비명 소리가 내가 살인을 해 온 그 어느 때보다 날카롭게 귀를 찌르고, 나는 그들 가까이 가는 것조차 싫다. 나는 멀찍이 떨어진 길거리에 서서, 손바닥으로 귀를 막고 끝나기를 기다리고 있다.

그들이 나타났을 때, M은 내 시선을 피한다. 그는 입가에 묻은 피를 손등으로 문질러 닦고 나서 단 한 번 나에게 죄책감 어린 눈길을 던지고 지나친다. 다른 좀비들도 예전과는 꽤 다르게 보이는 것이,

M이 느끼는 수준의 양심의 가책만큼은 아니더라도 뭔가 예전과 조금 달라졌다. 그들은 잔여물을 가지고 나오지 않았다. 그들은 피 묻은 손을 바지에 문질러 닦는다. 불편한 침묵 속에 걸음을 옮긴다. 이것이 시작이다.

처음으로 생명력의 체취를 감지할 수 있을 만큼 스타디움에 가까워졌을 때, 나는 머릿속의 계획을 검토해 본다. 사실, 계획이라고 할 만큼은 아니다. 만화처럼 간단하지만, 전에는 한 번도 시도해 본 적이 없었기 때문에 제대로 적용될지가 문제다. 방법을 찾으려는 충분한 의지가 없던 것이다.

정문에서 몇 블록 떨어진 곳에서, 우리는 버려진 집에 잠시 머무른다. 나는 욕실로 들어가서 거울을 보면서 예전 거주자처럼 보이는지 철저하게 관찰한다. 머릿속으로 살아 있는 자의 성격을 표현하기 위해서 아침 일상을 미친 듯이 반복해 본다. 자명종이 울리고, 샤워하고, 옷을 입고, 아침 식사. 나는 나의 최선을 보고 있는가? 나는 앞으로 최고의 발걸음을 내딛고 있는가? 나에게 달려들 세상의 모든 것에 대비하고 문 밖으로 나서는 것일까?

나는 머리카락에 젤을 발라서 넘긴다. 얼굴에는 애프터쉐이브를 바른다. 넥타이를 바로잡는다.

"준비됐어." 나는 다른 좀비들에게 말한다.

M이 나를 평가한다. "충분히…… 비슷해."

우리는 문으로 향한다.

* * *

몇 블록 내에서 살아 있는 것의 냄새가 강력해진다. 스타디움이 거대한 테슬라 코일(미국의 발명가 테슬라가 발명한 특수한 변압기. 불꽃 방전으로 생기는 고주파 진동 전류의 전압을 높이는 간단한 장치.—옮긴이)처럼 향긋한 분홍 생명력 번개의 폭풍으로 타닥거리는 소리를 낸다. 무리의 모두가 경이로움으로 스타디움을 쳐다본다. 몇몇은 대놓고 침을 흘린다. 만약에 그들이 그저 먹을 것에 달려든다면, 우리의 어설프게 세운 전략은 즉시 무너질 것이다.

문에 서 있는 경비대의 시야에 진입하기 전에, 우리는 교차로에서 옆길로 들어가 택배 트럭 뒤에 숨는다. 나는 살짝 몸을 내밀고 모퉁이 주변을 살핀다. 두 블록 거리도 안 되는 곳에, 총을 어깨에 멘 네 명의 경비들이 잡담을 하면서 스타디움의 중앙 출입구 문 앞에 서 있다. 그들의 걸걸한 군인식 대화체는 우리보다도 더 적은 음절 수로 이루어져 있다.

나는 M을 본다. "고마워. 이렇게…… 하게 해 줘서."

"당연한 거야."

"죽지…… 마."

"절대…… 안 죽어. 준비…… 됐어?"

나는 고개를 끄덕인다.

"다른 산 사람들과…… 같아……."

나는 웃는다. 나는 한 번 더 머리카락을 쓸어 넘기고, 심호흡을 하고 달려 나간다.

"도와줘요!" 나는 팔을 흔들면서 외친다. "도와주세요, 그들이…… 내 바로 뒤에 있어요!"

나는 있는 힘을 다해 균형을 잡으면서, 문 앞으로 달려간다. M과 나머지 좀비들이 연극처럼 과장되게 으르렁거리면서 내 뒤로 달려든다.

경비대원들은 본능적으로 반응한다. 총을 들어 올리고 좀비를 향해 쏜다. 팔 한 짝이 날아간다. 다리 하나. 누군지 모를 아홉 좀비 중 하나는 머리를 잃고 쓰러진다. 하지만 어떤 총구도 나를 겨누지 않는다. 눈앞의 공중에 줄리의 얼굴을 그리면서 나는 전력 질주한다. 내가 달리는 모습은 괜찮다는 걸, 느낄 수 있다. 나는 정상으로, *살아 있는* 사람으로 보인다. 나는 '인간'의 범주에 보기 좋게 진입한 것이다. 총을 든 경비병 두 명이 더 나타나지만 내 쪽은 쳐다보지도 않는다. 그들은 눈을 찡그리고, 목표물을 조준하고 쏜다.

"가세요! 안으로 들어가요, 어서!"

내 뒤로 두 명의 좀비가 더 쓰러진다. 나는 문 안으로 들어서면서, M과 남은 좀비들이 몸을 돌려 철수하는 것을 본다. 그들은 돌아서자마자 걸음걸이를 갑자기 바꾼다. 그들은 휘청거리지 않고 살아 있는 사람들처럼 달려간다. 나만큼 빠르지는 않고, 품위 있지는 않지만, 꽤 훌륭하다. 경비병은 망설이고, 총격은 머뭇거린다. "저게 대체 뭐지……?" 그들 중 한 명이 중얼거린다.

입구 안쪽에 클립보드와 공책을 들고 있는 남자가 있다. 이민 담당 직원이 내 이름을 받아 적을 준비를 하고 나를 내보내기 전에 작성해야 할 요청 서류 한 무더기를 들고 있다. 이 사람이 몇 년간 무방비 상태의 낙오자들을 바깥 폐허로 내몰아 우리 죽은 자들에게 식량을 공급해 준 자다. 그는 내 앞으로 다가와서, 눈도 맞추지 않고, 그의 기록장을 휙휙 넘긴다.

"큰일 날 뻔했군요. 에…… 여기 서류에……."

"테드! 여기 이 개떡 같은 상황 좀 봐!"

테드는 시선을 들어서 열려 있는 문 밖으로 동료 군인이 넋을 잃고 서 있는 것을 내다본다. 그는 나를 힐긋 본다.

"여기에서 기다리세요."

테드는 달려 나가서 그 경비병 옆에 서서 불가사의하게 생기 있는 좀비들이 진짜 사람처럼 길을 따라 저 멀리 뛰어가는 것을 보고 있다. 나는 그들이 딛고 선 땅이 움직이는 것처럼 뱃속에서 부글대는 메스꺼움을 느끼고 있을 그 군인들의 표정을 상상한다.

그들이 잠시 내 존재를 잊은 사이에, 나는 돌아서서 뛴다. 반대편 끝이 밝은, 어두운 입장 통로를 통과하면서, 마치 태아의 산도나 천국으로 가는 통로가 아닐까 하는 생각이 든다. 나는 오고 있는 것일까 아니면 가고 있는 것일까? 어느 쪽이든 간에, 되돌아가기에는 너무 늦었다. 붉은 저녁 하늘 아래 어둠 속에 숨어서 나는 살아 있는 자의 세상으로 걸어 들어간다.

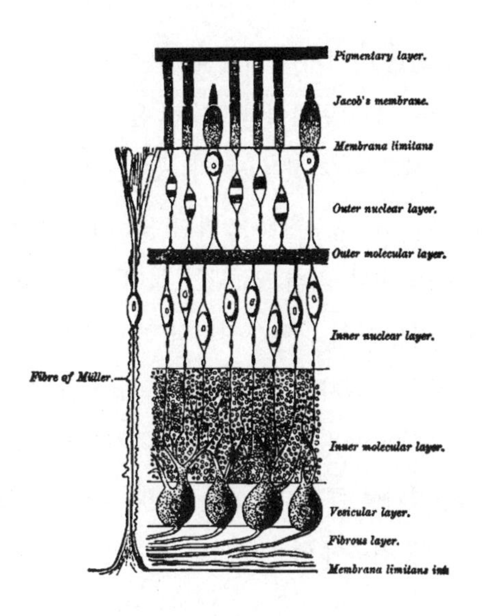

줄리가 집이라고 부르는 운동 경기장은 말도 할 수 없을 정도로 넓고, 아마도 이런 '대단한 장소'가 지어진 이중 목적 중의 하나는 세계의 모든 단체들이 전부 한 곳으로 들어가야 하는 사면초가의 상황에 처하게 될 시대를 위해서였을 것이다. 밖에서 보면 이곳은 특색 없는 벽으로 이루어진 거대한 타원으로밖에는 보이지 않고, 신조차도 물에 띄우지 못할 것 같은 콘크리트 방주처럼만 보인다. 하지만 내부는 스타디움의 정신을 보여 준다. 만약에 브라질의 무질서한 빈민가를 디자인한 모더니즘 건축가가 있다면, 그 건축가의 지시를 따라 지은 것 같은 혼돈 상태가 스타디움의 정수일 것이다.

모든 옥외 관람석은 축소판 고층 건물을 격자형으로 짓기 위한 공간을 만들기 위해서 뜯겨 나가 있었고, 무너질 것 같은 집들은 한

정된 진짜 부동산을 아끼기 위해서 비정상적으로 높고 좁게 지어져 있다. 건물의 벽은 재난 현장에서 회수해 온 재료들로 뒤죽박죽으로 만들어져 있다. 꽤 높은 건물들 중 하나는 콘크리트로 시작해서 고철부터 플라스틱으로 엉성하게 높아지다가 눅눅한 합판으로 위태로운 9층을 마무리한다. 거의 모든 건물들이 미풍이 한번 불면 쓰러질 것처럼 보이지만 도시 전체가 탄탄한 격자 모양으로 단단히 묶여서, 건물과 건물을 연결하는 케이블로 거미줄처럼 연결되어 지지되어 있다. 스타디움의 안쪽 벽에는 배관과 철사, 철근의 못 등이 까칠하게 자란 턱수염처럼 콘크리트에서 싹처럼 돋아난 채로 표면을 가득 채우고 있었다. 전력이 약해진 가로등의 희미한 오렌지색 조명은 스노우 글로브 속 도시가 그림자로 덮이도록 버려두고 있다.

입장 통로 바깥으로 걸어 나온 순간 나의 후각은 압도적으로 몰려드는 삶의 냄새에 흥분한다. 내 주변 어디에나 달콤하고 강렬한 향취가 가득해서 거의 고통스러울 정도다. 나는 향수병에 빠져 익사하는 것에 가까운 기분을 느낀다. 이 두꺼운 아지랑이 한가운데에서 나는 줄리를 느낄 수 있다. 그녀 특유의 향이 코를 살짝 간질이고, 수중에서 들려오는 목소리처럼 오라고 유혹한다. 나는 그것을 따라간다.

오래된 인조 잔디 위에 아스팔트를 얇게 부어 만든 보도는 포장이 벗겨진 틈새에서 진초록 이끼 같은 것이 여기저기 삐져나와 있다. 거리 이름은 어디에도 표시되어 있지 않다. 주나 대통령 아니면 갖가지 나무를 열거하는 대신에, 사과, 공, 고양이, 개와 같은 어린이들이 알파벳을 익히도록 도와주는 간단한 그림들을 그려 놓았다. 여기저기에 진창이 있고, 젖어서 번들거리는 아스팔트와 구석마다 음료수 캔, 담배꽁초, 사용한 콘돔과 탄피 같은 생활 쓰레기들이 쌓여 있다.

나는 풋내기 관광객처럼 도시를 넋 나간 듯이 바라보지 않으려고 노력하지만, 호기심을 능가하는 무엇인가가 내 눈에 풀칠이라도 한 것처럼 모든 도로 경계석과 옥상마다 내 시선을 붙든다. 나에게는 모든 것이 낯설고, 유령 같은 인지의 감각, 일종의 향수라고 할 만한 것을 느낀다. 눈 거리로 들어섰을 때, 나의 훔친 기억들이 뒤섞이기 시작한다.

여기가 우리가 시작한 곳이야. 여기가 해안이 사라졌을 때 그들이 우리를 보낸 곳이야. 폭탄이 떨어졌을 때. 우리 친구들은 죽었고 낯설고 괴로운 이방인으로 살아가던 때.

페리의 목소리가 아니다. 내가 먹었던 모든 생명들이 내 잠재의식의 어두운 휴게실에 모여서 웅얼거리는 합창이다.

깃발 가, 여기에 그들이 우리 나라의 깃발을 꽂았더랬어, 여전히 나라들이 존재하고, 어느 나라의 깃발인지가 문제가 되던 때로 돌아가서 말이야. 총 거리, 여기는 전쟁 캠프를 세웠던 곳이야. 죽은 자들과 산 자들을 모두 포함한 우리의 영원한 적들에 맞서 공격과 방어 계획을 세웠던 곳.

나는 고개를 숙이고 벽을 볼 수 있을 정도의 거리를 유지하면서 걷는다. 다른 길에서 오던 누군가를 마주쳤을 때, 내가 사람이 아니라는 것을 눈치 채지 못할 만큼 짧은 순간만 눈을 똑바로 맞춘다. 우리는 어색하게 고개를 끄덕이고 쓱 지나친다.

문명의 카드로 만든 집이 무너지는 것은 대단한 일도 아니라고. 단지 돌풍이 불기만 하면 균형이 무너지고, 마법이 풀리면서 그대로 끝인 거야. 좋은 시민은 그들의 삶을 규정하는 줄들이 상상으로만 존재하고 쉽게 엇갈린다는 것을 알고 있지. 그들은 자신들을 만족시킬 권력을 원하고 필요로 하며, 그래서 그렇게 행하는 거야. 불이 꺼지는 순간, 모든 사람이 겉치레를 그만두는 거고.

내 옷차림에 대해 걱정이 들기 시작한다. 나와 마주친 모든 사람들이 두툼한 쥐색 데님과 방수 코트를 입고, 진흙이 묻은 작업용 부츠를 신고 있다. 내가 아직 살아 있던 시절은 사람들이 멋을 위해 옷을 입던 세상이었을까? 만약 아무도 내가 좀비라는 것을 알아차리지 못한다면, 몸에 딱 맞는 셔츠에 넥타이를 맨 멋진 미치광이가 거리를 떠돌고 있다고 상부에 보고할지도 모르겠다. 나는 걸음을 재촉해서 줄리의 흔적을 필사적으로 킁킁거리며 따라간다.

섬 가에는 '그들'이 '우리'가 되는, 아니면 그렇게 된다고 믿는 주민 회의를 위한 뜰이 지어져 있었어. 우리는 투표를 하고 흰 치아와 유창한 언변을 가진 매력적인 남성과 여성을 지도자로 뽑고, 우리의 많은 희망과 절망을 그들의 손에 떠맡기고, 힘차게 악수를 하는 그 손들이 강할 거라 믿었지. 그들은 우리를 실망시켰어, 항상 그렇지만. 우리를 실망시키지 않을 수 있는 길이란 없었다고. 그들은 인간이고, 우리도 인간이기 때문에.

나는 눈 거리로 방향을 틀어서 격자의 가운데로 방향을 잡는다. 줄리의 향기가 더욱 뚜렷해지지만 아직 정확한 방향은 모호하다. 내 머릿속에서 울리는 합창으로부터 단서를 찾아내길 바라지만 이 오래된 유령들은 나의 하찮은 수사에는 관심조차 없다.

보석 거리에는 우리의 아이들이 물려받아야 할 세상이라는 현실을 결국 받아들였을 때 지은 학교가 있어. 우리는 아이들에게 총을 쏘는 법, 콘크리트를 붓는 법, 죽이는 법과 생존하는 법을 가르쳤어. 그들이 이런 기술들을 잘 배우고, 완전히 익히고 난 후에 시간이 남게 되면, 그때서야 우리는 아이들에게 그들의 세상을 납득시키고 연관시키고 이해시키기 위해서 읽고 쓰기를 가르쳤어. 처음에는 엄청난 희망과 믿음으로 열심히 시도했지만, 빗속에 가파른 언덕을 올라가는 일과 같았고 바닥으로 미끄러지는 일이 다반사였지.

이들의 기억 속의 지도가 약간 구식이라는 것을 깨닫는다. 그들이 보석이라고 부르는 거리는 이름이 바뀌었다. 표지는 새로워지고 신선한 원색 초록색으로 그림 표지 대신에 문자가 그려져 있다. 흥미가 동해서, 나는 이 교차로에서 방향을 돌려 비정형적으로 넓은 금속 건물에 접근한다. 줄리의 향기는 아직 거리가 있고, 지체할 여유가 없다는 것을 알지만, 창문에서 새어 나오는 희미한 불빛이 말없는 비통함으로 나의 내면의 목소리를 찔러 대는 것 같다. 내가 유리창에 코를 들이대자, 그들의 웅성거림은 조용해진다.

넓고, 탁 트여 있는 교실이다. 은백색 금속 책상들이 형광등 아래 일렬로 배치되어 있다. 모두 열 살도 안 되어 보이는 수십 명의 어린이들은 수행 과제에 따라 줄이 나뉘어져 있다. 한 줄은 발전기를 수리하고 있고, 한 줄은 휘발유를 다루고 있고, 한 줄은 총기를 닦고, 칼을 갈고, 상처를 꿰매고 있다. 그리고 가장 끝에, 내가 엿보고 있는 창문에서 가장 가까운 줄은 시체를 해부하고 있다. 물론 그들이 시체가 아니라는 것은 제외하고. 금발 머리를 땋아 내린 여덟 살짜리 소녀가 그녀가 다루던 피험자의 입으로부터 살점을 벗겨 내서 비뚤어진 미소를 짓게 만들고, 손가락으로 눈을 벌려 뜨게 하자 그 눈이 주변을 둘러보면서, 자신을 속박하고 있는 것으로부터 벗어나려고 잠시 몸부림치다가 지치고 지루해진 듯 잠잠해진다. 그것은 내가 있는 창문 쪽을 보았고, 그 소녀가 그것의 눈을 잘라서 꺼내기 직전까지 우리는 잠시 눈을 맞춘다.

우리는 여기에 아름다운 세상을 만들고 싶었어. 그 목소리가 웅얼거린다. *문명의 끝을, 역사의 오점들을 바로잡고, 현대의 모든 지혜를 동원해서 인류의 서투른 사춘기를 다시 체험하는 새로 시작할 기회라고 생각하는 사람들이 있었지만 모든 일은 너무 빨리 벌어졌다.*

건물의 다른 끝부분에서 콘크리트를 발로 긁는 소리와 팔꿈치로 금속을 내리치는 소리 등의 난폭한 실랑이의 소음이 들린다. 낮고 습한 신음 소리. 나는 건물을 가로질러서 더 잘 보이는 위치를 찾아본다.

우리 벽의 바깥에서는 인간의 무리와 괴물들이 우리가 가진 것을 훔쳐내려 하고, 안에서는 많은 문화와 언어와 양립할 수 없는 가치들이 작은 상자 하나에 눌려 담겨서 우리 자신들의 광기어린 잡탕이 되어 가고 있었어. 우리의 세상은 평화롭게 나누기엔 너무나 작았다. 합의점은 찾을 수 없고, 조화는 불가능했지. 그래서 우리는 목표를 수정했어.

다른 창문을 통해서 창고처럼 크게 트인 공간을 들여다보니, 희미한 조명 아래 부서진 자동차와 부품 조각들이 여기 저기 뿌려져 있어서 마치 바깥 도시 풍경을 재현해 놓은 것처럼 보였다. 조금 더 나이 먹은 아이들이 굵은 철사로 엮은 울타리와 콘크리트로 된 고속도로 장벽을 둘러싸고 있다. 정치 집회 밖에서 시위자들을 수용하던 '자유 발언대'를 닮았지만, 구호를 외치는 반정부 인사들로 가득한 대신에, 이 무대에는 단 네 명의 형상만 있다. 머리부터 발끝까지 시위 진압 경찰의 장비로 방어한 십 대 소년과 거의 생기가 없는 죽은 자 세 명이다.

암흑시대의 의사들이 그들의 방법 때문에 비난받을 수 있을까? 사혈(瀉血), 거머리로 죽은피 뽑기, 두개골에 구멍 내기? 그들은 과학이 없던 시대의 신비를 잡는 데 있어 눈이 먼 것처럼 느꼈을 거야. 하지만 전염병은 그들을 덮쳤고, 누군가는 뭔가를 해야만 했지. 우리 차례가 왔을 때, 그것은 별 차이가 없었다. 우리의 모든 기술력과 이해, 레이저 메스와 사회 복지 정책을 동원했음에도 불구하고, 아무 차이도 없었지. 우리는 그저 눈이 먼 자포자기 상태였어.

원형 경기장에 있는 죽은 자들이 비틀거리는 것으로 보아 그들이 매우 굶주렸음을 알 수 있다. 그들은 자신들이 어디에 있는지, 자기들에게 무슨 일이 벌어지고 있는지 알고 있겠지만, 자신을 제어하기에는 버거워 보인다. 그들은 소년에게 달려들고 소년은 그들에게 총을 쏜다.

바깥세상은 이미 피바다 아래로 가라앉았고, 이제 그 파도가 우리의 마지막 요새를 덮쳤지. 우리는 벽 뒤에서 버텨야만 했어. 우리는 우리가 목표하는 진실이 다수의 믿음에 가장 가깝다는 것을 깨닫고, 다수의 의견을 선출하고 나머지 목소리는 무시했어. 우리는 장군과

도급업자, 경찰과 기술자를 임명했지. 필요 없는 장식은 전부 폐기했다. 우리는 여린 부분들이 타서 없어질 때까지 고열과 고압 아래 우리의 이상을 담금질했고, 우리가 창조한 세계가 영속되기에 충분한 엄격한 틀로 단련된 형태로 만들었어.

"틀렸어!" 울타리 안에 있는 소년이 앞에 나선 좀비의 가슴에 구멍을 내고 손가락과 발을 쏘자 강사가 소리친다. "머리를 노려라! 다른 부위는 없다고 생각해!" 소년은 두 발을 더 완전히 빗나가게 쏴서 천장의 두꺼운 합판을 뚫는다. 세 좀비 중 가장 빠른 녀석이 그의 팔을 움켜쥐고 맥박 감지 안전 장치에 잠시 애를 먹다가 총을 비틀어 뺏어 옆으로 던져 버린다. 좀비는 소년을 울타리 쪽으로 쓰러뜨리고 안전모의 얼굴가리개를 크게 한 입 깨문다. 강사는 재빠르게 울타리 안으로 뛰어 들어가서 권총으로 좀비의 머리를 쏘고는 권총집에 집어넣는다. "기억해라." 그는 방 전체를 향해 말한다. "자동 산탄총의 반동은 총신을 위로 향하게 한다. 하지만 특별히 이 구식 모스버그 기종은 아래로 향해야 한다. 안 그러면 저기 파란 하늘만 쏘게 될 것이다." 그는 무기를 집어서 소년의 떨리는 손에 떠넘긴다. "계속해."

그 소년은 망설이다가 총신을 들고 두 번 쏜다. 그의 얼굴 보호대에 핏덩이가 철썩 튀어 검은 피가 후드득 흘러내린다. 그는 거칠게 안전모를 벗고, 그의 발아래 있는 시체들을 바라보고는 거칠게 숨을 몰아쉬면서 울지 않으려고 애쓴다.

"좋아, 잘했다." 강사가 말한다.

우리는 모든 것이 잘못 되었다는 것을 알았지. 우리는 이름조차

남기지 않고 우리 자신을 줄여 나가고 있다는 것을 알고 있었고, 좋았던 날들의 추억에 울기도 했지만 우리에게는 더 이상 선택의 여지가 없었어. 우리는 살아남기 위해 최선을 다했어. 우리 문제의 근본의 방정식은 매우 복잡했고 우리는 그것을 풀기에 너무 지친 상태였지.

내 발 밑에서 들려온 훌쩍거리는 소리가 나를 창문 안의 장면으로부터 마침내 떼어 놓는다. 독일산 셰퍼드 강아지가 반짝거리는 촉촉한 코로 내 다리 냄새를 열심히 맡고 있다. 강아지가 나를 올려다본다. 나는 강아지를 내려다본다. 강아지는 잠시 행복한 듯이 헐떡거리더니, 내 종아리를 물고 늘어진다.

"트리나, 안 돼!"

어린 소년이 달려오더니 개의 목줄을 잡고 나에게서 떼어 내서 집의 열린 문 쪽으로 끈다. "못된 녀석."

트리나는 머리를 돌려서 나를 갈망하듯 쳐다본다.

"미안해요!" 그 소년이 거리 저편에서 말한다.

나는 그 아이에게 살짝 손을 흔든다. *괜찮아*.

어린 소녀가 입구에서 나타나서 소년 옆에 서서, 배를 내밀고 크고 검은 눈동자로 나를 쳐다본다. 그녀의 머리카락은 검은색이고, 소년은 곱실한 금발이다. 둘 다 여섯 살 정도로 보인다.

"우리 엄마한테 말 안 할 거죠?"

그녀가 묻는다. 나는 머리를 흔들고 갑작스레 역류하는 감정을 다시 삼킨다. 이 아이들의 목소리, 이들의 완벽한 아이다움…….

"줄리를…… 아니? 나는 그들에게 묻는다.

“줄리 캐버넷?” 소년이 말한다.

“줄리 그리…… 지오.”

“우리는 줄리 캐버넷을 엄청나게 좋아해요. 수요일마다 우리에게 읽어 줘요.”

“*이야기들을!*” 소녀가 덧붙인다.

나는 이 이름을 이해할 수 없었지만 훔쳐 온 기억의 한편에서 들은 적도 있는 것 같다. “그녀가 어디에 사는지…… 알아?”

“데이지 거리.” 소년이 말한다.

“아니야 꽃 거리야! 그건 꽃이잖아.”

“데이지가 꽃*이야*.”

“아아.”

“줄리는 모퉁이에 살아요. 데이지 거리와 악마 가에 있어요.”

“소 가야!”

“소가 아니야, 악마라니까. 소하고 악마는 둘 다 뿔이 있어.”

“아아.”

“고마워.” 나는 아이들에게 말하고는 떠나려고 돌아선다.

“아저씨는 좀비에요?” 소녀가 수줍게 간신히 말한다.

몸이 굳는다. 아이는 나의 대답을 기다리면서 양쪽 발꿈치를 번갈아 올렸다 내렸다 하고 있다. 나는 진정하고, 소녀에게 웃으면서 어깨를 으쓱한다. “줄리는…… 그렇게 생각하지 않을 거야.”

건물 5층 창문에서 누군가 귀가 시간에 대해 외친 후, 문 닫히는 소리, 낯선 사람하고 얘기하지 말라는 화난 목소리가 들려오고, 나는 아이들에게 손을 흔들고 데이지와 악마 쪽으로 급하게 몸을 돌린다. 해는 저물고, 하늘은 어둑하다. 멀리 확성기에서 일련의 숫자들이 요란하게 터져 나오자 내 주변의 대부분의 창문의 불이 꺼진다. 나는 넥타이를 느슨하게 풀고 달리기 시작한다.

* * *

줄리의 향기는 한 블록을 지날 때마다 두 배로 강렬해진다. 스타디움의 타원형 하늘 위로 몇 개의 별이 나타나기 시작할 때, 나는 모퉁이를 돌아서 홀로 서 있는 백색 알루미늄 외벽으로 이루어진 건물 아래 선다. 대부분의 건물들이 다세대 주택 단지인 것 같았지만 이 건물 하나만 작고, 좁고, 다닥다닥 붙어 있는 이웃집들과 이상하게 먼 거리를 두고 있다. 4층 높이에 간신히 방 두 개 정도의 너비의 건물은 마치 교도소의 감시탑과 연립 주택 사이의 어딘가에 낄 것 같은 외양이다. 그 집의 옆 부분에 돌출된 3층의 발코니를 제외하고는 모든 창이 어둡다. 각 구석마다 회전 고리로 매달려 있는 저격 소총을 발견하기 전까지는 발코니가 무미건조한 건물 구조와 어울리지 않게 낭만적으로 보였다.

나는 인조잔디가 깔린 뒷마당에 쌓여 있는 대형 상자들 뒤에 숨어서 집 안에서 들려오는 목소리를 듣는다. 눈을 감고, 그들의 달콤한 음색과 신랄한 리듬을 느긋하게 즐긴다. 줄리의 목소리가 들린다. 줄리와 다른 소녀 한 명이 신경질적이면서 재즈처럼 당김음을 두는 어조로 뭔가를 의논하고 있다. 나는 어느새 살짝 몸을 흔들면서, 그들의 대화 리듬에 맞춰 춤을 추고 있다.

갑자기 말소리가 끊기더니, 발코니 위로 줄리가 나타난다. 그녀가 떠난 지 하루밖에 지나지 않았지만, 수십 년 만에 재회하는 것만 같다. 줄리는 팔꿈치를 난간에 걸치고 있는데, 다리는 드러내고, 헐렁한 검정 티셔츠 하나만 걸치고 있어 추워 보인다. "음, 결국 또 여기로군." 그녀가 딱히 누구한테 말하는 것도 아니게 공중에 대고 말한다. "아빠는 내가 집 안으로 들어서니까 등짝을 때리셨다. 빌어먹을 미식축구 코치처럼, 진짜로 등짝을 내리치셨다. '네가 멀쩡해서 정말 기쁘다.'라고 말씀하신 게 전부. 그러자마자 기획 회의인가 뭔가로 달려가 버리셨다. 나는 아빠의 반응이 이해가 안 간다. 내 말은, 제대로 *껴안아 주지*도 않았다는 거다. 하지만……." 작게 딸각 하는 소리를 들리고, 그녀는 한동안 말을 하지 않는다. 딸각 소리가 한 번 더 난다. "내가 아빠한테 전화하기 전까지는 아빠는 내가 죽었다고 생각하고 있어야 했을 것이다, 안 그런가? 물론, 아빠는 수색대를 보냈다, 하지만 이번 같은 상황에서 사람들이 정말로 돌아온 적이 얼마나 있는가? 그러니까 아빠한테는…… 나는 죽었던 것이다. 하지만 내가 아주 혹독한 상황에 빠진다 하더라도, 아빠가 나 때문에 우는 모습은 절대 상상조차 할 수 없다. 누군가 아빠에게 그 소식을 전하고, 그들은 분명히 서로 등을 두드리면서 '수고하게, 제군.'이라고 말하고 나서 다시 일하러 돌아가겠지." 그녀는 마치 땅 속을 투시해서 지구의 지옥 같은 핵을 들여다보기라도 할 것처럼 땅바닥을 뚫어져라 쳐다본다. "도대체 사람들 어디가 잘못된 걸까?" 그녀는 나에게 거의 안 들릴 정도로 조용하게 말한다. "뭔가 한 부분이 결핍된 채로 태어났거나 살아 오면서 어딘가에 모두 떨어뜨린 걸까?"

그녀는 한동안 입을 다물었고, 내가 그녀에게 모습을 나타내려던 참에 그녀가 갑자기 웃음을 터뜨리면서, 눈을 감고 머리를 흔든다. "진짜로 그 멍청이가 보고 싶다. *R*이 보고 싶다! 헛소리라는 거 알지만, 진짜로 *그렇게까지* 미친 것인가? 단지 *그가*…… *그가* 어떤 존재냐는 이유 하나로? 그러니까 '좀비'라는 건 단지 우리가 이해할 수 없는 영역을 부르는 그냥 좀 멍청한 이름일 뿐이지 않은가? 이름 안에 뭐가 있는 것도 아니지 않나? 만약 우리가…… 만약에 어떤 종류의……." 그녀의 목소리가 차츰 잦아들고, 이내 멈추더니 미니 카세트 녹음기를 눈높이로 들어올리고, 쳐다본다. "이 망할 것." 그녀는 혼자 투덜거린다. "나를 위한 것이 아닌…… 음성 기록이라니." 그녀는 녹음기를 발코니 밖으로 빠르게 내던진다. 그것은 보급품 상자에 맞고 튀어서 내 발 앞에 떨어진다. 녹음기를 집어서 셔츠 주머니에 쑤셔 넣고, 손으로 꾹 눌러 본다. 녹음기의 모서리가 내 가슴을 파고드는 느낌이 난다. 만약 나의 747기로 돌아가게 된다면, 이 기념품은 내가 잘 때 가장 가까운 곳에 놓아야겠다.

줄리가 내 쪽으로 등을 돌리고 발코니 난간에 뛰어올라 앉아서, 그녀의 닳고 낡은 가죽 수첩에 뭔가를 휘갈겨 쓴다.

일기 아니면 시?

둘 다야, 바보.

나도 끼워 줄래?

나는 그늘에서 걸어 나간다. "줄리." 나는 속삭인다.

그녀는 깜짝 놀라지 않는다. 천천히 돌아보는 그녀의 얼굴에, 봄에 천천히 눈과 얼음이 녹듯이 미소가 번져 나간다. "오…… 세상에." 그녀는 반쯤 킥킥거리면서, 난간에서 뛰어내려서 내 쪽으로 돌아선다. "R! 네가 *여기에* 있다니! 오…… *세상에!*"

나는 씩 웃는다. "안녕."

"너 여기서 뭐하는 거야?" 그녀가 목소리를 낮추려고 애쓰면서, 낮게 말한다.

남용하기 쉬운 몸짓을 제때에 사용하기로 결정하고 나는 어깨를 으쓱한다. 이 몸짓은 우리들의 세계와 같이 말할 수 없는 세상에서조차 필수적인 어휘일 것이다.

"너를 보러…… 왔어."

"하지만 난 집에 돌아와야 했어, 기억하지? 넌 잘 가라고 말했어야 한다고."

"네가 왜…… 잘 가라고 말하는지 모르겠어. 나는 안녕…… 이라고 말하지."(폴 매카트니의 「헬로, 굿바이」의 가사를 인용한 대사.—옮긴이)

그녀는 반응을 보이기 전에 입술을 떨지만, 마침내 마지못해 미소를 짓는다. "맙소사, 너 정말 바보구나. 하지만 농담이 아니라, R……."

"줄! 이리 와 봐. 보여 주고 싶은 게 있어." 집 안에서 목소리가 들려온다.

"잠깐, 노라." 줄리가 대꾸한다. 그녀는 나를 내려다본다. "이건 미친 짓이야, 알아? 넌 이제 곧 죽을 거라고. 네가 얼마나 변했는지는 상관도 없이, 여기 있는 사람들은 신경도 안 쓰고, 들으려고 하지도 않고, 그냥 널 *쏴* 버릴 거야. 알겠어?"

나는 고개를 끄덕이며 대답한다. "응."

나는 배수관을 타고 올라가기 시작한다.

"맙소사, R! 너 내 말 듣고 있어?"

지금의 나에게는 달리고 말하는 능력이 있으며 어쩌면 사랑에 빠져 있기까지 함에도 불구하고, *등반* 능력은 아직 나에게 무리라는 것을 깨닫기도 전에 나는 이미 약 1미터 높이까지 올라와 있다. 배수관을 잡고 있던 손이 미끄러지면서 떨어져서 뒤로 벌렁 넘어진다. 줄리는 입을 막지만 웃음이 입에서 새어 나온다.

"야, 캐버넷! 뭐하는 거야, 너 누구랑 얘기하는 중이니?" 노라가 다시 부른다.

"*잠깐만*, 응? 나 잠깐 음성 기록하는 중이야."

나는 일어나서 먼지를 털고는 줄리를 올려다본다. 그녀는 이마를 찌푸리고 입술을 꼭 깨문다. 그녀는 비통하게 말한다. "R…… 넌 여기 있으면 안……."

발코니 문이 활짝 열리면서 노라가 나타난다. 그녀의 곱슬머리는 내가 환상에서 봤던 몇 년 전처럼 숱이 많고 거칠어 보인다. 나는 그녀가 서 있는 모습은 본 적이 없었는데, 그녀는 생각보다 놀랍도록 키가 크다. 줄리보다 15센티미터 가량 크고, 긴 갈색 다리가 군복 무늬 치마 아래로 드러나 있다. 나는 그녀와 줄리가 동급생일 거라고 추측했지만 이제 보니 노라가 몇 살 더 많은 모양이다. 노라는 이십대 중반쯤으로 보인다.

"너 뭐하는……." 그녀는 말을 하려다가 나를 보고 눈을 치켜뜬다. "오 맙소사, 세상에, 재가 개니?"

줄리는 한숨을 쉰다. "노라, 이쪽은 R이야. R, 여긴 노라."

노라는 나를 새스콰치(북미의 산맥에 산다는 설인. —옮긴이)나 예티(히말라야 산맥에 산다는 설인. —옮긴이), 혹은 유니콘을 보듯이 쳐다본다. "음…… 만나서 반가워…… *R*."

"동감이야."

내가 대답하자, 노라는 환호가 터져 나오려는 입을 손으로 탁 막아 억누르면서 줄리를 보고, 다시 나를 본다.

"어쩌면 좋아? 갑자기 나타났어. 쟤가 죽으러 온 거라고 말해 주던 참이었어." 줄리가 현기증을 참으면서 노라에게 묻는다.

"우선, 쟤를 여기로 올라오게 해야겠어." 노라가 아직도 나를 쳐다보면서 말한다.

"집 안으로? 미쳤어?"

"진정해, 너희 아버지는 앞으로 이틀은 집에 안 돌아오실 거잖아. 거리에 있는 것보다는 집 안에 있는 편이 쟤한테 안전할 거야."

줄리는 잠시 생각한다. "좋아. 들어와, R, 내가 내려갈게."

나는 집 주변을 돌아 현관 앞으로 가서 셔츠랑 넥타이를 입은 채로 초조하게 기다린다. 줄리가 문을 열고 수줍게 미소짓는다. 세상의 끝에서 열리는 졸업 무도회.

"안녕, 줄리." 나는 앞서의 대화가 없었던 것처럼 말한다.

그녀는 망설이다가 앞으로 나와서 나를 껴안는다. "정말로 보고 싶었어." 그녀가 내 셔츠에 얼굴을 묻으며 말한다.

"나…… 아까 그 말 들었어."

그녀는 고개를 들고 나를 보는데, 그녀의 눈에 뭔가 거친 번득임이 스친다. "야, R. 만약 내가 너한테 키스하면 말이야, 저기…… 너도 알다시피…… 전염될까?"

나의 생각은 지진 기록계처럼 날뛴다. 내가 아는 한에서는, 완전히 죽기 전에 산 자에서 죽은 자로 변화시키는 힘을 가진 진액과 혈액을 폭력적으로 전달되도록 깨무는 방법이 유일하다. 불가피한 대답을 신속하게 처리하기 위해서. 하지만 다시 질문으로 돌아와 보면, 줄리는 확실히 예전에는 이런 질문을 한 적도 없다.

"그렇진…… 않을 거 같아." 나는 말한다. "하지만……."

거리의 끝에 환한 조명이 밝혀진다. 군인 두 명이 구령을 붙이는 소리가 밤의 적막을 깨뜨린다.

"젠장, 순찰대다. 통행금지 시간 이후엔 소등해야 해. 들어와." 줄리가 속삭이면서 나를 홱 잡아당겨서 집 안으로 들인다. 그녀는 계단을 뛰어 올라가고 나는 그녀를 따라간다. 안도와 실망이 불안정한 화학 약품처럼 가슴 속에서 뒤섞인다.

줄리의 집은 으스스하게 비어 있다. 부엌, 은신처, 짧은 복도와 가파른 계단, 벽들은 모두 하얗고 아무런 장식도 없다. 가구 몇 점은 플라스틱으로 되어 있고, 죽 늘어선 형광등이 오염 방지 처리가 된 베이지색 카펫 위로 강렬하게 내리쬐고 있다. 파산한 회사의 빈 사무실 같이 공허한 메아리가 울리고, 좌절의 냄새가 남아 있는 느낌이다.

줄리는 가는 곳마다 전등을 꺼서, 우리가 그녀의 침실에 이르는 동안 집은 점점 어두워진다. 그녀는 천장의 전구를 끄고, 침대 맡의 티파니 램프를 켠다. 나는 안쪽으로 걸어가서 방을 한 바퀴 빙 둘러보며, 탐욕스럽게 줄리의 사적 공간에 집중한다.

그녀의 마음이 하나의 방이라면, 이곳과 같을 것이다.

각각의 벽이 다른 색이다. 사방이 빨강, 하양, 노랑, 검정으로 각각 칠해져 있고, 장난감 비행기가 매달려 있는 천장은 하늘색이다. 개개의 벽은 하나의 주제로 꾸며져 있다. 빨간 벽에는 갈색으로 빛바랜 영화표 조각들과 콘서트 포스터들이 붙어 있다. 하얀 벽에는 아마추어가 그린 것 같은 일렬로 늘어선 꽃 비슷한 걸 그린 아크릴화부터 호랑이에게 잡혀 온 것으로 보이는 잠자는 소녀, 기하학적 십자가 위의 악몽 같은 그리스도, 그리고 녹아내린 시계가 걸쳐진 비현실적 풍경을 그린 세 점의 멋진 유화에 이르기까지 그림들이 가득 걸려 있다.

"알아보겠어? 살바도르 달리. 원본이야, 물론." 줄리가 가까스로 웃음을 참으면서 말한다.

노라는 발코니에서 들어와서 캔버스에 얼굴을 들이대고 있는 나를 쳐다보고 웃는다. "멋진 장식이야, 그치? 나랑 페리는 줄리에게 생일 선물로 '모나리자'를 주려고 했었어. 그 그림이 줄리가 항상 그러는 것처럼 능글맞게 웃고 있거든! 저 봐! 딱 저렇게 말이야! 그런데, 응, 파리는 걸어서 가기에는 너무 먼 곳이었어. 우리는 그 그림으로 지역 전시회를 열고 있었거든."

"노라는 자기 방을 전부 피카소로 꾸몄어." 줄리가 덧붙인다. "우리는 지금까지 그 누구도 하지 못했던 전설의 미술품 도적단이었지."

나는 몸을 수그리고, 제일 아래쪽 열에 걸려 있는 아크릴화들을 가까이 들여다본다.

"그건 줄리 그림이야. 멋지지?" 노라가 말한다.

줄리는 넌더리를 내며 외면한다. "노라가 억지로 걸라고 했어."

나는 그 그림들을 자세히 보고, 서투른 붓놀림 뒤에 숨겨진 줄리의 비밀을 찾아본다. 두 점은 밝은 색조로 두껍고, 고통스러운 감촉이다. 세 번째 그림은 대충 그린 금발 여성의 초상화다. 나는 단 하나의 장식만 걸려 있는 검은 벽을 죽 훑어본다. 그림의 여성과 같은 인물로 보이는 폴라로이드 사진이 압정으로 꽂혀 있다. 줄리에게 20년의 고난의 세월을 덧씌운 것 같은 여성.

줄리는 나의 시선을 따라가다가 노라와 눈빛을 주고받는다. "우리 엄마야. 내가 열두 살 때 돌아가셨어." 그녀는 목을 가다듬으면서 창밖을 내다본다.

나는 눈에 띄는 장식이 없는 노란 벽 쪽으로 돌아선다. 나는 그 벽을 가리키면서 눈썹을 치켜세운다.

"거긴 음…… 희망의 벽이야." 줄리의 목소리에 평소보다 더 어리게 들리도록 하는 어떤 쑥스러운 자부심이 녹아 있다. 순수 그 자체에 가깝다. "뭔가 미래에 생길 일을 위해 비워 둔 거야."

"예를…… 들면?"

"아직은 잘 모르겠어. 미래에 어떤 일이 생기는가에 따라 달렸지. 뭔가 행복한 일이었으면 좋겠어."

그녀는 어깨를 으쓱하고는 침대 모서리에 앉아서 허벅지를 손가락으로 두드리며 나를 쳐다본다. 노라도 줄리 옆에 앉는다. 방에는 의자가 없어서 나는 그냥 바닥에 앉는다. 카펫은 구겨진 옷들이 만들어 낸 고생대 지층 밑으로 감춰져 있다.

"그래서…… *R.*" 노라가 내 쪽으로 몸을 기울이면서 말한다. "너는 좀비잖아. 어떤 느낌이야?"

"어……."

"어떻게 된 거야? 어떻게 좀비가 되었어?"

"기억이…… 안 나."

"오래된 물린 자국이나 총상 흉터 같은 것도 안 보이고. 뭔가 자연적인 원인이 있을 거야. 주변에 너를 그렇게 만들 만한 사람은 없었어?"

나는 어깨를 으쓱한다.

"몇 살이야?"

또 으쓱.

"이십 대로 보이는데, 삼십 대일 수도 있지. 그 정도 나이대의 얼굴이야. 어떻게 완전히 부패하지 않았을까? 거의 냄새도 안 나."

"난 잘…… 음……."

"신체 기능은 아직 가능해? 좀비들은 안 그렇잖아, 그렇지? 내 말은 아직 그런 게 가능하냐고, 무슨 말인지 알지?"

"맙소사, 노라. 좀 물러나 줄래? R이 여기에 심문받으러 온 건 아니잖아." 줄리가 노라의 엉덩이를 팔꿈치로 치면서 말을 자른다.

나는 줄리에게 감사의 표정을 짓는다.

"한 가지만 물어볼게." 그녀가 말한다. "도대체 어떻게 여기로 들어왔어? 스타디움 안으로?"

나는 어깨를 으쓱한다. "걸어서…… 들어왔어."

"어떻게 경비대를 통과했는데?"

"산 사람인 척…… 연기했어."

그녀는 나를 쳐다본다. "너를 들여보내 *줬어? 테드가* 너를 통과시켰다고?"

"주의를…… 돌려서."

그녀는 이마에 손을 얹는다. "와우. 그거 참……." 그녀는 말을 멈추고, 못 믿겠다는 듯이 웃는다. "너…… 멋져 보이는데. 머리 빗은 거야, R?"

"얘 가장을 한 거구나! 살아 있는 사람으로 가장했어." 노라가 웃는다.

"경비들한테 저게 먹혔다는 게 믿기지가 않는다."

줄리의 말에 노라가 의문을 제기한다. "재가 통과할 수 있을 거라고 생각해? 진짜 사람들하고 거리에 서 있어도?"

줄리는 사진작가가 통통한 모델을 어쩔 수 없이 고려하듯이 나를 의심스럽게 뜯어본다. "흐음. 내가 보기엔…… *가능할* 것 같아." 그녀는 인정한다.

그들의 철저한 검토를 받으면서 당황한다. 마침내 줄리는 깊은 한숨을 쉬며 일어선다. "어쨌든 우리가 널 어떻게 대해야 할지 해결책을 낼 때까지 최소한 오늘 밤은 여기 있어야 할 것 같아. 나는 밥을 좀 데워야겠어. 노라도 좀 들래?"

"아니, 아홉 시간 전에 탄수화물 함유체 먹었어." 그녀는 나를 호기심 어린 눈으로 바라본다. "R, 너 말이야 어…… 배고프지?"

나는 고개를 젓는다. "괜……찮아."

"너의 식이 제한에 대해서 우리가 어떻게 해 줘야 할지를 몰라서 그래. 내 말은, 네가 어쩔 수 없다는 걸 알고 있어, 줄리가 너에 대해서 모두 설명해 줬거든. 그래도 우리는……."

"정말로." 나는 그녀의 말을 자른다. "난…… 괜찮아."

그녀는 확신이 들지 않는 표정이다. 나는 그녀 머릿속에서 굴러다닐 생각들을 상상할 수 있다. 피로 가득한 어두운 방. 그녀의 친구들이 죽어서 바닥에 누워 있다. 내가 피에 물든 손을 뻗으면서 줄리에게 기어간다. 줄리는 아마 내가 특별한 경우라고 확신하고 있겠지만, 나는 불안한 표정을 본다 해도 놀라지 않을 것이다. 노라는 한참 동안 아무 말 없이 나를 쳐다보다가 일어나서 대마초를 말기 시작한다.

줄리가 음식을 들고 돌아왔을 때, 나는 그녀의 숟가락을 빌려서 밥을 조금 떠먹고, 씹으면서 미소를 짓는다. 여느 때와 같이 스티로폼처럼 되어 가지만, 간신히 삼킬 수 있다. 줄리와 노라는 서로를 쳐다보다가 나를 본다.

"맛이 어때?" 줄리가 조심스럽게 묻는다.

나는 얼굴을 찡그린다.

"뭐, 좋아. 그래도 넌 오랫동안 어떤 사람도 먹질 않고 있는 중이니까. 또 그럼에도 아직 걸어 다니고 있잖아. 네가 생각하기에, 살아 있는 음식을 먹는 것을 끊을 수 있을 것 같아?"

나는 그녀에게 쓴웃음을 짓는다. "아마도…… 가능할 것 같아."

줄리는 이 말에 싱긋 웃는다. 반쯤은 예기치 못한 나의 빈정거림에, 반쯤은 그 뒤에 암시된 희망 때문에 그녀는 웃었다. 전에는 본 적이 없는 빛이 그녀의 얼굴 전체에 감돌고, 그래서 나는 내가 옳다는 희망을 가지게 된다. 그것이 사실이 되기를. 내가 거짓말하는 것만은 배우지 않기를.

* * *

새벽 1시쯤, 소녀들이 하품을 하기 시작한다. 은신처에는 침대가 하나 있지만 아무도 줄리의 방을 나서는 모험을 감행하고 싶어 하지 않는다. 화려하게 칠해진 작은 육면체는 공허하게 얼어붙은 남극 대륙의 따스한 벙커 같다. 줄리와 나는 바닥을 차지한다. 노라는 한 시간 가량 과제 노트에 휘갈겨 쓰다가, 램프를 끄고 작고 연약한 전기톱처럼 코를 골기 시작한다. 줄리와 나는 딱딱한 바닥 위에 줄리의 옷을 쌓아서 만든 두툼한 매트리스 위에 누워 있다. 온전하게 그녀에게 둘러싸인 것 같은 이상한 느낌이다. 그녀의 체취가 모든 것에 스며들어 있다. 그녀가 내 위에 있고, 내 아래에 있고, 또 내 옆에 있다. 마치 온 방이 그녀로 이루어져 있는 것만 같다.

"R." 그녀가 천장을 보면서 속삭인다. 천장에는 야광 물감을 발라 적어 놓은 단어와 낙서가 잔뜩 있다.

"응."

"나는 이곳이 싫어."

"알아."

"나를 어디론가 데려가 줘."

나는 천장을 보다가 멈칫한다. 그녀가 그곳에 뭐라고 썼는지 읽을 수 있으면 좋겠다. 대신에, 그 글자들은 나에게 별들처럼 보인다. 문자들, 별자리들.

"어디로…… 가고 싶은데?"

"모르겠어. 어딘가 먼 곳으로. 이런 일이 벌어지지 않는 어딘가 먼 대륙 말이야. 사람들이 그냥 평화롭게 사는 곳."

나는 침묵을 지킨다.

"페리의 나이 많은 친구 중 한 명이 비행사였어…… 우리가 네 비행기 집을 날릴 수 있을 거야! 그러면 하늘을 나는 캠핑카를 탄 것처럼 우리는 어디든지 갈 수 있을 거야!" 그녀는 옆으로 돌아누워서 나를 보고 싱긋 웃는다. "어떻게 생각해, R? 세상의 반대편으로 갈 수 있을 거야."

그 목소리에 담긴 흥분이 나를 놀라게 한다. 그녀가 나의 암울한 눈빛을 볼 수 없었으면 싶다. 나는 확실히 알지는 못했지만, 변두리를 거쳐 도시로 들어서면서 느낀 공기 중에 떠도는 죽음과 같은 고요함은 나에게 문제로부터 달아나던 나날은 끝났다고 말해 주고 있었다. 더 이상의 휴가도, 도로 여행도, 열대 지방으로의 도피도 없다. 역병은 전 세계를 뒤덮었다.

"네 말은……." 나는 복잡한 심경을 표현하려다가 혼란에 빠져서 말을 시작한다. "네 말은…… 그러니까……."

"힘내. 원래 하던 대로 말해." 그녀가 격려해 준다.

"네 말은…… 그 비행기가…… 있어야 할 곳에…… 있지 않다는 거지."

그녀의 미소가 흔들린다. "뭐라고?"

"하늘 위로…… 뜰 수 없어…… 엉망이야."

그녀가 얼굴을 찡그린다. "내가 그렇게 말했다고?"

"네 아빠…… 콘크리트 상자…… 벽하고 총…… 도망가는 것…… 숨는 것보다…… 좋지 않아. 더 나빠질 거야."

그녀는 한동안 생각한다. "나도 알아." 그녀가 말하는데, 나는 그녀의 짧은 상상의 나래를 부순 것에 죄책감을 느낀다. "나도 알고 있어. 아직 희망이 있고, 우리는 어떻게든 원래대로 돌아갈 수 있다 등등. 몇 년간 스스로에게 해 온 이야기야. 최근 들어 더 믿기가 힘들어졌지."

"알아. 그래도…… 포기할 수가 없지." 나의 정직함에 생긴 틈을 가리려고 노력하면서 말한다.

그녀의 목소리가 어두워진다. 그녀는 내 허세를 알아차린다. "너 왜 갑자기 그렇게 긍정적으로 말해? 진심은 뭔데?"

나는 아무 말도 하지 않았지만, 그녀는 신문 첫 면에서 뒷면으로 밀려 점차적으로 작은 기사가 되어 가는 원자 폭탄, 타이타닉, 세계 전쟁과 같은 머리기사를 보듯이 내 표정을 읽어 낸다.

"이제 남은 곳이 없구나, 그런 거지." 그녀가 말한다.

나는 거의 알아차리지 못할 만큼 고개를 끄덕인다.

"세상 전부가. 넌 모두 죽었다고 생각해? 전부 퍼졌다고?"

"그래."

"네가 그런 걸 어떻게 알아?"

"나도 몰라. 하지만…… 느껴져."

그녀는 긴 한숨을 내쉬고 우리 위에 매달려 있는 장난감 비행기를 응시한다. "그러면 우리는 어떻게 해야 할까?"

"고쳐야…… 해."

"뭘 고쳐?"

"모르겠어. 모든…… 것들."

그녀는 한쪽 팔꿈치로 버티고 몸을 세운다. "무슨 이야기를 하는 거야?" 그녀의 목소리는 더 이상 조용하지 않다. 노라가 몸을 뒤척이고 코 고는 소리가 멈춘다. "모든 것을 고친다고?" 줄리가 어둠 속에서 눈을 번뜩이며 말한다.

"정확하게 우리가 뭘 어떻게 해야 하는데? 네가 뭔가 기쁘게 나눌 만한 엄청난 거라도 알고 있다면, 내가 문자 그대로 *항상* 모든 시간을 그것에 대해서 생각하지 않았기 때문은 아니잖아. 우리 엄마가 떠난 이후로 매일 낮과 밤을 내 뇌를 태울 이유가 없었잖아. 우리가 어떻게 모든 것을 고치겠어? *완전히* 망가졌는데. 더 깊고, 더 어두운 방법으로 모두가 *죽어 가고*, 죽고 또 죽어 가는데. 도대체 우리가 뭘 어떻게 해야 하냐고? 넌 무엇 때문에 일이 이렇게 되었는지나 알아? 이 역병이 왜 생겨났는지 알아?"

나는 머뭇거린다. "아니."

"그러면 네가 뭘 할 수 있는데? 정말 알고 싶어, R. 우리가 어떻게 '고칠' 수 있는 거야?"

나는 천장만 올려다본다. 먼 우주에서 가냘프게 초록빛으로 반짝이는 언어의 별자리를 바라본다. 내가 거기에 눕자, 내 마음은 이 가상의 천국으로 날아오르고, 별 두 개가 변하기 시작한다. 별들은 회전하고, 초점을 맞추고, 형태가 명확해진다. 그것들은…… *문자*가 된다.

T

R

"터어……." 나는 속삭인다.

"뭐?"

"트루흐……." 나는 그것을 발음하려고 애쓰면서, 반복한다. 그것은 소리다. 그것은 음절이다. 희미한 별자리가 단어가 되고 있다. "뭐라고…… 써 있어?" 나는 천장을 가리키면서 물어본다.

"뭐? 저 인용문?"

나는 일어서서 그 문장이 있는 곳을 대강 가리킨다. "이거 말이야."

"그건 존 레논의 「이매진*Imagine*」의 노래 가사 중 한 줄이야."

"어느…… 줄?"

"당신이 하려고 한다면 쉬운 일이에요.(It's easy if you try.)"

나는 잠시 거기에 서서, 우주의 용감한 탐험가처럼 올려다본다. 그런 다음에 다시 누워서 머리 밑으로 팔을 괴고 눈을 크게 뜬다. 나는 그녀의 질문에 답할 해답을 알지 못하지만 그 해답이 어딘가에 존재한다는 것은 느낄 수 있다. 어둠 저 멀리로 희미한 빛의 점들이 있다.

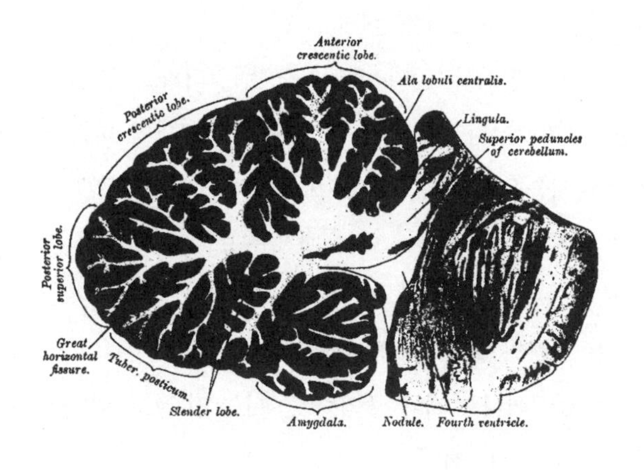

느린 걸음걸이. 부츠 아래 진흙. 다른 어떤 곳도 보지 말라. 낯선 주문이 내 머릿속을 맴돈다. 어두운 복도에서 늙고 꺼칠한 중얼거림이 들려온다. *페리, 어디로 가는 거야? 어리석은 녀석. 뇌를 잃은 소년. 어디로?* 매일 우주는 커져 가고, 어두워지고, 추워지고 있어. 나는 검은 문 앞에 멈춰 선다. 한 소녀가 이 금속으로 만든 집에 살고 있다. 나는 그녀를 사랑하는가? 더 이상 말하기가 어렵다. 하지만 그녀가 나에게 남은 전부이다. 끝없이 팽창하는 공허 안의 마지막 붉은 태양.

나는 집으로 걸어 들어가서 무릎 위로 팔짱을 끼고 계단참에 앉아 있는 그녀를 본다. 그녀는 손가락을 자신의 입술에 갖다 댄다. "아빠야." 그녀가 나에게 속삭인다.

나는 장군의 침실 앞의 계단을 힐긋 올려다본다. 나는 불분명하게 웅얼거리는 그의 목소리를 듣는다.

"이 사진은 말이야, 줄리. 워터파크야, 워터파크 갔던 거 기억하니? 한 번 미끄러지려고 물을 열 동이는 끌어와야 하는 구조였지. 10초의 즐거움을 위해서 20분의 노동이 필요한 곳. 그땐 그럴 만한 가치가 있었지, 안 그렇냐? 나는 네가 튜브 밖으로 나올 때 표정을 보는 게 좋았단다. 너는 예전의 엄마를 닮았거든."

줄리는 재빨리 일어나서 문 앞으로 간다.

"너는 네 어머니 자체야, 줄리. 너는 나는 안 닮고, 엄마만 닮았지. 어떻게 그럴 수 있을까?"

나는 문을 열고 다시 나온다. 줄리는 가벼운 발걸음으로 아무런 말도 없이 나를 따라온다.

"어떻게 그렇게 연약할 수 있을까?" 쇠가 녹는 것 같은 목소리로 남자가 말한다. "어떻게 우리를 여기 두고 떠날 수 있었을까?"

우리는 조용하게 걷는다. 이슬비가 우리 머리카락을 적셔서 우리는 강아지처럼 머리를 흔들어 털어 낸다. 우리는 로소 대령의 집에 도착한다. 로소 대령의 부인이 문을 열어 주고, 줄리의 얼굴을 보고, 나를 안아 준다. 우리는 따뜻한 집 안으로 들어선다.

거실에 앉아 커피를 홀짝이며, 안경 너머로 물 얼룩이 진 오래된 책을 들여다보고 있는 로소 대령을 발견한다. 줄리가 로소 부인과 주방에서 이야기를 나누는 동안, 나는 대령 맞은편에 앉는다.

"페리." 그가 말한다.

"대령님."

"어떻게 지냈니?"

"살아는 있습니다."

"좋은 시작이구나. 집에는 적응 잘 하고 있고?"

"저는 그곳을 경멸합니다."

로소 대령은 잠시 조용하다. "무슨 생각을 하고 있는 거니?"

나는 할 말을 찾는다. 아무래도 말을 모두 잊어버린 것 같다. 마침내, 조용하게, 나는 말한다. "아버지는 저에게 거짓말을 했습니다."

"무슨?"

"아버지는 우리가 수리하는 중이며, 포기하지 않는다면 모든 일이 다 잘될 거라고 했습니다."

"그는 그렇게 믿었단다. 나도 그렇고."

"하지만 아버지는 *죽었습니다*." 내 목소리는 떨리고, 나는 떨지 않으려고 필사적이다. "게다가 그건 *무의미한* 일이었어요. 전쟁도 아니고, 숭고한 희생도 아니고, 누구에게든 어디에서든 어느 때라도 일어날 수 있는 그냥 멍청한 작업장 사고였습니다."

"페리……."

"저는 이해할 수가 없습니다, 대령님. 우리가 있는 이 좁은 세상을 고치려고 하는 시도의 요점이 무엇입니까? 그냥 사라져 가는 중이라면 이 모든 일들이 무슨 의미가 있습니까? 어떤 경고도 없이? 머리 위에 망할 벽돌이 떨어지는 일에요?"

로소 대령은 아무 말도 하지 않는다. 우리의 침묵 덕에 주방에서 들려오는 낮은 목소리를 알아들을 수 있는데, 그들은 내가 보기엔 대령이 이미 알고 있을 것들을 그에게 숨기고 싶어 하면서 더 낮게 속삭이고 있다. 우리의 작은 세상은 지도자들의 죄에 관심을 갖기에는 너무 지쳐 있건만.

"저는 경비대에 입대할 겁니다." 나는 통보한다. 이제 내 목소리는 강경하다. 얼굴은 굳어 있다.

로소는 천천히 숨을 내쉬면서 책을 내려놓는다. "왜지. 페리?"

"그 일이 남아 있는 일 중에 가장 가치 있기 때문입니다."

"나는 자네가 글을 쓰고 싶어 하는 줄 알았는데."

"그건 가치가 없습니다."

"왜?"

"우리에게는 지금 더 큰 문젯거리가 있습니다. 그리지오 장군님은 마지막 나날들이라고 하셨지요. 저는 저의 마지막 날들을 종이에 펜지나 끼적이면서 낭비하고 싶지 않습니다."

"글쓰기는 단지 종이에 펜지를 쓰는 행위가 아닐세. 그건 소통이야. 기억이지."

"그런 것은 이제 중요하지 않습니다. 너무 늦었어요."

그는 나를 뚫어져라 쳐다본다. 그는 책을 다시 집어 들고 표지를 넘긴다. "자네는 이 이야기를 아나?"

"길가메시잖습니까."

"맞아. 『길가메시의 서사시』, 가장 이른 문학 작품 중 하나로 알려져 있지. 인류의 처녀작이라고도 말할 수 있겠지." 로소 대령은 부서질 것 같은 누런 책장을 휙휙 넘긴다. "사랑, 성교, 피, 그리고 눈물. 영원한 생명을 찾아 떠나는 여정. 죽음을 피하기 위해서." 그는 탁자 너머로 팔을 뻗어 나에게 책을 건네준다. "4000년도 더 전에 40년도

살기 힘들었던 진흙 밭을 갈던 사람들이 부슬부슬한 석판에 적은 것이란다. 전쟁, 재해, 역병을 견뎌 내고 살아남아 오늘날까지도 사람들을 매혹시키고 있지. 현대의 폐허 한가운데에서도 그것을 읽는 내가 있기 때문에 말이야."

나는 책은 외면하고 로소 대령만 본다. 손가락은 가죽 표지를 긁고 있다.

"그 이야기에서 태어난 문명은 이미 오래 전에 사라졌고, 그때의 사람들은 모두 죽었지만, 누군가가 세상이 그것을 지키도록 보살펴 왔기 때문에 그 이야기는 현재와 미래에 계속해서 감동을 줄 거야. 그것을 말로 담아 두기 위해서. 그것을 기억하기 위해서."

나는 책의 한가운데를 펼친다. 그 장은 타원형으로 구멍이 뚫려 있고, 표시된 단어와 행들이 지면에서 사라졌으며, 역사는 닳아 없어졌다. 나는 이 문자들을 보며 그 검은 점들이 내 시야를 가득 채우도록 둔다. "저는 기억하기를 바라지 않습니다." 나는 말하고 나서 책을 덮는다. "저는 경비대에 입대할 겁니다. 저는 위험한 일을 하고 싶습니다. 저는 잊고 싶습니다."

"무슨 말을 하는 건가, 페리?"

"아무 말도 안 했습니다."

"자네가 말한 것처럼 들렸는데."

"아닙니다." 방의 그늘이 우리 얼굴에 드리워져서 우리의 눈빛을 가린다. "이야기할 가치가 있는 것은 아무것도 남지 않았습니다."

* * *

나는 넋을 잃고 있다. 페리의 고뇌의 어둠 속에서 표류하던 나는 낮게 울려 퍼지는 교회 종소리 같은 그의 비통함에 동화된다.

"계속하고 있어, 페리?" 나는 공허에게 속삭였다. "네 인생을 되감기하고 있는 거야?"

쉬이이이이. 분위기를 깨지 마. 나는 헤치고 지나가야 할 필요가 있어.

나는 짜디 짠 어둠 속에서 기다리면서, 그의 눈에 맺힌 눈물 속을 떠다닌다.

* * *

아침 햇살이 줄리의 침실 발코니 창으로 흘러든다. 초록색 별자리는 파란 하늘 천장에서 희미해져 간다. 소녀들은 아직 잠들어 있지만 나는 몇 시간이나 불안하게 깨어 있는 상태로 누워 있다. 더 이상은 안 움직이고 있을 수가 없어서 담요 밖으로 빠져나와서 삐걱거리는 관절을 쭉 뻗고, 얼굴 한쪽으로 햇볕을 쬔다. 노라가 '체세포 분열'이나 '감수 분열', 아마 '괴사'인 것 같은 간호학 전문 용어들을 잠결에 중얼거린다. 모서리가 잔뜩 접힌 채 얹혀 있는 교과서가 그녀의 배 위에 놓여 있다. 호기심으로 그녀 주위를 잠시 맴돌다가 그 책을 조심스럽게 들어올린다.

나는 제목을 읽을 수가 없다. 하지만 곧바로 표지는 인식할 수 있다. 평화롭게 잠든 얼굴을 옆으로 돌리고 목 부분의 정맥과 동맥을 노출시켜 보여 주고 있는 그림. 의학 참고 서적인, 『그레이의 해부학』이다.

어깨 너머로 불편하게 훔쳐보다가, 그 무겁고 두꺼운 책을 휙 들어 올려서 복도로 가지고 나와서 휙휙 넘겨 보기 시작한다. 모든 인체 구조, 장기와 뼈의 복잡한 삽화들이 오염물과 체액에 의해 흐릿해지는 일도 없이 세밀하게 뼈를 발라낸 신체를 깔끔하게 완벽하게 보여 주고 있음에도 나에게는 너무나도 친숙하다. 나는 시간 가는 줄도 모르고 마치 사춘기의 기독교도가 《플레이보이》를 읽듯이 죄책감과 열정에 휩쓸려서 탐독한다. 물론 삽화 설명을 읽을 수는 없지만 몇 개의 라틴어 단어들은 그림을 열심히 보는 동안 머릿속으로 들어오는 걸 보니, 아마도 내 오래전 생에서 내가 열중했던 대학 강의나 텔레비전 다큐멘터리에서부터 차츰 떠올라 오는 모양이다. 그 지식들이 괴기스럽게 느껴지지만 나는 그것을 쥐고 꽉 붙들어서 내 기억 속에 깊이 각인시킨다. 나는 왜 이런 일을 하고 있을까? 나는 왜 나의 지난 세월 동안 폭력적으로 소비해 왔던 이 모든 아름다운 인체 구조의 이름과 기능을 알고 싶어 하는 것일까? 그들을 이름도 없이 내버려둘 수 없기 때문일 것이다, 아마도. 나는 그들을 알게 되는 고통을 원하고, 더 나아가 정말로 나 자신이 누구인지를 알고 싶다. 수술용 메스와 붉고 뜨거운 메말라 버린 눈물로 내 안의 부패물들을 도려내기 시작할 수 있도록.

몇 시간이 지난다. 모든 장을 다 읽고 내 기억 속의 모든 음절들을 쥐어짜낸 후에, 나는 조심스럽게 노라의 배 위에 책을 다시 돌려놓고, 도의적인 메스꺼움으로 뒤틀리는 내면을 달래 줄 따스한 햇볕을 바라면서 살금살금 발코니로 나간다.

나는 난간에 기대서 줄리가 사는 도시의 비좁은 풍경을 바라본다. 지난밤에는 어둡고 생기 없던 곳이 지금은 타임 스퀘어처럼 부산하고, 요란스럽다. *모두들 무슨 일을 하고 있는 걸까?* 궁금하다. 죽은 자들의 공항도 항상 붐볐지만 진짜 활동은 없었다. 우리는 아무것도 하지 않는다. 그저 무슨 일인가 생기기를 기다릴 뿐이다. 살아 있는 사람들로부터 콸콸 솟아나오는 집단적 자유 의식이 나를 도취시켜서, 갑자기 사람들 틈으로 내려가서 땀과 입김이 가득한 공간에서 어깨를 부비고 팔꿈치로 밀고 싶은 충동이 든다. 만약 내 요청이 응답을 얻는다면, 내 다리는 틀림없이 더러운 발을 구르며 저들이 있는 아래로 내려가게 될 것이다.

소녀들이 마침내 잠에서 깨어나서 침실에서 조용하게 잡담하는 소리가 들린다. 나는 안으로 돌아가서 줄리 옆의 담요 밑으로 기어 들어간다.

"잘 잤어? *R*." 노라가 건성으로 인사한다. 사람에게 하듯이 내게 인사하기에는 아직은 그녀에게 나는 색다른 존재일 것이다. 그녀는 나의 존재를 인정할 때마다 킥킥거리고 싶어 하는 것처럼 보인다. 약 오르는 일이지만 나는 이해하기로 한다. 나는 좀 익숙해져야 할 필요가 있는 모순적인 존재이기 때문이다.

"안녕." 줄리가 쉰 목소리로 베개 너머로 나를 쳐다보면서 말한다. 졸린 눈과 미친 듯이 헝클어진 머리를 하고 있는 그녀는 내가 지금까지 본 모습들 중에 가장 안 예쁜 모습이다. 그녀가 지난밤에 잘

잤는지, 무슨 꿈을 꾸었는지 궁금하다. 그녀가 내 꿈에 들어오듯이 나도 그녀의 꿈에 들어갈 수 있으면 좋겠다.

그녀는 옆으로 몸을 굴려서 팔꿈치로 머리를 받친다. 그녀는 목을 가다듬었다. "그래서, 자, 이제 뭐할까?"

"너희 도시를…… 둘러보고 싶어."

그녀의 눈이 내 얼굴을 살핀다. "왜?"

"네가 어떻게 사는지…… 보고 싶어. 살아 있는 사람들."

그녀의 입술이 굳게 닫힌다. "너무 위험해. 누군가 널 알아볼지도 몰라."

"제발, 줄리. 얘는 여기까지 오는 내내 걸어왔어. 관광을 시켜 주자! 우리가 얠 손봐서, 변장시켜 줄 수 있을 거야. 얘는 이미 테드 앞도 통과했는걸. 우리가 조금만 주의하면 조금은 돌아다녀도 괜찮을 거야. 주의할 수 있지? 그렇지, R?" 노라가 말한다.

나는 아직도 줄리를 보면서 고개를 끄덕인다. 그녀는 한참 동안 아무 말도 하지 않는다. 그러고는 돌아눕더니 눈을 감고, 한숨을 내쉬고 동의의 뜻을 표한다.

"예이!" 노라가 외친다.

"시도는 *해* 볼 수 있지 뭐. 하지만 R, 만약 우리가 널 변장시킨 후에도 수긍이 가지 않는 모습이라면, 관광은 못 해. 그리고 누구든지 널 너무 유심하게 쳐다본다면, 관광은 끝나는 거야. 따를 거야?"

나는 고개를 끄덕인다.

"끄덕이지 마. 말로 해."

"따를게."

그녀는 담요에서 기어 나와서 침대 옆으로 올라간다. 그녀는 나를 위아래로 훑어본다. "좋아." 그녀가 사방으로 뻗친 머리를 하고서는 말한다. "더 볼 만하게 만들어 보자."

* * *

내 삶이 영화가 되어서 내가 편집할 수 있었으면 좋겠다. 진부한 팝송을 배경 음악으로 해서 빠른 장면 전환으로 보여 줄 수 있다면 소녀들이 나를 널리 인간으로 평가받는 모습으로 변모시키기 위해 소비한 험난했던 두 시간을 더욱 수월하게 견뎌 낼 수 있도록 해 줄 텐데. 그들은 내 머리를 감기고 다듬는다. 내 미소가 커피 중독자 영국인 이상은 결코 될 것 같지 않음에도 새 칫솔로 내 이를 닦는다. 그들은 나에게 줄리의 소년풍의 옷을 입히려고 시도하지만 줄리의 아담한 체형 덕분에 내가 옷에 간신히 몸을 쑤셔 넣으니 보디빌더처럼 티셔츠가 찢어지고 단추가 튕겨져 나간다. 결국 그들이 포기하고 나의 낡은 비즈니스 캐주얼을 빠는 동안 나는 옷을 벗은 채로 욕실에서 기다린다.

기다리는 동안에, 나는 샤워를 하기로 마음먹는다. 오랫동안 잊고 있던 경험이기에, 첫 와인 한 모금 혹은 첫 키스와도 같은 운치가 느껴진다. 따스하게 데워진 물줄기가 나의 닳은 몸으로 쏟아지고, 몇 달 혹은 몇 년간의 먼지와 함께 일부는 나의 것이고 거의 대부분이 남의 것인 피가 씻겨 나간다. 이 모든 오물들이 나선형으로 소용돌이치며 하수구로, 그것이 속한 지하세계로 흘러내려 간다. 나의 원래의 피부, 창백한 잿빛 피부가 드러나고, 베이고 긁힌 흉터들과 총알이 스치고 간 상처들이 있지만 전반적으로는 깨끗하다.

내가 내 몸을 본 첫 경험이다.

옷이 다 마르고 줄리가 눈에 띄는 구멍 대부분을 기워 준 덕택에, 나는 옷을 입으면서 익숙하지 않은 청결한 느낌을 즐긴다. 내 셔츠는 더 이상 나를 찌르지 않는다. 내 바지는 더 이상 피부를 쓸지 않는다.

"최소한 넥타이는 안 하는 게 낫겠어. 옛날이었다면 그런 눈에 띄는 복장으로 유행을 앞서 나가고 있었을 텐데." 노라가 말한다.

"아니야. 그대로 두자." 줄리가 엉뚱한 미소를 지으며 작고 긴 헝겊 조각에 대한 반론을 펼친다. "나는 그 타이가 좋아. 완벽한 잿빛 일색에서 벗어나게 해 주는 유일한 물건이잖아."

"분명히 주변 환경에 무난하게 섞이는 데는 도움이 되지 않을 거야, 줄. 우리가 작업 부츠가 아니라 스니커즈를 신기 시작했을 때 모두들 쳐다봤던 게 기억나지 않아?"

"그랬지. 사람들은 이미 너랑 내가 제복을 입지 않는다는 걸 알고 있어. R이 우리와 함께 다니는 한은 그가 스판덱스 반바지와 실크해트를 쓴다 하더라도 사람들은 아무도 뭐라 하지 않을 거야."

노라가 웃는다. "그 생각은 마음에 든다."

그래서 어울리지 않는 붉은 실크 넥타이는 온전히 남는다. 줄리가 내가 타이를 맬 수 있도록 도와준다. 줄리는 내 머리를 빗겨 주고 뭔가 찐득찐득한 것을 발라 넘겨 준다. 노라는 남성용 향수로 빈틈없이 나를 소독해 준다.

"어허, 노라. 나는 그 향 싫어해. 게다가 R은 그렇게 악취가 심하진 않잖아." 줄리가 반대한다.

"얘 약간 악취가 난다고."

"그래, *이제* 악취가 풍긴다."

"시체 냄새보다는 화학 공장 냄새가 좋을 거야, 그렇지? 이렇게 하면 개도 쫓을 수 있어."

눈을 가리기 위해서 선글라스를 쓰느냐 안 쓰느냐로 논쟁이 붙지만, 선글라스가 오히려 더 눈에 띌 수 있을 거라고 보고, 신비로운 회색으로 보이도록 그냥 두기로 한다.

"실제로 그렇게 눈에 띄지는 않을 거야. 네가 눈길만 끌지 않으면 괜찮을 거야." 줄리가 말한다.

"괜찮을 거야. 여기서는 정말로 서로를 신경 안 쓰거든." 노라가 덧붙인다.

개조 계획의 마지막 단계는 화장이다. 할리우드의 떠오르는 샛별인 여배우가 자신의 클로즈업 장면을 준비하는 것처럼 내가 거울 앞에 앉자, 그들은 파우더를 바르고, 루즈를 칠하고, 나의 흑백톤의 피부에 색을 입힌다. 그들이 분장을 마쳤을 때, 나는 거울을 보고 깜짝 놀란다.

나는 살아 있다.

나는 잘생기고 젊은 전문직 종사자에, 행복하고, 성공했으며, 생기가 넘치고 회의를 다녀오는 중이거나, 운동하러 가는 길에 마주친 사람만 같다. 나는 크게 웃는다. 나는 거울 안의 나를 쳐다보면서 그저 솟아나는 즐거운 모순을 느낀다.

크게 웃기. 또 하나의 처음이군.

"오 맙소……." 노라가 내 뒤에 서서 나를 보다가 탄성을 지른다. 그리고 줄리가 말한다. "허어." 그녀는 고개를 갸우뚱한다. "너 꼭……."

"너 완전 *멋지다!*" 노라가 불쑥 외친다. "내가 가져도 될까? 줄리? 단 하룻밤만."

"그 더러운 입 닥치라." 줄리가 싱긋 웃으면서 나를 살핀다. 내 이마에 그녀가 칼로 찔러 만든 좁고, 핏기 없는 구멍을 어루만진다. "분명히 나을 거야. 미안해, R." 그녀가 부드러운 손놀림으로 반창고를 상처 위에 붙이고는 눌러 준다. "자아." 그녀는 뒤로 물러서서 완벽주의 화가가 완성작을 살피듯이 기쁘지만 주의 깊은 눈길로 나를 자세히 뜯어본다.

"어……때?" 내가 묻는다.

"흐음." 그녀가 말한다.

나는 그녀에게 입술을 쭉 펴서 승리의 미소를 보여 주려고 시도한다.

"오, 맙소사. 절대로 그건 하지 마."

"그냥 자연스럽게. 그냥 공항에 있는 자기 집에서 친구들에게 둘러싸여 있는 것처럼 해." 노라가 말한다.

나는 줄리가 내 이름을 불렀던, 우리가 맥주와 팟타이를 나눴던 그 첫 순간에 얼굴에 머물던 따스한 느낌을 회상한다.

"잘하네, 훨씬 낫다." 노라가 말한다.

줄리는 감정이 분출되려는 것을 막아 넣으려는 듯 그녀의 미소 띤 입술을 주먹으로 꾹 누르면서 끄덕인다. 재미와 자부심과 애정의 아찔한 칵테일. "정말 감쪽같아, R."

"고마……워."

그녀는 결단을 내린 듯 깊은 숨을 쉰다. "좋아, 자." 그녀는 뻗친 머리에 양모 비니를 눌러쓰고, 운동복의 지퍼를 올린다. "네가 떠났던 인간 세상을 구경할 준비가 됐어?"

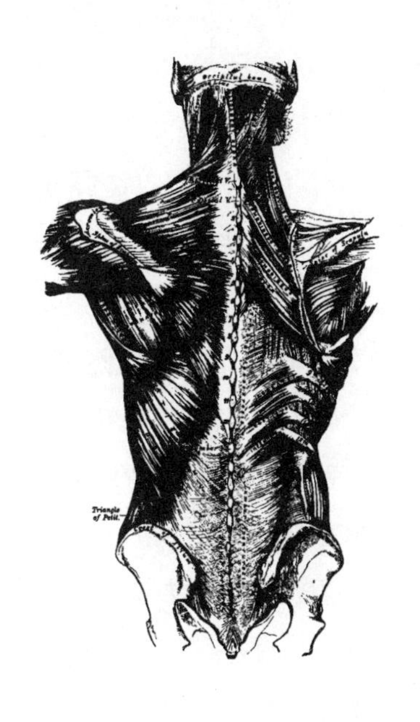

예전에 도시의 쓰레기 더미를 뒤지던 시절에, 나는 종종 스타디움의 벽을 보면서 안쪽의 천국을 상상하곤 했다. 그곳은 모두가 행복하고 아름답고 아무것도 바랄 나위가 없는 완벽한 곳이라고 상상했고, 멍한 상태에서, 내가 부러움을 느끼는 한정된 방식으로 그만큼 더욱더 그들을 먹고 싶었다. 물결 모양으로 골이 진 철판이 햇빛에 반짝인다. 파리가 윙윙거리는 축사에서 호르몬 자극제를 맞은 소들이 신음 소리를 내고 있다. 지워지지 않을 얼룩이 진 빨래들이 건물 사이를 지지해 주는 케이블에 널려서 항복을 알리는 백기처럼 펄럭거리고 있다.

"스타디움 도시에 오신 것을 환영합니다." 줄리가 양팔을 쭉 펼치면서 말한다. "미국에서 가장 큰 인간 주거지입니다."

우리는 왜 머물렀지? 줄리가 주요 건물과 흥미로운 지점을 큰소리로 이야기하는데, 내면의 깊은 곳에서 목소리가 중얼거린다. *도시는 무엇이고 우리는 왜 여기에 건물을 지었지? 문화, 상업, 업무, 쾌락을 치워 버리고 나니 무엇이 남았나? 이름 없는 사람들로 채워진 이름 없는 거리의 교차로일 뿐이지 않은가?*

"2만 명이 넘는 사람들이 이 좁은 어항에 끼어 살고 있어." 중심가에서 밀집한 군중을 밀고 지나가면서 줄리가 말한다. "곧 우리 모두가 함께 으깨질 정도로 더 빽빽해질 거야. 인류는 아무 생각도 없는 하나의 큰 아메바가 될 테니까."

우리는 왜 흩어지지 않았지? 비옥한 땅으로 향해 공기와 물이 맑은 곳에 우리의 뿌리를 묻지 않았을까? 서로 땀내 나는 몸을 부대끼면서 우리가 얻으려 했던 것은 무엇이지?

나는 될 수 있는 한 땅을 보면서, 조화를 이루면서, 눈에 띄지 않으려고 노력한다. 나는 감시탑과 저수조, 밝은 섬광등 아래에 새로 세워지고 있는 건물들을 몰래 곁눈질하지만 시선은 거의 내 발끝을 향하고 있다. 진흙과 개똥이 아스팔트의 날카로운 각을 부드럽게 해준다.

"우리가 생존하는 데 필요한 만큼의 반도 안 되는 양(量)을 키우고 있어." 줄리가 온실의 반투명한 벽 뒤로 희미하게 초록빛이 보이는 농원을 지나면서 말한다. "그래서 모든 진짜 음식은 작은 분량으로 배급되고, 모자라는 영양분을 탄수화물 함유체로 채우는 거지." 오렌지를 실은 손수레를 끄는 노란 점프 슈트를 입은 십 대 소년 세 명이 우리를 지나쳐 가고, 나는 그들 중 한 명의 얼굴 옆에 이상한 상처가 난 것을 발견한다. 사과에 든 멍처럼 움푹 들어간 갈색 부분은 그야말로 세포들이 괴사한 것처럼 보인다. "매달마다 의료를 위한 약품 부족에 시달리는 건 말할 것도 없지. 발굴팀은 간신히 수요를 따라잡고 있지만, 마지막 프로작(대표적인 우울증 치료제.—옮긴이) 병을 두고 다른 거주지와 전쟁까지 불사하게 되는 것도 시간문제야."

단지 두려움 때문이었던가? 그 목소리가 의문을 표한다. *우리는 가장 두려운 시기를 보냈지. 달리 어떻게 그 최악의 시기에 대처할 수 있었겠어? 그래서 우리는 가장 높은 벽을 찾아 그 벽 뒤로 우리 자신을 몰아 넣은 거야. 우리가 가장 커지고 가장 강해질 때까지, 가장 위대한 장군들을 뽑고, 강한 무기들을 찾고, 이런 극대화가 어떻게든 행복을 낳을 거라 생각하면서 계속 몰아 댔어. 하지만 이렇다 할 성과를 낸 것은 아무것도 없었지.*

노라가 병색이 짙은 임신부의 긴장한 배 옆으로 간신히 지나치면서 말한다. "정말 놀랍다. 우리가 가진 모든 필수품이 부족함에도 불구하고, 사람들은 계속해서 아기를 낳아 대는구나. 그냥 전통이니까, 다들 그래 왔으니까…… 그런 이유로 그들의 판박이들로 세상이 넘쳐나는 거야."

줄리가 노라를 흘깃 보면서 입을 열다가 그냥 다문다.

"게다가 우리들이 암울한 기저귀 더미의 산 아래에서 굶어 죽기 직전까지 가도, 한동안 자신의 씨는 자기의 거시기에 넣어 두자고 제안할 만큼 용감한 사람은 없겠지."

"그래, 그래도……." 줄리가 그녀답지 않게 소심하게 말을 시작한다. "나는 잘 모르겠어…… 무언가 아름다운 것이 거기에 있는 게 아닐까? 우리의 세계가 죽은 시체 같은 상태라 해도 계속 살고, 자라도록 유지하게 해 주는 것? 우리 중에서 얼마나 많은 사람이 죽어나간다고 해도 결국 다시 돌아오게 해 주는 그런 것?"

"인류가 계속 보존되는 게 뭐가 그리 아름답다고? 그렇다면 헤르페스(포진을 일으키는 바이러스.—옮긴이)도 아름답겠다."

"오, 맙소사, 노라, 너는 인류를 사랑하잖아. 페리처럼 염세주의자라도 된 거야?"

노라가 웃고는 어깨를 으쓱하는데 줄리가 이어 말한다.

"인구 밀도를 유지하는 것에 대한 이야기가 아니야. 우리가 누구인지와 우리가 무엇을 배워 왔는지를 관통함으로써 *유지되*는 것에 대한 이야기야. 그래서 죽더라도 우리는 그냥 *끝나*는 게 아니야. 물론 어떻게 보면 이기적이겠지만 우리의 짧은 생이 의미하는 바가 뭐겠어?"

"그건 사실인 것 같아. 우리에게는 이 모든 것이 끝난 후의 시대에 남길 다른 어떤 유산도 없는 것 같아." 노라가 수긍한다.

"맞아. 전부 사라져 가고 있어. 이 세계에 남은 마지막 국가가 올 1월에 멸망했다고 들었어."

"아, 정말로? 그게 어딘데?"

"기억이 안 나는데, 스웨덴일걸…… 아마."

"그럼 전 세계가 공식적으로 비어 버린 거구나. 우울한 일이네."

"최소한 너는 고수할 수 있는 문화유산이 있잖아. 네 아버지는 에티오피아 분이셨지?"

"그래, 하지만 그게 나한테 무슨 의미가 있어? 아버지는 고국을 기억하지도 않고, 나는 거기 가 본 적도 없고, 게다가 이제는 존재하지도 않는 곳인데. 갈색 피부가 내게 남겨진 전부인데, 누가 더 이상 피부색에 신경이나 쓰나?" 그녀는 내 얼굴 쪽으로 손을 가리킨다. "일이 년 이내에 우리 모두 회색 얼굴이 될 텐데 뭐."

나는 그들이 정감 어린 농담을 주고받는 동안 뒤로 쳐져서 걷는다. 그들이 말하고 몸짓하는 것을 보지만, 의미는 흘려듣고 목소리에 집중한다.

우리의 생명은 무엇일까? 내 잠재의식의 그늘로 떠내려 돌아가면서 유령이 신음한다. *국가도, 문화도, 전쟁도 없지만 아직 평화도 없다. 그렇다면, 우리의 핵심은 무엇일까? 모든 것이 벗겨질 때 우리의 뼈에서 아직도 꿈틀대는 것은 무엇이지?*

* * *

늦은 오후, 우리는 보석 거리로 알려진 도로에 다다른다. 자기만족에 빠진 학교 건물이 쪼그리고 앉아 우리들 앞에서 기다리고 있는 걸 보니, 장이 꼬이는 기분이다. 줄리는 교차로에서 망설이다가 수심에 잠긴 얼굴로 반짝거리는 창문을 본다. "여기는 교육 시설이야. 하지만 넌 거기 들어가고 싶어 하면 안 돼. 이동하자."

기쁘게 그녀를 따라 어두운 도로를 떠나면서 우리가 지나친 밝은 녹색 표지를 뚫어져라 쳐다보았는데, 그 첫 철자가 J라는 꽤 강한 확신이 든다.

"저 거리는…… 뭐라고 불러?"

내가 그 표지판을 가리키며 묻자 줄리가 웃는다.

"이런, 저긴 '줄리' 거리야."

"원래는 다이아몬드나 보석 같은 그림이었는데. 그녀의 아버지가 학교를 지을 때 그렇게 이름을 바꿨어. 근사하지 않니?" 노라가 말한다.

"근사*했었지*." 줄리가 인정한다. "그건 아빠가 뭐든지 할 수 있다는 시위였어."

그녀는 넓게 펼쳐진 벽 둘레를 따라 정문으로부터 직선으로 뚫려 있는 어두운 터널로 우리를 데리고 간다. 나는 우리가 있는 터널이 스포츠 팀이 경기를 시작하기 위해 개선 입장을 하는 곳, 운동장으로 나가기 위해 수천 명의 사람들의 응원을 뒤로 하고 걷는 바로 그 터널임을 깨닫는다. 터널의 다른 끝은 살아 있는 자의 세상으로 가는 통로이기 때문에, 묘지로 이끄는 길로 딱 맞는 것 같다.

줄리는 신분증을 경비에게 휙 내보이고 그들은 우리에게 뒷문 쪽으로 가라고 손짓을 한다. 우리는 철사로 엮인 울타리로 둘러싸인 야트막한 들판으로 들어선다. 십자가와 성인의 조각으로 마감된 고전적인 묘비를 지키고 선 검은 산사나무가 회색과 금색으로 얼룩덜룩한 하늘을 향해 구부러져 있다. 이름과 날짜가 새겨진 위로 하얀 페인트로 스텐실한 투박한 글자가 덮어씌워져 있는 것으로 보아 버려진 장례식장에서 가져와서 재사용한 것이 아닌가 하는 의심이 든다. 그 비문은 그라피티 태그(그라피티에 작가가 자신의 사인을 작품처럼 디자인하여 남기는 것.—옮긴이)와 닮아 있다.

"여기가 우리가 묻힐 곳이야…… 우리가 버려지는 곳이지." 줄리가 말한다. 그녀는 입구에 서 있던 나와 노라의 앞으로 몇 걸음을 나선다. 우리 뒤로 문이 닫히자, 맥박이 고동치는 인생사의 소음은 사라져 가고, 진짜 죽음의 금욕적 침묵이 그 자리를 채운다. 각각의 시신들은 머리가 없거나, 머리에 총구멍이 났거나, 아니면 반쯤 먹다 남은 살덩이나 뼈만 관 안에 쌓여서 여기에 잠들어 있다. 왜 그들이 공동묘지의 부지를 스타디움의 벽 바깥으로 선정했는지 알겠다. 안쪽의 농지에다 묘지를 만드는 것보다 공간을 절약할 수 있을 뿐만 아니라 사람들의 사기 진작에도 좋은 것이다. 이곳은 오래전 세계의 평화로운 시간이 지나고 영원한 진혼곡이 흐르는 양지보다는 음산한 느낌을 상기시킨다. 이것은 우리의 미래와의 짧은 접촉이다. 개개인으로서가 아닌, 우리가 받아들일 수 있는 누군가의 죽음이 아닌 하나의 종으로서, 문명으로서, 한 세상으로서의 죽음.

"오늘은 여기에 오고 싶었던 거야?" 노라가 줄리에게 부드럽게 묻는다.

줄리는 갈색 잔디로 드문드문 덮인 언덕을 바라본다.

"나는 매일 와. 오늘도 그중 하루고. 오늘은 화요일이야."

"그래, 그런데…… 우리는 여기서 기다릴까?"

그녀는 나를 흘긋 돌아보고 한동안 생각한다. 그러더니 고개를 젓는다. "아니야. 가자." 그녀가 걷기 시작하고 나도 그녀를 따라간다. 노라는 놀라움을 억누른 얼굴을 하고 내 뒤로 어색한 거리를 두고 쫓아온다.

이 묘지에는 길이 없다. 줄리는 머릿돌을 뛰어넘고, 아직 무르고 질척이는 묘지 둔덕을 가로질러 똑바로 걸어간다. 줄리의 시선은 대리석 천사가 올라앉아 있는 큰 철탑에 고정되어 있다. 줄리와 나는 나란하게, 노라는 아직도 혼자 뒤쳐진 채로 그 앞에 선다. 나는 묘비에 적힌 이름을 읽으려고 안간힘을 써 보지만, 그 이름은 스스로를 보여 주지 않는다. 앞의 몇 글자만이 알아볼 수 있게 남아 있다.

"우리 엄마가…… 여기 계셔." 줄리가 말한다. 차가운 밤바람이 그녀의 머리카락을 눈 속으로 날려 들어가게 했지만. 그녀는 빗어 넘길 생각도 하지 않는다. "내가 열두 살 때 떠나셨어."

노라가 내 뒤에서 당황스러워 하더니 근처를 배회하다가 묘비들을 둘러보는 척을 한다.

"엄마는 미쳤던 거 같아. 어느 날 밤에 스타디움 밖의 도시로 뛰쳐나가셨고, 그걸로 마지막이었어. 엄마의 시신 몇 조각을 찾아냈지만…… 이 무덤에는 아무 것도 없어." 그녀의 목소리가 무심해진다. 그녀에게서 공항에서 종잇장처럼 얇은 가면을 쓰고 과장된 연기로 죽은 자의 흉내를 내려고 하던 모습이 생각난다. "내 생각으론 이것들은 우리 엄마에겐 너무 과분한 것 같아, 여기 전부가." 그녀는 묘지와 우리 뒤의 스타디움 쪽으로 애매하게 손짓을 한다. "엄마는 정말로 자유로운 영혼이었어, 알겠어? 활기가 가득하고 자유분방한 보헤미안 여신이었어. 엄마는 열아홉 살에 아빠를 만났고, 아빠는 완전히 엄마한테 반했지. 믿기 어렵겠지만, 아빠는 예전에 음악가였어. 실제로 꽤 잘 나가는 록밴드에서 핵심적인 역할을 했대. 부모님은 정말 젊었을 때 결혼해서, 그러고는…… 나는 잘 모르겠어…… 세상이 미쳐 가고 아빠는 변했어. 모든 것이 변했어."

나는 그녀의 눈을 읽으려고 해 보지만 그녀의 머리카락이 방해한다. 그녀의 목소리가 떨린다. “엄마는 노력하셨어. 정말로 노력하셨어. 엄마는 모든 것을 함께 지키기 위해 자신의 역할을 다하셨고, 매일 집안일을 하셨는데, 그 일들은 모두 나를 위한 일이었어. 엄마는 나에게 모든 사랑을 쏟아 부었어. 아빠는 거의 주변에 안 계셨고, 그래서 그냥 항상 엄마와 버릇없는 아이 둘뿐이었어. 엄마가 이 워터파크에 데리고 오시곤 했는데, 얼마나 재미있었는지 아직도 기억이 나.” 작은 흐느낌이 새어 나오자 그녀는 놀라서 이야기를 중단하고 손으로 입을 가린다. 그녀의 눈이 헝클어진 머리카락 사이로 나에게 간절하게 애원한다. 나는 부드럽게 머리카락을 얼굴에서 떼어서 빗겨 준다. “엄마라면 절대로 이런 망할 곳을 만들지 않았을 거야.” 그녀의 목소리가 가늘게 떨린다. “엄마는 여기에서 뭘 하고 싶으셨던 걸까? 엄마의 인생이 만들었던 모든 것이 사라졌어. 엄마가 세상에 남긴 전부는 매일 밤 악몽을 피해 품으로 파고들어 엄마의 잠을 깨워 놓는 못생긴 이를 가진 바보 같은 열두 살짜리 아이뿐이야. 엄마가 나가고 싶어 할 거라고는 꿈에도 생각지 않았던.”

“그만.” 나는 강경하게 말하고 그녀를 내 쪽으로 돌려세운다. “그만해.” 눈물이 그녀 얼굴을 타고 흘러내린다. 짭짤한 분비물이 생기있게 박동하는 세포와 성난 붉은 조직을 지나서 샘과 관을 거쳐 분비된다. 나는 눈물을 닦아 주고 그녀를 끌어안는다. “너는…… 살아 있어.” 나는 그녀의 머리카락에 대고 중얼거린다. “너는…… 살아갈 의미가 있어.”

나는 그녀를 감싸 안고 그녀가 내 셔츠에 매달려서 내 가슴 안에서 몸을 떠는 것을 느낀다. 가벼운 바람 소리 외에는 주변이 조용하다. 노라는 그녀의 곱슬머리를 손가락으로 꼬면서 우리의 모습을 지켜보고 있다. 그녀는 내 눈길을 끌고는 나에게 미리 알려 주지 못해 미안해하는 것처럼 슬픈 미소를 보여 준다. 하지만 나는 줄리의 밀실 안에 존재하는 해골들이 두렵지 않다. 나는 그들 나머지에게 맞설 것이고, 그들을 강경하게 맞이해서는, 그들의 뼈가 으스러질 정도로 강한 악수를 해 줄 것이다.

그녀가 내 셔츠를 슬픔과 콧물로 적시는 동안, 나는 내가 전에 해 본 일이 없었던 어떤 일을 해 보고 싶어진다. 나는 공기를 들이마시고 노래를 시도한다. "당신은…… 환상적이에요……." 나는 쉰 목소리로 프랭크의 노랫가락을 따라하려고 애를 쓴다. "환상적이에요…… 그 뿐이에요."

노래가 멈추고, 줄리의 표정에 변화가 생긴다. 그녀가 웃고 있다는 걸 깨닫는다.

"오 와우." 그녀가 킥킥거리며 미소 위로 아직 눈물이 반짝거리는 눈으로 나를 올려다본다. "아름다운 노래였어, R, 정말로. 당신이랑 시나트라 좀비랑 듀엣으로 2집을 내도 될 것 같아."

나는 헛기침을 한다. "목이…… 풀리지 않았어."

그녀는 내 머리 몇 가닥을 뒤로 다시 쓸어 올려 준다. 그녀는 묘지를 돌아본다. 그녀는 등에 맨 가방에서 공항에서 꺾었던 꽃잎이 네 장밖에 안 남은 시든 데이지를 꺼낸다. 머릿돌 앞의 흙바닥에 꽃을 내려놓는다. 그녀는 부드러운 어조로 말한다. "엄마, 미안해요. 제가 찾아낸 것 중에 제일 좋은 거예요." 그녀는 내 손을 잡는다. "엄마, R이에요. 진짜 좋은 사람이라, 엄마도 마음에 드실 거예요. 그 꽃도 R

이 준 거에요."

그 무덤이 비어 있음에도 불구하고, 나는 반쯤은 그녀의 어머니가 땅 밑에서 손을 불쑥 뻗어서 내 발목을 움켜쥐지 않을까 기대한다. 결국에는 나도 그녀를 죽인 암덩어리 중 하나의 세포인 것이다. 하지만 줄리가 어떤 언질도 주지 않는다면, 나는 그녀의 어머니가 과연 나를 용서할지를 의심할 수밖에 없다. 이 사람들, 이 아름다운 살아 있는 여성들, 그들은 나를 비롯해 그들이 사랑하는 모든 것을 죽인 생물체들과는 관계를 맺지 않을 것이다. 그들은 나를 예외로 인정해 주고, 나는 그 선물에 겸허함을 느낀다. 그들의 용서를 받은 대가를, 나는 어떻게든 갚아 주고 싶다. 내가 파괴하는 데 일조한 이 세상을 고치고 싶다.

노라와 함께 우리는 그리지오 부인의 묘를 떠난다. 노라는 줄리의 어깨를 문지르면서 옆얼굴에 키스를 해 준다. "괜찮아?"

줄리는 고개를 끄덕인다. "항상 그렇지 뭐."

"괜찮은 이야기 하나 해 줄까?"

"간절하게 듣고 싶네."

"우리 집 옆에서 조그만 야생화 군락을 봤어. 배수로에서 자라고 있더라고."

줄리는 미소 짓는다. 그녀는 눈가에 조금 남아 있는 눈물을 닦아내고 더 이상 아무 말도 하지 않는다.

나는 우리가 지나는 머릿돌들을 자세히 본다. 그것들은 비뚤어지고 되는 대로 놓여 있어서 수십 개의 새로 판 무덤에 반해 묘지를 더 넓어 보이게 한다. 나는 죽음에 대해서 생각한다. 그것에 비하면 생이 얼마나 짧은가에 대해 생각한다. 나는 이 묘지가 얼마나 깊을까, 얼마나 많은 층의 관들이 겹쳐 쌓여 있을까, 그리고 지구의 토양의 얼마만큼이 우리들의 부패물로 이루어져 있을까를 생각한다.

그때 무엇인가가 나의 병적인 사색을 방해한다. 나는 뱃속에서 뭔가 요동치는 것을 느낀다. 자궁 속에서 아기가 차는 것 같은 느낌이라고 상상할 수밖에 없는 기묘한 감각이다. 특색 없는 직사각형의 묘석이 가까운 언덕에서 나를 내려다보고 있다.

"잠깐만." 나는 소녀들에게 말하고 언덕을 오르기 시작한다.

"쟤 뭐하는 거야?" 나는 노라가 숨을 헐떡이며 말하는 것을 듣는다. "저거……?"

나는 무덤 앞에 서서, 석판에 새겨진 이름을 응시한다. 다리를 통해서 초조한 감각과 함께 현기증이 올라온다. 마치 내 앞에 거대한 구덩이가 열리기라도 한 것처럼, 뭔가 어둡고 거침없는 힘으로 구덩이의 가장자리로 나를 끌어당기는 것. 뱃속이 다시 울렁거리고, 뇌간이 날카롭게 당겨지는 느낌을 느끼며…… 나는 무너져 내린다.

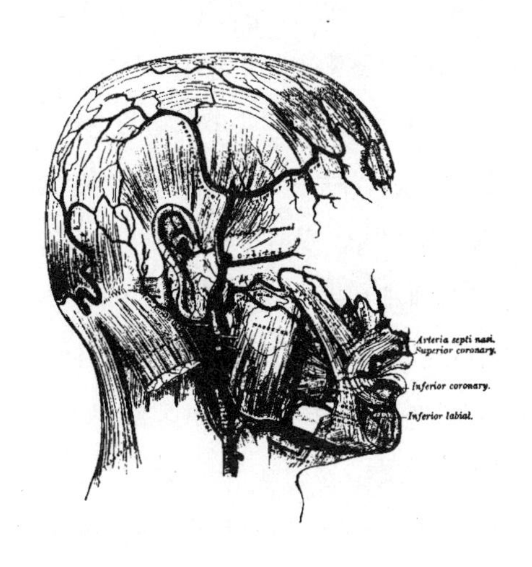

나는 페리 켈빈, 오늘은 내가 살아 있던 마지막 날이다.

이렇게 의식을 갖고 깨어나는 것은 정말 낯선 느낌이다. 사는 내내, 나는 자명종 시계와 한바탕 전쟁을 벌여 왔다. 자명종 시계 버튼을 내리치고 또 내리치면서 수치심이 나를 벌떡 일어나게 할 정도로 거세질 때까지 자기혐오가 고조된다. 아침의 가장 밝을 때에만, 아주 가끔, 삶에 대한 열정과 목적의식과 명확한 이유를 느끼는 몇 안 되는 날에만 나는 쉽게 일어날 수 있다. 정말 이상하게도, 오늘이 바로 나에게 그런 날이다.

줄리의 닭살이 돋아난 팔로부터 떨어져 침대 밖으로 살짝 빠져나오자 그녀가 훌쩍거린다. 그녀는 끝없는 풍경이 가득한 멋지면서도 무서운 색조의 성운의 꿈을 꾸면서 몇 시간을 더 잘 것이다. 그녀가 깨어날 때까지 기다린다면 나에게 꿈 이야기를 해 주겠지. 정신없이 꼬여 있는 줄거리와 초현실적인 이미지가 그녀에게는 무척이나 생생하겠지만 나에게는 전혀 무의미하다. 달곰쌉쌀하고 사랑스러운 그녀의 영혼에서 일어나는 동요를 알아채던 때, 그녀의 이야기를 듣는 것을 소중하게 여기던 한때가 있었지만, 나는 더 이상 견딜 수가 없다. 나는 그녀에게 이별의 키스를 하기 위해 몸을 구부리지만 입술이 경직되자, 그녀로부터 뒷걸음질 친다. 나는 못한다. 나는 못한다. 나는 무너지고 말 것이다. 나는 그대로 물러서서 그녀를 건드리지 않고 자리를 뜬다.

2년 전 오늘 아버지께서 당신이 건설하던 벽에 깔려 돌아가셨고, 나는 고아가 되었다. 나는 700일하고도 30일 동안 아빠를 그리워했고, 엄마는 더 긴 시간 그리워했지만, 내일이면 아무도 그리워하지 않게 될 것이다. 나는 이런 생각을 하면서 진절머리 나는 버려진 아이들의 집인 아동 보호 시설의 나선 계단을 내려와서 도시로 들어간다. 아빠, 엄마, 할아버지, 친구들…… 내일이 오면 나는 아무도 그리워하지 않을 것이다.

이른 시간이라 해는 거의 산 위로 걸쳐 있지만 도시는 이미 깨어나고 있다. 거리는 노동자들과 수리 기사들, 우둘투둘한 바퀴가 달린 유모차를 미는 엄마들과 소 떼를 몰듯이 아이들을 줄 세워 이끌고 있는 위탁모들로 북적인다. 어딘가 먼 곳에서 누군가 클라리넷을 불고 있다. 그 떨리는 음색은 새소리처럼 아침 공기를 떠돌고, 나는 귀를 닫으려고 노력한다. 나는 음악이 듣기 싫고, 분홍색으로 물드는 해돋이도 싫다. 세상은 거짓말쟁이다. 세상의 추함은 극에 달했다. 아름다움의 찌꺼기가 세상을 더 추하게 만든다.

나는 섬 거리의 행정 건물로 가서 접수 담당자에게 그리지오 장군과 7시에 약속이 있어 왔다고 말한다. 그녀는 나를 뒤에 남겨 두고 그의 사무실로 가서 문을 닫는다. 장군은 책상 위의 서류에서 눈을 떼지 않는다. 그는 나에게 손가락 하나를 들어 보인다. 나는 그의 벽에 걸려 있는 것들을 훑어보면서 선 채로 기다린다. 줄리의 사진 한 장. 줄리의 어머니 사진이 한 장. 물에 잠긴 뉴욕을 배경으로 그와 젊은 로소 대령이 미군 제복을 입고 궐련을 피우고 있는 빛바랜 사진 한 장. 그 옆으로 허물어진 런던이 내려다보이는 배경으로 두 사람이 궐련을 피우고 있는 다른 사진 한 장. 그 다음엔 폭탄이 떨어진 파리. 그리고 검게 그을린 로마.

장군이 마침내 그의 서류를 모두 검토한다. 그는 안경을 벗고 나를 올려다본다. "켈빈 군."

"네."

"팀장으로서 첫 발굴이로군."

"네, 장군님."

"준비됐나?"

준마와 첼로 연주자와 와인잔 위의 붉은 입술의 이미지가 나를 샛길로 끌어가려고 내 마음속을 번뜩이며 스쳐가는 바람에 잠시 혀가 굳는다. "네, 장군님."

"좋아. 자네의 출입증일세. 자네 팀의 임무를 위해서 주민 회의소에 있는 로소 대령을 만나게."

"감사합니다, 장군님." 나는 서류를 가지고 돌아선다. 하지만 나는 문턱에서 멈춘다. "장군님?" 나는 그러고 싶지 않았지만 목소리가 약간 갈라진다.

"그래, 페리?"

"잠시 이야기할 시간을 허락해 주시겠습니까, 장군님?"

"말해 보게."

나는 마른 입술을 적신다. "이런 모든 일들에 이유가 있습니까?"

"다시 말해 주겠나?"

"이런 것들을 모두 해 나가야 할 이유가 우리에게 있습니까? 발굴 작업과…… 다른 모든 작업들에?"

"내가 자네 질문을 이해하지 못하는 것 같군, 페리. 우리가 발굴해 오는 보급품들이 우리의 생활을 유지해 주고 있다네."

"그 말씀은 언젠가는 세상이 좋아질 거라고 생각하기 때문에 살아남으려고 노력해야 한다는 겁니까? 그것이 우리가 계속 일해야 할 이유입니까?"

그의 표정은 단호하다. "아마도 그렇겠지."

내 목소리는 떨리고, 매우 격식을 잃었지만, 나는 더 이상 조절할 수가 없다. "지금 무슨 얘길 하시는 겁니까? 지금 당장 장군님께서는 살아서 지킬 만큼 사랑하는 것이 있기는 합니까?"

"페리."

"그게 뭔지 저에게 말 좀 해 주시죠, 장군님? 제발요?"

그의 눈이 차가워진다. 그의 목에서 말을 시작할 것 같은 소리가 나지만 멈춘다. 그가 입을 굳게 다문다. "이런 대화는 부적절하네." 그는 책상 위로 손을 올려놓는다. "이제 자네 갈 길을 가게. 해야 할 일이 있잖나."

나는 힘겹게 말을 삼킨다. "네, 장군님. 죄송합니다."

"자네 팀의 임무를 위해서 주민 회의소에 있는 로소 대령을 만나고 가게."

"네, 장군님."

나는 문을 지나서 내 뒤로 문을 닫았다.

로소 대령의 사무실에서 나는 최대한 전문가로서 처신한다. 나는 우리 팀의 임무를 요청하고 그는 사시의 결함 있는 눈에 자상함과 자부심을 담아 나에게 마닐라지 서류 봉투를 건넨다. 그는 나에게 행운을 빌어 주고 나는 그에게 감사를 표한다. 그는 나를 저녁 식사에 초대하지만 나는 정중하게 초대를 거절한다. 이제 목소리는 갈라지지 않는다. 나는 마음의 평정을 잃지 않는다.

회의소 로비를 되돌아 나오면서 체육관 쪽을 곁눈질하자 노라가 큰 창문을 통해 나를 쳐다보고 있는 것이 보인다. 그녀는 꼭 맞는 검은 반바지에 흰 민소매 셔츠를 입고 있고, 십 대 초반의 아이들 모두가 그녀 뒤에 있는 배구장에 있다. 노라의 '팀'은 일주일에 두 번 몇몇 아이들의 주의를 현실로부터 돌리기 위한 슬픈 시도다. 내가 고개를 까닥일 틈도 주지 않고 그녀를 지나쳐서 정문을 밀어서 열고 있을 때, 그녀의 스니커즈가 내 뒤의 타일이 깔린 바닥을 때리는 소리가 난다.

"페리!"

나는 멈춰서 문이 닫히도록 놔둔다. 나는 돌아서서 그녀를 마주본다. "안녕."

그녀는 팔짱을 끼고 내 앞에 서서 냉랭한 눈으로 나를 본다.

"오늘이 결전의 날이야, 어?"

"그런 것 같아."

"네가 맡은 곳이 어느 지역이라고 했지? 계획은 다 세운 거야?"

"8번 가에 있는 예전 파이저 건물이야."

그녀는 격하게 고개를 끄덕인다. "좋아, 괜찮은 계획 같네, 페리. 너 그 일을 다 마치고 집에 6시까지는 돌아올 거지, 응? 우리가 너를 '과수원'에 데려가기로 했던 건 기억할 거야. 우리는 네가 작년처럼 혼자 침울하게 시간을 보내도록 두지 않을 거라고."

나는 치고 박고 찌르고, 웃고 욕하고 있는 체육관의 아이들을 본다. "그렇게 될지 잘 모르겠어. 이번 발굴은 평소보다 조금 더 시간이 걸릴 거야."

그녀는 계속 고개를 끄덕인다. "오, 그래 좋아. 그 건물은 기울어져 있고 균열로 가득하고 막다른 길인 데다가 너는 더욱 주의를 기울여야 하니까, 안 그래?"

"맞아."

"그래. 아직 확인 안 해 봤어?" 그녀는 내 손에 있는 서류 봉투를 턱으로 가리킨다.

"아직은."

"그럼 분명히 잘 확인해 봐야 할 거야, 페리." 그녀의 발소리가 바닥을 때린다. 그녀의 몸이 억눌린 분노로 떨린다. "모두의 프로필, 강점과 약점 그런 것들 전부를 잘 알아두는 게 좋을 거야. 예를 들어, 내 것도 알아 둬. 나도 거기 갈 거니까."

나는 멍한 얼굴이 된다. "뭐?"

"그래, 로소 대령이 어제 나를 끼워 줬어. 너는 내 강점과 약점을 알고 있어? 네가 생각하기에 네 임무 중에 나한테는 너무 어려운 거라도 있어? 너의 첫 팀장으로서의 발굴 임무를 위태롭게 하기는 싫으니까 말이야."

나는 봉투의 윗부분을 뜯어서 이름들을 훑어보기 시작한다.

"줄리도 들어 있어. 그 애가 말 안 하던?"

나는 그 장을 휙휙 넘겨본다.

"그래 맞아. 이 나쁜 자식아. 그게 너한테 무슨 문제라도 돼?" 그녀의 목소리에 긴장감이 돈다. 눈에는 눈물이 고인다. "전혀 갈등조차 생기지 않아?"

나는 정문을 밀어서 열고 차가운 아침 공기로 뛰어든다. 머리 위로 새들이 날고 있다. 멍한 눈의 비둘기, 악을 쓰는 갈매기, 지구의 가장 쓸모없는 생명체들이 날아다니면서 싸는 선물인 그들의 똥을 먹는 모든 파리와 딱정벌레. 저 하늘이 그것들 대신에 내 것이었다면? 저 완벽하게 가벼운 자유. 울타리도 없이, 벽도 없이, 경계도 없이. 나는 대양과 대륙, 산과 밀림과 끝없이 펼쳐진 평원을 넘어 어디든지 날아서 세상의 어딘가에, 태고의 아름다움을 간직한 어느 먼 곳에서 나는 이유를 찾을 것이다.

＊＊＊

나는 페리의 어둠 속을 표류하고 있다. 나는 땅 속 깊은 곳에 있다. 내 한참 위로 뿌리들과 벌레들과 모든 이름과 많은 묘비명을 감추고 내가 썩어 가도록 버려 두는 바람이 잘 통하는 파란 공허 밑으로 박혀 있는 관들이 표지고, 묘석이 매장되어 있는 뒤집힌 묘지가 있다.

나를 둘러싸고 있는 흙 속에서 나를 지켜보는 시선을 느낀다. 굴을 파고 나온 손 하나가 내 어깨를 잡는다.

"안녕, 시체 양반."

* * *

우리는 747기에 타고 있다. 나의 기념품 더미는 분류되고 정리되어서 정돈된 채 쌓여 있다. 복도는 동양적인 느낌의 융단이 깔려 있어 푹신하다. 전축에서 딘 마틴이 부드럽게 노래한다.

"페리?"

그는 조종석에서 손은 조종 장치에 얹고 비행사의 좌석에 앉아 있다. 그는 비행사의 제복을 입고 있는데, 흰 셔츠가 피로 물들어 있다. 그는 나에게 미소를 짓고, 빠른 속도로 줄지어 사라지는 구름이 보이는 창문을 가리킨다. "우리는 지금 순항 고도에 도달했어. 너는 기내에서 마음대로 움직일 수 있어."

느리고 조심스러운 움직임으로, 나는 일어서서 조종석에 있는 그에게 다가간다. 나는 그를 불안하게 쳐다보고, 그는 씩 웃는다. 나는 조종 장치 위의 익숙한 먼지 층을 손가락으로 문지른다. "이건 네 기억이 아니지, 그렇지?"

"그래. 이건 네 거야. 나는 네가 좀 편안해졌으면 좋겠어."

"내가 지금 서 있는 곳이 네 무덤 맞지?"

그는 어깨를 으쓱한다. "그런 것 같기는 하다만, 내가 알기로는 거기에는 내 빈 두개골밖에는 없을 거야. 너랑 네 친구들이 내 몸의 대부분을 간식거리로 집으로 들고 갔잖아, 기억하지?"

나는 다시 사과하려고 입을 열지만, 그는 눈을 감고 고개를 젓는다.

"하지 마, 제발. 이미 지난 일이잖아. 한편으로는, 네가 진짜 *나*를 죽인 것도 아닌걸. 네가 죽인 건 나이 들고 철이 든 페리였지. 네가 지금 상대하고 있는 건 어리고 낙관적이고, '유령 대 늑대 인간'이라는 소설을 쓰고 있는 조금 더 어렸을 적의 페리야. 지금은 죽는 것에 대해 생각하지 않는 편이 나아."

나는 머뭇거리며 그를 바라본다.

"지금의 너는 내가 기억하는 것보다 훨씬 활기차 보여."

"나는 여기에서 모든 것을 볼 수 있어. 네가 갑자기 볼 수 있을 때 진지하게 네 목숨을 끊기는 어렵거든."

나는 그를 응시한다. 그는 여드름을 비롯해 모든 것이 매우 설득력 있게 현실적이다. "너는…… 진짜 너야?" 내가 묻는다.

"무슨 뜻이야?"

"내가 너와 얘기했던 모든 시간 동안, 너는 그저…… 너의 뇌조각에 남은 기억이었어? 아니면 진짜 실제로 너였어?"

그는 싱긋 웃는다. "그게 뭐 문제라도 되냐?"

"너는 페리의 영혼이야?"

"아마도. 그런 종류겠지. 네가 부르고 싶은 대로 해."

"너는…… 천국에 있어?"

그는 웃으면서 그의 피에 젖은 셔츠를 잡아당긴다. "그래, 정확하진 않지만. 내가 무엇이든 간에, R, 나는 *네* 안에 있어." 그는 다시 웃고는 내 얼굴을 본다. "우습지? 하지만 철이 든 페리는 이 삶을 꽤 어둡게 끌고 갔어. 아무래도 이번이 그를 따라잡고, 네가 알기 전에…… 뭔가를 할 수 있는 기회가 될 거야. 다음에 무슨 일이 생기더라도."

나는 창밖을 내다본다. 육지나 바다는 보이지 않고, 우리 아래와 위로 깔린 구름 세계의 부드러운 산맥만 보인다.

"우리는 어디로 가고 있는 거야?"

"다음에 일이날 곳으로." 그는 엄숙함을 빈징거리듯 천국을 향해 눈을 올려 뜨더니, 씩 웃는다. "거기서 너는 나를 돕게 될 거고, 나는 너를 도울 거야."

변덕스러운 기류에 비행기가 솟구쳤다가 떨어지는 느낌이 들고 뱃속이 꼬이는 것 같다. "너는 왜 나를 도우려고 하지? 나는 너를 죽게 했는데."

"왜 이래, R, 아직도 이걸 이해 못하겠어?" 그는 나의 질문에 기분이 상한 것 같다. 그는 나에게 시선을 고정하고, 눈은 격렬하게 타오르고 있다. "너와 나는 같은 질병의 희생자야. 우리는 같은 전쟁에서, 단지 다른 전투, 다른 전장에서 싸우고 있는 거야. 게다가 내가 너를 어떻게든 싫어하기에는 너무 늦었어. 왜냐하면 우리는 빌어먹을 같은 존재거든. 내 영혼, 너의 양심, 내게 남은 것과 너에게 남은 것이 엮여서 뒤엉키고 결합되어 있어." 그는 아픔을 느낄 정도로 쾌활하게 내 어깨를 친다. "우리는 여기에 함께 있어, 시체 양반."

낮은 진동이 비행기를 울린다. 조종간이 페리 앞에서 흔들리지만 그는 무시한다. 나는 무슨 말을 하는지 알 수가 없어서 그냥 대답한다. "알았어."

그는 고개를 끄덕인다. "좋아."

다시 먼 곳에서 폭탄이 터진 것 같은 희미한 진동이 바닥에서 느껴진다.

"그래서. 신께서 우리를 연구 동료로 만드셨다 이 말씀이야. 우리 계획에 대해서 함께 의논할 필요가 있어." 그는 깊은 숨을 쉬며 나를 보며, 이마를 두드린다. "나는 최근에 우리 머리 주변을 활개치고 돌아다니는 감동적인 생각들을 많이 들었어. 하지만 네가 진짜로 우리가 날려가고 있는 태풍을 제대로 이해했다고 확신할 수 없어."

몇 개의 적신호가 기내에 깜빡거린다. 비행기 밖 어디선가 싸우는 듯한 소음이 들린다.

"내가 놓친 게 뭐지?" 나는 묻는다.

"전략에 대한 것은 어때? 우린 개 사육장에 있는 새끼 고양이처럼 이 도시를 배회하고 있어. 넌 세상을 바꾸는 것에 대해 계속 이야기하지만, 핏불테리어 전부가 우리 주위를 돌면서 접근해 올 동안 정작 너는 여기에 앉아서 앞발만 핥고 있잖아. 계획이 뭐야, 야옹아?"

밖에는 목화솜 같은 구름이 철 수세미 같은 색으로 어두워지고 있다. 번개가 번뜩이고, 내 기념품들이 덜그럭거린다.

"아직은…… 하나도 없어."

"그래서 언제? 상황이 변한다는 건 알잖아. 너는 변하고 있고, 너를 따르는 좀비들도 변하고 있고, 세상도 기적을 이룰 준비를 하고 있어. 뭘 기다리고 있는 거야?"

비행기가 크게 떨리더니 낙하하기 시작한다. 나는 부조종석으로 굴러가면서 장이 목구멍으로 솟구치는 것 같은 느낌을 받는다.

"나는 기다리는 게 아니야. 나는 지금 하고 있어."

"뭘 하는데? 네가 하고 있는 게 뭐야?"

"나는 시도하고 있어." 나는 페리의 시선을 잡고 흔들리고 신음하면서 내 좌석 양옆을 붙잡는다. "나는 바라고 있어. 나는 스스로 해낼 거야."

페리는 눈을 가늘게 뜨고 입을 굳게 다물더니, 아무 말도 하지 않는다.

"그게 첫걸음이잖아, 안 그래?" 나는 바람의 소음과 으르렁거리는 엔진 소리를 이기기 위해 소리지른다. "그게 시작점이라고."

비행기가 휘청거리고 나의 기념품 더미가 무너져서, 그림, 영화, 접시, 인형, 연애편지 들이 전부 기내로 흩어진다. 조종석에는 더욱 심하게 번개가 내리치고, 라디오의 목소리가 지지직거린다.

R? 이봐와아아아아? 괜찮아?

페리의 얼굴이 차가워지고, 농담조는 사라진다.

"안 좋은 일이 생기려고 해, R. 이 묘지 바로 밖에서 그 일이 너를 기다리고 있어. 네가 맞아, 원하는 것이 변화의 첫걸음이야, 하지만 그 다음 단계는 견뎌 내는 거야. 그 홍수가 왔을 때, 네가 네 방식대로 꿈꾸는 것을 보고 싶지는 않네. 네가 이제 나의 작은 소녀를 얻었으니까."

알았어, 너 이제 아주 소름끼쳐. 일어나!

"내가 그녀에게 모자라다는 걸 알아."

페리가 그 소음 위로 조용하게 중얼거린다.

"그녀는 나에게 모든 것을 주었고 나는 그것을 마음껏 누렸어. 이제는 네 차례야, R. 가서 그녀를 지켜줘. 그녀는 보기보다 많이 여려."

제기랄 이 나쁜 놈아! 일어나, 안 일어나면 쏴 버릴 거야!

나는 고개를 끄덕인다. 페리도 끄덕인다. 그러자 그는 창문 쪽으로 얼굴을 돌리고 팔을 가슴 위에 엇갈리게 얹는다. 그동안 조종간은 거세게 흔들린다. 먹구름을 가르며 우리는 지상으로 급강하해서 스타디움 앞으로 곧바로 돌진하고, 거기에는 악명 높은 R과 J가 비에 젖은 지붕 위에서 담요 위에 앉아 있다. R은 시선을 들어 우리를 보고 눈을 크게 뜨는데, 꼭 우리가—

* * *

나는 눈을 크게 뜨고 깜빡여서 현실에 초점을 맞춘다. 나는 아마추어 공동묘지의 작은 묘지 앞에 서 있다. 줄리의 손이 내 어깨 위에 있다.

"정신이 들어? 대체 이게 다 무슨 일이야?" 그녀가 묻는다.

나는 목을 가다듬고 주위를 둘러본다. "미안해. 백일몽을 꿨어."

"맙소사 너 진짜 이상하다. 가자, 여기에 더 있고 싶지 않아."

그녀는 빠르게 성큼성큼 입구 쪽으로 향한다.

노라와 나는 그녀를 따른다. 노라는 나와 간격을 두고, 나를 곁눈질한다. “백일몽?” 그녀가 묻는다.

나는 고개를 끄덕인다.

“약간 혼잣말도 하던데.”

나는 그녀를 쳐다본다.

“몇 마디는 크게 들렸어. ‘기적’이라고 들은 것 같은데.”

나는 어깨를 으쓱한다.

경비가 문을 열어 주자 도시에서 폭포 소리가 들려오고, 우리는 다시 스타디움으로 완벽하게 돌아온다. 뱃속에서 아기가 차는 기분이 다시 드는데, 우리 뒤로 문이 쾅 하고 닫힌다. 목소리가 속삭인다. *올 것이 왔어, R. 준비됐어?*

“오 이거 멋진걸.” 줄리가 숨죽여 말한다.

바로 그가 우리 앞의 거리 모퉁이를 행군 중이다. 줄리의 아버지, 그리지오 장군이. 전형적인 군복을 입지 않았음에도 군인이라는 것을 알 수 있는 장교들을 양쪽에 거느리고 그는 우리 쪽으로 곧장 돌진해 온다. 그들의 제복은 밝은 회색 셔츠와 작업복 바지에, 장식이나 계급장은 달려 있지 않고, 다만 주머니와 연장을 거는 줄과 플라스틱 신분증을 달고 있다. 높은 구경의 총이 허리띠의 권총집에서 부드럽게 번뜩이고 있다.

줄리가 속삭인다.

“침착해, R. 아무 말도 하지 마. 그냥 음…… 수줍어하는 척 해.”

“줄리!” 장군이 어색한 거리를 두고 외친다.

“아빠.” 줄리가 말한다.

그와 그의 수행원들이 우리 앞에 멈춰 선다. 그는 줄리의 어깨를 재빨리 꽉 누른다. "어떠니?"

"좋아요. 엄마한테 다녀오는 길이에요."

그의 턱근육이 꿈틀거리지만, 대꾸를 하지는 않는다. 그는 노라를 보고, 그녀에게 고개를 끄덕이더니 나를 본다. 그는 나를 매우 유심히 쳐다보더니 무전기를 꺼낸다.

"테드. 어제 자네가 놓친 한 명. 빨간 넥타이를 맨 젊은 남성이라고 했지? 키는 크고, 마르고, 안색이 안 좋고?"

"아빠." 줄리가 말한다.

무전기가 시끄러운 소리를 낸다. 장군은 무전기는 치워 두고 허리춤에서 수갑을 꺼낸다. "불법 침입으로 체포하겠다." 그는 나에게 고지한다. "너는 구금될……."

"맙소사, 아빠." 줄리가 앞으로 걸어가서 그의 손을 밀친다. "도대체 뭐가 문제에요? 이 사람은 *불법 침입자*가 아니에요. 그는 골드만 돔에서 왔어요. 그리고 여기 오는 길에 거의 죽을 뻔했으니 합법적인 선에서 봐주세요."

"이 사람은 누군데?" 장군이 따지고 든다.

내가 대답하는 것을 막으려는 듯이 줄리가 내 앞을 가로막고 선다. "이 사람 이름은요…… 아치…… 아치에요. 맞지?" 그녀가 내게 눈짓을 하고 나는 고개를 끄덕인다. "노라의 새로운 남자 친구에요. 저도 오늘 막 만났어요."

노라는 씩 웃고 내 팔을 꽉 잡는다.

"얼마나 옷을 잘 입는데요. 저는 이제 더 이상은 남자들이 넥타이를 어떻게 매는지도 모를 거라고 생각했거든요."

장군은 머뭇거리다가 수갑을 다시 넣고 억지웃음을 짓는다.

"만나서 반갑구나, 아치. 만약에 3일 이상 더 머물고 싶다면 이민국에 등록이 필요하다는 것을 알아 둬라."

나는 고개를 끄덕이고 눈맞춤을 피하려 하지만, 그의 얼굴을 외면하지는 못했다. 내 환상 속에서 본 그 긴장감 도는 저녁 식사에서 몇 년 지나지 않았지만, 그는 10년은 더 늙어 보인다. 그의 피부는 얇고 건조하다. 광대뼈가 튀어나왔으며, 이마 위로 초록색 정맥이 두드러져 보인다.

수행원 중 한 명이 그의 목을 가다듬는다.

"페리에 대한 소식은 유감입니다, 캐버넛 양. 우리는 그를 무척 그리워할 겁니다."

로소 대령이 그리지오보다 나이가 많지만 더욱 우아하게 늙었다. 그는 키가 작고 강인한 팔과 나이에 따라 필연적으로 나온 배 위로 근육질의 가슴이 있는 후덕한 인상이다. 숱이 적은 가느다란 백발에 크고 물기 있는 파란 눈은 두꺼운 안경 뒤에 있다. 줄리는 그에게 진심 어린 미소를 보낸다.

"고마워요, 로지. 저도 그럴 거예요."

그들의 문답은 적절했으나 깊은 암류 위를 헤엄치는 것처럼 거짓으로 들린다. 그들은 이미 그리지오의 간섭하는 시선을 피해 어딘가에서 비공식적으로 비통함을 나눴을 것이다.

"우리는 자네의 조의에 감사하고 있다네, 로소 대령. 하지만 내 딸을 지칭할 때 이 애가 받아들였을 '수정' 사항일지라도 우리의 성을 바꿔서 부르는 건 감사할 수가 없군."

그리지오의 말에 노인은 몸을 곧추세운다.

"사과드립니다, 장군님. 별 의미는 없었습니다."

"그냥 별명이에요. 저랑 페리는 얘가 더……."

노라가 끼어들다 그리지오의 시선 아래 말꼬리를 흐린다. 그는 천천히 내 쪽을 훑어본다. 나는 그가 나를 더 이상 눈여겨볼 필요가 없다고 생각할 때까지 눈이 마주치는 것을 피한다. "우리는 가 봐야겠다." 그가 특별히 누구에게랄 것도 없이 말한다. "만나서 반가웠다, 아치. 줄리, 오늘 밤 내내 회의가 있고, 아침에는 골드만에 병합을 제의하기 위해 가 봐야 한다. 며칠 뒤에나 집에 돌아갈 것 같구나."

줄리는 고개를 끄덕인다. 별다른 말없이, 장군과 수행원들은 떠난다. 줄리는 땅 속 깊이 들여다 볼 것처럼 바닥만 쳐다본다. 잠시 후에, 노라가 침묵을 깬다. "정말 무서웠어."

"과수원으로 가자. 마실 것이 필요해." 줄리가 중얼거린다.

나는 그녀의 아버지가 멀어져 가는 걸 보면서 아직 길만 내려다보고 있다. 모퉁이를 돌기 전 그가 내 쪽을 향해 뒤를 힐끗 돌아보자, 나는 머리털이 곤두선다. 페리의 홍수가 온화하고 죄책감을 씻겨 주는 종류인 걸까? 아니면 다른 종류의 홍수일까? 나는 발아래에서 움직임을 느낀다. 땅 속 깊은 곳에 묻힌 모든 남자와 여자의 뼈가 달그락거리는 것 같은 희미한 진동. 기반암에 균열이 생기고, 마그마가 끓어오르고 있다.

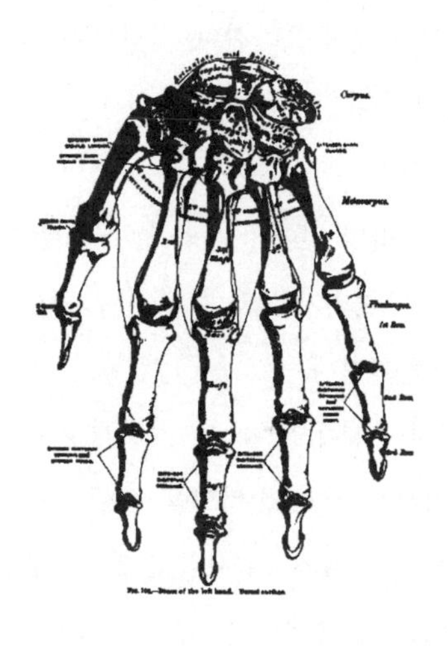

알고 보니, 과수원은 스타디움의 농업 시설이 아니다. 그곳은 그들의 유일무이한 술집이거나 혹은 금주령에 대한 새로운 보루로써 술집의 역할을 하는 곳인 모양이다. 스타디움의 에셔풍의 도시 경관을 지나서 내부로 들어가는 길은 낮은 천장으로 인해 고된 여정이다. 먼저, 주민들이 자기들 집의 현관문을 열고 우리를 엿보는 동안, 곧 무너질 것 같은 주거용 탑의 4층 높이 계단을 올라간다. 그 다음으로는 이웃 건물로 아찔한 높이를 가로질러 가야 하는데, 탑들을 지지하고 있는 케이블 사이로 만들어진 팽팽하게 당겨진 철조망 보행 통로 위에서 주저하고 있는 동안 소년들이 지상에서 노라의 치마 속을 훔쳐보려고 난리다. 일단 다른 건물 안으로 들어오자, 우리는 마침내 산들바람이 부는 테라스가 거리 위로 높이 나타날 때까지 또

3층 높이를 터벅터벅 걸어 올라간다. 사람들이 떠드는 소리가 문 밖으로 왁자하게 들려온다. 벽 끝에는 노란 나무가 그려진 커다란 오크 판자가 세워져 있다.

나는 어색하게 줄리의 앞에서 문을 밀어서 열어 준다. 노라가 그녀에게 씩 웃음 짓자 줄리가 눈을 부라린다. 그들은 안으로 걸어 들어갔고 나도 따라 들어간다.

그곳은 만원이지만 분위기는 으스스하게 가라앉아 있다. 아무도 소리치지 않고, 아무도 서로 손바닥을 마주치며 인사하지 않고, 술에 취해, 연락처를 알려 달라는 사람도 없다. 대부분의 사람들에게 잘 알려지지 않았을 장소에 위치한 채 꼭 금주법 시대의 주류 밀매점처럼 비밀 엄수를 하고 있으면서도 과수원에서는 술을 팔지 않는다.

"물어볼 게 있어." 줄리가 우리를 예의바른 군중 속으로 밀어 넣으면서 말한다. "한 무리의 해병대 전우회와 건설 현장 인부들이 빌어먹을 주스 바에서 그들의 슬픔을 달래는 장면보다 우스운 일이 있을까? 최소한 술병 정도는 있어야지."

과수원은 내가 이 도시에서 본 바, 어떤 특색이라도 있는 첫 건물이다. 보통의 술집 분위기를 내는 데 필요한 장비들은 모두 있다. 다트 과녁, 당구대, 축구 경기가 나오는 평면 TV. 내가 처음으로 놀란 점은 바로 이 방송이었다. 아직도 이런 여흥거리가 존재하는 것일까? 아직도 사람들은 시대에 역행하는 바보 같은 짓에서 매력을 느끼고 있는 것일까? 하지만 3쿼터에 들어선 지 10분 만에 화면은 가정용 비디오테이프 위에 덮어씌워 녹화된 것처럼 다른 경기로 바뀌면서 축구팀과 점수가 태클 중간에 변한다. 5분 후에 이어붙인 자국처럼 빠르게 지지직거리면서 다시 다른 경기로 바뀌지만, 스포츠팬들 중에서 아무도 알아차린 것 같지 않다. 그들은 텅 빈 눈으로 역사를 재연하는 선수들처럼 음료를 홀짝이면서 이 끝없이 반복되는 내용의 축약본을 보고 있다.

몇 명의 단골손님들이 내가 자신들을 쳐다보는 것을 깨닫자 나는 얼굴을 돌린다. 하지만 곧 다시 쳐다본다. 이 장면에는 내 마음을 파고드는 뭔가가 있다. 그 생각은 폴라로이드 사진이 선명해지기 전의 유령 같은 형상으로 발전한다.

"자몽 세 잔." 줄리가 음료를 준비하는 모습이 묘하게 어색해 보이는 바텐더에게 주문한다. 우리는 높은 의자에 걸터앉고 두 소녀는 이야기를 시작한다. 그들의 음악적인 목소리가 주크박스에서 흘러나오는 신경에 거슬리는 클래식 록을 대체하지만 낮게 웅웅거리는 소리를 완전히 가리진 못한다. 나는 텔레비전을 응시한다. 사람들을 본다. 나는 그들의 근육 아래 있을 뼈의 형태를 들여다본다. 탄탄한 피부 아래로 삐져나온 관절의 모서리. 나는 그들의 골격을 보고, 내 머릿속에 예상할 수 없는 무언가가 형태를 잡아 간다. 보니들의 청사진. 언뜻 보이던 그들의 뒤틀리고 말라비틀어진 정신.

우주는 압축되고 있다. 서서히 사라져 가는 그들의 마지막 살점처럼 모든 기억과 모든 가능성이 최소의 점 하나로 찌그러져 들어가고 있다. 특이성으로서 존재하기 위해서, 영원을 위한 하나의 고정된 상태에 걸려든다. 이것이 보니의 세계관이다. 그들은 인간성을 포기한 그 정확한 순간에 얼어붙은 죽은 눈을 하고 찍은 증명사진이다. 그들이 마지막 실오라기를 잘라 내고 심연으로 던져 버렸을 때의 가망 없는 순간. 이제 거기에는 아무것도 남아 있지 않다. 생각도, 느낌도, 과거도, 미래도 없다. *그들이 항상 그래 왔던 것처럼, 그들이 지금 그런 것 처럼,* 그들을 유지해 줄 절망 외에는 아무것도 존재하지 않는다. 그들은 그들의 돌고 도는 궤도 위에 머물러야 하거나 그 궤적에 압도당해야 하며, 불을 지르고 색깔과 소리와, 넓게 열린 하늘에 의해서 불살라져야 한다.

그러한 생각들이 머릿속에서 윙윙거리고, 전화선으로 들려오는 목소리처럼 내 신경을 통해 속삭인다. *우리가 그들을 탈선시킬 수 있다면 어떨까?* 우리는 이미 그들의 조직을 교란할 만큼 충분히 눈먼 분노를 선동했다. 더 깊게, 더 새롭고 놀랄 만한 변화를 만들 수 있다면, 그들은 간단히 *무너질까?* 항복할까? 먼지처럼 바스라지고 바람에 실려 사라질까?

"R. 어디에 정신을 파는 거야? 또 백일몽이라도 꾸는 거야?"

줄리가 내 팔을 찌르며 말한다.

나는 웃으면서 어깨를 으쓱한다. 다시 한 번 나의 어휘가 나를 배반한다. 나는 그녀를 내 머릿속으로 곧장 들어가게 해 줄 방법을 찾아야 할 것이다. 어떤 식이든 간에 나는 시도하는 중이지만, 나 혼자서는 할 수 없는 일임을 안다.

바텐더가 우리의 음료를 가지고 돌아온다. 우리가 엷은 노란색의 과일즙이 담긴 텀블러 세 잔을 살펴보자, 줄리는 나와 노라에게 싱긋 웃는다. "우리가 아이였을 때에는, 순 과즙 100%의 자몽 주스가 터프가이의 음료수였나? 어린이 음료의 위스키 같은?"

노라가 웃는다. "맞아. 사과 주스, 카프리 썬, 그런 음료들은 못된 계집애들이나 마시는 거였지."

줄리가 그녀의 잔을 들어올린다. "우리의 새로운 친구, 아치를 위하여."

나는 내 잔을 약간 높여 들고, 소녀들이 잔을 거기에 맞부딪힌다. 우리는 마신다. 나는 정확한 맛은 느낄 수 없지만 주스가 입 안을 따끔따끔하게 쏘아 댄다. 깨물었는지도 모르고 있었는데, 언제 생겼는지도 모를 입안의 깨물린 상처 안으로 주스가 흘러 들어간다.

줄리는 한 차례 주문을 더 하고, 주문한 음료가 나오자 그녀는 메신저 백을 들어서 어깨에 메고 음료 세 잔을 전부 들어올린다. 그녀는 우리 쪽으로 몸을 기울이고 나와 노라에게 윙크를 한다. "곧 돌아올게." 그러고는 컵들을 들고 화장실로 사라진다.

"줄리가 뭐하려는…… 거야?" 나는 노라에게 묻는다.

"모르겠는데. 우리 음료수를 훔치는 중?"

세 친구 중 연결 조직인 줄리의 존재가 없는 결과로 우리는 서먹한 침묵 속에 앉아 있다. 몇 분이 지난 후, 노라가 내게로 몸을 기울이고 목소리를 낮춰 묻는다.

"줄리가 너를 왜 내 남자 친구라고 말했는지 알지?"

나는 한쪽 어깨를 으쓱한다. "물론."

"별 뜻 없어, 재는 그저 너에 대한 관심을 막으려고 했던 거야. 만약에 재가 너를 *자기* 남자 친구라고 했거나 그냥 자기 친구라고 했거나, 그냥 뭐든 *자기랑* 관계가 있다고 했으면, 그리지오가 너를 엄하게 심문했을 거야. 게다가 그가 진짜로 너를 자세히 *살폈다*면 분명히…… 분장이 그렇게 완벽하진 않거든."

"이해……해."

"게다가 어쨌거나, 그거 알아? 재가 오늘 엄마를 보러 가는데 너를 데려간 건 정말 엄청난 일이었어."

나는 눈썹을 치켜뜬다.

"줄리는 그런 얘기 절대로 사람들에게 한 적 없거든. 페리한테조차 3년간 제대로 얘기한 적이 없어. 그게 재한테 무슨 의미인지 정확하게는 말할 수 없지만…… 새로운 일이야."

나는 어색하게 바의 진열장을 들여다보는 척을 한다. 노라는 이상하게 애정 어린 미소를 짓고 있다. "너를 보면 페리가 생각나."

몸이 굳는다. 나는 목구멍으로부터 다시금 뜨거운 회한이 끓어오르기 시작하는 것을 느낀다.

"왜 그런지는 모르겠어. 내 말은, 네가 페리 같은 허풍쟁이는 아니겠지만, 뭔가 같은 것이 느껴져…… 페리가 더 어렸을 때, 그 애에게서 느껴지던 *반짝거림* 같은 게."

입을 꿰매 버리고 싶다. 정직은 나를 더욱 더 지옥으로 몰아넣기를 강요한다. 하지만 나는 더 이상은 함구할 수가 없다. 그 단어는 체계를 갖추고, 참을 수 없는 재채기처럼 내 입 밖으로 쏟아진다.

"내가 그를 죽였어. 그의 뇌를…… 먹었어."

노라는 입술을 다물고 천천히 고개를 끄덕인다. "그래…… 그랬을 거라 생각했어."

순간 멍하다. "뭐라고?"

"그 일이 벌어졌을 때 제대로 보진 못했지만, 이것저것 생각해 보고 알게 되었어. 그렇게 생각하면 앞뒤가 맞아."

나는 그녀를 망연자실하게 쳐다본다. "줄리도…… 알아?"

"모를 거야. 하지만 만약에 알더라도, 잰 괜찮을 거라고 생각해." 그녀는 탁자 위에 놓인 내 손을 잡는다. "줄리에게 말해 봐, R. 재는 널 용서할 거야."

"왜?"

"내가 너를 용서한 것과 같은 이유로."

"*어째서?*"

"그때 그건 네가 아니었으니까. 그건 역병이었어."

나는 좀 더 기다린다. 그녀는 텔레비전을 올려다보는데, 그녀의 어두운 얼굴 위로 창백한 초록빛이 깜빡거린다. "줄리가 혹시 너한테 페리와 바람피운 고아 이야기를 해 준 적이 있어?"

나는 주저하다가 고개를 끄덕인다.

"그래, 음…… 그게 나였어."

나는 화장실 쪽을 휙 쳐다보지만, 노라는 아무것도 숨길 것이 없어 보인다. "줄리에게는 아직 알리지 말아 줘. 그게 사실 내가 줄리를 만나게 된 이야기야. 나는 재 남자 친구랑 잤고 잰 날 미워했고, 그리고 시간이 흘렀고, 많은 일이 있었고, 어쩌다 보니 우리는 다른 곳에서 친구로 만나게 됐고. 미친 것 같아, 그렇지?" 그녀는 잔을 거꾸로 들어서 그녀의 혀 위에 마지막 방울을 떨어뜨리고는 옆으로 밀어놓는다. "내가 무슨 말을 하려고 했냐 하면, 정말 더러운 세상이고, 더러운 일들이 벌어지고 있지만, 우리까지 빌어먹을 세상에서 허우적거릴 필요는 없다는 거야. R, 내가 열여섯 살 때, 우리 마약 중독자 부모는 나를 더 이상 먹여 살릴 수 없어서 죽은 자들이 우글거리는 빈민가 한가운데에 나를 버렸어. 스타디움을 찾아내기 전까지 몇 *년간* 혼자서 떠돌았고, 손에 꼽을 수도 없을 정도로 죽을 고비를 많이 넘겼어." 그녀는 그녀의 왼손을 들어서 다이아몬드 반지를 자랑하듯이 반쯤 잘려 없어진 손가락을 꼼지락거린다. "내가 하고 싶은 말은, 네 인생에서 그런 무게를 지고 있을 때, 너는 거시적인 상황을 보기 시작하지 않으면 *주저앉을* 수밖에 없다는 거야."

나는 그녀의 눈을 가만히 들여다보지만, 내가 문맹인 것처럼 그녀의 의도를 읽어 내는 데 실패한다.

"내가 페리를 죽인 것의…… 거시적 상황이…… 뭐야?"

"R, 왜 이래." 그녀는 내 옆머리를 찰싹 치는 시늉을 하며 말한다. "너는 좀비잖아. 너는 역병에 걸렸어. 아니면 최소한 네가 페리를 죽였을 땐 그랬어. 아마 지금의 너는 그때와 달라, 나는 다를 거라고 확신해, 하지만 그때의 너는 선택의 여지를 알지 못했어. 그건 '범죄'가 아니야, '살인'도 아니고, 좀 더 깊고 불가피한 일이었어." 그녀는 자신의 관자놀이를 탁 친다. "나랑 줄리는 이해해, 알겠어? 불교에 이런 말이 있어. '찬사도 없고, 비난도 없고, 그냥 그뿐이다.' 우리는 인간의 질환에 대해 비난하는 것에 신경 쓰지 않아, 그저 고치고 싶을 뿐이야."

줄리는 음흉한 미소를 지으며 음료수들을 들고 화장실에서 돌아온다. "자몽 주스도 때로는 작은 자극을 줄 수 있지."

노라는 한 모금 마셔 보더니 입을 막으면서 고개를 돌린다. "오…… 맙소사!" 그녀는 콜록거린다. "도대체 얼마나 넣은 거야?"

"보드카 약간." 줄리는 소녀다운 천진함을 담아 속삭인다. "우리의 친구 아치와 언데드 항공사를 위한 예의지."

"*아치*를 위하여."

나는 고개를 흔든다. "제발 부탁인데…… 그렇게 부르지…… 마."

"좋아, 알았어." 줄리가 말한다. "아치라고 안 할게. 그런데 누구를 위해서 축배를 들지? 널 위한 거니까, R, 네가 결정해."

나는 내 앞에 놓인 잔을 든다. 나는 아직 인간이고, 아직 온전하다고, 아직 죽음과 잠재적인 죽음 사이의 냄새를 맡을 수 있다고 스스로 다짐하면서, 냄새를 맡는다. 감귤류의 톡 쏘는 향이 코를 찌른다. 화끈한 여름의 플로리다 과수원. 머릿속에 떠오른 축배의 말이 참을 수 없이 진부하지만, 어쨌든 입 밖으로 내뱉는다.

"삶을…… 위하여."

노라는 웃음을 참으며 말한다. "정말로?"

줄리는 어깨를 으쓱한다. "못 견디게 진부하지만, 뭐 어때." 그녀는 잔을 들어서 내 것에 부딪힌다. "삶을 위해서, 좀비님."

"건배." 노라가 우렁차게 외치고 잔을 쭈욱 비운다.

줄리가 자신의 잔을 단숨에 비운다.

나도 내 잔을 한 번에 들이마신다.

산탄총을 한차례 맞은 것처럼 보드카가 나의 뇌와 충돌한다. 이번엔 플라시보 효과가 아니다. 술은 강하고 나는 그것을 *느낀다*. 나는 그것을 *느끼고 있다*. 어떻게 이런 일이 가능할까?

줄리는 자몽 주스를 한 차례 더 주문하고, 즉시 자몽 주스를 그레이하운드(보드카와 자몽 주스로 만든 칵테일.—옮긴이)로 만들고는 아낌없이 입에 쏟아붓는다. 스타디움에서는 알코올이 밀수품이니 소녀들이 나처럼 술에 약하기를 바라다가, 여기에서는 바깥 도시에서 발굴 작업을 하면서 주류 상점에서 가져온 술을 마시는 행위가 분명히 꽤나 일상적이라는 것을 이내 깨닫는다. 두 잔째 그레이하운드를 한 모금 마시자, 엄청난 속도로 알코올이 몸을 휘감아 오는 놀라운 감각에 경탄할 수밖에 없다. 바의 소음이 희미해지고, 흐릿한 시야 가운데 초점을 맞춰 줄리만이 보인다. 그녀가 웃는다. 내가 전에는 들어 본 적이 없는 자유롭고, 거리낌 없는 웃음이 그녀의 뒤통수를 치자 폭포처럼 쏟아져 나온다. 그녀와 노라는 지난 이야기를 나눈다. 그녀는 내게로 몸을 돌려 단어와 하얀 잇몸으로 이루어진 농담으로 나를 끌어들이려 하지만 나는 대답하지 않는다. 손으로 얼굴을 괴고 미소를 지으며 그녀를 그냥 쳐다본다.

만족감. 이런 느낌일까?

내 잔을 다 비우고 나자 아랫배에 압박감이 느껴지는데, 그것이 요의라는 것을 깨닫는다. 죽은 자들은 마시지 않으므로, 배뇨 작용도 거의 없는 일이다. 그 일을 수행하는 방법을 잊지 않았길 바란다.

주저하면서 화장실로 들어가서 이마를 소변기 앞의 벽에 기댄다. 지퍼를 내리고 아래를 내려다보고, 그것이 그 자리에 있는 것을 본다. 생과 사 그리고 자동차 뒷좌석에서 즐기는 첫 데이트의 신화적인 기구. 지금은 쓸모없이 축 늘어진 채 매달려서 내가 오용해 온 세월을 말없이 판단하고 있다. 나는 내 부인과 그녀의 새로운 연인이 그들의 차가운 몸뚱이를 통조림 공장의 닭고기처럼 함께 부비고 있던 장면을 생각한다. 분명히 완전히 죽어 있었거나 지금까지도 죽어 있는, 나의 지난 인생의 이름도 없는 흐릿한 형체를 생각한다. 그리고 큰 침대에서 내 옆에 몸을 말고 자던 줄리를 생각한다. 나는 우습게도 어울리지 않는 속옷을 입은 그녀의 몸과 그녀의 모든 세포와 각각의 빛나는 세포핵에 내재된 신비로움에 경탄하며 그녀의 얼굴의 모든 선을 탐색하던 나의 눈에 와 닿던 그녀의 숨결을 생각한다.

화장실에서, 소변과 대변의 악취에 둘러싸여서 나는 묻는다. 나에게는 너무 늦은 것일까? 어떻게든 하늘입의 날이 선 이빨로부터 달아날 다른 기회를 낚아챌 수 있을까? 나는 새로운 과거, 새로운 기억, 새로운 사랑의 첫 만남을 원한다.

화장실에서 나오자 바닥이 빙빙 돈다. 목소리들은 소리가 한층 낮아져 있다. 줄리와 노라는 서로에게 몸을 가까이 기울이고 웃으면서 대화에 깊게 빠져 있다. 삼십 대 초반의 남자 한 명이 바 쪽으로 접근해서 줄리에게 음흉한 추파를 던진다. 노라는 그를 노려보고는 뭔가 빈정거리고, 줄리는 그를 쫓아낸다. 그 남자는 어깨를 으쓱하더니 친구가 기다리고 있는 당구대로 돌아간다. 줄리가 뭔가 모욕적인 말을 외치고, 친구는 웃지만 그 남자는 쓴웃음을 지으면서 맞받아친다. 줄리는 잠시 얼어붙은 듯 보이는데, 노라와 함께 당구대를 등지고 돌아앉는다. 노라가 줄리의 귀에 속삭이기 시작한다.

"뭐가…… 잘못됐어?" 나는 바에 다다르자 묻는다. 나는 당구대의 두 남자가 나를 보는 것을 느낄 수 있다.

"아무것도 아니야. 괜찮아." 줄리는 그렇게 말했지만, 목소리가 떨린다.

"R, 우리한테 잠시만 시간을 줄래?" 노라가 묻는다.

나는 그들을 번갈아 본다. 그들은 기다린다. 나는 돌아서서 바의 바깥으로 나오면서 한꺼번에 많은 것을 느낀다. 테라스에서 7층 아래의 거리를 보니 속이 울렁거려서, 난간에 기대고 풀썩 주저앉는다. 도시의 불빛은 거의 꺼져가고 있지만 가로등은 반딧불이처럼 깜빡거리고 있다. 내 셔츠 주머니에서 줄리의 미니카세트의 무게가 느껴진다. 나는 그것을 꺼내서 물끄러미 바라본다. 내가 어쩔 수 없다는 것을 알지만, 나는…… 그저 내게는…….

눈을 감고 한쪽 팔을 난간 위로 가볍게 흔들면서, 나는 잠시 테이프를 되감고 재생을 누른다.

"……진짜로 그렇게까지 미친 것인가? 단지 그가…… 그가 어떤 존재냐는 이유 하나로? 그러니까 '좀비'라는 건 단지 우리가 이해할 수 없는……."

나는 다시 되감기를 누르고 그것은 나에게 내가 줄리를 알아 온 모든 시간들로 구성된 이전 것들의 끝과 지금 시작하는 것들 사이의 틈을 보여 준다. 내 인생의 모든 의미 있는 순간들은 몇 분의 쉭쉭거리는 테이프 안에 딱 맞게 들어 있다.

나는 정지 버튼을 눌렀다가 재생한다.

"…… *아무도 모른다고 생각하겠지만 모두가 알고 있다. 사람들은 그저 뭔가를 하기가 두려운 것뿐이다. 아빠 역시 점점 나빠지고 있다. 오늘밤 아빠는 나를 사랑하신다고 말씀하셨다. 실제로 아빠가 하신 말씀은 이렇다. 내가 아름다우며, 아빠가 엄마에게서 사랑했던 모든 것을 내가 다 갖고 있으며, 만약 나에게 무슨 일이 생긴다면 아빠는 이성을 잃으실 거라고. 나는 아빠가 말 그대로를 의미했다는 것을, 그 마음 전부가 아빠 안에 있다는 것도 알고 있다*…… *하지만*

경멸스러울 정도로 취해서 그런 것들을 표출하며 불같이 화를 내야만 했던 건…… 그건 그저 모든 것을 병들어 보이게만 했다. 나는 지긋지긋하도록 그런 것이 싫었다."

테이프에는 긴 정적이 흐른다. 나는 어깨 너머로 바를 곁눈질하고, 수치심을 느끼지만 자포자기한다. 나는 내가 몇 달에 걸쳐 천천히 쌓아야 했던 친밀감에 대한 신뢰가 있음을 알지만, 어찌할 바를 알지 못한다. 나는 그저 그녀가 하는 말을 듣고 싶다.

"*나는 기록을 남기는 것은 어떨까 생각해 왔다.*" 그녀는 계속한다. "*주민 회의소로 곧장 진격해서 로지가 그를 체포하게 만드는 것이다. 내 말은, 나 역시 음주에는 대찬성이고, 무척이나 술 마시는 걸 좋아하지만, 아빠에게 있어서 음주란…… 좀 다르다. 아빠에게 술은 축하의 뜻이라기보다는, 좀 더 고통스럽고 무서운 일에 가까워 보인다. 뭐랄까, 마치 아빠가 꼭 중세 시대처럼 무시무시한 수술을 받아야 되는데, 스스로 무감각하게 만들어야 하는 것 같다고 할까. 그리고 으응…… 나는 아빠가 왜 그러시는지 알고, 게다가 나 역시 같은 이유로 더 심한 것들을 하진 않았던 것도 아니지만, 그건 그저…… 그건 정말…….*" 그녀의 목소리가 떨리더니 말이 끊기고, 그녀는 자신을 꾸짖듯이 코를 세게 훌쩍거린다. "*젠장.*" 그녀의 목소리가 속삭임으로 변해 간다. "*제기랄.*"

몇 초간 테이프가 쉭쉭거린다. 나는 더 가까이 귀를 들이댄다. 그때 문이 활짝 열리면서 나는 문에 떠밀려 어둠 속으로 미니카세트를 내던지고 만다. 하지만 그건 줄리가 아니다. 당구대 앞에 있던 두 남자다. 그들은 비틀거리면서 문 밖으로 나와서, 서로를 밀치면서 입에는 담배를 물고서 웃는다.

"이봐." 줄리에게 말을 걸었던 녀석이 나를 부르고 그와 그 친구는 내 쪽으로 느릿느릿 다가오기 시작한다. 그는 키가 크고, 잘생겼으며, 근육질의 팔은 뱀과 해골과 사라진 록 밴드의 로고 등의 문신으로 덮여 있다. "안녕하신가, 친구? 당신 노라의 새 남자요?"

나는 망설이다가 어깨를 으쓱한다. 내가 질 낮은 농담이라도 한 것처럼 둘 다 웃는다.

"그래, 저 영계랑 알고 지내기만 하면 누군들 안 그래, 그렇지?" 그는 내 앞을 어슬렁거리던 자기 친구의 가슴을 툭 친다. "그러면 줄리는 아쇼? 당신 줄리의 친구요?"

나는 고개를 끄덕인다.

"오래 알고 지냈고?"

나는 어깨를 으쓱하지만 내 안의 밧줄이 팽팽해지는 것을 느낀다.

그는 나에게서 몇 걸음을 떨어져서 멈추고는 벽에 기대고는, 담배를 느긋하게 빤다. "쟤는 말야, 몇 년 전만 해도 꽤나 거칠게 살았더랬지. 내가 재 소총 사격 선생이었소."

떠나야만 한다. 지금 당장 돌아서서 떠나야 한다.

"저 켈빈 녀석하고 사귀기 시작하면서 꽤 순수해졌지만, 이봐, 근래에 꽤 농염해졌다고." 그가 내뱉는 담배 연기가 나의 건조한 눈을 찌른다. "100달러로는 이제 더 이상 담배 한 갑도 살 수 없지만, 그 암캐에겐 꽤나 잘 먹혔거든."

나는 앞으로 달려들어서 그의 머리를 벽에다 찧는다. 쉬운 일이다. 나는 그저 그의 얼굴을 쥐고 거칠게 밀고, 그의 뒤통수를 벽에 박는다. 내가 그를 죽일 수도 있다는 것도 몰랐고 사실 신경도 쓰지 않았다. 그의 친구가 나를 잡으려고 하길래 그에게도 똑같이 해 주고, 과수원의 알루미늄 외벽에는 두 개의 크게 움푹 팬 자국이 남는다. 두 남자 모두 바닥에 쓰러진다. 나는 주저하면서 계단으로 내려가서 좁은 통로로 나온다. 몇 명의 어린아이들이 지지 케이블에 기대서 대마초를 피우면서 나를 쳐다보고 나는 그들을 거칠게 밀치고 지나간다. *실례* 하고 말하려고 했지만 음절을 찾아낼 수가 없다. 나는 아파트의 4층 계단을 내려와서 요정 거리 아니면 팅커벨 거리 그도 아니면 뭔지 모를 망할 놈의 거리로 휘청거리며 나선다. 나는 잠시 모든 사람들로부터 떨어져 있을 필요가 있고, 생각에 집중할 시간이 필요하다. 매우 배가 고프다. 맙소사, 나는 굶주려 있다.

몇 분을 서성이며 헤맨 끝에, 나는 완전히 길을 잃고 방향 감각도 잃는다. 이슬비가 내리는 어둡고 좁은 골목에 나는 홀로 있다. 비뚤어진 가로등 아래로 아스팔트 바닥이 검게 번뜩이며 젖어 간다. 그 앞쪽으로, 경비대원 두 명이 빗방울이 떨어지는 가로등 조명 아래에서 담소를 나누고 있다. 그들은 남자가 되려고 안간힘을 쓰는 겁먹은 소년들이 과장 되게 센 척하듯이 서로 불평을 늘어놓고 있다.

"……난주 내내 2번 통로에서 일했어, 기초를 다지느라고. 이제 골드만 돔까지 1킬로미터도 안 남았지만 엿먹을 일할 놈들이 계속 모자라다니까. 그리지오는 계속해서 남자들을 강제로 공사 현장에서 끌어내서는 경비대에 처넣고 있다고."

"골드만 쪽 팀은 어떤데? 그쪽 목표치는 어떻게 돼 가?"

"개떡 같아. 정문으로도 거의 나오질 않는데, 뭐. 그리지오의 별

볼일 없는 외교술 덕에 합병도 썩 잘 되어 가지 않는다고 들었어. 어쨌든 그가 합병을 계속 *원한다면* 그는 1번 통로를 이용해서 갈 거야. 그가 자멸한다고 해도 별로 놀랍지도 않다."

"다 헛소리야. 그런 이야기 퍼뜨리지 마."

"그래, 어찌 됐든, 켈빈 씨가 압사한 이후로 공사도 맛이 갔어. 우리는 그냥 굴이나 파고 메울 뿐이지."

"그래도 매일 밤 여기서 경비나 서는 것보다는 뭐라도 짓는 게 나을 것 같아. 너는 저기 밖에서 활동해 본 적 있어?"

"살덩이 두 마리가 숲 밖에서 어슬렁거리는 걸 본 것 정도야. 탕, 탕, 그걸로 끝."

"보니는 없었어?"

"최근 1년 동안 한 놈도 못 본 것 같은데. 그놈들은 요즘 자기 둥지에만 붙어 있어. 쓰레기 새끼들."

"그럼, 너는 그놈들한테 달려들고 싶은 거야?"

"살덩이들 상대하는 것보다 더럽게 재밌을걸. 그 새끼들은 빠르게 움직일 수 있잖냐."

"재미? 지금 장난해? 그런 건 틀렸어. 나는 총알로 그놈들을 스치는 것도 싫다."

"그게 네 명중률이 스무 발에 한 발인 이유냐?"

"그놈들에게는 인간적인 면이 전혀 없잖아, 안 그래? 그것들은 외계인이나 뭐 그런 거 같아. 그놈들이 얼마나 끔찍한데."

"그래, 그래, 분명히 네놈이 풋내기라 그런 거야."

"엿 먹어라. 나 물 빼러 간다."

경비병 하나가 어둠 속으로 사라진다. 그의 동료는 환한 조명 아래 서서, 입고 있던 파카를 더욱 단단히 여민다. 나는 여전히 걷고 있다. 나는 이 남자들에게 흥미가 없다. 나는 눈을 감고 정신을 차릴 수 있는 조용한 구석을 찾고 있다. 하지만 내가 가로등 쯤 가는데, 경비병이 나를 알아채고, 나는 문제가 생겼다는 것을 깨닫는다. 나는 *취해 있다*. 나의 주의 깊고 세심하게 계획된 걸음걸이는 불안정한 비틀거림으로 변해 있다. 나는 앞으로 달려들고, 머리는 좌우로 흔들거린다.

나는 마치…… 정확하게 원래의 나로 보인다.

"정지!" 경비가 소리친다.

나는 멈춘다.

그는 내 앞으로 조금 가까이 온다. "불빛 아래로 걸어와 주십시오."

나는 가로등 불빛 아래로 걸어가서 노란 원의 가장자리에 선다. 나는 할 수 있는 한 꼿꼿하게 서 있으려고 노력하고, 할 수 있는 한 움직이지 않으려고 한다. 그러고 나자 나는 뭔가를 더 깨닫는다. 비가 내 머리를 적시고 있다. 빗방울이 내 얼굴로 흘러내린다. 비가 나의 화장을 씻어내고 창백한 잿빛 피부가 드러난다. 나는 한걸음 뒤로 물러서서 가로등의 강한 조명 밖으로 살짝 나간다.

경비는 나로부터 다섯 걸음 정도 떨어져 있다. 그의 손은 총 위에가 있다. 그는 가까이 다가오면서 가늘게 뜬 눈으로 나를 노려본다.

"오늘 밤에 술을 드셨습니까?"

나는 대답하려고 입을 연다. *아닙니다. 전혀 아니에요. 그저 좋은 친구 줄리 캐버넷과 함께 맛있고 심장에 좋은 자몽 주스 몇 잔을 마*

셨어요. 하지만 단어는 입 밖으로 나오지 않는다. 나의 혀는 입 안에서 굳어서 죽어 있다. 결국 꺼낸 말은 "어흐으으느으……."가 전부다.

"이런 빌어먹을……." 경비는 눈을 크게 뜨면서, 손전등을 급하게 꺼내 나의 회색으로 얼룩덜룩한 얼굴을 비추고, 나에게는 선택의 여지가 없다. 나는 그늘에서 뛰쳐나와서 곧바로 그를 물고 늘어진다. 그의 총을 던져 버리고 목을 물어뜯는다. 그의 생명력이 나의 굶주린 몸과 뇌로 거세게 흘러들고, 나의 끔찍한 갈망에서 오는 괴로움을 진정시켜 준다. 나는 그를 찢기 시작하고, 피가 아직도 뿜어 나오는 동안에 어깨의 삼각근과 부드러운 복근을 씹다가 문득 멈춘다.

줄리가 머뭇거리는 미소로 나를 바라보면서 침실 문턱에 서 있다.

나는 눈을 꾹 감고 이를 간다.

안 돼.

나는 시체를 바닥에 떨어뜨리고는 뒷걸음질 쳐서 물러난다. 더 이상 나의 무지 뒤로 숨을 수 없다. 나는 이제 내가 선택할 수 있다는 것을 알고 있고, 대가가 무엇이든 변화를 선택했다. 만약 내가 죽음의 나무에서 뻗어 나온 번성하는 가지라면, 나는 잎을 떨어뜨려야 한다. 만약 그 비틀린 뿌리를 죽이기 위해서 내가 스스로 굶어 죽어야 한다면, 나는 그래야 한다.

내 뱃속의 태아가 발길질을 하고 나는 부드럽고 달래는 것 같은 페리의 목소리를 듣는다. *너는 굶지 않을 거야, R. 내 짧은 생에서 단지 필요한 일이라고 생각했기 때문에 나는 많은 선택을 했지만 아빠가 옳았어. 세상에는 정해진 규칙이 없어. 우리 손에, 우리의 인간 공동체 정신에 달렸어. 법칙이 있다면, 우리가 그것을 만드는 거야. 우*

리는 우리가 원하는 대로 법칙을 바꿀 수 있어.

나는 입 안의 고기를 뱉어 내고 얼굴의 피를 닦아 낸다. 페리는 다시 장 속에서 걷어차고 나는 토한다. 나는 상체를 수그리고 전부 토한다. 살점, 피, 보드카. 입가를 훔치면서 몸을 펴자마자, 술이 깬다. 혼란은 사라졌다. 머릿속이 반짝이는 새 기록처럼 깨끗하다.

경비의 몸은 다시 살아 움직이기 시작한다. 그의 어깨가 천천히 일어나고, 보이지 않는 손가락이 잡아끄는 것처럼 그의 사지의 남은 부분들을 끌기 시작한다. 나는 그를 죽여야만 한다. 그를 죽여야만 한다는 걸 알고 있었지만 나는 그렇게 하지 못한다. 갓 서약한 맹세 후에, 다시 이 남자를 공격하고 아직도 따뜻한 그의 피를 맛보고 싶다는 생각이 나를 공포로 얼어붙게 만든다. 그는 몸을 떨면서 구역질을 하고, 숨을 컥컥거리면서 바닥을 긁고, 안간힘을 쓰며 헛구역질을 한다. 눈은 튀어나올 듯이 커지고, 죽음의 무리에 새로이 진입하는 회색 먼지 같은 색으로 변해 간다. 습하고 비참한 신음 소리가 그의 입에서 새어 나오고, 나는 더 이상 견딜 수가 없다. 나는 돌아서서 도망친다. 내가 가장 용기 있는 순간에조차 나는 겁쟁이다.

* * *

비가 더 거세게 내린다. 철벅거리며 거리를 걷는 동안 새로 빤 옷은 진흙투성이가 된다. 머리카락은 얼굴에 미역처럼 들러붙는다. 지붕에 합판을 가로 붙인 커다란 알루미늄 빌딩 앞에서 나는 물웅덩이에 무릎을 꿇고 얼굴에 물을 뿌린다. 나는 더러운 배수로를 흐르는 빗물로 입안을 헹궈 내고, 아무 맛도 느끼지 못할 때까지 뱉어 낸다. 신성한 나무로 만들어진 't'가 머리 위로 흐릿하게 나타나고, 신이 어디에 있든, 무엇이든 간에, 나에게 죄를 묻고 있는 것인지가 궁금해 진다.

그를 만나 보았어, 페리? 그는 살아 있고 좋은 분이야? 그가 하늘의 입이 아니라고만 말해 줘. 공허한 푸른 두개골이기보다는 우리를 굽어 살피고 있다고 말해 줘.

현명하게도, 페리는 대답을 주지 않는다. 나는 침묵을 받아들이고, 무릎을 일으켜 세워 일어나서 달리기 시작한다.

가로등 빛을 피해서, 줄리의 집으로 돌아가는 길을 찾는다. 나는 몸을 웅크리고 벽에 붙어서 머리 위의 발코니 아래에 쉴 곳을 찾는다. 비가 금속 지붕을 때릴 동안 나는 그곳에서 기다린다. 얼마나 시간이 흘렀을까, 멀리서 소녀들의 목소리가 들려오지만, 이번에는 그들의 리듬이 나를 즐겁게 휘저어 주지 못한다. 그 춤은 장송곡이고, 음악은 단음계다.

그들은 문 앞까지 뛰어온다. 노라는 데님 재킷을 머리 위로 뒤집어쓰고, 줄리는 빨간 운동복에 달린 후드를 꽉 묶어 쓰고 있다. 노라가 먼저 문 앞에 당도해서 안으로 뛰어 들어간다. 줄리는 멈춘다. 나는 그녀가 어둠 속에서 나를 본 건지 아니면 내게 뿌렸던 과일 향의 악취를 맡은 것인지 알 수 없지만, 뭔가가 그녀로 하여금 집 구석구석을 돌아보게 만든 모양이다. 그녀는 어두운 구석에 겁먹은 강아지처럼 웅크리고 앉아 있는 나를 본다. 그녀는 운동복 주머니에 손을 쑤셔 넣은 채로 조심스럽게 느릿느릿 나에게 다가온다. 그녀는 웅크리고 앉더니 모자의 좁은 틈으로 나를 훔쳐본다. "괜찮아?"

나는 거짓으로 고개를 끄덕인다.

그녀는 내 옆의 말라 있는 좁은 자리에 앉아서 벽에 기댄다. 그녀는 후드를 벗고 양모 비니를 살짝 들춰서 눈을 가리던 젖은 머리카락을 정리하고는 다시 눌러쓴다. "걱정했어. 네가 그냥 없어져 버렸잖아."

나는 초라하게 그녀를 바라보지만 아무 말도 하지 못한다.

"무슨 일이 있었는지 얘기해 줄래?"

나는 고개를 젓는다.

"너 말이야, 음…… 팀하고 그 친구를 때려눕혔어?"

나는 고개를 끄덕인다.

내가 그녀에게 엄청나게 커다란 장미 꽃다발을 안기거나 끔찍한 연애편지라도 써 주기라도 한 것처럼 그녀의 얼굴에 쑥스러운 기쁨의 미소가 천천히 퍼져 나간다. "정말…… 감동이야." 그녀는 피식거리는 웃음을 간신히 참으면서 말한다. 1분이 흐른다. 그녀는 내 무릎을 툭 친다. "오늘 정말 재미있었어, 그렇지? 좀 불유쾌한 순간이 있긴 있었어도 말이야."

나는 웃을 수가 없지만 고개를 끄덕인다.

"나는 약간 어질어질해, 넌?"

나는 고개를 젓는다.

"아쉽네. 술기운도 좋은데." 그녀의 미소가 깊어지고, 눈은 아득해진다. "내가 여덟 살 때 처음으로 술 마셨던 것 알아?" 그녀가 살짝 혀 꼬인 목소리로 말한다. "아빠가 엄청난 와인 애호가셨거든. 게다가 아빠랑 엄마는 아빠가 전쟁 중일 때라도 시음회를 여셨어. 부모님은 친구들 모두를 불러 모아서 귀한 빈티지 와인을 따서 진탕 취하셨어. 나는 한가운데에 자리를 차지하고 반 잔 정도 맛보면서 어리석은 어른들이 더 어리석어지는 것을 비웃곤 했지. 로지는 어찌나 빨갛게 되던지! 한 잔만 마셔도 산타클로스처럼 보였어. 아빠랑 로지는 탁자 위에서 팔씨름을 하다가 램프를 깨뜨렸지. 그때는…… 정말 좋았는데."

그녀는 흙바닥에다 한 손가락으로 뭔가를 끼적거리기 시작한다. 딱히 누구를 보고 있지도 않은 그녀의 미소는 애잔하다. "모든 것이 항상 그렇게 암울한 건 아니야, 안 그래, R? 아빠도 아빠만의 시절이 있었고, 심지어 세상이 무너져도 우리에게는 아직 즐거운 일들이 남아 있어. 소규모로 발굴 여행을 떠나서는 너도 알 만한 멋진 와인을 주워 올 수도 있지. 1000달러짜리 97년산 로마네콩티 병들이 버려진 저장고 바닥에 여기저기 그냥 굴러다녀." 그녀는 혼자 낄낄거린다. "예전에 아빠가 그런 꼴을 보셨다면 완전히 이성을 잃으셨을걸. 여기로 이사 올 즈음 아빠는…… 가라앉아 계셨거든. 그런데 말이야, 맙소사, 우리는 완전히 터무니 없는 녀석을 마셔 댄 거였어."

나는 말하고 있는 그녀를 쳐다본다. 그녀의 턱이 움직이는 것을 보면서 그녀의 입술에서 나오는 단어 하나하나를 그러모은다. 나는 이런 이야기를 들을 자격이 없다. 그녀의 따뜻한 추억들. 나는 그것들을 내 영혼의 황량한 회반죽 벽에 그려 넣고 싶지만 내가 칠한 모든 것들이 벗겨져 나가는 것 같다.

"그러고 나서 엄마가 달아나셨어." 그녀는 땅바닥에서 손가락을 떼고 그녀가 그려 놓은 것을 살펴본다. 그녀는 집을 그려 놓았다. 굴뚝에선 연기가 피어오르고, 자애로운 태양이 미소를 띠고 지붕을 내려다보는 예스럽고 작고 아담한 오두막. "아빠는 엄마가 분명히 술에 취해 뛰쳐나가셨을 거라고 생각하셔서 주류를 금지한 거겠지만, 나는 엄마가 취하지 않았다는 걸 알아. 엄마는 매우 정신이 맑은 상태였어."

그녀는 이런 일들이 모두 그저 가벼운 향수인 것처럼 여전히 미소를 띠고 있지만 그 미소는 이제 생기 없이 차갑게 식어 있다.

"엄마는 그날 밤에 내 방에 들어와서 한참 동안 그냥 나를 보기만 하셨어. 나는 자는 척 했고. 내가 벌떡 일어나서 엄마를 놀라게 하려고 하는 순간 나가 버리셨어. 그래서 나는 기회를 놓쳤지."

그녀는 손으로 모래를 흩어서 그림을 지워 버리려고 하지만 나는 그녀의 손목을 잡는다. 나는 그녀를 바라보고 고개를 젓는다. 그녀는 나를 잠시 조용히 들여다본다. 그러더니 황급히 얼굴을 돌리고는 나에게 미소를 짓는다.

"R. 만약 내가 너한테 키스한다면 나는 죽게 될까?"

그녀의 눈이 침착하다. 거의 술이 *깬* 모양이다.

"넌 아니라고 말한 거야, 알겠어? 나는 감염되지 않을 거라고? 나는 정말로 너하고 키스하고 싶거든." 그녀가 조바심을 낸다. "게다가 네가 나에게 뭔가를 옮긴다 해도, 완전히 나쁜 건 아닐 거야. 내 말은, 넌 지금 다르잖아, 그렇지? 좀비가 *아니잖아*. 너는…… 뭔가 다른 새로운 존재잖아." 그녀의 얼굴이 매우 가까워진다. 그녀의 미소가 진지해진다. "그렇지, R?"

나는 난파선의 선원이 얼음장 같은 물속에서 첨벙거리며 뗏목을 붙들려 애쓰는 것 같은 기분으로 그녀의 눈을 들여다본다. 하지만 거기에 뗏목은 없다.

"줄리." 나는 말한다. "너에게 보여 줄…… 것이 있어."

그녀는 강한 호기심으로 고개를 든다. "뭔데?"

나는 일어서서 그녀의 손을 잡고 걷기 시작한다.

엄청나게 쏟아지는 빗소리를 제외하면 밤은 아직 여전하다. 비는 흙바닥을 적시고 그림자를 반짝이는 검은 잉크로 액화시킨 것처럼 아스팔트를 번들거리게 만든다. 나는 좁고 어두운 뒷길과 불이 꺼진 골목을 고집한다. 줄리는 약간 뒤에서 내 옆얼굴을 살피면서 따라온다.

"어디 가는 거야?" 그녀가 묻는다.

나는 내가 한 번도 가 본 적 없는 장소와 만나 본 적도 없는 사람을 떠올리면서, 훔쳐 온 기억의 지도를 되짚어서 한 교차로 앞에 멈춘다. "거의…… 다 왔어."

모퉁이를 한층 주의 깊게 살피면서, 은밀하게 서둘러 교차로를 가로질러서 목적지에 도달한다. 우리 앞에 뼈대만 남은 도시의 나머지처럼 높고 야윈 회색의 5층 건물이 나타나고, 창문에는 경계하는 눈빛처럼 노란 조명이 깜빡거리고 있다.

"도대체 뭐……, R?" 줄리는 그 건물을 빤히 쳐다보며 중얼거린다. "여기는……."

나는 그녀를 문 앞으로 밀어 넣고 지붕에 비 떨어지는 소리가 군악대의 드럼 같이 경쾌한 소리를 내는 처마 밑에 함께 선다. "네 모자를…… 빌릴 수 있을까?" 나는 그녀를 쳐다보지 않고 묻는다.

그녀는 잠시 가만히 있다가 비니를 벗어서 나에게 건네준다. 늘어나고 헐렁한, 빨간 가로줄이 들어간 어두운 파란색 모직물…….

이 모자는 줄리의 열일곱 번째 생일 선물로 로소 부인이 떠 준 거지. 페리는 그녀가 이 모자를 쓰면 엘프처럼 보인다고 생각하고 줄리가 이 모자를 쓸 때마다 톨킨의 소설 속 어투로 말하곤 했지. 줄리는 페리를 자기가 만난 가장 엄청난 괴짜라고 불렀고, 그는 장난처럼 그녀의 목덜미에 키스하면서 수긍하곤 했지. 그리고—

나는 그 비니를 얼굴을 덮도록 깊이 눌러쓰고 수줍은 어린 아이처럼 바닥을 보면서, 조심스럽게 문을 두드린다. 문이 살짝 열린다. 중년의 부인이 운동복 차림으로 우리를 내다본다. 그녀의 깊게 주름진 얼굴은 부어 있고, 핏발이 선 눈 아래로 어두운 그늘이 져 있다.

"그리지오 양?" 그녀는 말한다.

줄리는 나를 곁눈질한다. "안녕하세요. 그라우 부인. 음……."

"밖에서 뭐하는 거예요? 노라와 같이 왔나요? 통행금지 시간이 지났는데."

"저도 알아요, 우리는…… 과수원에서 돌아오는 길에 조금 길을 헤매서요. 노라는 오늘 밤에 저희 집에 있겠지만 음…… 잠깐 들어가도 될까요? 애들하고 할 얘기가 좀 있어서요."

나는 그라우 부인이 나를 못마땅하게 뜯어보자 고개를 숙인다. 그녀는 신경질적인 한숨을 쉬면서 우리에게 문을 열어 준다.

"알다시피, 여기서 자면 안 돼요. 여기는 보육원이지, 여관이 아니에요. 그리고 친구도 여기에 있기에는 너무 나이가 많아요."

"저도 알아요, 죄송해요. 저희는……." 그녀는 나를 다시 흘깃 본다. "저희는 아주 잠깐만 있을 거예요."

나는 더 이상 이런 격식을 차릴 수가 없다. 나는 그 여자를 스치듯이 지나가서 집으로 들어간다. 막 걸음마를 시작한 아이가 침실 문 근처에서 기웃거리자, 그라우 부인은 그 아이를 노려본다. "내가 뭐랬지?" 그녀는 다른 아이들까지 깨울 정도로 큰소리를 빽 지른다. "당장 침대로 돌아가." 남자아이는 그늘진 곳으로 사라진다. 나는 줄리를 이끌어 계단으로 올라간다.

2층은 작은 매트를 깔고 바닥에 줄을 맞춰 자고 있는 아이들이 있는 것을 제외하면 1층과 동일한 구조다. 지금은 이런 곳이 매우 많다. 역병에 씹히고 삼켜져서 사라진 어머니와 아버지를 대신할 새로운 보육 시설이 가공 처리 공장처럼 나타났다. 우리는 계단으로 가는 길에 몇 명의 작은 몸을 넘어가는데, 어린 소녀가 줄리의 발목을 힘없이 부여잡는다.

"나쁜 꿈을 꿨어." 아이가 속삭인다.

"미안해, 아가." 줄리도 속삭이면서 대답한다. "이제 안전하니까, 괜찮지?"

아이는 다시 눈을 감았다. 우리는 계단을 올라갔다. 3층은 아직 깨어 있다. 십 대 초반의 아이들과 턱수염이 듬성듬성 난 청소년들이 접이식 의자에 둘러앉아 책상 위로 허리를 구부리고 앉아 소책자에 뭔가를 쓰면서 안내 책자를 휙휙 넘겨보고 있다. 몇몇 아이들은 좁은 침실 내부의 이층 침대에서 코를 골고 있다. 하나를 제외한 모든 문이 열려 있다.

나이든 축의 소년들이 그들이 보던 책자에서 고개를 들고는 깜짝 놀란다. "와우, 이봐 줄리. 어떻게 온 거야? 잘 지냈어?"

"안녕. 나는……." 그녀는 말꼬리를 흐리다가 결국에는 입을 다문다. 그녀는 닫힌 문을 본다. 그러고는 나를 본다. 그녀의 손을 꼭 쥐고, 나는 앞으로 나아가서 문을 열고, 들어오자마자 문을 닫는다.

창으로 들어오는 희미한 노란 불빛이 방 안의 유일한 조명이다. 합판으로 만든 옷장과 시트가 벗겨진 침대와 그 위에 테이프로 붙여놓은 줄리의 사진 몇 장을 제외하면 아무것도 없다. 공기는 정체되어 있고 건물의 다른 곳에 비해 상당히 춥다.

"R……." 줄리가 떨면서 위태로운 목소리로 말한다. "왜 우리가 이 *빌어먹을* 곳에 와 있는 거야?"

나는 마침내 그녀에게 얼굴을 돌린다. 희미한 노란 조명 아래, 우리는 무성 흑백 영화에 등장하는 배우들처럼 서로를 바라본다.

"줄리. 우리가 왜…… 뇌를 먹는가에 대한…… 이론인데……."

그녀는 고개를 젓기 시작한다.

"사실이야."

나는 그녀의 눈이 붉어지는 것을 한참 보다가 무릎을 꿇고 옷장의 가장 아래서랍을 연다. 그 안에는 오래된 우표 묶음과 현미경, 백랍으로 만든 작은 조각상 몇 개 밑에 붉은 실로 묶여 있는 종이 뭉치가 있다. 나는 그것을 꺼내들고 줄리에게 건네준다. 매우 기이하고 뒤틀린 방식이지만 그 원고가 내 것이라는 느낌이 든다. 쟁반에 나의 선혈이 낭자한 심장을 올려 그녀에게 바치는 것 같은 느낌. 나는 그녀가 그 심장을 갈가리 찢어 버릴 것에 대해 각오를 충분히 한다.

그녀는 원고를 받아든다. 그녀는 붉은 실을 푼다. 표지를 충분한 시간을 들여 응시하고 나서 떨리는 숨을 뱉는다. 그녀는 눈을 문지르고 목을 가다듬는다.

"붉은 이빨." 그녀가 읽는다. "페리 켈빈 지음." 그녀는 페이지의 아랫부분을 본다. "남아 있는 단 하나의 빛, 줄리 캐버넛에게 바침." 그녀는 목구멍까지 치솟아 오르는 감정의 발작을 숨기려고 노력하면서 원고를 든 손을 아래로 늘어뜨리며 외면하더니, 마음을 단단히 먹고 첫 번째 페이지로 눈길을 돌린다. 원고를 읽기 시작하자 희미한 미소가 눈물 사이로 번진다. "와우." 그녀는 코를 훔치면서 훌쩍거린다. "이거 분명히…… 꽤 잘 쓴 것 같아. 그 아이는 건조한 어투로 현실과는 동떨어진 헛소리를 쓰곤 했는데. 이건…… 좀 유치하네…… 그래도 달콤한 어조야. 좀 더 원래 그 아이의 성격처럼." 그녀는 표지를 다시 뚫어져라 쳐다본다. "페리는 1년쯤 전부터 이걸 쓰기 시작했구나. 그 아이가 아직까지 글을 쓰는지는 몰랐는데." 그녀는 마지막 페이지를 펼친다. "끝까지 적지 못했어. 문장 중간에 끊겨 있어. '수적 우세와 화력의 우세, 죽음의 확실성, 그는 계속해서 싸우는 중이다, 왜냐하면…….'"

그녀는 엄지손가락으로 질감을 느끼면서 종이를 문지른다. 그녀는 얼굴 가까이로 원고를 들어 올려서 냄새를 들이마신다. 그녀는 나를 쳐다본다. 나는 그녀보다 30센티미터가량 크고, 아마도 30킬로그램 정도 더 무거울 테지만, 나를 보는 그녀의 시선 아래에서 나는 그녀보다 작고 가볍게 느껴진다. 그녀가 나를 쓰러뜨리고 한마디 속삭임으로 나를 으깨 버릴 수 있을 것 같다.

하지만 그녀는 아무 말도 하지 않는다. 그녀는 서랍에다 그 원고를 다시 돌려 놓고 조심스럽게 밀어서 닫는다. 그녀는 자세를 바로잡고, 소매로 얼굴의 눈물 자국을 닦아 내고는 내 가슴에 귀를 대고 나를 껴안는다.

"두근두근." 그녀가 중얼거린다. "두근두근. 두근두근."

내 손은 양옆으로 일자로 축 늘어진 채 매달려 있다. "미안해." 나는 말한다.

그녀의 눈이 감기고, 그녀의 목소리가 내 셔츠에 묻혀 잦아든다. 그녀가 말한다. "용서할게."

나는 손을 들어 지푸라기 같은 금색 머리카락을 쓰다듬는다. "고마워."

이 세 문장은, 매우 간단하고, 매우 원시적이고, 절대로 그렇게 완전하게 들리지는 않았다. 자기의 기본적인 의미에 충실한 매우 사실적인 대화. 나는 그녀의 볼이 내 가슴으로 파고드는 것을 느끼고, 그녀의 턱근육이 입술을 끌어당겨 희미한 미소를 짓게 한다.

다른 말도 없이, 우리는 페리 켈빈의 방을 나와 문을 닫고 그 집을 빠져나온다. 우리는 계단을 내려가서 둘러 모여 있는 십 대들을 지나쳐서, 자고 있는 아이들을 건너뛰고, 깊이 잠든 아기들을 지나서, 거리로 나온다. 나는 배보다는 심장에 가까운 가슴 속 낮은 곳에서 슬쩍 찌르는 느낌을 받고, 머릿속에서 부드러운 목소리를 느낀다.

고마워. 페리가 말한다.

* * *

나는 여기에서 끝을 맺고 싶다. 내가 나 자신의 삶을 편집할 수 있다면 얼마나 좋을까. 문장 중간에서 멈추어서 그 나머지를 서랍 속 어딘가에 넣어둘 수 있다면 나는 완벽하게 기억을 잊어버리고 일어났던, 일어나고 있는, 그리고 일어날 모든 일들을 잊어버릴 텐데. 눈을 감고 행복하게 잠들 텐데.

하지만 아니야, 'R.' 순수한 영면은 없어. 너에게는. 잊었어? 네 손에 묻은 피를. 네 입술에, 네 이에. 카메라를 보고 웃어 봐.

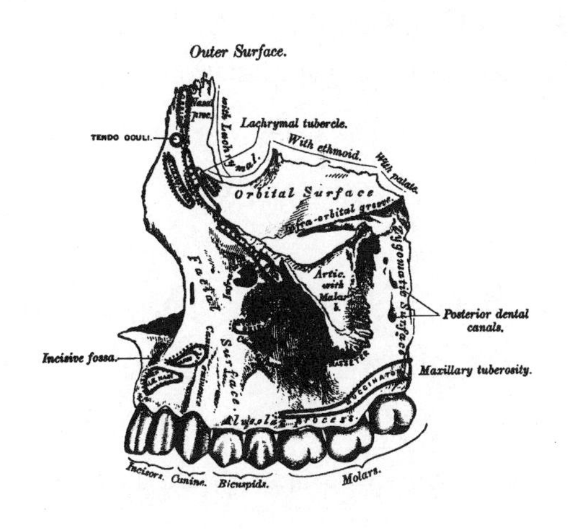

"줄리." 나는 나의 마지막 죄를 자백할 준비를 하며 말한다. "너에게…… 할 말이 있어……."

탕.

스타디움의 야외 할로겐 조명이 태양처럼 밝게 켜지며 한밤중이 대낮처럼 바뀐다. 줄리의 얼굴에 있는 모든 모공이 보일 정도다.

"대체 무슨 일이지?" 그녀는 고개를 사방으로 돌리면서 숨 막히는 소리를 낸다. 날카로운 경보가 한밤의 정적을 깨뜨리고, 우리는 그것을 본다. 커다란 전광판이 환해진다. 천국에서 내려오는 알약처럼, 열린 지붕의 상단부에 매달려 있는 그 전광판은 팔을 앞으로 뻗고 움켜잡으려고 애쓰고 있는 좀비처럼 보이는 무엇인가로부터 달아나는 쿼터백의 동영상을 보여 주는데, 화소가 뭉개져서 화면이 고르지 않은 상태다. 전광판은 이 동영상 사이에 깜빡거리면서 추측하기로는 다음과 같은 말을 보여 주는 것 같다.

방어벽 붕괴

"R……." 줄리가 충격 받은 얼굴로 말한다. "너, 사람을 *먹었어?*"

나는 그녀를 절망적으로 쳐다본다. "어…… 어쩌…… *어쩔 수*…… 없었어." 공황 상태에 빠지자 어휘력에 붕괴가 일어나서 말을 더듬거린다. "경비가…… 나를 세웠어. 의도한…… 거 아니야. *원했던 거*…… 아니야."

그녀는 입술을 지그시 다물고 나를 뚫을 듯이 쳐다보더니 한 가지 생각을 지워 버리고, 다른 생각에 전념하려는 듯이 고개를 한 번 젓는다. "좋아. 우리는 안으로 들어가 있어야 해. 제기랄, R."

우리는 집으로 뛰어 들어가고 그녀는 문을 거세게 닫는다. 노라는 계단 꼭대기에 있다. "어디서 있다가 온 거야? 밖은 무슨 일이야?"

"방어벽 붕괴야." 줄리가 말한다. "좀비가 스타디움 안에 있어."

"*R*을 말하는 거야?"

그녀의 재확인 속의 실망감에 나는 움찔한다.

"그렇기도 하고 아니기도 해."

우리는 서둘러 줄리의 침실로 가서 불을 끈다. 우리는 모두 바닥의 세탁물 더미 위에 앉아서, 한동안 아무 말도 하지 않는다. 우리는 그저 앉아서 밖에서 들려오는 소리를 듣고만 있다. 경비병들이 뛰어다니고 고함치는 소리들. 총성. 그리고 우리 자신의 무거운 숨소리.

"걱정하지 마." 줄리는 노라에게 속삭이지만 나는 그것이 나에게 한 말임을 안다. "많이 퍼지지는 않을 거야. 총소리로 미루어 보아 틀림없이 경비들이 이미 몰아냈을 거야."

"그럼 우리는 안전한 거야?" 노라가 묻는다. "R도 괜찮을까?"

나를 보는 줄리의 얼굴은 우울하다. "당국에서 이번 사태가 자연적인 죽음에서 시작했다고 생각하려면, 그 경비는 분명히 자신을 먹지는 않았을 테니 몸이 온전해야겠지. 그렇지가 않을 테니 경비대는 최소한 한 명의 숨어 있는 좀비가 있다는 것을 알게 될 거야."

노라는 줄리의 시선을 따라 나를 보고 나는 내 얼굴이 상기되었다고 상상할 지경이다. "너야?" 그녀가 중립을 지키려고 노력하면서 묻는다.

"의도한 것이…… 아니었어. 나를…… 죽이려고…… 해서."

그녀는 아무 말도 하지 않는다. 그녀의 얼굴이 딱딱하다.

나의 사무치는 후회를 그녀에게 느끼게 해 주려고 그녀와 시선을 맞춘다. "그게 마지막이었어." 나는 나의 아둔한 혀로 강한 어조로 말하기 위해서 애쓴다. "반드시. 하늘입에 대고 맹세해."

한동안 고통스러운 시간이 흐르고 나서 노라가 조심스럽게 고개를 끄덕이고, 줄리에게 설명한다.

"그러니까 우리는 R을 여기에서 데리고 나가야 해."

"경보 때문에 모든 곳을 폐쇄했어. 모든 문들은 잠기고 보초를 세울 거야. 크게 위협을 느끼면 지붕까지도 닫아 버릴걸."

"그러면 도대체 어떻게 해야 하는 거야?"

줄리는 어깨를 으쓱하는데, 그 몸짓이 그녀를 더 절망적으로 보이도록 하고, 이상해 보인다. "모르겠다." 그녀는 말한다. "다시 한 번, 나는 정말 모르겠다."

＊＊＊

줄리와 노라는 잠든다. 그들은 나를 구하기 위한 계획을 세우기 위해서 몇 시간가량을 씨름했지만, 결국엔 무릎을 꿇었다. 나는 바지 더미 위에 누워서 별이 총총한 초록색 천장을 올려다본다. *그렇게 쉽지가 않아, 레논 씨. 해 보려고 해도 말이야.*

지금은 하찮게 보이는, 광대한 검은 먹구름 안의 얇은 은막에 불과하지만 나는 내가 글 읽는 법을 익혀 가고 있는 중이라고 생각한다. 내가 빛을 발하는 은하수를 올려다보자, 문자들이 함께 모여들어서 단어를 만든다. 그것들을 엮어서 완전한 문장으로 만드는 것은 아직 내게 벅차지만, 이 작은 상징들이 함께 맞아 떨어지고 소리의 비눗방울처럼 부풀어 올라 터지는 감각을 음미할 수 있다. 만약에 내가 나의 부인을 다시 보게 된다면…… 나는 최소한 그녀의 이름표를 읽을 수 있을 것이다.

시간이 천천히 흘러간다. 이제 한밤중을 넘겼지만, 밖에서는 아직도 대낮 같은 조명이 빛나고 있다. 할로겐 조명은 하얀 빛으로 집을 때리고, 그 빛을 창틈으로 밀어 넣는다. 나는 주변의 소리에 귀를 기울인다. 소녀들의 숨소리. 그들이 몸을 뒤척이는 작은 소리. 그리고 새벽 2시에 가까운 지금, 갑자기 울리는 전화 벨소리.

줄리는 잠에서 깨어나서, 한쪽 팔꿈치로 몸을 버티고 일어난다.

침실에서 떨어져 있는 방에서 전화벨 소리가 계속해서 울린다. 그녀는 담요를 떨쳐내고 일어선다. 아래에서 웅크리고 있던 그녀 대신에 내 앞에 높이 솟아 있는 그녀를 누워 있는 각도에서 보니 정말 이상하다. 나는 지금 보호가 필요한 사람이다. 나의 새로 찾은 판단력의 한 번의 실수, 잠깐의 부주의는 모든 것을 망쳐 버릴 수 있다. 도덕적 존재로 살아간다는 것은 얼마나 거대한 책임감을 수반하는지.

전화는 계속 울린다. 침실에서 나가는 줄리를 따라 어둡고 전화벨이 메아리치는 실내를 걷는다. 우리는 사무실처럼 생긴 방으로 들어선다. 그곳에는 서류와 설계도로 뒤덮인 큰 책상이 있고, 벽에는 각자 다른 지역의 제조사와 모양이 다른 여러 종류의 전화기들이 나사못으로 석고보드에 박혀 매달려 있다.

"전화 운영 체제를 다른 방식으로 전환했어." 줄리가 설명한다. "지금은 구내전화에 가까워. 모든 주요 지점에 직통으로 연락이 가능하지."

각각의 전화기의 아래에는 위치가 적힌 삼각돛과 함께 이름표 스티커가 붙어 있다.

안녕, 내 이름은:

정원

부엌

창고

차고

무기고

제2 통로

골드만 돔

리먼 아레나

AIG 필드

기타 등등.

지금 울리고 있는 전화는 먼지로 뒤덮인 연두색의 회전 다이얼식 전화기로, 아래의 이름표에는 이런 스티커가 붙어 있다.

외부

줄리는 전화기를 쳐다본다. 그러고는 나를 본다.

"이건 좀 수상한데. 저 회선은 버려진 바깥 지역과 연결되어 있어. 우리가 무전기를 사용하게 된 이후로는 아무도 저걸 쓰지 않는데."

전화는 계속해서 쨍그랑거리며 크고 집요하게 울려 댄다. 나는 노라가 아직도 깨지 않은 것이 신기할 지경이다.

조심스럽게 줄리는 수화기를 들고는 귀에 가져다 댄다. "여보세요?" 그녀는 기다린다. "뭐라고요? 잘 안 들리……." 그녀는 집중해서 듣느라 이맛살을 찌푸린다. 그러더니 눈을 동그랗게 뜬다. "오." 다시 눈살을 찌푸린다. "너는. 그래, 나 줄리야. *네가* 무슨 일로……." 그녀는 다시 기다린다. "좋아. 그래. 여기 옆에 있어."

그녀는 전화기를 나에게 건넨다. "너한테 온 거야."

나는 수화기를 쳐다보기만 한다. "뭐라고?"

"네 친구라고. 공항에 있던 그 빌어먹을 뚱땡이."

나는 전화기를 움켜쥔다. 나는 귀에 대는 부분을 입에 가져다 댄다. 줄리는 고개를 젓고는 돌려서 다시 쥐어 준다. 나는 어안이 벙벙한 상태로 거친 숨을 수화기에 불어 넣는다. "*M?*"

그의 깊게 웅웅거리는 소리가 치직거리며 들려온다.

"여어…… 난봉꾼."

"뭐라는…… 어디에 있어?"

"도시…… 외곽. 전화를…… 어떻게 쓰는지…… 몰랐는데, 해 보니까…… 됐어. 너는…… 어때?"

"괜찮은데…… 갇혔어. 스타디움이…… 봉쇄됐어."

"젠장."

"무슨 일…… 있어? 거기 밖에?"

잠시 정적이 흐른 뒤 M이 말한다.

"R. 죽은 자들이…… 계속 오고 있어. 더 많이. 공항에서. 다른 곳에서도. 우리 숫자가…… 지금 엄청나."

나는 침묵한다. 전화기가 내 귀에서 멀어져 간다. 줄리는 기대하는 눈빛으로 나를 본다.

"여보세요?" M이 말한다.

"미안해. 듣고 있어."

"음…… 우리는…… *여기에* 있어. 이번엔 뭐야? 어떻게 해야…… 하지?"

나는 전화기를 어깨에 걸치고 아무 것도 없는 벽을 쳐다본다. 나는 그리지오 장군의 책상 위에 있는 서류와 계획표를 본다. 그의 계략은 전부 횡설수설로밖에 안 보인다. 식료품 할당, 건설 계획, 무기 배급, 전투 전략 등 모두 중요한 것이라는 데에는 의심의 여지가 없다. 그는 모두가 삶을 유지하도록 노력하고 있고, 그것은 좋은 일이다. 토대가 되는 일이다. 하지만 줄리가 말한 것처럼 더 깊은 무엇인가가 전제되어야 한다. 그 토대 *아래의* 토지. 확고한 대지 없이는 그 위, 또 그 위로 그가 얼마나 많은 벽돌을 쌓아 올리든지 간에 모두 무너지게 되어 있다.

"상황이 어떻게 돌아가고 있는 거야? 뭐라고 하는데?" 줄리가 묻는다.

그녀의 초조한 얼굴을 보자 장이 꼬이는 기분이 들고, 머릿속에서는 젊고 열성적인 목소리가 울린다.

이제 실현되었어, 시체 양반. 너와 줄리가 유발한 무엇인가가 활동을 시작했어. 좋은 전염병, 삶으로 유도하는 바이러스가! 어리석은 망할 괴물아, 이게 보여? 그건 네 안에 있어! 너는 이 바이러스를 벽 밖으로 꺼내서 퍼뜨려야 해!

나는 줄리에게 수화기를 내밀어서 그녀도 통화 내용을 들을 수 있게 해 준다. 그녀는 가까이로 몸을 기울인다.

"M."

"그래."

"줄리에게도 말해 줘."

"뭘?"

"무슨 일이…… 일어나고 있는지…… 줄리에게 말해."

잠시 정적이 흐른다.

"변화 중이야. 우리 중에…… 많은 수가…… R처럼 변하고 있어."

줄리가 나를 쳐다보는데 그녀의 솜털이 곤두서는 것을 볼 수 있을 정도다. "너뿐만이 아니었던 거야?" 그녀는 수화기로부터 떨어지며 말한다. "이…… 되살아나는 일이?" 그녀의 목소리는 어둠 속에서 몇 년간 머물던 작은 소녀가 방공호에서 머리를 살짝 내미는 것처럼 조그맣고 머뭇거린다. 단단하게 묶여 있던 희망으로 거의 떨리는 목소리. "지금 그 역병이 치유된다는 얘기를 하고 있는 거야?"

나는 고개를 끄덕인다. "우리가…… 고치는 치료제야."

"그런데 *어떻게?*"

"모르겠어. 하지만 우리는 지금까지보다…… 더 많이 노력해야 해. M이 있는…… 밖으로 나가서. '바깥'에서."

그녀의 흥분이 차갑게 식으면서, 굳어 버린다. "그러면 우리는 나가야겠네."

나는 고개를 끄덕인다.

"우리 둘 다?"

"둘 다. 줄리……도 그것의 일부야."

M의 목소리가 엿듣는 어머니처럼 수화기 너머에서 치직거린다.

그녀는 *나*를 의심스러운 눈초리로 쳐다본다. "넌 나를 원하지. 마르고 작은 인간 여자아이인 나를. 저기 저 밖에서 좀비 떼와 함께 거칠게 뛰어다니자는 거야?"

나는 고개를 끄덕인다.

"지금 얼마나 정신 나간 놈처럼 보이는지 알아?"

나는 고개를 끄덕인다.

그녀는 바닥을 내려다보면서 잠시 침묵을 지킨다. "정말로 나를 안전하게 지킬 수 있다고 장담할 수 있어? 저 밖에서, 저들과 함께?" 그녀가 나에게 묻는다.

구제불능의 내 정직함이 대답을 망설이게 하고, 줄리는 미간을 찌푸린다.

M이 나를 위해 격분하면서 대답한다.

"그래. R은 할 수 있어. 그리고 나도…… 도울 거야."

나는 재빨리 고개를 끄덕인다. "M이 도와줄 거야. 다른 좀비들도…… 도와줄 거야. 게다가." 나는 희미한 미소와 함께 덧붙인다. "너는 스스로…… 지킬 수 있어."

그녀는 태연한 척 어깨를 으쓱한다. "나도 알아. 그냥 네가 어떻게 말하나 보려고 한 거야."

"그래서 너는……?"

"너랑 같이 갈 거야."

"확신해?"

그녀의 눈이 아득해졌다가 확고해진다. "나는 엄마의 빈 무덤을 만들어야 했어. 오랫동안 이 순간을 기다려 왔어."

나는 고개를 끄덕인다. 나는 깊은 숨을 들이쉰다.

그녀가 계속한다. "네 계획의 유일한 문제점은 지난밤에 네가 누군가를 먹었다는 사실을 네가 꽉 잊고 있는 것처럼 보인다는 건데, 어쨌든 그 덕분에 경비대가 널 찾아내서 죽이기 전까지는 여기가 폐쇄된 상태일 거란 거야."

"우리가 공격……하면 어떨까? 네가 나오……도록." M이 말한다.

나는 수화기를 다시 귀에 가까이 대고, 꽉 쥔다. "안 돼." 나는 그에게 말한다.

"군대가…… 있어. 전투는…… 어디에서?"

"모르겠어. 여기는 아니야. 이들은…… 사람들이야."

"그래?"

나는 줄리를 본다. 그녀는 바닥을 내려다보면서 이마를 문지르고 있다.

"일단 기다려." 나는 M에게 말한다.

"기다려?"

"아주 잠시만. 우리가…… 방법을 찾아 볼게."

"그들이 너를…… 죽이기 전에?"

"그랬으면 좋겠다."

길고, 의문스러운 침묵이 흐른다. 그리고 M이 말한다. "서둘러."

＊＊＊

줄리와 나는 그대로 밤을 지새운다. 우리는 비에 젖은 옷을 입고 차가운 거실 바닥에 앉아서 아무 말도 하지 않는다. 결국 내 눈꺼풀이 처지면서 감기고, 얼마 남지 않은 지상에서의 마지막 시간일지도 모르는 기이한 고요함 속에서 내 정신은 나를 위해 꿈을 선사한다. 상쾌하고 분명한, 색상이 살아 있는 꿈이 어둠 속에서 반짝거리는 장미를 저속 촬영한 것처럼 펼쳐진다.

꿈에서, *내* 꿈에서, 나는 수직 안정판이 잘려 나간 내 비행기집을 타고 강을 떠내려가고 있다. 나는 한밤의 파란 하늘 아래에 누워서 머리 위의 별들을 보고 있다. 지금의 지도와 위성 사진에도 나와 있지 않은 미지의 강이고, 어디로 흘러가는지도 모르겠다. 대기는 고요하다. 밤은 따스하다. 나는 단 두 종류의 식량만 가지고 있다. 팟타이 한 상자와 페리의 책. 두툼하고, 오래 되었고, 가죽으로 장정되어 있는 책. 나는 그 책의 중간을 펼친다. 내가 본 적이 없었던 언어로 쓰인 끝맺지 못한 문장, 그 너머에는 아무것도 없다. 텅 빈 페이지의 장중한 서사시는 하얗게 남겨진 채 기다리고 있다. 나는 책을 덮고 차가운 강철 위로 머리를 누인다. 팟타이가 달콤하고 향기롭고 강렬하게 내 코를 자극한다. 나는 강이 넓어지고 물살이 세지는 것을 느낀다.

나는 폭포 소리를 듣는다.

* * *

"R."

나는 눈을 뜨고 일어나 앉는다. 줄리는 암울한 미소와 함께 나를 보면서 옆에서 다리를 꼬고 앉아 있다.

"좋은 꿈이라도 꿨어?"

"확실치…… 않아." 나는 눈을 비비면서 중얼거린다.

"꿈에서 우리의 자그마한 문제에 대한 해답이라도 얻어 왔어?"

나는 머리를 흔든다.

"응. 나도 그래." 그녀는 벽에 걸린 시계를 흘긋 보고 암담하게 입을 다문다. “조금 있으면 주민 회의소에서 이야기 시간을 가질 텐데. 데이비드와 마리는 우리가 보이지 않으면 울 거야.”

데이비드와 마리. 나는 그들의 윤곽을 그리면서, 머릿속으로 그 이름들을 되풀이해 보았다. 나에게 그 아이들을 다시 만날 기회가 있다면 나는 그 아이들의 강아지 트리나에게 내 다리 전체를 먹게 해 줄 것이다. 내가 죽기 전에 그들의 입에서 나오는 어설픈 몇 마디 음절들을 듣기 위해서.

“그 아이들에게…… 무엇을 읽어 주는데?”

그녀는 창밖의 눈먼 하얀 빛 때문에 선명하게 두드러진 균열과 흠집으로 가득한 도시를 내다본다. “나는 그 아이들에게 『레드월』(레드월이라는 수도원을 배경으로 젊은 쥐 마티아스가 악당 쥐에 맞서는 모험을 그린 유명 판타지 소설.—옮긴이)을 읽어 주고 있어. 거기에 나오는 노래와 축제와 용감한 전사 쥐들이 자신들이 자라온 악몽 같은 곳에서 멋지게 탈출하는 모습을 묘사해 주었어. 마리는 계속해서 좀비들에 대한 이야기를 읽어 달라 조르지만 나는 계속해서 마리에게 *이야기* 시간에는 그런 실화는 읽어 줄 수 없다고 하고…….” 그녀는 내 얼굴에 나타난 표정을 읽고는 말끝을 흐린다. “괜찮아?”

나는 고개를 끄덕인다.

“공항에 있는 네 아이들을 생각하는 거야?”

나는 주저하다가 고개를 끄덕인다.

그녀는 나의 쓰라린 눈을 들여다보면서 손을 뻗어 내 무릎을 쓰다듬는다. “R? 지금 당장은 절망적인 상황으로 보인다는 것은 알겠지만, 들어 봐. 넌 그만둘 수 없어. 네가 아직 숨 쉬고 있는 동안만큼은, 미안, 네가 아직 *움직이고* 있는 동안에는 끝나지 않아. 알겠어?"

나는 고개를 끄덕인다.

"알았냐고? 망할, 말로 대답해. R."

"알았어."

그녀는 미소를 짓는다.

"*2. 8. 24.*"

날카로운 경보 발령 후에 천장의 스피커를 요란하게 울리는 일련의 숫자에 우리는 서로에게서 떨어진다.

"*여기는 로소 대령. 주민들에게 알립니다.*" 스피커에서 소리가 흘러나온다. "*경계 발령은 계속 됩니다. 더 이상의 사상자 없이 감염된 장교를 무력화시켰습니다.*"

나는 깊은 한숨을 내쉰다.

"*그러나…….*"

"젠장." 줄리가 속삭인다.

"……*경보의 원래 제공자는 아직 우리 벽 안에 큰 위협으로 남아 있습니다. 보안 순찰들이 지금 스타디움 내의 모든 건물들을 한 집, 한 집 방문하기 시작할 것입니다. 우리는 그것이 어디에 숨어 있는지 모르기 때문에, 모든 주민은 집에서 나와서 공공장소에 모두 모여야 합니다. 어떤 좁은 공간에 격리되어 있어서는 안 됩니다.*" 로소는 기침을 하느라 잠깐 멈춘다. "*이런 조치에 대해서 유감입니다, 주민 여러분. 우리가 책임지고 이 일을 처리할 테니, 그냥…… 움직이지 않고 앉아 계시면 됩니다.*"

달칵 소리가 나고 스피커는 조용해진다.

줄리는 벌떡 일어나서 침실로 달려간다. 그녀는 블라인드를 걷고, 창문 밖에 범람하는 빛의 홍수를 들어오게 한다.

"정신 차리고 일어나 봐, 그린 양. 나갈 시간이야. 벽 터널 중에 오래된 탈출구 있었던 거 기억나? 화재 대비 탈출로가 경기장 고급 관람석에 있지 않았나? R, 사다리 타고 올라갈 수 있겠어?"

"잠깐, 뭐라고?" 노라가 눈을 가리려고 애쓰면서 쉰 목소리로 말한다. "대체 무슨 일이야?"

"R의 친구 말에 따르면, 아무래도 이 빌어먹을 좀비 세상에 끝이 온 것 같아. 우리가 제일 먼저 죽지만 않는다면 말이야."

노라는 마침내 잠에서 완전히 깨어난다. "다시 말해 봐. *뭐라고?*"

"나중에 말해 줄게. 당국에서 샅샅이 훑는 수색을 통보했어. 한 10분쯤 여유가 있는 것 같은데. 우리는 방법을 찾아야 할……."

그녀의 목소리는 잦아들고 나는 그녀의 입술의 움직임만을 쳐다본다. 각각의 단어를 만들어 내는 그녀의 입술 모양, 반짝이는 치아를 재빨리 치는 혀의 움직임. 그녀는 희망을 놓지 않지만 나의 손바닥은 자꾸 미끄러진다. 그녀는 말할 때 머리카락을 꼬고, 그녀의 금색 머리카락은 뻣뻣해지고 엉켜서 감아야 할 것만 같다.

그녀가 사용하는 강렬한 꽃향기와 허브와 시나몬향의 샴푸 향기가 그녀가 지닌 본래의 체취와 섞여 살랑거린다. 그녀는 절대로 그녀가 사용하는 샴푸의 이름을 말해 주지 않을 것이다. 그녀는 자신의 향기를 신비롭게 지키고 싶어 할 테니까.

"R!"

줄리와 노라가 나를 기다리며 쳐다본다. 나는 말을 하려고 입을 벌리지만 아무 말도 나오지 않았다. 게다가 집의 앞문이 쾅하고 꽤 나 세게 열리면서 우리가 서 있는 금속 벽을 진동시킨다. 무거운 군화 발소리가 계단을 울린다.

"오 맙소사." 줄리는 공황 상태로 내뱉는다. 그녀는 방 밖으로 우리를 몰고 나가서 복도에 있는 욕실로 밀어 넣는다. "어서 그를 다시 분장시켜 줘." 그녀는 노라에게 목소리를 낮춰 말하고는 문을 세게 닫는다.

노라가 콤팩트를 찍어 발라 주고 비에 씻겨 나간 내 얼굴을 다시 혈색이 도는 것처럼 보이게 하기 위해 애쓰는 동안, 밖에서는 두 사람의 목소리가 들려온다.

"아빠, 무슨 일이세요? 좀비는 찾았어요?"

"아직 못 찾았지만 곧 찾을 게다. 뭔가 본 거 없니?"

"아니요. 계속 집에 있었던 걸요."

"혼자 있었니?"

"네. 어젯밤 내내 집에 있었어요."

"왜 욕실 불이 켜져 있니?"

우리 앞으로 발자국 소리가 가까워진다.

"잠깐만요, 아빠! 잠깐 기다려 보세요!" 그녀는 목소리를 약간 낮춘다. "노라랑 아치가 거기에 있어요."

"그런데 왜 너 혼자 있었다고 말했니? 장난할 때가 아니다, 줄리. 숨바꼭질 할 때가 아니란 말이다."

"그 애들이…… 아빠도 아시겠지만…… *저기에서.*"

잠시의 망설임의 시간이 흐른다. "노라, 아치!" 그는 문을 두드린다. 그의 목소리는 간결하고 극적으로 크게 들린다. "내부 방송으로 들었겠지만, 지금은 경계 경보가 발령 중이다. 사랑 표현을 하기에 적절한 시국이 아닌 것 같구나. 당장 나오너라."

그리지오 장군이 문을 열어젖히자마자 노라는 나를 욕조로 밀어붙이고는 내 무릎에 올라타더니 자신의 가슴골에 내 얼굴을 끌어당겨서 묻는다.

"*아빠!*" 나에게서 훽 뛰어 내려가는 노라를 재빨리 가리면서 줄리가 날카롭게 외친다.

"당장 밖으로 나와." 그리지오가 말한다.

우리는 욕실 밖으로 걸어 나온다. 노라는 당황한 표정으로 옷매무새를 정돈하면서 머리카락을 빗어 내리는 훌륭한 연기를 선보인다. 나는 처음이자 분명히 마지막이 될 큰 시험을 위해 혀를 풀면서, 전혀 거리낌 없는 태도로 그리지오를 쳐다본다. 그는 내 눈을 꿰뚫을 듯이 팽팽하게 각이 선 얼굴로 마주본다. 우리 사이는 채 두 걸음도 떨어져 있지 않다.

"이보게, 아치."

"네, 장군님."

"자네랑 그린 양은 사랑하는 사이인가?"

"네, 그렇습니다."

"그것 참 대단하군. 결혼도 염두에 두고 있나?"

"아직입니다."

"왜 미루는 건가? 왜 신중을 기하고 있는 건가. 종말이 다가오는데. 자네는 어디에 살고 있나, 아치?"

"골드만…… 필드입니다."

"골드만 돔?"

"네, 장군님. 죄송합니다."

"골드만 돔에서는 어떤 일을 했나?"

"농장 일을 했습니다."

"그 일로 자네와 노라와 자식들까지 부양할 수 있겠나?"

"저희는 아이가 없습니다, 장군님."

"아이들은 우리가 죽으면 우리를 대체하지. 자네에게 아이가 생기면 그들을 먹여야 하지 않겠나. 나는 골드만 돔에서는 그런 일이 어려울 거라는 얘기를 하고 있는 걸세. 자네가 모든 것으로부터 도망치고 있다는 얘길세. 우리가 살고 있는 곳은 암흑의 세상이지 않은가, 아치."

"가끔은 그렇지요."

"우리는 신이 허락하는 선에서 최선을 다하고 있네. 만약 우리가 빵을 요청했을 때, 신이 돌멩이를 준다고 하더라도, 우리는 이를 날카롭게 갈아서라도 그 돌을 먹을 걸세."

"아니면 스스로…… 빵을 만들어야죠."

그리지오는 미소를 짓는다. "자네 화장하고 있었던 건가, 아치?"

그리지오는 나를 찌른다.

나는 칼집에서 칼이 나오는 것조차 알아채지 못했다. 그 13센티미터의 칼날은 내 어깨를 관통해서 석고벽에 꽂혀 나를 움직이지 못하게 만든다. 나는 느끼지 못했고, 피할 수도 없었다. 상처에서는 피가 나오지 않는다.

"줄리!" 그리지오가 나에게서 물러나면서 그의 권총을 꺼내들고 움푹 들어간 눈으로 거친 눈빛을 쏘며 고함을 지른다. "내 도시에 죽은 자를 데리고 들어온 거냐? 내 집 안으로? 죽은 자가 네게 손을 대게 했단 말이야?"

"아빠, 제 말 좀 들어 보세요. R은 달라요. 그는 *변하고* 있어요."

줄리가 그의 앞을 막아서면서 말한다.

"죽은 자는 변하지 않아. 줄리! 저것들은 사람이 아니야, 그냥 무생물이야."

"우리가 어떻게 *알아요?* 단지 그들이 우리에게 말을 할 수 없고 자신들의 삶에 대해 우리에게 이야기할 수 없기 때문에? 우리가 그들의 생각을 이해하지 못해서 아무 생각이 없을 거라고 우리 맘대로 추정하는 건지도 모르잖아요?"

"우리도 이미 시험해 봤어. 죽은 자들은 자의식이나 감정적 반응을 전혀 표현하지 못해!"

"*아빠*도 마찬가지잖아요, 아빠! 제기랄, R이 저를 구해 줬단 말이에요! 그는 저를 보호해 주고 저를 집에 데려다 줬어요! 그는 *인간*이에요! 거기에다가 그 같은 죽은 자들이 더 많이 있어요!"

"아니다." 그리지오는 돌연 침착하게 말한다. 그의 손은 더 이상 떨리지 않고 총은 내 얼굴 가까이에 조준되어 있다.

"아빠, 제발 제 말 좀 들어 주세요. 제발." 그녀는 더 가까이 다가온다. 그녀는 냉정을 유지하려고 애쓰지만 나는 그녀가 공포에 질려 있다는 것을 확신할 수 있다. "제가 공항에 있었을 때, 뭔가가 일어났어요. 우리가 어떤 불씨를 만들어 냈고 그게 무엇이든지 간에 퍼지고 있어요. 죽은 자들이 다시 살아나고 있고, 자신들의 둥지를 떠나서 변하려고 노력하고 있다고요. 우리는 그들을 도울 방법을 찾아야 해요. 우리가 그 역병을 *치료할* 수 있다고 생각해 보세요, 아빠! 우리가 이 엉망인 상황을 청산하고 다시 시작할 수 있다고 상상해 보세요!"

그리지오는 고개를 젓는다. 나는 그의 턱의 근육들이 그의 번들거리는 피부 아래서 긴장하는 것을 볼 수 있다.

"줄리, 너는 어리다. 너는 우리들의 세상을 이해하지 못했어. 우리는 살아남아서 우리를 죽이려고 하는 저것들을 죽일 수 있지만, 거기에는 최종적인 해결점이 없단다. 몇 년간이나 찾아 왔지만 어디에도 없었고, 이제 우리의 시간도 다 되어 간다. 이 세상은 끝났어. 치료될 수도 없고, 구조될 수도 없고, 구원받을 수도 없다."

"아니에요, 할 수 *있어요!*" 줄리는 평정심을 잃고 그에게 소리 지른다. "누가 인생이 악몽이 될 거라고 결정했나요? 누가 그런 거지 같은 규칙을 만들었나요? 고칠 수 있는데도, 전에는 그저 *시도조차* 안 했던 거잖아요! 우리는 너무 바빴고, 이기적이었고, 겁쟁이였다고요!"

그리지오는 이를 간다. "너는 몽상가구나. 너는 어린 아이야. 네 어미랑 똑같아."

"아빠, 들어 *보세요!*"

"됐다."

그는 총을 장전하고 줄리의 밴드가 붙어 있는 나의 이마를 향해 방아쇠를 당긴다. 날아오고 있다. 여기에 M이 말하는 항상 존재해 온 좀비의 아이러니가 있다. 나의 불가피한 죽음이, 내가 몇 년간 매일같이 바라왔음에도 나를 항상 무시해 왔던 그 죽음이, 이제 내가 영원히 사는 것을 받아들이기로 결심하자 찾아온 것이다. 나는 눈을 감고 각오를 한다.

따뜻한 피가 얼굴에 튄다. 하지만 내 피가 아니다. 나는 막 줄리가 그리지오의 손을 단도로 찌르는 순간 눈을 번쩍 뜬다. 총은 그의 손을 벗어나 바닥에 부딪히는 순간 발사되고, 그 반동으로 다시 튕겨 나가 좁은 복도의 벽에 미식축구처럼 튕기고 맞고 튕겨 나온다. 모두가 총에 맞지 않기 위해 몸을 낮추는데, 총은 마지막으로 한 바퀴 돌더니 노라의 발가락을 스친다. 귀가 먹먹해지는 침묵 속에서 그녀는 눈을 동그랗게 뜨고 총을 내려다보다가 장군을 쳐다본다. 그는 손의 깊은 상처를 조심스럽게 감싸 쥐고는 달려든다. 노라는 바닥에서 그 총을 잡아채서 그의 얼굴을 겨눈다. 그의 몸이 굳는다. 그는 턱을 움찔거리더니 와락 덤벼들 것처럼 앞으로 나선다. 하지만 노라는 재빠르게 다 쓴 탄창을 끄집어내고 그녀의 지갑에서 새로운 탄창을 빼내서 총에 장착하고 장전한다. 모든 동작은 흔들림 없이 그에게 시선을 꽂은 채 물 흐르듯이 원활하게 이루어진다. 그리지오는 뒤로 물러선다.

"가. 어떻게든 나가 봐. 어서." 그녀가 줄리를 곁눈질하면서 말한다.

줄리는 내 손을 잡는다. 우리는 그녀의 아버지가 분노로 몸을 떨며 서 있는 방을 뒤로 하고 나온다.

"안녕히 계세요, 아빠."

줄리가 부드럽게 말한다. 우리는 돌아서서 계단을 뛰어 내려간다.

"*줄리!*" 그리지오가 울부짖는 그 소리는 부서진 사냥 뿔피리에서 새어 나오는 공허한 울림 같은데, 다른 소리들보다 더 내 마음에 남아 나는 젖은 셔츠를 입은 상태로 몸을 떤다.

＊＊＊

우리는 달린다. 비좁은 거리를 줄리가 앞에서 이끌면서 가고 있다. 내 뒤로, 줄리의 집 쪽에서 분노의 총소리가 울리고 있다. 그리고 무전기의 시끄럽게 울리는 소리. 우리는 달리고 있고, 추격당하고 있다. 줄리의 인도는 결단력이 조금 부족하다. 우리는 갈지자로 걷거나 되돌아 나온다. 우리는 철창에 갇혀 허둥거리는 설치류 같다. 우리는 몸을 돌리자 보이기 시작한 옥상으로 달려간다.

그 순간 벽에 부딪힌다. 얇은 콘크리트 방벽은 발판, 사다리로 뒤엉켜 있고 보행 통로는 어디에도 없다. 모든 옥외 관람석은 사라졌지만 계단은 남아 있고, 어두운 통로가 꼭대기에서 우리에게 손짓한다. 계단의 양쪽에 있는 것은 모두 벗겨져 있고, 야곱의 사다리처럼 계단만이 공중에 붕 떠 있다.

우리가 입구에 도달하기 바로 전에 아래쪽에서 총알이 날아온다.

"그리지오 양!"

우리는 돌아서서 아래를 내려다본다. 로소 대령이 계단의 가장 아랫단에서 경비 장교들을 수행원으로 거느리고 있다. 그는 유일하게 총을 겨누고 있지 않다.

"제발 달아나지 말아요!" 그는 줄리에게 말한다.

줄리는 나를 복도로 밀어 넣고 우리는 어둠 속으로 전력 질주한다. 내부 공간은 분명히 공사 중이지만, 대부분이 완전히 버려진 채로 남아 있다. 핫도그 가판대, 기념품 매점, 그리고 너무 비싼 프레첼 점포가 차갑고 생기를 잃은 채로 그늘에 세워져 있다. 경비대의 총성이 뒤에서 울려 퍼진다. 나는 우리를 멈춰세우고, 나를 돌려세워 필연적인 것과 맞닥뜨리게 해 줄 막다른 길을 기다린다.

"R!" 줄리는 달리면서 숨을 헐떡인다. "우리는 나갈 수 있을 거야, 그렇지? 우리는 *나갈* 거야!" 그녀의 목소리가 거친 호흡과 눈물 사이에서 갈라진다. 나는 거기에 대답할 수가 없다.

통로가 끝난다. 희미한 조명이 콘크리트 저편에서 서서히 다가오는 가운데, 나는 문 위의 표지를 볼 수 있다.

비상 출구

줄리는 더 빨리 달려서, 나를 그녀 뒤로 잡아끈다. 우리는 문을 거세게 밀고 문이 열리는데…….

"오 이런……." 그녀는 헉 하고 숨을 쉬고는 주변을 둘러보고, 문틀 밖으로 한 발을 내밀어 8층 높이에서 대롱대롱 흔들어 본다.

벽에 붙어 있던 화재 비상구의 돌출된 부분이 뜯겨져 나가고 남은 부분에서 차가운 바람이 날카로운 소리를 내며 들이친다.

새들이 퍼드득거리며 지나간다. 밑으로 도시가 광활한 묘지처럼 보이고, 묘비와도 같은 고층 빌딩이 펼쳐져 있다.

"그리지오 양!"

로소와 그의 수행원들이 우리 뒤로 4미터 가량 떨어진 곳에서 멈춰서 있다. 분명히 이런 뜨거운 추격전을 벌이기에는 너무 노쇠해 보이는 로소는 거세게 숨을 몰아쉰다.

문 밖의 아찔한 지상을 내려다본다. 줄리를 본다. 그리고 다시 아래를 보고, 줄리를 본다.

"줄리."

"왜?"

"나랑 같이 가는 것을…… 정말로 *확실히* 원해?"

그녀는 기관지를 옥죄는 거센 숨을 억지로 진정시키면서 나를 쳐다본다. 아무래도 의심스럽고, 두려움이 분명한 의문들이 그녀의 눈에 떠오르지만 그녀는 고개를 끄덕인다.

"그래."

"제발 그만 달아나요." 로소가 무릎을 꿇으면서 외친다. "여기는 길도 아니오."

"저는 가야만 해요." 그녀가 말한다.

"캐버넷 양. *줄리*. 여기에 네 아버지만 남기고 가면 안 돼. 너는 그에게 남은 전부란 말이다."

그녀는 아랫입술을 깨물지만 눈은 고정되어 있다. "아빠는 죽었어요. 로지. 이미 옛날에 썩어 가기 시작했다고요."

그녀는 M의 얼굴을 부숴 버렸던 내 손을 잡더니 으깨 버리려는 게 아닐까 생각될 정도로 꽉 쥔다. 그녀는 나를 쳐다본다. "자, R?"

나는 그녀를 꽉 끌어안는다. 그녀를 양팔로 감싸고 유전자가 융합될 정도로 단단하게 잡는다. 우리는 서로 얼굴을 맞대고, 나는 거의 그녀에게 키스를 할 뻔하지만, 대신에 나는 뒤로 두 걸음 물러서고, 우리는 문 밖으로 뛰어내린다.

우리는 총에 맞은 새처럼 곤두박질친다. 내 팔과 다리는 그녀를 꽉 껴안고, 거의 완벽하게 그녀의 작은 몸을 감싼다. 우리가 튀어나와 있던 지붕을 뚫고 떨어지는 과정에서 지붕의 지지대가 내 허벅지를 찢고, 머리는 철제 기둥에 찧는다. 우리는 휴대 전화 광고 현수막과 뒤엉키고, 그것을 반으로 찢으면서, 마지막으로 땅바닥에 부딪힌다. 등은 지면의 환영 인사를 받고, 줄리의 체중이 나의 가슴을 편편하게 눌러 주자, 금이 가고 으스러지는 소리의 화음이 내 몸을 관통한다. 그녀는 목이 메여 숨을 헐떡이며 몸을 굴려 내 몸 옆으로 내려간다, 나는 하늘을 보며 누워 있다. 우리는 해냈다.

줄리는 손과 무릎을 짚고 스스로 일어서서 한쪽 팔로 몸을 지탱하면서 가방을 뒤적거려서 흡입기를 꺼내 들이마시고는 기다린다. 그녀는 다시 숨을 쉴 수 있게 되자 내 위로 몸을 구부리고 겁에 질린 눈으로 나를 바라본다. 희미한 햇빛 때문에 그녀의 얼굴에 그늘이 진다. "R!" 그녀는 속삭인다. "야!"

내가 죽음으로부터 일어섰던 첫 날처럼 느리게 휘청거리면서, 나는 스스로 일어나서 다리를 절뚝거린다. 내 몸 도처에 있는 여러 뼈들이 삐걱거리고 금이 간 모양이다. 나는 미소를 짓고는 내 숨소리가 섞인 음정이 맞지 않는 저음으로 노래한다.

"당신은 나를…… 젊어지게 만들어요……."

그녀는 웃음을 터뜨리며 나를 껴안는다. 나는 관절 몇 군데가 뚜두둑 소리를 내며 원래대로 돌아가는 압박감을 느낀다.

그녀는 열려 있는 출구를 올려다본다. 로소가 그 틀 안에서 우리를 내려다보고 있다. 줄리는 그에게 손을 흔들고 그는 추격의 의지를 보이며 신속하게 스타디움 안으로 사라진다. 나는 애써 그가 가진 패러다임 때문에 그를 못마땅하게 여기지 않으려고 한다. 아마도 그의 세상에서는 명령은 명령일 테니까.

줄리와 나는 도시로 달려간다. 한 걸음마다 나는 내 몸이 안정을 되찾고, 뼈들이 제자리를 찾아가고, 조직들이 상처 주위로 빳빳하게 경직되면서 내 몸의 붕괴를 막아 주는 것을 느낀다. 전에는 이런 감각을 느껴 본 적이 없다. 이것이 *치유의* 형태일까?

우리는 텅 빈 거리로 뛰어들어서, 죽은 자들에게 휩쓸려 잔해만 남은 셀 수 없이 많은 녹슨 자동차들을 지나친다. 우리는 일방통행로를 거슬러 지나간다. 정지 표지판을 쓰러뜨린다. 우리들의 앞으로는 마을의 끝자락, 도시가 있는 풀로 덮인 높은 언덕이 어디로든 열려 있고, 고속 도로가 나 있었다. 우리들의 뒤로는 스타디움 입구에 전투 차량이 끊임없이 사격을 하며 굉음을 내고 있다. *참을 수 없다.* 규칙을 만드는 자의 강철턱이 선언한다. *저 작은 불씨를 찾아내서 밟아 꺼 버려라!* 우리는 뒤에서 울부짖는 아우성과 함께, 언덕 꼭대기에 오른다.

우리는 군대와 마주선다.

그들은 고속 도로 경사로 옆의 초원에 서 있다. 수백 명은 되어 보인다. 그들은 이상하게 평온한 잿빛의 퀭한 얼굴로 하늘을 보거나 아무것도 하지 않으면서 풀밭을 서성거린다. 하지만 앞줄이 우리를 보자 그들은 경직되더니 우리가 있는 방향으로 몸을 돌린다. 모든 무리가 차렷 자세가 될 때까지 움직임은 물결처럼 퍼져나간다. 줄리는 나에게 *정말로?* 하고 말하는 것처럼 즐거운 시선을 보낸다. 무리들 사이로 한바탕 소란이 잔물결처럼 퍼져나가자, 머리가 벗어지고 건장한 체격의 2미터에 가까운 좀비 하나가 무리를 헤치고 길을 열면서 다가온다.

"M."

"R." 그가 부른다.

그는 줄리에게 재빠르게 고개를 까딱한다. "줄리."

"안녀어어엉……." 그녀가 신중하게 나에게 기대며 말한다.

우리의 추격자들의 바퀴가 날카로운 쇳소리를 내고 우리는 엔진이 돌아가는 소리를 들을 수 있다. 그들은 매우 가까이에 있다. M은 언덕 꼭대기에 올라서고, 무리는 그를 따른다. 줄리는 그들이 우리 근처로 몰려들자 나에게 가까이 붙어 몸을 웅크린다. 나의 착각일 수도 있고 빛 때문에 생긴 착시일 수도 있지만, M의 피부가 평소보다 덜 창백하게 보인다. 그의 일부만 남은 입술은 더욱 표정이 풍부해진 것 같다. 게다가 내가 그를 만난 이래 처음으로 깔끔하게 다듬어진 그의 수염이 피로 물들어 있지 않다. 트럭들이 우리를 향해 돌진해 오지만 죽은 자의 무리는 언덕 위로 올라가고, 차량들은 속도가 느려지면서 툴툴거리더니 멈춘다. 그들 중 네 대만이 남는다. 칙칙한 황록색의 국방색이 칠해진 허머 H2 두 대와 쉐비 타호 한 대와 에스컬레이드 한 대. 우리가 서 있는 곳에서는 그 거대한 기계들이 작고 불쌍하게 보인다. 타호의 문이 열리고 로소 대령이 느긋하게 나타난다. 그는 소총을 움켜쥐고 가능성을 달아 보며 전략을 세우려는 듯 후들거리는 시체들로 이루어진 대열을 훑어본다. 두꺼운 안경 뒤에서 그의 눈이 동그래진다. 그는 침을 꿀꺽 삼키고 그의 총을 낮춘다.

"죄송해요, 로지." 줄리가 아래에 있는 그를 향해 외치고는 스타디움을 가리킨다. "저는 더 이상은 못하겠어요, 아시겠어요? 그건 망할 놈의 거짓말이라고요. 우리가 저 안에서 살아가고 있다고 생각하겠지만 사실은 그렇지 않잖아요."

로소는 자신의 주위의 좀비들을 살피면서 그들의 얼굴을 가만히 들여다본다. 이 모든 일의 시작부터 충분히 오랫동안 지켜 온 그라면 죽은 자들이 어떻게 보이는지를 알 테고 그들의 무엇인가가 미묘하게나마, 무의식적으로 달라졌다고 확신할 수 있을 것이다.

"너 혼자서는 세계를 구할 수 없다! 돌아와서 이 문제를 논의해 보자꾸나!" 그가 외친다.

"저 혼자는 못하겠죠. 저는 이 사람들과 함께합니다."

줄리가 앞에서 흐늘거리고 있는 좀비의 숲을 가리키면서 말한다.

로소는 입술을 뒤틀며 고통스럽게 얼굴을 찡그리더니 차에 올라타서 문을 쾅 닫고 바로 뒤에 있던 나머지 세 대의 차량과 함께 스타디움으로 되돌아간다. 그들이 완전히 단념한 것도, 단념할 수도 없다는 사실과 단지 체력과 무기, 야수 같이 강력한 투지를 다시 재정비하기 위해 돌아간 것을 알기에 잠시 한숨을 돌리고, 빠르게 숨을 들이쉰다.

게다가 우리를 정찰하고 돌아갔기 때문에 그들은 더욱 대비를 할 것이다. 우리는 그들의 도시 가장자리에 서 있는 불타는 눈을 가진 수백 명의 괴물들과 한 명의 작은 소녀다. 셀 수 없이 많은 세대의 뼈들이 우리를 지켜보며 기다리는 동안 우리가 발을 딛고 서 있는 땅은 뜨거운 숨결을 간직하고 있다.

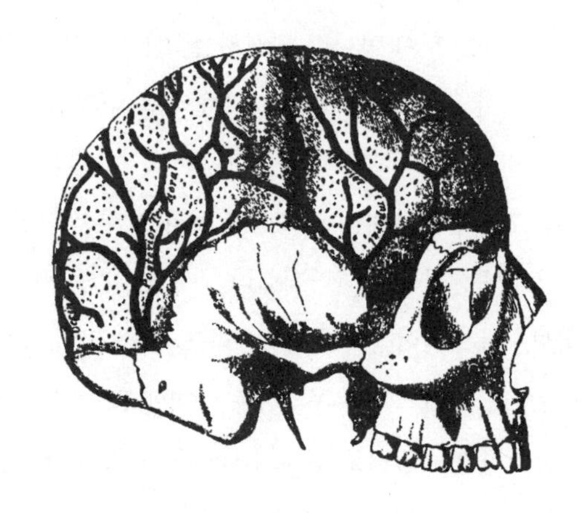

우리는 고속 도로 진입로에 모여 있다. 우리 뒤로는 도시가 있다. 우리 앞에는 오리나무 군락이 있는 모서리 진 언덕과 공항으로 돌아가는 도로가 중앙에 자리 잡고 있다. 줄리는 내 옆에 가까이 서서 그녀가 로소에게 묘사한 자신만만한 혁명가들보다는 조금 자신감은 부족해 보이는 많은 이들을 지켜보고 있다. 나는 그녀의 어깨의 손을 올리고 군중에게 소개한다.

"줄리!"

군중들이 흥분으로 몸을 떨고, 한두 명은 이를 딱딱 부딪치는 소리를 낸다. 나는 목소리를 높인다. "*줄리!* 우리가 그녀를 지킨다."

몇 명은 유혹에 시달리는 것처럼 보이지만 내가 보기에 대부분은 배고픈 눈빛이 아니다. 그것은 내가 전에 공항에서 본 매혹당한 눈빛과 같은 것으로 더욱 강렬하다. 더욱 집중되어 있다. 그들은 그저 그녀를 보기만 하는 것이 아니라 열심히 살펴본다. 그녀에게 *완전히 빠져 있다*. 기이한 경련이 매 초마다 그들의 몸에 잔잔한 파문을 일으킨다.

나는 M이 그녀에게 보내는 미묘하게 달라진 시선을 잡아 내고는 그의 얼굴 앞에서 손가락을 까딱거린다.

"왜 이러셔." 내가 비이성적인 행동이라도 한 것처럼 그가 말한다.

나는 생각하려고 애쓰면서 콘크리트 장벽에 앉는다. 로소의 트럭들이 내는 소음이 아직까지도 멀리서 들려온다. 모두가 나를 쳐다본다. 사방에서 초조한 시선이 느껴진다. 그들은 *자, 이제 어쩌지?* 하고 말하는 것 같고, 나는 *뭘* 어째? 하고 외치고 싶다. 나는 장군이나 대령이나 도시 창립자가 아니다. 나는 그냥 시체가 아니고 싶은 시체일 뿐이다.

줄리는 내 옆에 앉아서 내 무릎에 손을 얹는다. 나는 우리가 시도했던 낙하산 없는 스카이다이빙으로 줄리가 얻은 온갖 찰과상과 타박상을 그제서야 알아차린다. 심지어 그녀의 뺨에 생긴 얕게 베인 상처가 그녀가 웃을 때마다 얼굴을 움찔거리게 만든다. 정말 싫다.

"다쳤네."

"심하진 않아."

나는 그녀가 상처받는 것이 싫다. 나는 그녀가 그녀의 인생 전반을 나와 다른 이들에 의해서 상처받아 왔던 것이 싫다. 나는 거의 통증을 기억하지 못하지만 그녀가 아픔을 느끼는 것을 보자 균형을 잃은 저울처럼 그 고통이 내 것인 양 느껴진다. 그것은 내 눈을 따갑고, 뜨겁게 찔러 댄다.

"너는 왜…… 온 거야?" 나는 그녀에게 묻는다.

"도와주려고. 기억 안 나? 그리고 널 지켜 주려고."

"하지만 왜?"

그녀는 나에게 부드러운 미소를 보여 주고, 뺨에 난 상처에서 선홍색 피가 배어 나온다. "널 좋아하니까. 좀비님." 그녀는 피를 훔쳐 내고는 그것을 빤히 보더니 내 목덜미에 문질러 바른다. "자. 이제 우리는 비긴 거다."

내 옆에 앉아 있는 그녀, 침을 흘리는 죽은 자들에 둘러싸인 이 파란 눈동자의 천사, 엄청나게 불확실한 미래를 향해 피 묻은 입술로 미소를 짓는 가냘픈 이 소녀를 보면서 나는 내 안에 치밀어 오르는 뭔가를 느낀다. 내 눈 안에서 차갑게 타오르는 무언가를.

줄리는 내 볼을 만지고는 자신의 손가락을 쳐다본다. 내가 그녀에게 돌려줄 수 없을 것 같은 매혹적인 시선으로 그녀는 나를 본다. 대신에 나는 일어서서 불쑥 말한다. "우리는 공항으로 돌아갈 거야."

죽은 자들이 나를 본다. 그들은 M을 본다.

"왜?" M이 묻는다.

"왜냐하면 그곳이…… 우리가 살 곳이기 때문이야. 우리가…… 시작할 곳."

"뭘…… 시작해? 전쟁? 보니들하고 싸우자고?"

"전쟁이 아니야. 그런 거…… 아니야."

"그럼 뭔데?"

머릿속을 정신없이 휘젓는 이미지들을 정리하려고 시도하며, 대답할 말을 찾으며 잠시 가만히 서 있는다. 공항의 어두운 홀에 흐르는 음악, 나의 아이들이 그들이 숨어 있던 장소에서 뛰어나와서 그들의 발그레한 피부에서 먼지를 털어 내는 모습, 움직임과 변화의 이미지. 내가 꿈에 젖어 서 있는 동안 고요하던 도시의 공기가 비명으로 떨린다. 두려움에 제정신이 아닌, 마치 도살장으로 끌려가면서 몽둥이질을 당하는 소처럼 목구멍을 울리며 울부짖는 소리.

고속 도로 저 너머에서 누군가가 우리를 향해 다가오고 있다. 그는 달려오고 있지만 그의 느릿한 걸음걸이는 그의 생물학적 상태를 드러내고 있다. M은 신입 회원을 맞이하기 위해 달려간다. 그들이 대화를 나누는 것을 보고 있는데, 그 신입은 손을 흔들면서 내 가슴을 철렁하게 만드는 몸짓을 취한다. 의심의 여지도 없이 나쁜 소식을 가지고 온 모양이다.

그는 우리 대열에 합류하고 M은 내 쪽으로 천천히 돌아와서 고개를 젓는다.

"무슨 일이야, M?"

"집으로…… 못 가."

"왜?"

"보니들이…… 미쳐 가고 있대. 사방에서…… 도착하고 있대. 달라진 자들을…… 모두 죽이고 있대."

신입 회원을 보니 내가 처음에 심한 부패의 흔적이라고 생각했던 것은 수많은 물린 자국과 할퀸 자국으로 이루어진 심각한 상처들이다. 길 저편에는 그와 같은 자들이 더 있다. 수백 명의 군중은 넓게 흩어져서 몇몇은 고속 도로 위에, 몇 명은 중앙 분리대의 진흙과 잔디발에서 비틀거리고 있다.

"우리랑 똑같이…… 탈출하려고 하는 중이래. 그리고 보니들이…… 그들을 쫓고 있대."

M이 이 말을 마치자마자, 자신들의 이름이 들리는 것을 신호로 하기라도 한 것처럼 죽은 자들의 정치가들이 극적으로 등장한다. 하나, 둘, 그리고 다섯, 여섯이 막대기 같은 흰 형상을 하고 멀리 떨어진 나무들 뒤에서 뛰쳐나오고, 달아나는 좀비 둘을 제친다. 나는 보니들이 좀비들을 질질 끌고 가서 보도에 머리를 세게 내리치는 것을 본다. 나는 그들이 좀비들의 뇌를 썩은 과일처럼 밟아 으깨는 것을 본다. 그들은 숫자가 늘어나면서 달가닥거리며 떼 지어 나무 뒤에서 나오더니 고속 도로 경사면을 내려가 도로의 넓은 곳으로 후퇴한다.

"오 망할 이……." 줄리가 중얼거린다.

"새로운 계획은?" M은 억지로 침착하게 묻는다.

나는 결정을 못 내리고 멍하게 서 있다. 나는 줄리의 침실로 돌아가서 그녀 옆에, 그녀의 옷가지 위에 누워서, 그녀가 하는 말을 듣고 있다. *이제 달아날 곳은 없어, 그렇지?* 그리고 나는 암울하게 고개를 젓고는 그녀에게 온 세상이 죽음으로 완전히 뒤덮여 있다고 말해 준다. 의식 너머로 아까의 네 대보다 훨씬 많은 수의 SUV들이 몰려오는 소리를 듣는다. 그들은 나를 깔아뭉개고 줄리를 다시 그들의 콘크리트 무덤으로 끌고 돌아가서 공주처럼 미라로 만들어 형광등이 켜진 납골당에 영겁의 세월 동안 눕혀 두기 위해 중심가를 질주해 온다.

우리는 여기에 있다. 요람과 무덤 사이의 틈에 빠져서, 그 어느 쪽에서도 편히 쉴 수 없다.

"새로운 계획!" M이 나를 몽상에서 깨어나게 하며 말한다. "도시로…… 가자."

"왜 그 빌어먹을 곳으로 가야 하지?" 줄리가 말한다.

"보니를 유인하자. 산 자들이…… 처리하도록."

"안 돼. 경비대는 보니와 좀비를 구별하지 못할 거야. 그 사람들은 우리들도 똑같이 쓸어 버릴 거라고." 줄리가 M에게 반박한다.

"우리는…… 숨을 거야." M이 말한다. 그는 곰팡내 나는 동화책의 이야기처럼 옛날 옛적에 나와 줄리가 밤에 묵었던 교외 주택가로 향하는 덩굴장미 군락과 시들어가는 잡초로 덮인 우회로와 연결된 고속 도로 경사면을 가리킨다.

"뭐야, 그냥 숨어서 경비대와 뼈다귀들이 서로 싸우기를 바라자는 거야?"

M이 고개를 끄덕인다.

줄리는 2초간 정지한다. "최악의 계획이지만, 어쩔 수 없으니 밀고 나가자." 그녀는 달려가기 위해서 몸을 돌리지만 M은 그녀의 어깨를 잡는다. 그녀는 손을 쳐 내면서 몸을 돌린다. "뭐하는 거야? 그 더러운 손으로 건드리지 마!"

"너는…… R이랑 같이 가." M이 말한다.

"뭐?" 내가 그에게 주의를 돌리면서 묻자, 그는 건조한 잿빛 눈동자를 내게 고정하고는 단어를 고르려고 안간힘을 쓴다.

"우리가 그들을 유도할게…… 이쪽 길로. 너는 그녀를 데리고…… 저기로 가."

"뭐라고?" 줄리가 신경질적으로 소리친다. "그는 어디로도 '나를 데려가지' 않아. 왜 우리가 따로 가야 해?"

M은 그녀의 팔에 멍들고 피가 흐르는 깊은 상처를 가리키고, 그녀의 뺨에 난 상처를 가리킨다. "네가…… 연약하기 때문이야." 그는 놀랄 만큼 천둥 같이 큰 목소리로 말한다. "그리고…… 소중하니까."

줄리는 M을 본다. 그녀는 아무 말도 하지 않는다. 그녀와 나는 무리 밖으로 이탈할 방법을 어떻게든 찾아냈고, 모두가 우릴 보고 있다. 보니들은 이제 그들의 소리를 들을 수 있을 정도로 근접해 있다. 그들의 귀에 거슬리는 발을 긁는 소리를 내며, 그들의 어두운 기를 강화시키는 낮게 떨리는 소리로 공명한다. 그들의 뼛속에서 검게 그늘진 골수가 끓어오르고 있다.

나는 M에게 고개를 끄덕이고, 그도 고개를 끄덕여 응답한다. 나는 줄리의 손을 잡는다. 그녀는 좀비 무리에게 시선을 고정하고, 잠시 저항하다가 돌아서서 나를 보고는 함께 달린다. M과 다른 좀비들은 우리가 재빨리 아래로 뛰어 내려가서 무너진 시내로 진입하자 시야에서 사라진다. 내 머릿속의 오래된 유령들이 잠에서 깨어나서 열정적으로 응원하며 우리와 나란히 달린다.

우리에게 알려지지 않은 무엇, 우리가 한 번도 본 적 없는 무엇. 기억은 현재를 앞지를 수 없지. 역사에는 한계가 있어. 우리는 모두 중세 암흑기의 의사들처럼 거머리의 효능을 맹신하고 있을까? 우리는 더 진보한 과학을 갈망해. 우리는 틀린 것을 바로잡기를 원해.

＊＊＊

한동안 전투 소리가 들린다. 거리의 좁은 골짜기에 기관총 소리가 메아리친다. 소리 죽인 폭발음이 먼 거리에서 들리는 베이스 음악처럼 가슴을 쿵쾅거리게 한다. 이따금 보니의 날카로운 비명 소리가 물을 통해 전기가 흘러 전도되듯이 새되게, 귀를 찢을 듯이 들려온다.

“여기 중에서 골라서 숨을까?” 줄리가 벽돌과 철로 된 건물 몇 곳을 가리키며 묻는다. “그냥 밖에서 기다릴까?”

나는 고개를 끄덕이지만 길거리에서 망설이고 있다. 나는 내가 왜 주저하는지를 알 수 없다. 무엇인가가 숨어 있는 것일까?

줄리는 가장 가까운 건물로 뛰어간다. 그녀는 문을 열려고 한다. “잠겨 있어.” 그녀는 길을 건너서 아파트 단지로 간다. “여기도 잠겨 있네.” 그녀는 낡은 적갈색 벽돌집으로 다가가서 문고리를 흔들어 본다. “여기는 열…….” 그녀 위쪽의 창문 하나가 산산조각 난다. 해골 하나가 거미처럼 후다닥 벽을 타고 내려와 그녀의 등으로 떨어진다. 나는 거리를 전력으로 달려서 그 생물체의 척추를 잡고 그녀로부터 비틀어 떼어 내려 하지만 녀석은 날카로운 손가락으로 낚싯바늘처럼 그녀의 살을 파고든다. 그녀의 목에 이빨을 박으려는 해골의 두개골을 양손으로 붙잡고는 반대 방향으로 있는 힘껏 잡아당긴다. 말라비틀어진 목의 힘줄과는 반대로 믿을 수 없을 정도로 강하다. 그놈은 턱을 딱딱거리며 그녀의 목으로 서서히 다가간다.

“벽에다…… 부딪혀!” 나는 줄리에게 외친다. 그녀는 비틀거리며 뒤로 돌아서서 해골을 벽돌에 부딪치게 한다. 해골이 버티고 있던 힘이 주춤해지면서 그녀에게서 거리를 두고, 머리를 비틀어 잡아당겨서 창턱에 후려칠 수 있을 만큼의 거리를 확보한다. 두개골에 금이 간다. 안구 없는 얼굴이 내 손바닥 사이에 끼여서 나를 똑바로 보는 것 같다. 해골의 표정은 영원불멸의 미소밖에 없음에도, 나는 머릿속을 울리는 분노의 비명을 들을 수 있다.

멈춰. 멈춰. 우리는 네가 살아 온 인생의 총합이다.

나는 다시 벽돌에 후려친다. 녀석의 두개골에 더 큰 균열이 생기고 줄리를 잡고 있는 힘이 약해진다.

너는 우리가 될 거야. 우리는 이길 거야. 항상 그래왔고, 항상 그럴…….

나는 두개골을 확 비틀어 떼어 내서 보도에 던져 버리고 얼굴을 밟아 뭉갠다. 달가닥거리는 소리가 멈춘다. 진동 소리도 조용해진다.

나는 다시 줄리를 붙잡고 무슨 일이 일어나는지도 이해하지 못한 상태로 벽돌집의 부서질 것 같은 문을 민다. 내 발 밑에서 씰룩거리던 두개골과 으깨진 두뇌가 와해되면서, 그 턱이 쩍 벌어지더니 상처 입은 새처럼 비참하고 애절한 소리를 지른다. 이 소리는 뼈의 진동이나 뿔피리 소리나 해골들이 내지르는 목소리와는 다르고, 나는 꼭 이 소리가 과거에 한 번은 인간이었던 이것이, 얼어붙어 말라 버린 영혼이 허공으로 흩어지려는 것을 마지막으로 붙잡아 두려고 시도하는 것 같아 무서워진다. 머리카락이 곤두선다. 줄리는 몸을 떤다. 구슬픈 울부짖음에 반응하기라도 하듯 멀리에서 소리들이 커지기 시작한다. 사방에서 뼈를 달그락거리며 긁는 소리가 들려오고,

소음의 포위망은 우리가 서 있는 곳으로 좁혀 들어온다. 나는 시야 한구석에서 무엇인가의 움직임을 감지하고 시선을 돌린다. 모든 건물마다 창문이 텅 빈 얼굴들로 가득 채워져 있다. 그들의 드러난 이빨은 유리창 뒤에서 미소를 짓고, 악몽 같은 배심원단처럼 음흉하게 우리를 내려다보고 있다.

"어떻게 된 거지?" 줄리가 기진맥진한 얼굴로 애원하듯 묻는다.

나는 대답하고 싶지 않다. 나는 그녀가 위급한 상황에 직면했다는 것이 걱정스럽고 내가 할 수 있는 대답은 희망적인 것이 아니다. 하지만 저 창문 뒤에 있는 자만심으로 가득한 두개골을 올려다보면서 나는 다른 결말을 생각해 낼 수가 없다. "내 생각에 저들은…… *우리를* 원해. 너랑 나. 우리가 누군지…… 저들은 알고 있어."

"우리가 *누군데?*"

"시작하는…… 자들."

"농담하는 거야?" 줄리는 덜그럭거리는 행진 소리가 커지는 거리를 획 쳐다보고는 화를 버럭 낸다. "너 나한테 이것들이 원한을 가진다고 말해 준 적이나 있어? 우리가 어쩌다가 이놈들의 그 빌어먹을 유령의 집 같은 공항에서 실랑이 조금 벌였기로서니 '우리를 사냥' 하려고 든다고?"

줄리, 줄리. 페리가 내 머릿속에서 속삭인다. 나는 그가 방긋 웃는 것을 느낄 수 있다. *나를 봐, 자기야. R의 얼굴을 보고 마음을 읽어 봐. 그건 원한이 아니야. 저 생물체들은 복수 같은 것을 하기에는 너무나 실용주의적인 것들이야. 그들은 네 속셈을 알고 있어. 네가 이 소동을 일으켰기 때문이 아니라, 네가 그것을 끝내려 하는 걸 그들*

이 알고 있기 때문이야.

줄리의 공황에 빠진 표정이 갑자기 납득하고는 굳어 버린다. "맙소사." 그녀가 중얼거린다.

나는 고개를 끄덕인다.

"우리를 *두려워하*고 있는 거라고?"

"그래."

그녀는 잠시 생각에 잠기더니 재빨리 고개를 끄덕이고는 입술을 깨문다. 줄리는 눈을 깜빡거리면서 지면을 바라보더니 말한다.

"알았어. 그래, 그래, 알았어, 이제 이해했어. 가자."

그녀는 내 손을 잡고 뛰기 시작한다. 무리가 다가오는 소리가 나는 방향으로.

"뭐하는…… 거야?" 나는 그녀 뒤에서 달리면서 숨을 헐떡거린다.

"여기가 중심가야. 내가 집으로 운전해서 돌아올 때 아빠의 군대와 마주친 곳이야. 여기쯤에서 모퉁이를 돌면……."

거기에 있다. 낡은 빨간 메르세데스가 충직한 기사처럼 우리를 기다리며, 거리 가운데쯤에 주차되어 있다. 게다가 세 블록 앞이다. 단 하나의 목적으로 거리로 쏟아져 들어오듯 우리 쪽으로 맹렬히 달려오고 있는 보니의 대열 앞에. 차에 올라타자 줄리가 시동을 걸고 끼익 소리를 내며 유턴을 한다. 거리에 어지럽게 버려진 자동차들이 유발한 도시의 마지막 교통 정체를 뚫고 안팎으로 흔들리며 지나친다. 보니는 사신처럼 끈질긴 집념으로 성큼성큼 달려들며 우리 뒤로 몰려오지만 우리는 그들을 따돌린다.

"어디로…… 가는 거야?" 도로의 움푹 팬 곳을 지나면서 나는 차의 덜컹거림과 함께 턱을 덜컥거리면서 줄리에게 묻는다.

"스타디움으로 돌아갈 거야."

나는 그녀를 동그란 눈으로 쳐다본다. "뭐라고?"

"그 뼈다귀들이 우리 뒤를 따라온다면, 특별히 *우리*를 노린다면 말이지, 그놈들은 우리를 추격해 올 거야, 그렇지? 그것들은 네 편의 사람들을 포기하고 우리를 따라오겠지. 우리라면 그놈들을 문 앞으로 당장 유인할 수 있어."

"그러고…… 나면 어떻게 할 거야?"

"경비대가 그것들을 처리하는 동안 우리는 안쪽에 숨어 있자. 그것들이 날 수 있거나 뭐 다른 방법이 있다면 몰라도 스타디움 외벽을 못 뚫을 테니." 그녀는 나를 흘깃 본다. "그것들 못 날지? 혹시 날 수 있어?"

안전을 보장할 수 없을 정도로 엄청난 과속으로 파괴된 거리를 위태롭게 돌진하고 있는 줄리에게서 눈을 떼지 못하면서, 바람막이 유리를 통해 앞을 내다본다. "스타디움으로…… 돌아간다." 나는 반복한다.

"네가 무슨 생각하는지 알아. 돌아가는 게 자살 시도처럼 들리겠지만, 그대로 달아날 수 있을 거야."

"어떻게? 네 아버지……."

"아빠는 널 죽이고 싶어 한다고, 나도 알아. 아빠는 단지…… 그 이상은 더 이상 보지도 못하는 거야. 하지만 로지는 달라. 어렸을 때부터 그분을 알아 왔어. 실질적으로 나에게는 할아버지 같은 분이고, 두꺼운 안경을 쓰고 눈은 사시지만, 본질을 보는 눈은 밝으신 분이야. 분명히 지금 일이 어떻게 돌아가고 있는지 아실거야."

엉망이 된 옆길에서 보니들을 놓쳤기 때문에, 우리는 공사가 끝나지 않은 1번 통로 구간을 빠져나와서 다시 중심가로 빙 돈다. 내부가 콘크리트 벽으로 이루어진 그 도로는 차와 먼지가 깨끗이 청소되어 있고, 활주로처럼 스타디움 앞으로 똑바로 뻗어 있다. 줄리는 기어를 낮추고 골동품이 된 엔진이 덜덜거릴 때까지 가속한다. 스타디움의 지붕이 거대한 야수가 뒷다리로 일어서듯이 지평선 위로 모습을 드러낸다. *내 입으로 기어 들어와라.* 스타디움이 빈정거린다. *이리 와라 , 아가들아, 이빨은 신경 쓰지 말고.*

뒤에는 확실한 죽음이 덜그럭거리면서 우리를 쫓고 있고, 우리는 조금 덜 확실한 죽음이 도사리고 있는 도시의 심장부로 날아가고 있다. 곧 매우 친숙한 소리가 들린다. 멀리서 소리 죽여 들려오던 거대한 엔진의 회전 소리와 총포가 터지는 소리가 이제는 매우 가까이에서 들리기 시작한다. 통로의 벽은 콘크리트를 보강하는 강철봉으로 이루어진 뼈대만 남아서 시야가 탁 트여 있고, 줄리와 나는 공포에 질린다.

스타디움은 이미 포위 상태다. 우리 계획을 예상하기라도 한 것처럼, 도시의 여러 방향에서 편대를 가른 보니들이 차를 뛰어넘고 뼈만 남은 고양이처럼 네 발로 기어서 앞을 다투며 벽으로 달려들고 있다. 총탄과 폭탄이 상점가를 날려 버리고, 신호등을 넘어뜨리지만, 우리가 뒤에 달고 온 무리들을 더할 필요도 없이 해골들은 사방에서 몰려나와 금세 보충된다. 내 정신은 내가 이 차에 탔던 마지막 시간으로 돌아간다. 프랭크와 에바가 총천연색 영화에서 꽃향기의 따스한 거품과 새의 노랫소리와 눈웃음으로 가득한 황금 로맨스 시대를 즐기면서 드라이브를 하고 있다. 우리의 공기 방울 바깥으로는 그저 맹렬하게 타오르는 지옥의 풍경이 소용돌이치고 있을 뿐일까? 이 악마의 무리는 이 안으로 들어오려고 발톱을 세우고 있는 걸까?

이건 잘못됐다. 전부 잘못됐다. 나는 걸어 다니는 시체들을 처음 보기라도 하는 사람처럼 생경하게 점점 불어나는 무리를 쳐다본다. 도대체 모두 어디에서 이렇게 오는 걸까? 내가 알고 있는 우리의 부패 과정을 총동원해서 생각해 보면, 이런 규모는 상상조차 할 수가 없다. 우리의 살점을 이 정도로 떨어지게 하려면 수년은 걸리는 것이다. 설령 그들이 가까운 도시에서 군대의 동원령에 응답해서 왔다고 하더라도…… 이렇게 많을 수는 없다.

역병이 새로운 국면에 도달한 것일까? 더 강해지고, 더 잔혹해지고, 견인력과 빠른 속도를 얻게 되는? 모래시계의 구멍이 넓어진 것일까?

줄리는 새로운 공포를 눈에 가득 담고는 나를 쳐다본다. "네 생각엔……?"

"아니야." 나는 그녀에게 말한다. "계속 가자. 계획을 바꾸기엔…… 너무 늦었어."

그녀는 계속 운전한다. 그녀는 수류탄으로 팬 구멍을 피하기 위해 방향을 홱 틀고, 도로 경계석을 들이받고, 인도로 올라가서 취해서 비틀거리는 보행자처럼 보이는 보니를 치고 지나간다. 우아한 메르세데스는 이제 구겨진 길가의 비극처럼 보이기 시작한다.

"저기! 그가 있어!" 그녀가 갑자기 외친다. 그녀는 입구 앞으로 차를 몰아서 경적을 요란하게 울린다. 더 가까워져서야 나는 로소 대령이 정문 앞에서 무장된 교외의 봉쇄망을 세우고 그 뒤에서 명령을 하달하고 있는 것을 발견한다. 줄리는 트럭 앞에서 급정거를 하고는 차에서 뛰어내린다. "로지!" 그녀는 외치면서, 나를 뒤에 그냥 남겨두고 문 앞으로 달려간다. "우리를 들어가게 해 주세요!"

군인들이 소총을 높여들고는 나를 쳐다보고 로소 대령을 쳐다본다. 나는 내 머리를 관통할 총알들이 날아오고 이 모든 것이 끝나게 되는 상황을 각오한다. 하지만 로소는 그들에게 손사래를 친다. 그들은 무기를 낮춰 든다. 우리가 문 앞으로 달려가자 군인들이 우리를 둘러싸고는 우리의 추격자들에게 총을 겨눈다.

"캐버넷 양. 벌써 세상을 구한 거니?" 로소가 당혹한 표정으로 말한다.

"아직은 아니에요. 예기치 못한 문제가 몇 가지 있었어요."

그녀가 가쁜 숨을 몰아쉬며 말한다.

"저기 보이는구나." 그는 먼지투성이의 노란 뼈들의 군대가 다가오는 것을 살피면서 말한다.

"당신들이 저들을 처리할 수 있을 거예요, 그렇죠?"

"그럴 거라고 생각한다." 그의 부하들이 쇄도하는 첫 무리를 쓰러뜨리고 다음 공격이 들어오기 전에 재장전을 하는 모습을 지켜보며 로소가 말한다. "그러길 바란다." 그가 거대한 문을 밀어 열기 시작하더니, 멈춰서 나를 본다. "너희 아버지가 말한 것이 사실이니?" 그가 몹시도 침착한 목소리로 줄리에게 묻는다. "이 남자애가 내가 생각한 바로 그 존재니?"

“우리를 들여보내 주세요, 로지. 얘는 제 친구에요.”

“저 애가 경비를 죽였니?”

줄리는 정맥이 도드라진 그의 손을 꼭 잡으며 말한다. “로지, 제발요. 제발 지금은 절 믿어 주셔야 해요.”

다른 손은 여전히 문을 잡은 채로, 로소는 무슨 생각을 하는지 읽을 수 없는 사시 눈으로 나를 쳐다본다. 나도 그를 마주본다. 아무 말 없이, 그는 문을 좀 더 열더니 한 걸음 옆으로 물러선다. 줄리는 로소의 뺨에 살짝 입을 맞추고 문틈으로 빠져나간다. 나는 그 문턱에서 주저한다. 대령과 나는 잠시 서로 눈을 맞춘다. 그러고 나서 나는 그에게 고개를 끄덕이고, 그 역시 느리게 고개를 끄덕인다. 나는 줄리를 따라 안으로 들어선다.

* * *

다시 한 번, 우리가 어딜 가든 도망자 신세인 스타디움의 실험쥐용 미로 같은 거리로 숨어든다. 줄리는 거리 표지판을 보며 방향을 정해서 빠르게 걷는다. 그녀의 호흡은 안정되게 들리지만, 흡입기 사용을 중지하지는 않는다. 피와 먼지에 절고, 옷은 찢어지고, 폐는 쌕쌕거리는 그녀와 나는 더할 나위 없는 한 쌍이다.

“어디로…… 가는 거야?” 내가 묻는다.

그녀는 경기장의 대형 화면을 가리킨다. 노라의 얼굴이 화면에서 다음의 단어들과 함께 깜빡거리고 있다.

노라 그린

총기 폭행죄

지명 수배

"노라를 찾아야 해." 줄리가 말한다. "다음에 무슨 일이 일어나더라도, 노라가 감옥에 갇히지 않고, 확실하게 우리와 함께 있었으면 좋겠어."

나는 노라의 거대한, 화소로 이루어진 얼굴을 본다. 그녀의 쾌활한 미소는 수배 전단과 전혀 어울리지 않는다. "그게…… 우리가 돌아온 이유야? 노라 때문에?" 나는 줄리의 뒤통수에 대고 묻는다.

"반반이야."

희미한 미소가 내 얼굴에 감돈다. "계획이…… 있구나. 그냥 숨으려는 건…… 아니었어." 나는 넌지시 지나가는 투로 얘기하려고 노력해서 말한다.

"나는 진심으로 모든 것이 이곳에서 끝났어야 한다고 생각했었어, R." 그녀는 속도를 늦추지 않으면서 말하고는 입을 다문다.

우리는 스타디움의 가장자리에 둘러진 벽에 딱 달라붙어서 벽을 따라 걷는다. 미풍이 불어 건물이 흔들리고 삐걱거리자 우리 머리 위의 콘크리트에 단단히 고정되어 있는 두꺼운 강철 지지 케이블은 공상 과학 소설의 레이저처럼 윙윙거리는 소리를 낸다. 진창길은 텅 비어 있다. 아마도 민간인들이 그들의 허접한 집에서 웅크리고 앉아서 이 모든 것이 끝나기를 기다리는 동안에 경비대 병력은 전부 바깥에서 보니들과 접전을 벌이고 있는 것 같다. 높은 고도에 있는 구름이 태양 앞을 물결치듯 흘러가면서 초저녁의 하늘이 어슴푸레한 오렌지색이 된다. 배려심 없는 이웃이 담장 너머에서 다투는 소리를 내는 것처럼, 벽 바깥쪽에서 군대가 싸우는 소리만 나지 않는다면 완벽하게 평화로운 광경일 것이다.

"노라가 어디에 있는지 알 것 같아." 줄리는 어두운 입구로 이끌며 말한다. "우리는 어렸을 때 자주 벽에 올라가 놀곤 했거든. 귀빈석에 앉아서 우리가 마치 유명 인사라도 된 것처럼 놀았어. 세상에는 종말이 다가오고 있었어도, 우리는 재미있게 놀 수 있었지."

우리는 꽤나 긴 계단의 층계를 올라서 위층으로 올라간다. 대부분의 문은 봉쇄되어 있지만, 줄리는 그들 중 어느 곳도 신경 쓰지 않는다. 그녀는 플라스틱 판으로 가려져 있는 벽 사이의 좁은 틈을 찾아내고, 우리는 여자아이가 간신히 지나갈 틈으로 몸을 구겨 넣는다.

우리는 스타디움의 호화로운 고급 관람석으로 빠져나온다. 값비싼 가죽 의자가 금이 간 유리 탁자 주변으로 놓여 있다. 은쟁반은 마른 곰팡이로 뒤덮여 있다. 바에는 텀블러들이 지갑 옆에 놓인 채 애인이 화장실에서 다시는 돌아오지 않을 것임을 알지 못하는 병든 남자 친구처럼 기다리고 있다.

노라는 스타디움의 바닥이 멀찍이 내려다보이는 각도의 커다란 관람 유리 앞에 앉아 있다. 그녀는 손에 들고 있던 와인을 병째로 한 입 마시고는 우리에게 함박웃음을 짓는다. "봐. 내가 텔레비전에 나와." 그녀가 대형 전광판에서 깜박거리는 자신의 얼굴을 가리키며 말한다.

줄리가 노라에게 달려가서 갑작스럽게 껴안는 바람에 와인을 약간 흘린다. "괜찮아?"

"물론이지. 왜 돌아왔어?"

"그게…… 보니들이 나랑 R을 여기까지 쫓아왔어. 그것들은 우리를 추격하는 중이야."

노라가 나에게 손을 흔든다. "안녕, R."

"안녕."

"와인 좀 마실래? 무통 로쉴드 86년산. 완전 맛있다고밖에는 이 맛을 표현할 수 없어."

"아니, 괜찮아."

그녀는 어깨를 으쓱하고는 줄리를 돌아본다. "너희를 추격해? 왜?"

"우리가 무엇을 하려고 하는지 그들이 알고 있는 것 같아."

잠시 정적. "너희가 뭘 하려고 하는데?"

"나도 확신할 수는 없는데, 세계를 고치는 일?"

노라의 얼굴은 줄리가 어젯밤에 M에게서 온 전화를 받고, 전혀 생각해 본 적도 없는 그 소식을 들었을 때의 표정과 정확하게 똑같다. "정말로?" 포도주 병을 손가락 사이로 달랑거리면서 그녀가 말한다.

"그래."

"어떻게?"

"아직은 정확히 모르겠어. 그저 시도해 보려는 거지. 움직이면서 알아낼 거야."

그 순간 대형 화면이 꺼지면서, 스타디움의 천장에 매달려 있는 커다란 스피커가 치직거리는 소리를 내며 켜진다. 익숙한 목소리가 미친 신처럼 하늘을 진동시킨다.

“*줄리. 네가 이곳에 와 있다는 걸 알고 있다. 너의 생떼는 여기에서 끝이다. 나는 네가 네 엄마처럼 되도록 두지 않을 거다. 부드러운 살은 단단한 이빨에 먹히지. 네 어머니는 강해지기를 거부했기 때문에 죽은 거다.*”

바닥을 내려다보자, 경비 몇 명이 남아서 서로를 불안한 얼굴로 쳐다보며 스피커에 귀를 기울이고 있는 것이 보인다. 그들 역시 그의 목소리에서 그것을 들을 수 있는 것이다. 그들의 총사령관이 어딘가 이상하다는 걸.

“*우리가 사는 세상은 공격당하고 있고, 지금이 마지막의 마지막 나날이 되겠지만, 나에게는 네가 가장 우선이란다. 네 맘 다 안다.*”

스피커를 통해 나오는 그의 말들이 울려 퍼지자 나는 등에 꽂히는 차가운 시선을 느끼고는 몸을 돌린다. 스타디움의 정반대편 끝에 있는 어두운 방송실의 판유리 뒤로 마이크를 잡고 서 있는 남자의 실루엣을 볼 수 있다. 줄리는 절망적인 눈빛으로 저편을 바라본다.

“*모든 실체가 법칙 외엔 아무것도 남기지 않고 썩어 갈 때라고 할지라도 나는 그것을 지킬 것이다. 나는 모든 것을 옳게 돌려놓을 거야. 기다려라, 줄리. 내가 금방 거기로 가마.*”

스피커가 조용해진다.

노라는 줄리에게 와인 병을 건네준다. “*건배.*” 그녀는 조용하게 말한다. 줄리는 한 모금을 마시고는 나에게 건네준다. 나도 한 입 들이킨다. 와인의 밝은 붉은색 영혼이 내 뱃속에서 춤을 추고, 의식하지 못하는 사이 우울한 정적이 방을 메운다.

“이제 어쩌지?” 노라가 말한다.

"모르겠어." 줄리는 노라가 질문을 끝맺기도 전에 말을 자른다. "나도 모르겠어." 그녀는 나에게서 병을 가로채서 길게 죽 들이킨다.

나는 전망이 환히 보이는 유리창 앞에 서서 도회지의 만족감을 표현하는 축소판 패러디 같은 길거리와 옥상들을 내려다본다. 나는 이 장소에 매우 싫증이 난다. 이 비좁은 방과 밀실 공포증을 불러일으키는 복도. 바람을 쐬고 싶다.

"지붕으로 올라가자."

내 말에 소녀들은 나를 쳐다본다. "왜?" 줄리가 말한다.

"어…… 거기밖에 갈 데가 없잖아. 게다가 난 거기가 좋아."

"넌 거기에 가 본 적도 없잖아."

나는 그녀의 눈을 들여다보며 답한다. "가 봤어."

긴 침묵이 흐른다.

"올라가자." 노라가 줄리에게서 내게 눈을 돌리면서 머뭇거리면서 말한다. "분명히 저들이 마지막으로 찾아볼 장소이긴 해, 그건 결국…… 모르겠다…… 시간을 좀 벌어 주겠지."

나와 눈을 맞춘 채로, 줄리는 고개를 끄덕인다. 우리는 갈수록 대중 친화적인 분위기와는 거리가 멀어지고, 점점 공업 지구처럼 되어가는 어두운 복도를 지나간다. 우리가 지나는 통로의 끝은 사다리다. 하얗고 밝은 빛의 홍수가 위에서 쏟아져 내린다.

"이거 올라갈 수 있겠어?" 노라가 나에게 묻는다.

나는 사다리를 잡고 시험적으로 몸을 끌어올려 본다. 손은 차가운 금속 위에서 떨리고 있지만, 몸은 기술을 기억하고 있다. 나는 사다리의 다음 가로대를 붙잡고는 소녀들을 내려다보며 말한다.

"할 수 있어."

그들은 내 뒤로 올라오고 나도 수백 번이나 사다리를 탔던 사람처럼 한 단, 한 단 계속 *사다리를 타고* 올라간다. 무딘 손으로 스스로를 한낮의 햇볕으로 이끌어 올라가는 느낌은 공항의 에스컬레이터를 타고 올라가는 것보다 훨씬 흥분되는 느낌이다.

우리는 해치를 밀어젖히고 지붕 위에 올라선다. 매끈한 철판들이 태양빛 아래에서 하얗게 반짝이고 있다. 보강 기둥들이 머리 위로 조각처럼 아치를 이루고 있다. 그리고 담요가 거기에 있다. 몇 주간의 비로 인해 눅눅해지고 약간 흰 곰팡이가 피어나긴 했지만, 내가 기억한 그대로 흰 지붕에 선명하게 대비되는 밝은 빨간색의 담요가 놓여 있다.

"오 맙소사……." 노라가 주변의 도시를 둘러보고는 중얼거린다. 지상은 이제는 엄청난 차이로 경비대의 수를 넘어서는 해골들로 와글거리고 있다. 우리가 계산을 잘못했던 걸까? 우리가 틀렸던 걸까? 머릿속으로 그들이 벽을 타고 오르고 문을 통해 밀려들어 와 마지막 한 사람까지 죽이는 것을 보고 그리지오가 의기양양해 하는 소리를 듣는다. *너희는 몽상가야. 철없는 아이들이야. 웃으면서 춤추는 얼간이들이야. 여기에 너희들의 밝은 미래가 있다. 너희들의 열렬하고, 달콤한 소망. 너희가 사랑한 모든 이들의 목에서 솟아나는 피의 맛은 어떤가?*

페리! 나는 머릿속에서 외친다. *거기에 있어? 우리는 어떻게 해야 해?*

내 목소리는 어두운 대성당의 기도처럼 울려 퍼지지만, 페리는 침묵한다.

나는 해골들이 다른 군인을 죽이고 게걸스럽게 먹는 것을 보고 고개를 돌린다. 비명 소리와 폭발 소리와 우리들이 있는 곳 바로 아래에서 들려오는 저격수들의 압축된 총소리로부터 귀를 틀어막는다. 사방에서 들려오는 입체적인 울부짖음, 이제는 어마어마한 하나의 목소리의 합창으로 들리는 해골들의 흐느끼는 진동으로부터 귀를 막는다. 나는 빨간 담요에 앉아서 모든 소리로부터 나를 차단한다. 노라는 지붕에서 서성거리면서 전투를 구경하고 줄리는 천천히 담요 쪽으로 걸어와서 내 옆에 앉는다. 그녀는 무릎을 감싸 안으며 쭈그려 앉고, 우리는 수평선을 바라본다. 산이 보인다. 바다처럼 파랗다. 사랑스러운 광경이다.

줄리가 매우 부드러운 목소리로 말한다.

"이 역병이……. 이 저주가…… 어디에서 왔는지 알 것 같아."

구름은 얇게 분홍빛으로 소용돌이치는 섬세한 질감으로 머리 위로 펼쳐져 있다. 상쾌하게 시원한 바람이 지붕을 휘익 훑고 지나가면서 우리가 눈을 질끈 감도록 만든다.

"마법 주문이나 바이러스나 원자력 광선 같은 거라고 생각하지 않아. 더 깊숙한 곳에서 생겨난 걸 거야. 우리가 이 지경까지 끌고 온 거겠지."

우리의 어깨가 맞닿는다. 그녀의 몸이 차갑다. 그녀의 따스함이 어딘가로 빠져나가기라도 한 것처럼, 소멸의 바람을 피하기 위해 그녀 깊숙한 곳으로 미끄러져 숨어들어 가기라도 한 것처럼.

"한 세기가 넘도록 우리는 우리 자신을 때려 부수고 있었던 거야.

우리의 영혼들이 결국 세계의 최저점을 칠 때까지 찾아낼 수 있는 다른 죄가 무엇이든 간에, 탐욕 아래에 우리를 묻어 두고 싶어해 왔던 거야. 그러고는 거기에다 긁어 파서 구멍을 내는 거지, 어딘가 어두운…… 곳으로 통하는."

처마 밑 어디선가 비둘기가 구구거린다. 찌르레기 떼가 어리석은 문명의 종말 따위와 상관없다는 듯이 휙 날아올라서 하늘 저편으로 멀리 날아간다.

"우리가 풀어 준 거야. 우리가 해저를 뚫어서 석유가 터져 나왔고, 우리를 검게 칠하고, 우리 내면의 병을 모두에게 보이도록 밖으로 드러낸 셈이지. 이제 우리는 이 메마른 시체의 세상에서, 뼈와 파리의 윙윙거리는 소리 외에는 아무것도 남지 않을 때까지 썩어 가는 곳에 발을 담그게 된 거야."

지붕이 우리 발밑에서 떨린다. 낮게 삐걱거리는 울림과 함께, 넓은 철판 전체가 움직이기 시작한다. 총력을 다해 빠르게 침략해 오는 무엇인가로부터 내부의 사람들을 보호하기 위해 지붕이 미끄러지며 닫히고 있다. 육중한 소리를 내며 지붕이 닫히자, 사다리 쪽에서부터 우리를 향해 발소리가 울린다. 노라는 주머니에서 그리지오의 권총을 꺼내서 해치 쪽을 겨눈다.

"어떻게 할까, R?" 줄리가 결국 나를 보며 말한다. 그녀의 목소리는 흔들리고, 눈은 감정을 숨기지 않지만 눈물을 흘리지는 않는다. "정말로 멍청하게 우리가 뭔가를 할 수 있을 거라고 생각했던 걸까? 넌 내가 다시 희망을 가지도록 해 줬지만, 지금 상황은 이 모양이고, 우리는 죽기 직전이야. 이제 어떻게 해야 해?"

나는 줄리의 얼굴을 들여다본다. 그저 보기만 하는 것이 아니라 자세하게. 모공 하나하나, 주근깨 한 점 한 점, 가느다랗고 고운 솜털 한 올 한 올. 그리고 그것들의 하층부. 살과 뼈, 혈액과 뇌와 그녀의 핵 안에서 소용돌이치는 알 수 없는 기운과 생기, 영혼, 모든 세포를 흐르면서 수백만 개의 세포들을 하나로 합쳐 그녀를 고깃덩이 이상의 것으로 만들어 주는 의지의 불같은 힘으로 그녀는 하나로 이어져 있다. 그녀, 이 소녀는 누구인가? 그녀는 무엇인가? 그녀는 만물이다. 그녀의 몸은 생의 역사를 간직하고, 화학적으로 기억한다. 그녀의 정신은 우주의 역사를 간직하고, 아픔과 기쁨 그리고 슬픔과 증오, 희망과 나쁜 버릇, 신의 모든 뜻, 과거, 현재, 미래, 추억, 느낌, 그리고 돌연한 희망으로 기억한다.

"어떻게 해? 우리가 할 수 있는 일이 뭐가 남았어?" 그녀가 광활한 바다를 담은 홍채로 나를 당황하게 만들며 다그친다.

나는 그녀에게 대답할 말이 없다. 하지만 나는 그녀의 얼굴, 그녀의 창백한 볼, 그녀의 생명력으로 밝게 빛나고 아기처럼 부드러운 붉은 입술을 보면서 내가 그녀를 사랑하고 있다는 것을 이해한다. 그리고 그녀가 모든 것이라면, 그것으로 모든 대답이 될 것이다.

나는 줄리를 끌어당겨 안으며 키스한다.

나는 그녀의 입술에 내 입술을 포갠다. 나는 그녀의 몸에 내 몸을 밀착시킨다. 그녀는 내 목에 팔을 두르고 나를 꽉 끌어안는다. 우리는 눈을 뜨고, 서로의 눈동자를 보면서, 그 눈동자 안의 내면 깊숙한 곳을 보면서 키스한다. 혀로 서로를 맛보고, 침을 흘리고, 줄리는 내 입술을 깨문다. 생명에 반하는 것이 그녀의 빛나는 세포를 어둡게 만들기 위해 밀려가는 것을 느끼고, 죽음이 나를 휘젓는 것을 느낀다. 하지만 그것이 문턱에 다다르자 나는 그것을 *정지시킨다.* 나는 그것을 꼭 잡아서 꾹꾹 눌러 두고, 줄리 역시 나와 같다는 것을 느낀다. 우리는 우리 사이에 있는 그 괴물을 끈질기게 붙들어서 흠씬 두들겨 패 주고는, 함께 달려들어서 투지와 분노를 담아 때려눕힌다. 그리고 그 순간, 뭔가가 일어난다. 그것은 변화다. 그것은 뒤틀리고 꿈틀거리고 안팎으로 뒤집어진다. 그것은 완전히 다른 무엇인가로 변한다. 새로운 존재.

황홀한 괴로움이 나를 휘감고 우리는 가쁜 호흡을 내쉬면서 서로에게서 떨어진다. 내 눈엔 깊고, 뒤틀린 고통이 새겨진다. 나는 줄리의 눈을 보고 그녀의 홍채가 일렁이는 것을 본다. 선명한 하늘색이 백랍 빛이 도는 잿빛으로 변해 가다가 잠시 주저하며 깜빡거리더니, 금색으로 돌아온다. 지금까지 어떤 인간의 눈동자에서도 볼 수 없었던 태양빛이 도는 노랑의 황홀한 색조. 이러한 눈동자의 변화와 함께, 살아 있는 자의 생명력에 가깝긴 했지만 또한 완전히 다른 것이기도 한 새로운 냄새에 나의 후각이 반응하기 시작한다. 줄리에게서 흘러나오는 그 향은, 그녀의 향기였지만, 나의 것이기도 하다. 그 향기는 우리로부터 페로몬의 폭발처럼 강렬하게 퍼져나가서, 나는 그것의 궤적을 거의 눈으로 볼 수 있을 정도다.

"무슨……." 줄리가 입을 살짝 벌리고 나를 응시하며 속삭인다. "……일이 일어난 거야?"

우리가 이 담요에 앉고 나서 처음으로 나는 나를 둘러싼 것들을 본다. 아래의 지상에서는 뭔가 변화가 일어난 것 같다. 해골들의 군대가 진격을 멈췄다. 그들은 전혀 움직이지 않고 완벽하게 정지해 있다. 이 거리에서는 확실하게 말하기는 어렵지만, 그들은 *우리*를 똑바로 쳐다보고 있다.

"*줄리!*"

누군가의 목소리가 이 기이한 정적을 깨뜨린다. 그리지오는 로소가 그의 뒤에서 사다리를 타고 올라오는 동안 거친 숨을 몰아쉬면서 정면에 시선을 고정하고 사다리가 걸린 해치 앞에 서 있다. 노라는 수갑을 찬 채로 해치 반대편으로 쓰러져 있고, 그녀의 드러난 다리는 차가운 철제 지붕 위에 아무렇게나 뻗어 있다. 그녀의 총은 그리지오의 발밑에 간신히 닿지 않을 거리에 떨어져 있다.

그리지오의 턱의 근육이 터질 듯이 팽팽해 보인다. 줄리가 돌아서서 그가 그녀의 변한 눈을 본 순간, 그의 전신이 경직된다. 나는 그가 이를 가는 소리를 들을 수 있다.

"로소 대령." 그가 내가 들어본 중에 가장 메마른 목소리로 말한다. "저들을 쏴라."

그의 얼굴은 잿빛이고, 피부는 건조하고 각질이 일어나 있다.

"아빠." 줄리가 말한다.

"저들을 쏘라고."

로소는 줄리와 그의 아버지를 번갈아 본다. "장군님, 그리지오 양은 감염된 게 아닙니다."

"쏴라."

"그리지오 양은 감염된 게 아닙니다, 장군님. 저는 저 소년이 감염되었다는 것조차 확신할 수가 없습니다. 저들의 눈을 보십시오, 그들은…….”

“저들은 *감염됐어!*” 그리지오가 일갈한다. 나는 그의 닫힌 입술 아래 치아들의 형태를 볼 수 있다. “이게 감염이 퍼지는 경로야! 이게 감염이 작용하는 방법이라고! 거기에는 아무…….” 그는 충분히 말했다는 듯이 말을 멈춘다.

“장군님…….” 로소가 말한다.

그리지오는 그의 권총을 집어서 그의 딸에게 겨눈다.

“*존!*” 로소가 그리지오의 팔을 붙잡고 비틀면서 총을 빼내기 위해 싸운다. 훈련된 정확한 동작으로 그리지오는 로소의 손목을 비틀어 쳐 내고는 그의 갈비뼈에 강한 주먹을 날린다. 늙은 로소는 무릎을 꿇고 무너진다.

“아빠, 그만해요!” 줄리가 외치지만, 그는 총의 공이치기를 당기는 것으로 응답하고는, 다시 한 번 겨냥을 한다.

그의 얼굴은 이제 공허해 보이고, 완벽하게 무표정하다. 그저 피부가 두개골 위에 씌워져 있을 뿐이다.

로소는 그리지오의 발목에 단도를 찔러 넣는다.

그리지오는 소리를 내거나 하는 눈에 띄는 반응을 보이지 않는다. 하지만 그의 다리는 버티지 못하고 그를 아래로 끌어내리고, 그는 뒤로 넘어진다. 그는 지붕의 가파른 경사에 미끄러져서 구르고 돌면서도, 매끄러운 철판을 꽉 잡고 버틴다. 그의 총은 그를 지나쳐 미끄러져 지붕 가장자리 아래로 떨어지고, 그는 거의 총과 같은 운명에 처하기 직전이다. 하지만 그는 버틴다. 그는 지붕 가장자리에 매달려서 달랑거리고 있다. 내가 볼 수 있는 것은 그의 하얗게 질린 손가락들과 애를 쓰고 있지만 여전히 무시무시할 정도로 무표정한 그의 얼굴뿐이다.

줄리는 그를 돕기 위해 달려가지만, 경사가 너무 가팔라서 그녀 역시 미끄러지기 시작한다. 그녀는 거기에 쭈그리고 앉아서 자신의 아버지에게 별 도움도 주지 못하고 바라볼 수밖에 없다.

그때 기이한 일이 벌어진다. 지붕 끝을 꽉 붙잡고 있는 그리지오의 마른 손 옆에, 또다른 손가락들이 그를 타고 올라오기 시작한다. 하지만 이 손가락들에는 살점이 없다. 먼지와 세월과 고대의 살인자들로부터 온 조상의 피로 인해 노랗게 갈변된 마른 뼈만 남은 손가락이다. 그들은 지붕을 붙잡고, 철판을 긁으면서, 비웃음의 바람 소리를 내는 해골을 끌어올린다.

빠르지는 않다. 뛰어오르거나 전력 질주도 하지 않는다. 느긋하게, 조바심도 내지 않고, 피에 굶주려서 이 도시를 통틀어 우리를 추격하고 있는 것이다. 이 필사적인 추격에도 불구하고, 그것들은 이제 나와 줄리를 잡는 것을 서두르지 않는 것 같다. 그것들은 우리를 인지하지도 못한다. 그것들은 몸을 구부려서 그리지오의 셔츠에 갈고리처럼 손뼈를 걸고는 그를 지붕 턱으로 끌어올린다. 그리지오는 일어서려고 애를 쓰고 그 해골이 그의 다리를 붙잡고 끈다.

그리지오와 해골은 얼굴을 가까이 대고 마주본다.

"로지! 저 망할 것을 쏴 버려요!" 줄리가 소리친다.

로소는 호흡을 진정시키려고 애쓰면서, 손목과 갈비뼈를 움켜쥐고 움직이질 못한다. 그는 줄리에게 용서를 구하는 표정을 짓는다. 이번 실패뿐만 아니라 이 상황을 끌어온 전반적인 실패에 대한 것이리라. 오랜 세월 동안 알면서도 행동하지 않은 죄.

그 해골은 춤이라도 신청하듯이 그리지오의 팔을 조심스럽게, 상냥하게 붙잡는다. 그러고는 그를 가깝게 잡아당겨서 그의 눈을 들여다보고 그의 어깨를 크게 한 입 문다.

줄리는 날카로운 비명을 지르지만 다른 사람들 역시 모두 넋이 나가 아무 소리도 내지 못한다. 그리지오는 저항하지 않는다. 그는 열에 들뜬 눈을 크게 뜨지만, 그 생명체가 그를 물어뜯고, 여유롭게 씹고, 감각을 즐기고 있는 동안에도 그의 얼굴은 텅 빈 가면 같다. 씹혀진 살덩이들이 그것의 빈 턱을 지나서 지붕으로 떨어져 내린다.

나는 너무 놀라서 그 자리에 얼어붙는다. 나는 증인이라도 된 듯이 그리지오와 그 해골의 넋이 나갈 정도로 경악스러운 모습을 똑바로 보려고 애쓴다. 지붕 모서리에 위태롭게 서 있는 그들의 모습은 분홍 구름과 비단결 같은 오렌지색 안개를 배경으로 어두운 실루엣을 만들어 내고, 이 초자연적인 조명 안에서, 그들의 모습은 구분이 불가능할 정도다. 뼈가 뼈를 게걸스럽게 먹고 있다.

줄리는 해치로 달려간다. 그녀는 노라의 총을 들고 해골을 겨눈다. 그것은 그제야 그녀를 보고, 마침내 우리들의 존재를 깨닫고, 머리를 뒤로 돌려서 녹슬고 무너지고 영원한 불협화음으로 사냥이 끝나는 시간에 울리는 트럼펫 소리 같은 거센 바람 소리로 포효한다.

줄리는 발포한다. 처음 몇 발은 완전히 빗나가지만, 한 발이 갈비뼈와 쇄골, 엉덩이뼈를 부러뜨린다.

"줄리."

그녀는 권총을 든 손을 덜덜 떨면서 멈춘다. 그녀의 아버지는 그의 몸에서 흘러나온 피로 흠뻑 젖어서는 멍하니 줄리를 바라본다.

"미안하다."

그는 조용하게 읊조린다.

"아빠, 밀어내요! *싸우라고요!*"

그리지오는 눈을 감으며 말한다.

"아니다."

해골은 줄리에게 씩 웃어 보이고는 그녀의 아버지의 목을 문다.

줄리는 닳아 버린 젊은 심장에서 나오는 비통함과 분노의 비명을 지르고는 한 차례 더 발포한다. 그 생물체의 두개골은 먼지 더미로 사라지고 뼈는 조각이 난다. 손가락은 여전히 그리지오의 어깨에 꽂은 채로, 비틀거리면서 뒷걸음질하다가 지붕 가장자리의 끝에서 떨어진다.

그리지오는 그것과 함께 사라진다.

그들은 함께 얽혀서 떨어지면서 그리지오의 몸은 공중에서 조각이 나고, 경련한다. 변환. 그의 남아 있는 살점들이 바람결에 벗겨져 나가고 건조하게 남은 것들이 재처럼 부유하고, 그 아래 창백한 뼈만 남는다. 그 뼈들은 나에게 마침내 읽을 수 있는 메시지를 남긴다. 각각의 대퇴골과 상완골에 새겨지고, 손바닥뼈에 꽉 쥐여진 경고문.

이것은 역병이다. 이것은 저주이다. 지금도 이렇게 강력하고, 매우 깊게 뿌리박혀서 영혼에 굶주려 있으며, 더 이상 죽음을 기다리는 것에 만족하지 않는다. 이제 밖으로 나와서 원하는 것을 간단하게 취한다.

하지만 운명은 오늘 결정됐다. 우리는 빼앗기지 않을 것이다. 우리는 그 저주가 아무리 거세게 끌어당기더라도 우리가 가진 것을 단단히 붙잡고 지켜 낼 것이다. 우리는 맞서 싸울 것이다.

아래의 지상에서는 보니들이 그리지오가 추락하면서 바닥에 부딪혀 산산조각난 잔해를 보고 있다. 그들은 흙바닥의 그 부러지고 조각난, 작고 하얀 파편들을 주시한다. 그러더니 갑자기, 의도나 의지 따위는 전혀 없는 움직임으로…… 이리저리 헤매기 시작한다. 몇 녀석은 원을 그리며 돌고, 몇 놈은 서로 부딪히다가 차츰차츰 흩어지더니 건물과 나무들 사이로 사라지고 만다. 나는 몸을 훑고 지나가는 작은 전율을 느낀다. 그들은 어떤 신호를 받은 것일까? 저 뼈들의 추락과 지붕 꼭대기에서 퍼져나가는 전파와도 같은 이상한 새로운 기운의 파동 중 어느 쪽이 그들의 빈 두개골에 크고 요란한 경적 소리로 울렸을까? 그들의 시대는 끝났다는 공식 발표.

줄리는 손에 걸려 있던 총을 떨어뜨린다. 그녀는 지붕 모퉁이로 다가가서 뼈들이 쌓여 있는 아래를 내려다본다. 그녀의 눈은 빨갛지만 여전히 눈물은 흐르지 않는다. 지붕 위에서 들리는 소리라고는 누더기가 된 국기를 때리는 바람 소리뿐이다. 로소는 줄리를 잠시 바라보다가 노라의 수갑을 풀어 주고는 일어설 수 있도록 도와준다. 노라는 손목을 문지르고는 로소와 쓸데없는 대화를 몇 마디 나눈다.

줄리는 멍하니 다리를 끌면서 우리 쪽으로 걸어온다. 로소는 그녀의 어깨를 다독인다. "미안하다, 줄리."

그녀는 코를 훌쩍이면서, 바닥만 쳐다본다. "괜찮아요." 그녀의 목소리는 그녀의 눈처럼 거칠고 억지로 쥐어짜낸 듯 들린다. 이제 나는 원한다면 그녀를 위해 울어 줄 수 있는 능력이 있다. 줄리는 고아가 되었지만, 세상이 말하는 비참한 부랑아보다는 훨씬 낫다. 그녀의 비탄은 결국 그녀를 따라잡을 것이고, 그것의 몫을 요구하겠지만, 그녀가 여기에 우리와 함께 있는 이 순간에는 살아서 유지될 것이다.

로소는 다치지 않은 손으로 줄리의 머리카락을 쓸어 주며, 귀 뒤로 넘겨 준다. 그녀는 그의 굳은살 박인 손바닥을 자신의 볼에 대고 희미한 미소를 지어 보인다.

로소는 나에게 주의를 돌린다. 나는 그의 눈이 좌우로 움직이면서 내 홍채를 자세히 관찰하는 것을 볼 수 있다. "아치……, 였던가?"

"그냥 R입니다."

그는 나에게 손을 내밀고 나는 한동안 어찌할 바를 모르다가 내 손을 내민다. 로소는 부러진 손목에서 오는 극심한 통증으로 얼굴을 찡그리면서, 나의 부러진 손을 잡고 악수한다. "정확히는 모르겠지만, 자네를 알게 돼서 흥분되는군, R." 그가 말한다.

그는 돌아서서 해치 쪽으로 간다.

"내일 주민 회의를 하게 될까요?" 노라가 묻는다.

"이 사다리를 내려가자마자 공지할 생각이다. 우리는 설명해야 할 긴급한 국면이 있으니까 말이다." 그는 철수하는 해골 군대를 내다본다. "게다가 나는 오늘 일어났던 엄청난 일들에 대해서도 너희에게 듣고 싶구나."

"몇 가지 가설이 있어요." 노라가 말한다.

로소는 왼손으로만 주의 깊게 사다리를 잡고 내려간다. 노라는 줄리를 보고, 줄리는 고개를 끄덕인다. 노라는 그녀에게 미소 짓고, 나를 향해 웃더니 해치 안으로 사라진다.

우리는 지붕 위에 둘만 남겨진다. 줄리는 눈을 가늘게 뜨고 나를 처음 보기라도 하는 사람처럼 나를 자세히 들여다본다. 그러더니 눈을 동그랗게 뜨고는 놀라움의 탄성을 지른다. "맙소사. R, 너……." 그녀는 이마에 손을 뻗어 붙어 있던 반창고를 벗겨 낸다. 한참 전, 지난 달, 우리가 처음 만났을 때 그녀가 찔렀던 곳을 건드린다.

그녀의 손가락에 빨간 것이 묻어난다.

"*피가 나고 있어!*"

그녀가 이렇게 말하는 순간 그것을 인식하기 시작한다. 온몸을 날카롭게 찔러 대는 통증. 나는 *아프다*. 나는 온몸을 가볍게 두드려 보고 내 옷들이 혈흔으로 진득해져 있는 것을 발견한다. 그것은 내 정맥을 막고 있던 죽은 검은 기름이 아니다. 밝고, 선명하고, 살아 있는 붉은 *피*다.

줄리는 내 가슴에 손을 얹고 쿵푸라도 하듯이 세게 누른다. 그녀의 손바닥에서 느껴지는 압박과 반대로, 나는 그것을 느낀다. 내 안 깊은 곳의 움직임. 박동.

"R!" 줄리는 거의 경악해서 탄성을 지른다. "내가 보기에…… 넌 살*아* 있어!"

그녀는 나에게 달려들어서, 나를 감싸 안고, 반쯤 나아 가던 뼈들이 다시 으스러지겠다고 느껴질 정도로 세게 껴안는다. 그녀는 나에게 다시 키스를 하며 내 아랫입술에 묻어 있는 찝찔한 피를 맛본다. 그녀의 따스한 온기가 내 몸으로 스며들고, 마침내 나 자신의 온기가 솟아나는 것처럼 격한 감정이 몰려오는 느낀다.

줄리는 한동안 그렇게 있다가 나를 놓아 주고 살짝 뒤로 밀어 아래쪽을 살핀다. 이상한 미소가 그녀의 얼굴에 번진다.

나도 나를 내려다보지만, 그럴 필요가 없다. 나는 느낄 수 있다. 나의 뜨거운 피가 몸에서 쿵쾅거리며 뛰고, 모세 혈관을 채우고 7월의 불꽃놀이처럼 세포들에 생기를 불어넣는다. 내 살의 모든 원자들이 기뻐 날뛰고, 그들이 다시 얻기를 기대조차 하지 못했던 두 번째 기회에 대한 감사로 가득한 것을 느낀다. 시작하고, 올바르게 살고, 올바르게 사랑하고, 불타는 구름 속에서 다 태워 버리고 다시는 진흙 밑에 파묻히지 않을 권리. 나는 얼굴이 달아오르는 것을 감추기 위해서 줄리에게 키스한다. 내 얼굴은 선명한 빨강으로 물들고 쇠도 녹일 것처럼 열이 달아오른다.

잘했어, 시체 양반. 머릿속에서 목소리가 말하는데, 이제는 발로 차는 것보다는 부드럽게 쿡 찌르는 느낌으로 뱃속이 씰룩이는 기분이다. *나는 이제 갈 거야. 더 이상 너의 전쟁에 함께할 수 없어서 유감이야. 나는 나 자신과 싸웠어. 하지만 우리가 이겼어, 그렇지? 나 역시 그걸 느낄 수 있어. 우리 다리가 떨리는 게, 꼭 지구가 알 수 없는 궤도에 올라서서 돌면서 속도를 올리기라도 하는 것 같아. 무섭다, 안 그래? 하지만 어떤 대단한 일이 두려움 없이 시작될 수 있겠어? 너에게 준비된 다음 페이지에 무엇이 쓰여 있을지 모르겠지만, 그게 내가 보기에 어떻든지 간에 맹세컨대 난 망치지 않을게. 문장 중간에 하품을 하거나, 서랍 속에 숨겨 두지 않을 거야. 이번에는 아니야. 무관심과 반감과 냉소적인 메마름의 먼지투성이 양모 담요를 벗겨 내라고. 삶이 그 어리석고도 끈끈한 날것 그대로이길 바란다.*

잘했어.

잘했어, R.

자, 간다.

잘했어, R.

자, 간다.

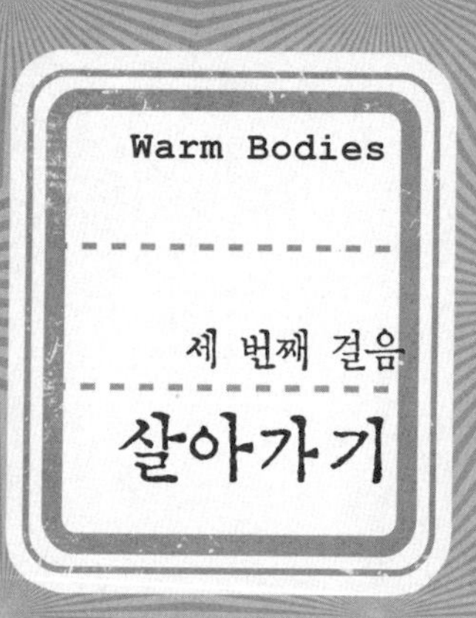
Warm Bodies
세 번째 걸음
살아가기

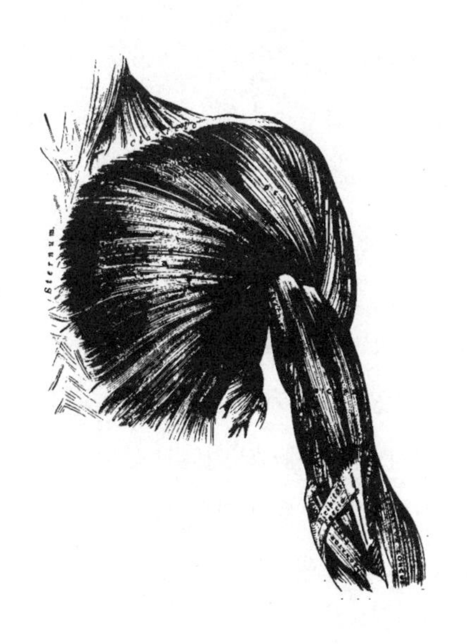

노라 그린은 스타디움의 정문 앞에 있는 광장에 로소 장군과 함께 거대한 군중 앞에 서 있다. 그녀는 약간 긴장한 상태다. 그녀는 오늘 여기로 나오기 전에 대마초를 피우고 싶었지만 어쨌든 부적절한 것처럼 느껴졌다. 그녀는 이런 행사에 맑은 정신을 유지하고 싶었다.

"좋습니다, 여러분." 로소가 먼 곳까지 들리도록 목소리를 가다듬으며 시작한다. "우리는 최선을 다해 여러분을 위해 이 자리를 준비했지만, 아직은 아무래도 작고, 불편할 거란 것을 알고 있습니다."

스타디움에 사는 전부가 모인 것은 아니지만 참석을 원하는 사람들은 모두 모여 있다. 나머지는 총을 들고 잠긴 문 뒤에 숨어 있지만 노라는 그들도 나중에는 결국 무슨 일이 일어났는지를 보기 위해 나왔으면 좋겠다고 생각한다.

"여러분은 더 이상 다시 위험에 처하지 않을 거라고 확언을 드리고 싶습니다." 로소는 계속해서 말을 잇는다. "상황이 바뀌었습니다."

로소는 노라를 보고 고개를 끄덕인다.

경비병들이 문을 열고, 노라는 외친다. "이리들 오세요, 여러분!"

한 명 한 명씩, 아직은 어설프긴 하지만 똑바로 걸어 들어와서, 그들은 스타디움 안을 기웃거린다. 반쯤 죽은 자. 혹은 거의 살아 있는 자. 군중들은 걱정스럽게 웅성거리면서 좀비들이 문 앞으로 어설프게 한 줄로 늘어서는 것을 보고 위축된다.

"여기 있는 사람들은 일부일 뿐이에요." 노라가 사람들에게 설명하기 위해 앞으로 나서며 말한다. "매일 매일 더 많은 수가 저 밖에 있어요. 그들은 스스로 치료하려고 애쓰고 있어요. 그들은 역병을 치유하려고 노력하는 중이고, 우리는 우리가 할 수 있는 도움이 무엇이든 줄 필요가 있어요."

"*예*를 들어서요?" 누군가가 외친다.

"연구해 봐야 겠죠." 로소가 말한다. "해답이 보이기 시작할 때까지, 놈과 사귀고 주무르고 비틀어 봅시다. 몹시 애매하다는 것은 알지만, 어디에서부터든 시작해야 하니까요."

"그들에게 말을 걸어 보세요." 노라가 말한다. "처음에는 두렵다는 거 저도 알고 있지만, 그들의 눈을 보세요. 그들에게 당신의 이름을 말해 주고, 그들의 이름을 물어봐 주세요."

"걱정 마십시오." 로소도 말한다. "그들 한 명 한 명마다 경호원이 항상 붙어 다닐 겁니다. 하지만 그들이 여러분을 해치지 않을 거라는 믿음을 먼저 가져 보세요. 이 일이 성공하리라는 생각을 즐겨 봅시다."

노라는 뒤로 물러서서 군중들이 앞으로 나오도록 해 준다. 그들은 조심스럽게 다가간다. 경계를 풀지 않은 경비들이 총을 들고 지키고 있는 동안 좀비에게 다가간다. 좀비 입장에서 보면, 이 어색한 경험을 존경할 만한 참을성으로 견뎌 내고 있다. 그들은 그저 거기에 서서 기다리고, 그들 중 몇몇은 자신의 이마 위에서 조준된 상태로 떨리고 있는 붉은 레이저 점을 무시하며 상냥한 미소를 지으려고 노력한다. 노라는 사람들에게 합류해서, 등 뒤에서 손가락을 꼬며 잘 해낼 수 있기를 기원한다.(검지와 중지를 겹쳐 꼬는 것은 행운을 빈다는 뜻이다. — 옮긴이)

"안녕하세요."

그녀는 목소리를 높인다. 좀비 하나가 그녀를 쳐다본다. 그는 줄에서 빠져나와 앞으로 걸어와서 그녀에게 미소를 짓는다. 짧은 금색 수염 아래로 얇은 입술이 약간 짓이겨져 있지만, 그의 몸에 난 다른 수많은 상처들과 함께 나아 가고 있는 중이다.

"음…… 안녕하세요……." 노라가 그의 상당한 장신을 위아래로 곁눈질하며 말한다. 그는 180센티미터는 족히 넘어 보인다. 그는 약간 몸집이 크고 그의 근육질 팔은 너덜해진 그의 셔츠를 팽팽하게 당기고 있다. 그의 완벽하게 벗어진 머리는 창백한 회색 진주처럼 반짝인다.

"저는 노라에요." 그녀가 곱슬머리를 잡아당기면서 말한다.

"내 이름은 마……아커스에요." 그가 벨벳처럼 부드러운 음색으로 말한다. "그리고 당신은…… 내가 본 여자들 중에…… 가장 아름답군요."

노라는 키득거리며 웃고는 빠르게 머리를 꼰다. "어머나." 그녀는 손을 내민다. "만나서 반가워요…… 마커스."

＊＊＊

소년은 공항에 있다. 통로는 어둡지만, 그는 두렵지 않다. 그는 불이 꺼진 간판들과 곰팡이 핀 음식물 쓰레기, 반쯤 빈 맥주와 차가운 팟타이를 모두 지나치면서 그늘진 푸드 코트를 달려간다. 그는 인접한 복도에서 해골이 혼자 돌아다니며 달그락거리는 소리를 듣지, 재빠르게 경로를 변경해서 멈추지 않고 모퉁이를 쏜살같이 지나친다. 보니들은 이제 매우 느리다. 소년의 아버지와 계모가 이곳으로 처음 돌아왔을 때, 이미 그들 전부에게 변화가 일어나고 있었다. 이제 그들은 겨울의 꿀벌들처럼 목적도 없이 떠돌고 있다. 그들은 움직이지도 않고 마치 교체되길 기다리는 쓸모없는 구식 물건처럼 서 있다.

소년은 상자를 하나 옮겨 온다. 지금은 비어 있지만, 팔이 좀 피곤하다. 그는 연결 고가 도로로 달려 들어가서 하던 일을 잠시 쉰다.

"알렉스!"

소년의 누이가 그의 뒤로 나타난다. 그녀도 상자를 하나 끌고 온다. 그녀는 손가락마다 테이프 조각을 붙이고 있다.

"다 했어, 조안?"

"다 했어!"

"좋아, 나가서 더 모아 오자."

그들은 복도로 달려 나간다. 그들이 컨베이어를 건드리자 전력이 돌아와서 켜지고, 벨트가 그들의 발밑에서 요동친다. 소년과 소녀는 맨발로 빛의 속도로, 떠오르는 아침 해를 뒤로 하고 겅중겅중 뛰는 사슴처럼 복도를 나는 듯이 달려 내려간다. 복도 끝에 그들처럼 모두 상자를 들고 서 있던 다른 아이들 무리와 부딪힐 뻔한다.

"다 했어." 잿빛 피부가 따듯한 갈색으로 변하고 있는 한 소년이 말한다.

"좋아." 알렉스가 말하고, 그들은 함께 달린다. 아이들 중 몇 명은 아직도 누더기를 입고 있다. 그들 중 몇 명은 아직도 잿빛이다. 하지만 그들 대부분은 살아 있다. 아이들에게는 어른들처럼 내재된 본능이 결여되어 있었다. 그들은 모든 일을 어떻게 하는지 배워야만 했다. 어떻게 쉽게 죽이고, 어떻게 정처 없이 헤매는지, 어떻게 몸을 흔들고 으르렁거리는지와 분명하게 썩어 가는 법 따위를. 하지만 이제 그 수업은 폐강됐다. 아무도 그들을 가르치지 않고, 다년생 구근이 겨울 동안 땅속에서 마르면서 기다리는 것처럼 그들도 그들에게 내재된 온전한 삶의 싹을 틔울 것이다.

형광등이 깜박거리며 윙윙거리고, 전축의 바늘이 긁히는 소리가 머리 위에 달린 스피커에서 들린다. 한 진취적인 영혼이 공항의 장내 방송 설비를 장악했다. 달콤하고, 황홀한 선율이 우울함으로 가득 차오르고, 프랜시스 앨버트 시나트라(프랭크 시나트라)의 목소리가 공허한 홀에 외롭게 울려 퍼진다.

여름에는 무언가 멋진 일이 일어나요…… 하늘이 천국처럼 파랄

때…….

먼지 낀 스피커는 타닥거리고 지글거리며, 잠시 소리가 끊기다가 소리가 뒤틀리기도 한다. 사이 사이 건너뛰기도 한다. 하지만 수년간 이곳의 활기 없이 정체되어 있던 공기를 음악으로 휘저어 준 첫 시도다.

아이들이 새로운 상자와 새로운 테이프 두루마리를 줍기 위해 출구 쪽으로 달려가고, 홀을 꾸물거리며 방황하는 창백한 존재를 지나친다. 그 좀비는 살아 있는 어린이들이 달려가는 것을 흘깃 보지만, 그들을 멈추지는 않는다. 그녀의 식욕은 최근 들어 사그라지고 있다. 그녀는 지금까지 그래 왔던 것처럼 배고픔을 느끼지 않는다. 그녀는 모퉁이 뒤로 사라지는 아이들을 쳐다보다가 가던 길을 간다. 정확하게 자신이 어디로 가는지 몰랐지만 이 복도 끝에 하얗게 반짝이는 것이 있는데 그게 마음에 들었다. 그녀는 그것을 향해서 비틀거리며 나아간다.

여름에는 무언가 멋진 일이 일어나요…… 달빛이 당신을 달아오르게 할 때…… 당신은 사랑에 빠지죠, 당신은 사랑에 빠지죠…… 당신은 온 세상이 알기를 원하죠…….

그녀는 밝은 아침 햇살로 가득한 12번 출구의 대기실에 나타난다. 바닥에서부터 천장으로 이어진 전면 유리를 통해 활주로가 내려다보이고, 누군가가 유리창에 작은 사진들을 테이프로 붙여 놓았다. 나란하게 다섯 줄 정도로 길게 늘어서서 그 공간의 끝에서 끝까지 매달려 있다.

여름에는 무언가 멋진 일이 일어나요…… 아주 가끔이기는 하지

만 그 멋진 일이 일어난다면…… 그래요 그 일이 일어난다면…….

좀비는 신중하게 사진들이 있는 곳으로 다가간다. 사진들 앞에 서서, 약간 멍하니 입을 벌리고는 가만히 응시한다.

사과나무에 오르고 있는 한 소녀. 남동생에게 호스로 물을 뿌리고 있는 한 아이. 첼로를 연주하고 있는 한 여자. 부드럽게 서로를 어루만지는 노부부. 개와 함께 있는 한 소년. 울고 있는 남자아이. 깊은 잠에 빠진 갓 태어난 아기. 그리고 더 오래된 구겨지고 색이 바랜 사진 한 장. 워터파크에서 찍은 가족사진에는 한 남자, 한 여자, 그리고 작은 금발의 소녀가 강렬한 햇빛에 실눈을 뜨고 웃고 있다.

좀비는 이 기이하고 제멋대로 펴져 있는 콜라주를 응시한다. 그녀의 가슴에 달린 명찰이 햇빛에 반짝이며, 그녀의 눈을 시리게 한다. 그녀가 움직이지 않고 그 곳에 선 채로 몇 시간이 지난다. 마침내 그녀는 느린 숨을 들이쉰다. 그녀가 입으로 쉰 첫 호흡. 양옆으로 기운 없이 축 쳐져서 매달려 있던 그녀의 손가락들이 음악에 맞춰 흔들리기 시작한다.

* * *

"R."

나는 눈을 뜬다. 나는 양팔을 올려 손을 머리 밑에 괴고 누워서 티 한 점 없는 여름 하늘을 올려다보고 있다. "응?"

줄리는 나에게 가까이 오느라 조금 서두르느라 빨간 담요를 살짝 헝클어뜨린다. "비행기가 저기 저 위로 나는 걸 언젠가는 보게 될까?"

나는 잠시 생각한다. 나는 내 눈 속에 떠다니는 작은 입자를 보며 말한다. "응."

"정말로?"

"어쩌면 우리 때는 아닐 수도 있겠지. 하지만 우리 아이들 때는 가능할 거야."

"우리가 이걸 다 해내려면 얼마나 남은 걸까?"

"뭘 해내?"

"모든 것을 재건하는 것. 우리가 그 역병을 완전히 끝낼 수 있다고 하더라도…… 전에 그랬던 것처럼 이 일들이 언제고 또 다시 되풀이되진 않을까?"

찌르레기 한 마리가 먼 하늘에서 급강하하는 것을 보면서 나는 하얀 비행기구름이 연애편지의 화려한 서명처럼 그려지는 것을 상상한다. "아니길 바라."

우리는 한동안 침묵을 지킨다. 우리는 잔디밭에 누워 있다. 우리 뒤에는 낡고 오래된 메르세데스가 엔진을 식히느라고 지글지글 탱탱 거리는 소리를 소곤거리면서 참을성 있게 기다리고 있다. 줄리는 이 차에 메르시라는 이름을 붙였다. 내 바로 옆에 누워 있는 이 생명력 넘치는 여성은 자동차에게도 *생명*을 부여해 줄 수 있는 것일까?

"R."

"응."

"아직도 네 이름이 기억 안 나?"

부서진 고속 도로 가장자리에 있는 경사면에서, 벌레와 새들이 풀밭에서 자그마한 교통 소음을 흉내 내고 있다. 나는 그들의 향수 어린 교향곡을 들으며 고개를 젓는다. "생각 안 나."

"너도 알겠지만, 새로 이름을 지을 수도 있어. 그냥 하나 골라. 네 맘에 드는 걸."

줄리의 제안을 고려해 본다. 나는 내 두뇌 속에 있는 이름들의 색인을 휙휙 훑어본다. 복잡한 어원학, 언어들, 고대 문명의 의미가 문화적 전통의 세대를 통해 전해졌다. 하지만 나는 새로운 존재다. 깨끗한 캔버스다. 나는 내가 미래에 건설할 역사를 고를 수 있고, 새로운 것을 선택할 수 있다.

"내 이름은 R이야." 나는 약간 어깨를 으쓱하면서 말한다.

그녀는 고개를 돌려서 나를 바라본다. 내 귀에 터널을 뚫고 내 뇌를 탐사할 것처럼 뚫어져라 내 옆얼굴에 머무는 그녀의 태양빛이 도는 황금색 눈동자를 느낄 수 있다.

"네 오래전 삶으로는 돌아가고 싶지 않다는 뜻이야?"

"그래." 나는 몸을 일으켜서 무릎 위로 팔을 올리고는 계곡 아래를 바라본다. "나는 지금의 이 삶을 원해."

줄리는 미소를 짓는다. 그녀도 나와 같이 몸을 일으켜서 내가 보고 있는 것을 본다.

공항이 우리 아래로 결투를 신청하듯이 펼쳐져 있다. 해골들이 항복한 이후로도 세계적인 변화는 없었다. 우리 중 몇 명은 각자의 삶으로 돌아갔고, 몇 명은 아직도 죽은 자로 남아 있다. 몇 명인가는 아직도 공항에 계속 남아 있거나, 다른 도시에, 나라에, 대륙에, 헤매면서 기다리는 중이다. 하지만 전 세계에 걸친 문제를 고치기 위해서는 공항이야말로 이 일을 시작하기에 제일 좋은 장소일 것이다.

우리는 커다란 계획을 가지고 있다. 오, 그렇다. 우리는 어둠 속에서 더듬거리는 중이지만 결국 우리는 움직이고 있다. 이제 모두가 움직이고 있다. 정말 아름다운 날인지라, 줄리와 나는 잠시 멈춰서 경치를 즐기는 중이다. 하늘은 파랗다. 풀밭은 초록이다. 태양은 우리의 피부에 따스하게 내리쬔다. 이것이 우리가 세상을 구하는 방법이기 때문에, 그래서 우리는 웃는다. 우리는 지구가 우주를 돌고 있는 거대한 묘지의 무덤이 되도록 내버려 두지 않을 것이다. 우리는 스스로를 발굴해 낼 것이다. 우리는 그 저주와 맞서 싸우고 그 저주를 풀 것이다. 우리는 울고, 피를 흘리고, 욕망하고, 사랑할 것이며, 죽음을 치유할 것이다. 우리는 그 치료제가 될 것이다. 우리가 그것을 *원하기* 때문에.

감사의 말

인터넷의 늪 밑바닥에 가라앉아 있던 저의 이야기를 발견하고 제 삶을 바꿀 이 책을 쓰도록 격려해 주신 코리 스턴에게 감사를 전합니다. 이 책이 세상에 나오도록 밀어주신 로리 웹과 브루나 파판드리아에게 감사를, 그리고 방향을 잡도록 도와준 나의 멋진 에이전트 조 리갈에게 감사를 전합니다. 나의 모든 예술적 열정을 몇 년에 걸쳐 지원해 주고, 모두 미쳐 갈 것 같던 시기에 그들과 나를 믿어 준 네이던 마리온에게 고마움을 전합니다.

블랙 로맨스 클럽을 열며

로맨스 소설에도 흐름이 있다. 한참 인기를 지속하던 칙릿 이후 10대에서 출발해서 무서운 속도로 영역을 넓혔던 인터넷 소설 시장에 이어, 과히 광풍이라고 부를 수 있을 정도로 전 세계를 평정한 뱀파이어 소설이 최근의 주류를 이루고 있다. 하지만 한 작품이 인기를 끌고 나면 그 뒤로는 아류작이 쏟아져 나오는 시장의 특성상, 너무나 천편일률적인 작품들이 유행에 따라서 서점을 채우고 있다.

블랙 로맨스 클럽은 바로 이 획일화 되어 있는 로맨스 소설 시장에 대한 고민에서 출발했다. 사실 로맨스 소설은 다 비슷한 게 당연한 것 아니냐고? 천만의 말씀. 그냥저냥 잘생긴 남자랑 예쁜 여자가 만나서 악역 조연들에게 시달리며 오해를 겹겹이 쌓아가다가 어느 순간 너를 너무 사랑하니까 하고는 결혼에 골인하면 되는 거 아니냐고? 부디 블랙 로맨스 클럽을 통해 그 편견을 버려 주시길 바란다.

블랙 로맨스 클럽 편집부는 로맨스라면 흔히 떠올리는 소재나 플롯 등에서 벗어나 다양한 소재를 다룬 신선한 소설, 탄탄한 이야기 구조를 기반으로 재미와 감동을 전해 주는 소설만을 엄선하고자 한다. 시리즈의 작품들은 하나 같이 기존의 로맨스 소설의 공식을 깨는 개성 넘치는 작품들로, 시대를 초월한 재미를 추구하는 작품만을 선정했다. 추리, 호러, 스릴러, SF, 판타지, 역사, 좀비 등 소설에서 기대할 수 있는 모든 이야기에 로맨스라는 양념이 덧붙여진 종합 선물 세트와 같은 다양한 소설들로 독자들에게 색다른 재미를 드리고자 한다. 블랙 로맨스 클럽의 '블랙'은 하얀색, 분홍색, 빨강색 등의 색조로 흔히 표현되는 로맨스 소설을 뒤집어 개성 넘치는 로맨스 소설을 담고자 하는 출판사의 마음을 담고 있다.

옮긴이 | 박효정

고려대학교 생물공학과, 생명산업과학부 졸업, 동대학원 석사. 현실과 가상의 살아있는 것을 좋아한다.

웜 바디스

1판 1쇄 찍음 2011년 12월 13일
1판 8쇄 펴냄 2018년 7월 16일

지은이 | 아이작 마리온
옮긴이 | 박효정
발행인 | 박근섭
편집인 | 김준혁
책임편집 | 최고운
펴낸곳 | 황금가지

출판등록 | 2009. 10. 8 (제2009-000273호)
주소 | 135-887 서울 강남구 신사동 506 강남출판문화센터 5층
전화 | **영업부** 515-2000 **편집부** 3446-8774 **팩시밀리** 515-2007
홈페이지 | www.goldenbough.co.kr

도서 파본 등의 이유로 반송이 필요할 경우에는 구매처에서 교환하시고
출판사 교환이 필요할 경우에는 아래 주소로 반송 사유를 적어 도서와 함께 보내주세요.
135-887 서울 강남구 신사동 506 강남출판문화센터 6층 민음인 마케팅부

ISBN 978-89-6017-280-7 03840

㈜민음인은 민음사 출판 그룹의 자회사입니다.
황금가지는 ㈜민음인의 픽션 전문 출간 브랜드입니다.